U0952385

神农溪溪话

——系列生态散文

陈发喜◎著

图书在版编目（CIP）数据

神农溪溪话 / 陈发喜著. -- 北京：经济日报出版社，2018.8

（系列生态散文）

ISBN 978-7-5196-0400-4

Ⅰ. ①神… Ⅱ. ①陈… Ⅲ. ①散文集-中国-当代 Ⅳ. ①I267

中国版本图书馆 CIP 数据核字（2018）第 154605 号

神农溪溪话

作　者	陈发喜
责任编辑	匡卫平
出版发行	经济日报出版社
社　址	北京市西城区白纸坊东街 2 号 A 座综合楼 710
邮政编码	100054
电　话	010-63567684（总编室）
	010-63538621　63567692（发行部）
网　址	www.edpbook.com.cn
E-mail	edpbook@sina.com
经　销	全国新华书店
印　刷	北京建宏印刷有限公司
开　本	710×1000 毫米　1/32
印　张	11
字　数	268 千字
版　次	2018 年 8 月第一版
印　次	2018 年 8 月第一次印刷
书　号	ISBN 978-7-5196-0400-4
定　价	42.00 元

版权所有　盗版必究　印装有误　负责调换

前言

巴东县长江北岸一条常流河，沿途接纳了十几条溪沟汇聚而成，因其发源于原始森林神农架，人们称之为“神农溪”。它像大自然的生命脉搏网络，呈枝丫状将神农架与山下广袤地区连接在一起，使这里众生繁复，生机搏动。

神农溪在雄伟壮阔上与长江、黄河显然难以相比，但它是一条神奇的河，也是一条富有灵气的河。这不仅是因为它上游的三条主源都发源于举世闻名的神农架，更因为它所到之处都殷勤浇灌润泽两岸广阔荒野的植被，植被养育了千奇百种禽鸟与兽群，植被与禽兽滋养人类，人类又反作用于自然生命以及整个生态共同体，众生灵和谐相处，生生不息。河中游鱼成群，随处可见娃娃鱼、金甲、鲢鱼、羊鱼、白片儿、黄骨头、岩巴鱼、油桶子等等，都是水生物种中的珍稀物种。种类繁多，无奇不有，真个是锦鳞游泳，来往穿梭，欢歌曼舞。40 年代以前，神农溪中随处可见三尺、两尺、一尺长的一种鱼，人们称之为“金甲”，实际就是草鱼。这种鱼体形长大，可长到几十公斤重，一旦长到一尺余长，鳞片就变成金黄色，所以人们以“金甲”名之。这是神农溪中最多的一种鱼，从源头到尽头处处皆有，其中尤以下谷坪一带最多，下谷坪因此又得名叫

“金甲坪”。抓住这种鱼，只需放点盐清水煮熟，便清香扑鼻，爽滑可口，汤如牛奶，味赛宫廷御膳，任你有多强的理智和定力，也无法拒绝它的诱惑。早期神农溪沿河一带的乡民，不管男女老幼，没有谁不熟悉它的美味。

神农溪这样一条自然形成的河流，人们只看到它美丽，是可以从中索取多种物质的所在，并没有想到，它同时也是一条支撑两岸人民的生命之河，一条维系整个神农溪一带生态平衡的河。“在荒野中，有非常丰富的物质种类（河流就是其中之一），这些物种存在着、运转着，它们是地球上生命维持系统的重要部分，支撑着地球上人和其他生命的生存以及生物物种的多样性，生物遗传物质的多样性，生态系统的多样性。它们是客观存在的，它们的内在价值和外在价值是客观的。这种客观性是由它们的性质决定的，不管地球人是否评价它们，也不管地球人是否体验它们。自然价值不依赖于评价者的认识、评价或经验判断，而是由自然史逻辑必然地产生的，因而是客观的。”[1] 早期人们对其价值的认识毕竟很肤浅，随着时间推移，认识不断加深，就会知道它更多更有用的价值。当我们的认识水平有限时，对它的开发利用会有偏颇，会忽视它的许多我们尚没有认识到的更重要的价值。假如我们仅仅为了眼前利益，就掠夺和蹂躏自然物种，损毁了大自然的许多重要价值，到一定时候，当我们认识到时，已经无法补救，悔之晚矣。

20世纪后期，工业革命迅猛发展，全世界生态环境遭到严重破坏，受这种世界性大气候的影响，神农溪一带生态破坏也十分严重。这一带的生态破坏早在全国解放以前就已经开始。《巴东县志》载：“民国36年7月1日，省开发神农架筹备处成立，中美联合开发神农架股份有限公司在本县牛洞湾开设木材采伐场，采伐的冷杉等木材，多未搬出，就地腐烂。”“民国期间，因毁林开荒、烧山驱兽、烧火肥、林间用火等，每年山林火灾约50余起。”[2] 这里讲的是神农架，实际上神农架山下神农溪等地在当时生态破坏更加严重，人们对神农架的生态破坏，实际上是对以神农溪为代表的山下生态环境破坏的逐步延伸。

从50年代后期开始，神农溪沿途大力开发，先是1958年大办钢铁，两岸植被被大量破坏，连神农架原始森林中许多珍稀树种也不能幸免。土地裸露，河水得不到植被森林护卫，大雨时至，山洪暴发，汹涌泛滥，与之相反，平时又有许多泉水溪沟断流，水体变质；后来沿途到处修起了无数电站、加工厂、猪场牛栏，溪水受到严重污染，由原来的清澈见底、甘甜纯洁变得浑浊恶臭，别说饮用，就连洗脸浣衣，也不堪沾手；再后来是各种先进科学的捕鱼器材和方式进入，各种鱼类品种和数量锐减直至灭绝，沿神农溪走上十里二十里，也看不到一条鱼的影子，甚至连鱼腥味也难以嗅到。人们错误地认为，大自然是廉价仓库，可以“取之无尽，用之不竭”。人们甚至武断蛮横地认为人类是大自然的主宰，大自然中一切物种都只是为人类提供服务的工具和财富，去疯狂掠夺残害自然中的其他生命物种——动物、植物以及微生物，忘记了我们应该发挥自身的优势——用理智去平衡协调各生命物种之间的关系。等到毁灭了某些物种，而别的物种又连带性损伤灭绝，我们自身也受到生存威胁时，人们这才觉得应该保护自然生态。

人们对自然的开发无非是要求得某种发展，可是人们的发展只能与大自然协同发展才能真正发展，不能只是想到人类单方面的发展，而置自然生态于不顾。“我们不仅一定要作为人类共同体中的一员，而且也一定要作为整个共同体的一员；我们必须意识到，我们不仅与我们的邻居、我们的国人和我们的文明社会具有某种形式的同一性，而且我们也应对自然和人为的共同体一道给予尊敬。……除非我们与除我们之外的其他生物共同分享这个地球，否则，就将不能长期生存下去。”[3]我们只是生态系统中一个普通成员，我们的行动、作用，只能置于生态系统的整体中考虑，要遵循生态系统的整体运作规则。

我们向神农溪索要GDP，可我们并不明白神农溪本身原始的GDP正在消失殆尽。地球生态系统的承载力是有限度的，“如果我们不能持久地和节俭地使用地球上的资源，我们将毁灭人类的未来。我们必须尊重自然的限度，并采用在限度内行得通的生活方式和发展道路。”[4]神农溪是由百草千花、千树万木、成群结队的禽鸟奇兽、千沟万壑的山水等集结在一起的优美动听的乐音合奏，但这早已成为过去的美好记忆，如今的神农溪，有的只是一声声哀吟。人们现在虽然知道要保护生态，但是，一边在大喊保护，一边仍在毫无节制地开发破坏，像这样的“保护”，美丽的神农溪终将会被“保护”得灰飞烟灭。并不是说绝对不能开发，但是开发只能在不破坏生态环境的前提下进行，必须要适可而止，不是毫无限制蛮干。

神农溪是我们与我们子孙后代的共同财富，共同的生命线，我们的建设发展要本着可持续性发展，多为子孙后代想想，不能让他们陷入困境。“如果我们对它们（生态环境）的利用使它们不能再生了……我们就不是在仅仅使用资源，而是在切断我们的生命之源……坦率地说，我们是在盗窃子孙的资源。”[5]人人都想为子女积攒一笔财富，或存款或房屋或金银珠宝，看起来我们为子孙们的考虑是多么周到，却很少有人想到，到时候他们手里的钱再多房子再大，但却因为我们现在过度开发而失去了他们赖以生存的生态环境，他们手里的钱还有用吗？

中共中央总书记习近平2016年1月5日在重庆召开的推动长江经济带发展座谈会上强调：“长江是中华民族的母亲河，也是中华民族发展的重要支撑。推动长江经济带发展必须从中华民族长远利益考虑，走生态优先、绿色发展之路，使绿水青山产生巨大生态效益、经济效益、社会效益，使母亲河永葆生机活力。”“长江拥有独特的生态系统，是我国重要的生态宝库。当前和今后相当长一个时期，要把修复长江生态环境摆在压倒性位置，共抓大保护，不搞大开发。”[6] 习总书记看到了我国生态保护的紧迫性、必要性和重要性，这一指示是针对长江的，但对神农溪这样的小江小河的开发利用也有重要的指导意义。对这些小江小河更不能大开发，要把过去大开发的思想和举措更改为大保护，在大保护的基础上科学地适当地开发利用。2017 年 10 月 18 日，习近平总书记在十九大报告中指出：“人与自然是生命共同体，人类必须尊重自然、顺应自然、保护自然。人类只有遵循自然规律才能有效防止在开发利用自然上走弯路，人类对大自然的伤害最终会伤及人类自身，这是无法抗拒的规律。”我们现在明白这些道理，急切要做的是花大力气矫正我们以往无视自然的一切行动，修复原先被我们破坏了的自然生态环境。

神农溪，我们的生命之河，祝你早日恢复健康，永葆青春活力！

注释与参考文献

[1] 余谋昌、王耀先主编，《环境伦理学》，北京：高等教育出版社，2004 年，113 页

[2]《巴东县志》编纂委员会编著，《巴东县志》，武汉：湖北科学技术出版社，1993 年 10 月，71 页

[3] 转引自唐纳德·沃斯特《自然的经济体系——生态思想史》，北京：商务印书馆，1999 年，389—390 页

[4] 世界自然保护同盟等合编，《保护地球》，北京：中国环境科学出版社，1991 年 1 期

[5] [美] 霍尔姆斯·罗尔斯顿著，《环境伦理学》，北京：中国社会科学出版社，2000 年，383 页

[6] 凤凰咨询网转中国青年报消息，原题为：《习近平：长江不搞大开发》

目 录
Contents

前言 /1

第一部　冰雪源头

溯源神农溪 /002

生命的摇篮 /008

送子园送子 /015

白云深处有人家 /019

吹不响的石海螺 /024

野猪棚文化 /030

风水小溪村 /035

如画的“虎岩河”/041

风光在险峰 /047

地下居士 /052

赖家河坪生态园 /056

趣味太和山 /063

第二部　源远流长

奇异的屋场 /072

荒野在呼唤 /077

老鹰展翅 /083

小河的感叹 /086

人豹生死相搏 /092

最后一只小熊 /097

可怜可怜松鼠 /103

枫香树之魂 /108

催生子的悲剧 /112

消失的峡沟 /118

为麻雀昭雪 /124

鸡王传奇 /129

第三部　九派汇聚

百链岩的轰鸣 /136

石柱上的天地 /143

狡猾的豪猪 /147

果子狸逃生记 /152

善人老肖 /158

野山羊观风景 /163

救命的野百合 /168

泉口碑铭记 /173

羊狗情仇 /182

桐子花开 /186

第四部　激浪奔涌

东圩口巨变 /192

盐泉长流 /199

胡子胡子挂起 /205

栓麂高手 /209

神农之野产异蛇 /214

猫狗争霸 /220

百川归海 /226

野猪辩证法 /232

大水田瀑布 /238

张雄南与狗熊 /243

母猪洞沟的变迁 /247

袖珍山寨石板坪 /253

悲欢链子岩 /259

第五部　东去大江

罐子口三洞天 /266

神农溪边“小武汉”/273

红沙沟的红沙 /279

别捅马蜂窝 /284

罗溪轶事 /287

雅雀子“说话”/291

千年古镇——罗坪 /297

豌豆巴角 /303

桡夫子之家 /306

红色洞府 /312

平阳人民锁蛟龙 /318

船在石罅间 /325

诗意西壤口 /332

后记 /335

第一部 冰雪源头

溯源神农溪

传说远古时代的炎帝神农氏来到神农架，走遍神农架茂密的大山，遍尝百草，用草药治病，一天当他从山顶下来之后，发现一条蜿蜒曲折的溪流挡住了去路。据说炎帝不会凫水，面对奔腾不息的溪流一筹莫展，正在这时，从上游突然漂来一架木排，上面没有放排之人，似乎是有人专门为炎帝准备的一样。炎帝一见，喜出望外，当木排漂流到面前时，炎帝一跃跳上木排，漂流此溪，顺利抵达长江。如此说来，神农氏才是神农溪漂流第一人。为了纪念神农氏的功德，人们就把神农氏借以漂流出山的这条溪叫做“神农溪”。这一传说给神农溪增加了一层神秘色彩，使它更增添了无穷魅力。

现在不少人说的神农溪，指的是神农溪自沿渡河到接近长江的那一段——龙船河，这里只是神农溪的一小段，其实真正的神农溪不仅是指这里，也包括它的中上游。或者说，到神农溪漂流的许多人只知道这条河连接到长江的那一段，并不知道它的全部。从下面这段网上文章对神农溪的简介就可看出。“神农溪是湖北省巴东县，长江北岸的一条常流性溪流，发源于华中第一峰神农架的南坡，由南向北穿行于深山峡谷中，于巫峡口东2000米处汇入长江，全长60公里。溪流两岸，山峦耸立，逶迤绵延，层峦叠嶂。形成龙昌峡、鹦鹉峡、神农峡三个险、秀、奇各具特色的自然峡段。峡中深潭碧水、飞瀑遍布、悬棺栈道、原始扁舟、土家风情、石笋溶洞无不令人惊叹。神农溪是国家 AAAAA 级风景名胜区。”[1] 所谓“神农架南坡”，是笼统不得要领的说法，一是神农架南边地域十分宽泛，绵延上千里，到底是哪一段，不得而知；二是从这篇介绍文字的后文可知，其指的是发源于点兵台的这条小溪，其实小溪只是神农溪上游的支流之一，并不是主源，主源是另一条河。“全长60 公里”之说更是错误，从沿渡河到巴东城关是60 公里，从沿渡河溯源而上到大九湖等处距离更长，全长应该是近200 公里。作者可能只走过东圩口经小溪村，再到五子坪上神农架的这一路线，所以才有此不准确的说法。人们到神农溪旅游漂流，一般都是从沿渡河甚至沿渡河下边很远的地方叶子坝开始，对上游的情况一无所知。其实现在游神农溪由沿渡河到巴东这一段，已经基本没有什么景观。自从三峡大坝蓄水以后，蓄水已将这一段完全淹没，原来的壮伟奇特的景观都已经变成一片水域，所谓绵竹峡、鹦鹉峡、龙昌峡等景点，已经失去了往日风采，变得仅仅是水边极其平常普通的石崖山峁。虽也仍然略有可观之处，但景色实在是今不如昔。相反，不被人知的上游却更加风韵楚楚，可观可叹，令人神往。

神农溪上游从东到西的水流主要有三条河，西部一条一般称“板桥河”或“堆子河”，是神农溪上游最大的支流；中部一条叫小溪；东边一条发源于神农架中部南侧的送子园一带，经过一个叫虎岩河的地方，所以有很多人称它叫“虎岩河”，也叫“虎崖河”。其他小支流还很多，石门洞河、响水沟、马家沟、孟家河、石柱河、泉口河、鸭子溪湾瀑布、母猪洞沟等；下游还有红沙沟、罗溪、平阳河、牛场河等等。

西部一条河整体上没有名字，人们称呼为“板桥河”“孟家河”“堆子河”等等，但它却是神农溪的主源。发源于与大九湖紧相连接的高脚岩山中的中洞（也叫石门洞）、偏桥洞等多处，多条溪沟流到山下的深沟里汇集成一条，这算是它的第一站，人们称这段河水叫“石门河”。它的渊源应该是大九湖。直接源头位置在水田梁子下边深山沟中，很少有人观瞻。因为要见到它，需要一种“不入虎穴焉得虎子”的勇敢精神才会真正实现。要到石门河，须从水田梁子山顶上驱车沿一条十分狭窄的小公路前行，经过一个多小时才能到达半途，再徒步跋涉。公路不仅狭窄，而且九盘十八弯，开车在这条路上行走，不熟悉这条路的人根本不敢一显身手。由巴东或沿渡河车行到石门河，一般要在下谷坪换人换车，由熟悉这一带地势路径的高手驾车前往；车子性能要好，底盘要高，否则在半路上就会随时搁浅。全程车路都是清一色的S型加之字拐，根本就没有视线，看到的全部都是山崖和草丛树木，摆弄方向盘稍有不慎就会掉下深不见底的河谷。在石门河经过板桥乡一座叫“水田梁子”的山脚下，这是第二站，人们又把这一段叫“板桥河”。在这里绕水田梁子山底而过，水田梁子山顶有一条山水直冲而下汇入其中，因而人们又把这里叫“响水河”。第三站是麻线坪，说是坪，其实并没有多大一个坪，是一道峡谷，不过河道较平缓而已。第四站是下谷坪，下谷坪倒确有很宽广的一个坪，坪中人烟稠密，六畜兴旺。河水穿过下谷坪，在这里有一条小河——马家河加入其中，紧接着是一道既十分陡峭又非常狭窄的沟谷，叫百链岩。水从高处倾泻而下，发出轰轰隆隆的巨大响声，让人很恐怖。第五站是孟家河（又叫百链岩），在这里又有一条小河——孟家河跻身其中，水在这里围绕一座大山绕了一个大半圆的圈子，再调头东行，造就了一处山环水复的美景，让人会自然想起“青山遮不住，毕竟东流去”的诗句。第六站叫渡船口，到这里地势渐趋平缓，河面渐宽，这里是交通要道，河水很深。自古以来过往行人众多，可是直到现在也没有一座桥樑，据说很早以前这里曾经拴着一条渡船供过路人摆渡，所以人们就把这里叫“渡船口”，其实后来长时间这里都没有渡船。人们要从此经过，只能采取最原始的方法，无论春夏秋冬都得蹚水而过，不知有多少老弱病残之人失魂于此。第七站是杨家坝，这里的河两岸都是非常广大的平地，也是交通要道，但是自古直到70年代这里就只有一道铁索桥。南边一块平地是一个小集镇，叫堆子场。第七站是东圩口，在东圩口与小溪会合。

小溪是神农溪三大主源位居中部的一条，源头是神农架的点兵台（又叫葱坪、小神农架）。点兵台是一片高山平原，一望无际，其中大量生长苦草，间杂长有一丛丛黄竹。黄竹并不成片生长，而是或三五根，或六七根丛生，一丛与另一丛总是隔着较远距离，像是专门的点缀物，远看更像是一个个披着蓑衣站岗放哨的军人。坪正中有一个巨大的石头，高高耸起，传说薛仁贵之后薛刚曾避难到此，在此点兵点将清点过人马，就是站在这个石头上，因此人们称这个大石头叫“点兵台”。这里生长一种野葱，与家葱十分相像，而且比家葱更香，只是纤维多，不容易嚼烂，所以人们又把这里叫做“葱坪”。点兵台一带并没有一条主源水流，而仅是一些小水塘、小水洞、小水沟，甚至是从岩石或树根之下流出的一些细如麻线的水。直到点兵台下边约十公里处一个叫五子坪的地方才艰难地形成一条水沟，因为这里山势陡峭，流水总是哗哗作响，人们把它叫做“响水沟”。

响水沟再往下流出约二十里就到了小溪，在这里小溪不仅指这条水，而是包含小溪河两岸的所有地方。在人民公社化时期这里是一个公社——小溪公社，现在是一个村，已经离神农架较远，气候逐渐变暖，小溪水势也变得稍微平缓，山清水秀，百花盛开。小溪往东南流到东圩口，在这里与神农架西北部流出的主源——堆子河会合。

东圩口解放前有个地主庄园，地址就选在两河交汇处的那块三角地带，解放后改成东圩口乡政府，后来又改为东圩口公社。1964年巴东县政府决定在这里办一所中学，公社办公迁往他处。从此东圩口打破了寂寞冷清，变得人来人往，热闹非常。这里两河交汇，是神农溪途经的一块风水宝地，山清水秀，人杰地灵。自从开办中学，这里人才济济，更加兴旺发达。首先是县教育局非常重视这所新开办的中学，从全县各中学抽调了一批骨干教师来任教。其中有当年北师大毕业的研究生，有各中学各科把关教师，他们不仅有扎实的专业基本功，还有堪为师表、如父如母的人格魅力。其次是招收学生宁缺毋滥，严格把关，层层筛选，绝不招收专业知识和人格上的次等品。开办不久，听说这里的语文数学及各科教师都是顶尖好手，有好几所中学的学生都纷纷转入此校学习，一时人丁兴旺，令远近之人都对这所新办中学刮目相看。县里很多单位没等这里的学生毕业，就提前到学校要人来了。第一届学生没等毕业已有好几十人提前到各行各业当行政干部、教师、文书、会计等。该校毕业生进入北京、上海、武汉各大学深造的更是不计其数。人们都说，这里两河交汇，两龙相聚，阴阳交泰，灵气翔集，所以这里人才济济。

两河交汇再流经盐池河到两河口，在这里又与另一条河——虎岩河交汇。“虎岩河”是本地人长期以来的称呼，其实“虎岩河”只是这条河上游的一小段。“虎岩河”是神农溪上游三条主要支流最东边的一条，它本身又由文家河、赵家河、蔡家河三条河于不同地点汇聚而成，所以有的人又称为“三道河”。“虎岩河”发源于小神农架之下的送子园和兴山县的窝尖等处，流经虎岩河——茄子坪——大桥滩等处，到两河口与主流合拢。在这里，神农溪三条主源汇聚一起，流量大增，已是人多马壮，鸟枪换炮了，虽然仍处于峡谷之中，但也阔大壮观。两河口由于地处沿渡河、东圩口、泉口乡和茅芋坪等地交界之处，是交通要道，自然形成一个集镇，虽然人口不多，但也车水马龙，热闹非常。邮电局、医院、粮管所、加油站、电站以及各类商铺，应有尽有，星罗棋布，鳞次栉比，人们生活方便安逸，富甲一方。人们都说两河口沾了神农溪河水的灵气，所以繁荣富庶。

神农溪由此再往前流经乱石窖、大水田、龙潭坪（母猪洞沟）、石板坪、链子岩、罐子口等处，直到沿渡河镇。沿渡河处于神农溪流域最中段，也是巴东江北最大的集镇，神农溪穿镇而过，使沿渡河锦上添花。再往前流经小河口、罗坪、叶子坝、鹦鹉峡、龙昌峡、西壤口。鹦鹉峡至西壤口这一段就是人们都熟知的龙船河，到巴东县城对岸（西壤口）汇入长江，在此结束了它的全部流程。从此，它作为万里长江的一支生力军，与浩荡奔涌的长江一起创造更加辉煌的不朽篇章，掀开新的一页。

注释与参考文献

[1] 360 百科网，2014-5-12

生命的摇篮

“生命的摇篮”喻指大九湖。大九湖又叫九湖坪，位于神农架西侧，原是神农架林区四个乡之一的大九湖乡政府所在地。这里是一个面积 3 万多亩的高山平原，属于冰川谷地，是中国“四大湿地”之一，在特定地质变迁条件下，形成了一个平坦的湖状盆地。近看是一眼望不到头的绿茵茵草海，远看这个平原处在四山相围之中，呈椭圆形而微长，活像一个巨大的摇篮。

一提起神农架，人们想到的总是高山峻岭，冰天雪地，是一个险恶无比的去处，没想到这里还有一个如此广大的平原。四周都有高山环绕，山的最高峰海拔 2800 米，将 3 万亩高山平原团团围住，形成一道天然屏障。东西两面有九个大山梁，其上林木密布，芳草萋萋，巍峨耸立。平原中有九条小溪纵横穿插，流水和积水冲汇出九个湖泊，湖中碧波荡漾，鹰鹞群集，一片水乡泽国的柔美气象，显得温柔、富贵和善良慈祥。大九湖西接重庆，北通陕西，南达湖北巴东，是连通渝、鄂、陕的交通中转站。湖水、河水连着茂密绿草，绿草连着青翠欲滴的群山林木，碧色连天，风光如画，空气清新。这里自然风光与人文传说遗址交织一起，让人感觉人类与大自然的深度融合，彼此难辨。

围绕大九湖的九座山峰，看似九条苍龙在争饮湖水，龙头、龙须、龙身、龙尾等俱全，从远处看酷似真龙，活灵活现。于是民间传说远古时代从四川过来九条龙在这里争饮湖中甘泉，全喝醉了，并且一醉不起，就永远醉卧在这里，年长日久，便化作了九座山峰。奇怪的是，这个传说又与“薛刚反唐”的故事联系到了一起。唐中宗被母后武则天贬为房州（即今湖北房县）卢陵王，但中宗并不甘心，他一直想重登皇位。一日在梦中得到神农老祖点化，特命薛刚为帅，在大九湖一带招兵买马，练兵备战，想一举推翻武周王朝。大九湖一带因此就分布着10个屯兵点，分别叫做一字号、二字号、三字号直到九字号、帅字号。据说它们就是当年各营将士营地和元帅大帐的所在地，帅字号位置居中，最为险要，是薛刚元帅的大帐。后来演化为十几个村落，分别叫卸甲套、马鞍山、黑水河、九灯河、碉堡坪等。这里至今还保留着娘娘坟、点将台、小营盘、擂鼓台、鸾英寨、八王寨、古盐道等历史遗迹，不禁让人浮想联翩，设想当年大九湖的繁华与军队练兵备战的金戈铁马。

紧挨着原大九湖乡政府所在地和帅字号的，是一号湖。一号湖早晚都烟锁云罩，宛若仙境，让人看不清楚它的尊容，呈现出一种朦胧美、虚幻美。只要一来到湖边，就立刻会感觉到“浩浩乎如冯御风，而不知其所止；飘飘忽如遗世独立，羽化而登仙”的仙味。一到太阳东升，湖中便云消雾散，又立刻出现另一番景象，水光曜日，波澜不惊。九个湖中，五号湖面积最大，它是湿地的核心保护区，虽没有“玉鉴琼田三万顷”的洞庭湖浩渺广大，但也有“表里俱澄澈”的美妙。九个湖泊都是亚高山浅水湖泊，湿地及周边山地植被发育良好，林木茂盛，莺飞草长，加之降水丰富，汇成了这些面积大小不一的浅水湖泊。

如今可以沿着人们搭建的栈道从林间回环往复的林荫小径进入腹地，水草泛绿，山色空濛，百花斗艳。草原犹如碧绿的地毯，绿茵茵、软绵绵，进入其中，犹如到了神奇的仙境。远观平原，野花盛开，星星点点，四望如一，美不胜收，完全是一种江南水乡韵味，没有半点冰天雪地的感觉。乡村民居次第升起袅袅炊烟，在浩渺无垠的平原中显得格外引人注目。微风徐徐，绿草微波，牛羊穿梭，一片祥和温馨气象。没有“大漠孤烟直”的萧瑟，却有“长河落日圆”的壮观与柔美。

这里湿地植物种类繁多，据有人统计“共有高等植物 145 科 474 属 984 种”，属于国家重点保护的植物就有 14 种之多。其中浮毛茛和圆叶茅膏菜都是湖北省首次记载，黄花狸藻和圆叶茅膏菜两种食虫植物也是神农架地区首次记载；泥炭藓，仅大九湖才有分布记录，到目前为止，别的地方尚没有发现，属于九湖地区独此一家的物种，据专家鉴定，这里的泥炭藓形成历史已达 3 万多年之久；羊茅（草）在此生长旺盛，不仅是牛羊最喜爱的牧草，同时又能治疗肺结核等肺部疾病并具有较高的疗效；红穗苔草和芒尖苔草两种植物，虽然不属于大九湖独有，但也都在这里各自秀出一片天地，相互媲美。

走过一、二、三、四、五、六号湖，就可到达狮子包，狮子包是由山林与植被巧妙搭配而成的特殊地带。其形状极像孙悟空的头部，这位“猴王”神态，好似他当年三打白骨精时被师傅唐僧赶出取经队伍，心中愤愤不平，一副愤郁沉重的样子，像是正在仰面问责苍天，要讨回公道一样。人们根据这位“猴王”情态，给这里取名叫“猴王问天”，让人见之并不觉得有任何俗气与不雅，倒觉得这名称完全恰如其分，名实相副。在一个最大的落水孔南侧，就可分别看到七、八、九号湖，这几个湖周围，也都是水草丰盛，原野辽阔，一片繁花似锦的秀丽风光。

整个大九湖地区，现在仍然基本保持着原生态，但是人们也早已经开始了调控治理。比如中心偏南地区原有一个湖泊，是一片沼泽地，水深泥厚，险象环生，人畜无法进入。如果一不小心陷入其中，就会有生命危险，深深的沼泽就会把人畜吞没。20世纪70年代，政府组织在湖泊边开凿了一条蜿蜒曲折的人工河，把四处漫溢的湖水引入河中。沼泽中的水，是湿地中的水与泥炭涵养的水泥交融形成的，引入河中也仍然还是黑绿色，所以人们就把它叫做“黑水河”。沼泽地的水逐渐排干露出湖底成了旱地、泥块，随后就长出了大片新草，从此大九湖失去了一片沼泽地而多了一个丰茂的新草场，人们在其中放牧。

这样的治理到现在人们还觉得不仅没有破坏原有的生态系统，而且在原有生态中增加了人文自然，使野生自然与人工自然有机结合，增加了大九湖可用草地面积，大大提升了自然生态环境的可持续性发展能力。既利用了自然，又发展优化了自然，一举两得。从目前看，这一切都是好的，但是，这种人为对大自然的治理，并不是我们想象的那样美好。奥尔多·利奥波德在《沙乡年鉴》的《克兰德博伊》中写道：“我们用挖泥机和堤坝、瓦片和火把排干沼泽，建成了农业地带，现在又在开发小麦生长带。蓝色的湖泊变成了绿色的泥塘，绿色的泥塘又变成了泥块，泥块最终变成了麦田。总有一天，筑了堤坝，用水泵排了水之后，我们的沼泽会在小麦下被人遗忘，就好像今天和昨天在岁月的掩埋下会被人遗忘。在最后一条泥斑鱼在最后一个水塘里做最后的摆动之前，燕鸥将向克兰德博伊尖叫着告别，天鹅将带着雪白的尊严向天空盘旋而去，鹤群也将吹响告别的号角。”[1]人们的治理实际上已经破坏了原有生态，只是我们凭现有的认识水平认识不到而已。沼泽中的原生物种的生存环境被破坏，它们就无法继续在此生存下去，只好告别此地而去，比如鹤、天鹅、燕鸥等就主要是靠沼泽地生存的，一旦该地失去沼泽地，它就无法继续在这里生存，只是人们对这些空中精灵不了解，不知道沼泽地是它们的生命所需。这样一来，这里的生态环境会进入一种新的运行模式，会有一些新的物种加入其中。而这些新物种会与原有物种产生矛盾，有时候还会是尖锐的冲突，或者新的物种生存不下去，或者旧有的物种消失，生态圈的运作就会乱套，失去平衡。但是人们在短期内是体会不到的，非得要到相当时间，恶果产生以后人们才会如梦方醒。

著名生态伦理学家霍尔姆斯·罗尔斯顿指出：我们“不能对未来的环境打折扣……当我们考虑的是环境的质量问题时，我们几乎找不到什么好的理由来证明那种只顾今天不管明天的行动的合理性了”。[2] 现在的治理措施也许是在生态伦理科学论证的基础上施行的，所以，这就更会给人造成一种印象：矫正了大自然自为创造的某些小小失误，使之既符合我们的论证，又促进了自然生态系统的更加合理运作。但这只是我们的一厢情愿，与自然规律无关，谁能保证我们的论证充分还是不充分，是正确还是不正确呢？人们论证也都是站在人类的利益之上来考虑问题的，并没能真正站在完全意义的自然生态一面。

从表面看来，这样的治理可能给人们带来了无尽好处，但其实有极大可能是适得其反。大自然既然在这里形成了一片沼泽地自有道理，它对整个生态有调节作用，甚至还会有更大的我们不理解的作用。美国著名生态学家巴里·康芒纳说：“对自然系统的任何重大的人为变革都将有害于自然。”[3] 美国加利福利亚深层生态学家乔治·塞欣斯也说：“自然不只是比我们现在想的更复杂，而且它比我们任何时候所想到的都更加复杂。”[4] 事实正是这样，我们对大自然看起来知之甚多，实际上却知之甚少，所以在我们还没弄清楚大自然生态圈的运动规律的时候，我们最好保持好原生态系统。

大九湖地下构造异常复杂，其中溶洞遍布，暗河交错，我们能够看到了解的仅仅只是地表表面现象。我们在地表的任何水利改造，都不可能深入了解其深层结构，都有可能打乱原有规律，使其紊乱而失去常规。这不是说对自然环境绝对不能治理，只要论证充分、行动合理，是完全可以的，也是必要的，比如防止水土流失修梯田，在裸露的山地植树造林，某一兽群繁殖太快太多对别的物种构成灾害时我们适当猎捕等等，都是必要的。

大九湖的水，主要汇入了两条江河：一部分向西南流过湖底下的溶洞暗河，进入了重庆巫山县的大宁河，随之汇入长江；另一部分向北通过落水孔和地下暗河汇入堵河，最后注入了汉江。此外，整个大九湖的地下，暗河无数，据有人统计周围低洼部位共有大小47处神奇的落水孔，通过暗河流往四面八方。如果没有这些落水孔和暗河，大九湖的水不能往外排泄，全部滞留在大九湖地区，大九湖将是汪洋一片，灾害连连。所以，我们在开发大九湖时，应该时时注意保护那些表面看起来没有什么价值的落水孔和暗河，它们可是大自然安排的大九湖地区的排水工程。比如有几条暗河穿过东南边山底，从湖北巴东沿渡河镇板桥村（现在已划归神农架林区管辖）的石门洞一带和水田梁子山脚下冒出来，在这里与从水田梁子上边的山林中流下的另一股水会合，就是石门洞河。这股清泉从石门洞流出麻线坪到下谷坪等，又在沿途接纳了多处小溪小沟，成了神农溪几大源头的主源。如此看来，实际上大九湖并不仅仅是外观形象上像摇篮，实际上也是神农溪等众多河流溪沟及整个神农溪流域各个生命物种构成生机的摇篮。

大九湖暗河流出的这不易被人们觉察的流水，大自然的这一不经意的闲笔，却造就了大自然中又一壮观景象——神农溪。如果在大九湖过度开发治理，消除沼泽，增加水道，一旦损害了溶洞暗河，说不定神农溪主源就会断流，抑或洪水滔滔，不仅大九湖会出现灾难，还会连带性的断送神奇美妙的神农溪，当然还会有众多相关河流溪沟。不管从哪个角度讲，都应当保护好大九湖的生态环境。

如今随着生态伦理科学逐步被人们感知，理解了大九湖这样的自然生态区的重要性与珍贵，政府决定将大九湖的人居搬迁，目前大九湖乡政府和部分居民已经向外迁到了离大九湖几十里之远的干沟，在这里新建起了一个能够承载目前大九湖乡所有人居的崭新集镇。这一举措避免了大幅度开垦，大量放牧，有利于大九湖生态恢复。人们也许认为失去一个大九湖，这对我国的大好河山并不会产生多大影响，其实并非如此，如果失去大九湖，一是这样的宝地一旦失去就不可能再生，永远失去了；一是它会连带性产生生态影响，可能大九湖以及整个神农溪地区的生态都会改变。

注释与参考文献

[1][美]奥尔多·利奥波德著，彭俊译，《沙乡年鉴》，成都：四川文艺出版社，2015年，145—146页

[2][美]霍尔姆斯·罗尔斯顿，《环境伦理学》，北京：中国社会科学出版社，2003，337—387页

[3][美]巴里·康芒纳，《封闭的循环》，纽约：A·A·诺普出版公司，1971，参阅刘国城译，生态学的四条定律，生态哲学信息，1988（1）：21页

[4]转引自余谋昌、王耀先主编，《环境伦理学》，北京：高等教育出版社，2004年，183页

送子园送子

送子园属巴东县沿渡河镇一个村，是神农溪三大源头之一“虎岩河”的源头，现属五A景区“神农溪自然保护区”之一。传说是因刘伯温于此处送五个儿子出山而得名。

送子园与著名的神农架主景区紧紧相连，还保持着原始森林的特有风貌，一些较稀有野生植物随处可见，如珙桐、水杉、香果树、连香树、梭罗、红豆杉等等。而且大都生长良好，没有被破坏或完全破坏，还能使人一瞻珍稀物种芳容。正是在这种自然环境中，这里直到现在为止还是一座天然的药库，在别处难得一见的稀有中药材随处可见，如头顶一颗珠、七叶一枝花、文王一笔枝、江边一碗水、天麻、党参、当归等。虽然这里曾经有过比较繁荣的景象，但近些年随着农户大量搬迁，又逐渐恢复了野生动物的乐园景象，如白熊、金丝猴、鹿、獐、麂等珍稀动物时有出现。它们精明地把握时机，现身它们曾经的旧居领地，如同当地几十年不见的稀客。由于地域特殊，这里的景观还形成了人工与纯自然相融合的风貌，如万亩神农七彩杜鹃、千亩草甸、奇特的间歇泉、秀丽的石林、迷人的瀑布、巴山松王等等。有的是自然生长又加以人工保护的幸运儿，有的是人工仿自然栽培的娇子，有的是自然大手笔创造而没有遭到破坏的顽强者，它们都在这里茂盛生长，焕发出勃勃生机。

这些大自然的众多物种，它们和谐相处一起，不分彼此，不分优劣，互相依赖，在这里自由自在生存，共同建构了高原自然生态共同体。奥尔多·利奥波德认为，“大地金字塔是一个由生物和无生物组成的‘高度组织化的结构’，通过这个结构，太阳能得以循环。这个结构类似于一个金字塔，低层是土壤，往上依次是植物层、昆虫层、鸟类与啮齿动物层，最顶层由大型食肉动物组成；这最后两层之间还包括一系列由不同动物组成的较小的层。这样一个高度组织化的结构的正常运转取决于两个条件，一是结构的多样性和复杂性，一是各个部分的合作与竞争。”[1] 正是这种物种的多样性和合作性，才使送子园成为一座自然稍加人工点缀的生态园。

送子园里还有大自然的绝活，一股神奇无比的泉水，在一个石洞中时隐时现，人们称这个洞为“双龙洞”。双龙洞十分奇特，平时并无泉水流出，甚至滴水不见，静寂无声，犹如毫无生气的空石洞，人们见到它，或者视若无物，或者不屑一顾，不会引起任何注意。但它寂静一段时间后，间歇性地突然泉涌波滚，爆发出隆隆声响，震撼山谷，“熊咆龙吟殷岩泉，栗深林兮惊层巅”。让人听之大惊失色，错以为突然遇到了山崩海啸，不由得胆战心惊。大约经两三个小时的轰鸣之后，又突然间销声匿迹，归于平静，一切都像什么也没有发生过一样。一年四季、从早到晚就这样周而复始，时而悄无声息，时而轰隆作响。每次泉水喷发时，总是由一股母泉首先哗哗流出打头阵，浅唱低吟，含情脉脉，恰如处子含羞首先粉墨登场。紧接着，几股子泉跟随夺路跻身涌出，这时候水势渐大，与母泉相互呼应，齐奏和鸣，轰隆作响，如山洪奔泻，似海涛鼓浪。由于这里山高人稀，人迹罕至，除原住不多几位山里人从洞口路过常抱好奇之心驻足观看外，人们极少来此一饱眼福耳福，时至今日，双龙洞仍然是“养在深闺人未识”。

整个送子园一带山陡，沟深，路险，一条坑坑洼洼、左弯右拐的车路，只能到一个叫文家河的地方。仅仅只是到这里，也异常艰险，接近文家河电站的三四公里处的山岭之上，坡陡路滑。公路像一条灰白飘带横挂在万丈悬崖之上，车行其间，如同坐在飞机之上穿行在云空之间，有一种漂浮之感。有许多人都只到这里就打道回府，连近在咫尺的文家河电站都不敢到达。即使这样也艰难惊险，因为很难找到一个车辆调头的地方，使人进退两难。到文家河再往上走，原先草丛掩盖的羊肠小道，如今却被深草矮树替代，要上山，还得拿着砍柴刀边砍边走，否则就无法往前移动一步。而且草丛林木中蚂蟥奇多，走不了几步，就会有数条在你腿脚上蠢蠢欲动，在你袜子裤子的结合处咬上一口。有的地方要从悬崖上侧着身子才能勉强挪过，有的峡谷要从简易木桥上通过。说是木桥，实际上只是一些在这里活动的人用圆木搭成的栈道，常年经日晒雨淋，青苔遍布，滑腻无比，走在上面摇摇晃晃，东歪西偏，让人的重心也随之摇摆恍惚。据说仅近十年来，这条路上共摔死 3 人，摔伤致残 6 人。也许正是因为这些天然阻隔，这一带的原生态才得到了保护。但是，这里不只有险，也自有它神奇的韵致，山清水秀，气候宜人。森林原始古朴，小溪清澈见底，高山杜鹃灿烂夺目，鸟鸣清脆悦耳！

就在十几年以前，送子园农户还较多，炊烟如织，虽然没有对这里的生态构成根本性破坏，但局部损害却多有所见，据网上一篇文章报到：

“送子园村 2006 年初户口统计还有 52 户 164 人，但现在实际居住的仅仅 15 户 44 口人。其中，有 3 户 4 口人为‘五保户’，3 位是精神病人或哑巴；全村 35 岁以上的光棍有 8 人，还有 5 户 9 口人为 60 岁以上、子女搬下山后留守的老人。”

现在各级政府出于生态环境保护和保护自然荒野的考虑，动员居住在自然保护区的人们搬迁，只安排固定人员在这里看护山林，保护生态，使这里的生态永续性不遭破坏。我们对生态系统的态度，应该是既不能丢弃不管，又不能过度开发破坏，要保持在一个合适的限度之内。这就取决于我们对生态环境保护意义的认识，明白生态系统的良性循环，正常运转对人们的生境是多么重要。不能只是把眼睛盯在眼前那些蝇头小利之上，眼光要长远、要全面。“如果我们是在拥有了整个世界后很快又会失去它的话，这样的拥有又有什么意义呢？我们可能会在经济价值上有所得，但如果我们会因此失去很多科学、美学、娱乐、宗教等价值，会失去自然历史的一个仙境，失去一个既超越我们又支撑我们的完整野性的领域，甚至在这个交易中会失去我们灵魂的一部分的话，获得一点经济利益又有什么意义呢？”[2] 我们要时刻想到，大自然绝不是我们人类的独家经营，它是人类、动物、植物、微生物以及无生物的合唱，既是“合唱”，其中任何一种不管其他成员随意乱动的行为都会破坏整体，任何一个个体的行为，都要遵循规矩，整体才会协调，才会产生悦耳动听的音乐。

注释与参考文献

［1］余谋昌，王耀先主编，《环境伦理学》，北京：高等教育出版社，2004年，86页

［2］［美］霍尔姆斯·罗尔斯顿著，刘耳、叶平译，《哲学走向荒野》，长春：吉林人民出版社，2000年，369页

白云深处有人家

神农溪一带人们常用“白云深处有人家”形容五子坪。五子坪位于神农架主景区之一的点兵台不远处，这里有一个不是很平也不很大的坪，由于紧靠神农架，十分荒芜，是一片林莽之地。这里与点兵台接壤，常常白雪皑皑，云雾缭绕，但是这里长期以来总是住着不多的几户人家，真算得上是“白云深处有人家”。这里为什么叫五子坪，有一段传说。

相传元朝开国元勋之一，有“神机妙算”之称的刘伯温在辅佐朱元璋夺得天下以后，深感自己可能有功高盖主的嫌疑，又加之自己平时秉公直言，确实也得罪了许多权贵。于是，在元朝建国初期，他急流勇退，毅然决定辞去一切职务，告老还乡，归田隐居，不与任何人争名争利，刀枪入库，马放南山，躬耕农亩。退隐后为了找一处理想的净地，他几经辗转，去了好些地方，都觉得不妥。最后到了湖北西部大山小神农架脚下的五子坪，觉得这地方不仅远离朝廷，而且与当地人也可以没有什么交往，绝对是个隐居的理想之地。他决定就在五子坪长期定居，在这里盖起了简易茅屋，结婚生子。一住几十年，共生养了五个儿子。随着家庭不断壮大，家庭成员不断增加，虽然这里远离世尘，但也不可能完全与外界没有任何联系交往，既有交往，就不能保证自己的身世不被世人知晓。

所以他仍然觉得还是不十分稳妥，于是他把五个儿子分别送到五个不同的地方去安家，这样一分散，就不那么显眼。谁知即使这样小心，五个儿子后来也仍然相继遇害。为了纪念这位为国家、为后代尽心竭力的忠臣慈父，人们就把这里名为“五子坪”。这件事虽为传说，但似乎并不是空穴来风，据说刘伯温每送一个儿子都只送到离五子坪不远处的一个地方，至于儿子们最后到哪里定居都由他们自己决定，人们为了纪念这个地方，就把这里叫“送子园”，离五子坪不远处至今仍然确有一个地方叫“送子园”，这是事实。

神农架积雪融化，在五子坪这地方形成了一条水沟，因为这里山势陡峭，流水冲击总是哗哗作响，人们把它叫做“响水沟”。沟里的水很特殊，不能直接饮用，只能煮得滚开冷却后才能喝，如果生饮，就像是烈酒之类的东西直刮得喉咙肠胃生疼。原因主要是这沟里的水都是神农架山上的冰雪融化流下山来的，到这里还没有脱去冰冻寒气，所以入口就显得这般奇怪与众不同，或许水中还有什么特殊的矿物质也说不定。五子坪早年有三五户人家，他们都知道这水的特点，从不生饮沟水。当然，如果不知情或没有别的办法生饮了，最多也就是饮用过程中喉咙和肠胃难受一点而已，对身体绝对不会有什么损伤。说不定还有意想不到的药用效果，只是因为“良药苦口”，人们没能大胆实验而已。否则，神农架上那些珍稀动物何以为生，金丝猴、白虎、白猿、虎彪、灵蛇和麝獐等等，一个个不都是其他动物难以企及的珍奇之物，健壮如精灵吗？它们不都是以神农架上的百草树籽和这里的清泉为食为饮么？

对响水沟的水这种现象，人们有的感觉它神奇，有的认为它很怪异，看法之所以有重大差距，是因为人们并不了解这一自然现象，这才导致对同一事物看法截然不同。“在人类看来，非人类世界是一个不以人类的意志而转移的生态系统，这个系统，从局部透视，是达尔文所谓的‘自然选择’价值系统；从系统整体上观察，是一个协同进化的价值系统。这个价值系统在自然过程中自为存在。即是以能量和物质为基础的食物链网方式存在，以及以生物群落与其环境依存和作用的方式存在。……物种之间构成的生态系统乃至整个生态‘世界’，与人类世界人与人、人与社会的共同体关系有着本质上的区别，但是，也有本质上的内在联系。”[1] 所以，我们千万不要一厢情愿地因大自然的安排与人类的安排不同而小看自然，无视自然，恰恰相反，“自然界是人类学习持续生存的一所环境道德大学。”只有我们理解了那些不理解时，我们才能变得智慧，人类社会本来就是这样发展起来的。

五子坪地势较特殊，这里上下左右几十上百里都是陡峭的山岭，唯独这里却出现一个约四五亩大的平坦之地。虽然不是一个真正的坪，但坡度极小，与周围其他地方比较确也算是个“坪”了。恰恰这个“坪”里，大都只长苦草，只有少数几丛树木，四周都是高大的林木，将五子坪团团围住，像是千军万马之中人们有意留出的一块空地，显得格外引人注目。虽然属于高寒地带，但土地肥沃，只要掌握了高山气候特征，在这里种庄稼，不需费多大功夫就能有丰厚回报。长期在此居住的三五户，家家都是粮满囤，猪满圈，牛羊肥壮，一年四季都无忧无虑，像是神仙过的日子。50年代末三年自然灾害，其他地方大面积颗粒无收，而五子坪这里却出奇的好收成，比平常年月收成多出几倍。人们终于明白，五子坪上住着的人为什么会一直安安心心定居在这个老高山，原来这里是这么一块宝地，很多人甚至也想搬到五子坪安家。

当然，五子坪也并不就是这个特殊时期人们想象的“天堂”，平常年月，在这里居住也有烦恼。这里周围都是原始山林，常有豺狼虎豹出没，这些猛兽虽然不经常伤人，但它们却时时威胁着猪狗牛羊，一不小心，它们就会溜进猪圈羊栏咬死或拖走猪羊，有时候大白天它们也敢来袭。人们追赶它，它会一眨眼就消失在原始老林之中，连它的影子都见不着。时间一长，这里的人似乎见怪不怪，司空见惯，根本没把这当回事。他们都知道，再凶猛的野兽一般都不会主动伤人，不仅如此，它们都天生惧怕人类，有时候如果觉得它们有可能出现，只要吼叫几声，它们就会吓得屁滚尿流，逃之夭夭。至于它们袭击猪羊，只要人们严加防范，它们也很难得手，最多也只是警示人们把猪圈牛栏修得坚固一些罢了。

住在深山老林的人似乎比城里人更开通，对此事无所谓。如果问他对兽害烦不烦，他会说，烦什么烦，豹子野狼本来就是吃山羊鼠兔的，它们吃羊就好像我们吃饭一样。再说，它们一般并不来骚扰，如果神农架山中有大雪了，它们逮不着野物了才来咬家羊，其实它们也不愿意冒险。如果把它们的生路都堵死了，它们饥饿难耐这就更加可怕。听了这些说法，会觉得这里的人怎么好像处处都在为野兽们着想，似乎野兽还是他们的朋友似的。的确，我们人类为什么不可以为动物考虑考虑呢？“动物解放运动比起任何其他的解放运动，都更需要人类发挥利他精神。动物自身没有能力要求自己的解放，没有能力用投票、示威或者抵制的手段反抗自己的处境。”[2] 看来，居住在五子坪上的山民，他们经常与动物特别是野生动物打交道，了解野生动物就像了解他们自己一样深入，他们的思想就会在某种程度上更加接近生态伦理科学原理，这就是五子坪的人理解甚至同情野生动物的深层道理。

成都青年画家、作家李薇漪长篇小说《重返狼群》讲了她亲身经历的一件事，正好可以作为上述观点的有力佐证。李薇漪养了一只狼崽，到小狼快要长大时，她将它送回到小狼的出生之地——若尔盖大草原。小狼刚加入野狼群中，李薇漪不放心，害怕它并没有真正加入到狼的大家族中去，就跟踪了解情况。一天她走到一个牧民家，正好听这家老大娘说，就在前两天，一只小狼和一只老狼到家咬死了两只家羊。李薇漪一听大吃一惊，马上承认那只小狼就是自己养大并刚送回草原的，并边说边掏钱赔偿。谁知老大娘却说，赔什么赔，狼本来就是吃羊的，它们是冬天抓不到鼠兔才咬死家羊，这很自然。李薇漪当时感动得热泪长流，她觉得这位深山中的大娘竟然如此大度开通，如此关爱野生动物，实属可亲可佩。老大娘是若尔盖大草原的牧民，对野狼非常了解，所以她的想法正好与五子坪人如出一辙，这不得不让人们佩服他们。

我们城里人总认为自己比乡村山野中的人文明、优越，其实我们在许多方面远远不如人家，就如同我们人类与大自然中的其他物种比较一样，以往人类总以为只有人类才是天之骄子，是自然的主宰，其实我们是目光短浅了，不了解自然的奥秘，只有自然才真正懂得自然，人类永远也不可能真正懂得自然。

注释与参考文献

[1] 余谋昌、王耀先主编，《环境伦理学》，北京：高等教育出版社，2004年，231—232页

[2] [美] 彼得·辛格著，孟祥森、钱永祥译，《动物解放》，北京：光明日报社出版社，1999年，300页

吹不响的石海螺

下谷坪是神农溪主源从大九湖流出以后所经过的第四站，这里四周都是高山大岭，中间一个长方形广大的平地，神农溪穿坪而过。相传炎帝神农氏在神农架采药，下得山来，发现这里与神农架上的一切有别，气候明显温和，土地平整而肥沃，草丰树茂，水流清澈，游鱼群群。于是炎帝便想到在此地试着播种五谷，并一举成功，创造了华夏大地五千年农业文明的辉煌，所以这里从此就得名叫“下谷坪”。

人们现在说的下谷坪，是指的神农架林区的下谷坪土家族乡，这个乡原来是属于湖北省恩施土苗自治州巴东县管辖，是板桥乡、石磨乡、下谷坪乡 3 个乡合并一起于 80 年代后期正式划归给神农架林区管辖的。而真正的下谷坪指的只是原下谷坪小乡的一个地方，即那个四山相围的长方形平地。

既然是神农氏都看好的地方，自是仙境宝地。下谷坪由于山清水秀，土地肥美，人们都用“绿色圣地”“生态天堂”来称羡。这里是亚热带季风气候，常常是暖温带、中温带、寒潮带等多种气候依次转换。每年 10 月初到次年 3 月底为寒冬期，即使这个时期，由于四周高山圈围，像一圈钢铁卫士将寒冷之气挡在了山外一样，这里并不显得冰冻寒冷。夏季到来，又由于这里连接着神农架，高山清凉之气时时送爽，又不十分炎热。长期居住这里，真正有点儿冬暖夏凉的感觉。正因为这里气候特殊，所以物产十分丰富，植物丰茂，长势良好。中药材品种众多，如独活、柴胡、黄连、川芎、杜仲、黄朴、厚朴、冬花、白桔等等，都是这里的出产之物。其中还有一些珍贵稀有物种，如头顶一棵珠、江边一碗水、七叶一枝花、文王一支笔等等。粮食作物更是山上山下能种植的也都能在此随地种植，如水稻玉米，土豆红薯、大豆荞麦、小麦燕麦、蚕豆绿豆等。长期以来，在坪里居住的人都是富甲一方，像是居住在美索不达米亚地区的人一样，富得流油。三年自然灾害时期，别处的人都只靠野草树皮度日，下谷坪的人却安然无恙，所以人们说：别处闹饥荒，下谷粮满仓。难怪神农氏当年选中这里试种百谷，原来这里的确是一块风水宝地，让人羡慕不已。大自然给人类的赐予是全方位的，无所不到，无微不至。“人类产生以前，大自然就存在了，以博大的胸怀容纳各种生物生存的物质原料，完全是一个不以人的意志为转移的生态系统。不管人是否评价它、体验它，由它产生的价值是逻辑必然的、是客观的。美国生态伦理学家罗尔斯顿把这种自然价值称作‘被储存的成就’。”[1] 所以我们千万不要错误地认为是人类创造了世界，恰恰相反，是大自然创造了人类，并养育了人类。以往人们总认为是最晚出现在大地之上的人类这个物种创造了自然世界，许多人并不知道，在人类出现之前，自然早已存在，早已经创造了这个人类赖以生存其间的世界。

神农溪的主源河水在这里也创造了奇迹。上游是麻线坪，其实这里乱石穿空，坡陡浪飞，水流横冲直闯，气势汹汹；下游是百链岩，一路悬崖峭壁，河水从上直冲而下，水花四溅，犹如黄河落东。唯独在下谷坪，神农溪却平静轻缓流淌，像是有意在为下谷坪献殷情一样。住在坪中的人，家家都有渔网，户户都有打鱼的人，一有闲空，带上渔网下河随便撒上几网，不用费什么功夫就能满载而归。早年下谷坪的人吃鱼就像别人吃青菜萝卜一样平常。神农溪这一段河流中的鱼，似乎是大自然专门赐给下谷坪人们似的，只有他们才是上帝的选民。早期下谷坪的人都很朴实，在河中捕鱼不像现在的人们那样乱来，他们对待河中的鱼就像对待家禽家畜一样关爱有加，所以早期下谷坪河里四季游鱼成群。“地球上的人、生命和自然界，各种因素处于相互依存和相互作用中，其中每一方的存在，既是它自身存在，又是他方存在的条件。也就是说，某一方的存在是为了自身生存，又是利于他方生存。它既是目的又是手段，即对它自身存在是目的，又是对他方存在的手段，两者是统一的。因而，人、生物和自然界，既是它自身的内在价值（自身的生存），又是外在价值（他方的手段）。”[2] 与其说大自然对人类偏爱，不如说自然生态系统各个物种是互惠互利、互敬互爱的，你自己想要无忧无虑生存，首先就要让别的物种生存。我们要在别的物种中看到自己，又要在自己之中看到别的物种，生态系统中的各个物种都是你牵我连互为支撑的，不是单一的存在，任何物种都只有与别的物种相互紧密联系和谐相处才能生存。

下谷坪中部河水南岸边生有一个不很高的小石山，有好几间房屋大，一面紧靠河水，一面连接南边平地，突兀而起。如同在一个阔大的平地上人工搭建的戏台，也像海中的一个小岛，顶上草丛矮树，青翠欲滴。奇怪的是，在小石山一侧天然生成一个石海螺，样子很像海螺，栩栩如生，历来被认为是下谷坪乃至整个神农溪一带的一大奇观。远近之人只要到了下谷坪，都慕名纷纷前去参观。并且都争相去吹石海螺，但是一般都吹不响，据说只有少数力气大且有技巧的人才能吹响，但是从来也没有见过这种人。

关于石海螺的生成，有一个传闻。说东海老龙王有一颗珊瑚珍珠，其色质晶莹剔透，熠熠生辉，老龙王一向将其视作龙宫的镇宫之宝，从不肯向任何人提起，更不愿让人一饱眼福。有一天，老龙王应西海龙弟相邀去赴会，临走时他还一再叮嘱守宫的虾兵蟹将，决不能让任何外人进入龙宫。不巧龙王的此番叮嘱，让躲在一旁的海螺听到了，他便趁老龙王外出这个难得的机会，偷偷潜入龙宫四处寻找宝物，但就在他藏好宝珠想溜走的时候，龙王赶了回来，将海螺逮个正着。老龙王非常气愤，一怒之下将海螺逐出大海，驱赶到人迹罕至的原始森林神农架之下。从此，海螺远离大海，就在下谷坪消磨时光以度残年，不知道经过多少万年的蜕变，海螺便成了石海螺。

于是人们说，石海螺是有灵性的，一般的人没有灵性根本吹不响，这当然是人们故意将其说得那么玄乎。神奇之物的存在，传说和龙门阵也就随之而生，这似乎是世界文化中一种带普遍性的现象，某物某人有特异之处，后来都要被神话。人们说当年薛刚在大九湖屯兵，下谷坪是他设置的前哨阵地，如果发现敌情，只要一吹海螺，大本营就可早做迎敌准备。其实下谷坪离大九湖还有好几十里路，中途还要经过麻线坪、水田梁子、干沟等许多地方，水隔山阻，海螺声再大，在大九湖也不可能听见。这传说虽然有点牵强附会，但说明人们对大自然的奇观十分看重和敬畏，总觉得这些奇观是自然造化的特意安排，既然生出了一个海螺，就一定有它神奇的用处。抛开传说的迷信思想这一层不说，单就人们对大自然的这份敬畏之情来讲，是可敬可佩的，并且，我们对大自然的所有物种都应该怀一份敬畏之情，并不仅仅局限于某种宝物。

法国著名生态伦理学家史怀泽说："从任何角度来看，只有敬畏生命的伦理才是完备的，只涉及人对其同类行为的伦理会很深刻和富有活力。但它仍然是不完整的。不可避免的是，人们总有一天会对未被禁止的对其他生物的残忍行为表示反感，并要求一种也同情它们的伦理。但伦理在决定要把它付诸实践时则犹豫不决。只是不久以来，这种意图才得到了可观的实施并引起了全世界的重视。

从而，要求对所有生物行善，符合有思想的人天然感受的敬畏生命的伦理，也开始得到承认。通过对所有生物的伦理行为，我们与宇宙建立了有教养的关系。在世界上，生命意志处于与自身的冲突之中。在我们内心，它则愿与自身实现和平。生命意志显示在世界中，并在内心中启示着我们。精神命令我们有别于世界。通过敬畏生命，我们以一种基本的、深刻的和富有活力的方式变得虔诚。”[3]我们对生态系统中的所有物种只有有了敬畏心情，才能够真正保护它，进而保护大自然生态，环境保护的行为如果单一来自某种外在力量，是很难有真正的生态保护行为的。

近些年人们在下谷坪开发旅游景点，在小石山上离石海螺一两米处修了一个亭子，将不远处的公路加宽，使得这一带车水马龙。让人遗憾的是，不知是什么时候什么人，把石海螺给砸了，外形已失，灵性全无，石海螺现在是彻底的吹不“响”了。公路为什么不能稍微改动一下线路避过石海螺呢？石海螺在神农溪一带是独此一处，这样自然生成的宝物一旦失去，就一去不复返，人们永远也没有办法弥补。可能人们认为，公路是大事，与修公路比较起来，石海螺这样一个小玩意儿简直不值一提。人们并不明白，从生态伦理、自然价值、审美价值与科学价值等诸方面考虑，石海螺既有自然价值又有当地文化价值。这个天然宝物都被破坏了，开发出这样的旅游景区还有人来吗？也许就在不久的将来认识到石海螺的经济价值、科研价值、文化存在价值，这完全是有可能的，到那时怎么办？子孙后代如果了解到我们把这样一个宝物砸了，他们该如何评价我们？我们做事，千万不能只顾眼前，而不考虑未来。有些人认为石海螺不值一提，毫无价值，这是我们对大自然的事物认识还不到位，认识水平有限。对大自然中这些事物，绝对不能损毁。我们必须意识到，没有了石海螺，下谷坪这个“绿色圣地”不知要逊色多少倍。

现在我们对自然的开发，从本来意愿说，任何人也不想破坏自然物，特别是对那些神奇之物更是如此。大自然是神秘莫测的，它比我们想象的要复杂得多。我们要明白的一个事实是："人的知识不完备，理性有限，他根本不可能确切地知道，一个物种的毁灭或一个特定生态系统的破坏究竟会产生哪些长远的影响；有些自然存在物，现代人可能觉得毫无用处，但谁又能保证这个事物不会在未来的某一天成为一种新的资源呢？"[4]当然更严重的是人们这样做，实际上是把人与大自然对立起来，一旦对立，就自然有伤害，有时候是单方受伤害，有时候是双方，不管是哪种情况，对生物共同体都是不利的。我们对自然的开发是想让它更加美好，但是如果不遵循自然规律，往往会事与愿违，好心办坏事，不仅不能使它更加美好，反而会把事情办糟。人们普遍存在的一种心理，即我们按科学道理行事，总不会错，总相信我们的科学是万能的，但其实并不是这样。

我们不要以为人类的科学技术可以代替世界上的一切，胜过世界上的一切，其实我们的科技极其有限，对大自然中的许多东西还知之甚少。许多时候我们在大自然面前显得是那样无可奈何，人类离真正懂得大自然的理想境界还十分遥远。

注释与参考文献

[1] 裴广川主编，《环境伦理学》，北京：高等教育出版社，2002年，111页

[2] 章海荣编著，《生态伦理与生态美学》，上海：复旦大学出版社，2005年，233页

[3] [法] 阿尔贝特·史怀泽著，[德] 汉斯·瓦尔特·贝尔编，陈泽环译，《敬畏生命》，上海：上海社会科学院出版社，1996，92—93页

[4] 余谋昌、王耀先主编，《环境伦理学》，北京：高等教育出版社，2004年，57页

野猪棚文化

自从有人类居住直到二十世纪六七十年代，只要有庄稼的地方，每一块农田中都有一个几个野猪棚，神农溪地区也不例外。说是野猪棚，其实不光是为了防守野猪，狗熊、豪猪、獾子等都防守，所以当地也叫“牲口棚”，实际就是一个窝棚。野猪棚还有一个含义，它指的是野猪自己建造的窝，它们往往衔来一些树枝草茎树叶垒起一堆，在里边休养生息，所以很多人驱赶野猪并不直接追赶野猪，而是到处寻找它们的“窝棚”将其烧毁，让它们无法安身，它们自然就会离开。不过一般说野猪棚都是指前者。

野猪棚可能与当地农业文明一样久远，只要人们种了玉米、红苕、土豆、南瓜等农作物，野猪、狗熊等都会虎视眈眈，随时都会来“不劳而获”。但是人们也绝不会就这样老是处于被动，没有了粮食自己就得挨饿，人们就得时刻提防守护，这是农人们的无奈之举，否则就会颗粒无收。所以完全可以推知，自从当地种了庄稼那天起，野猪棚也就随之产生了。野猪棚这种早期的人造物，长期以来都没有什么变化，因为人们不需要它有什么变化，只需简易能临时使用即可，搭建起来简单省工省时，完全不需要那么复杂的结构。它的性质决定了它的简易，也决定了它的长久没有变化。即使是人们物质生活水平高度发展的现在，某些地方仍然存在野猪棚，也照样基本保持了它的原始古朴的风貌。它就像当地文化的活化石，让我们从中可以了解到农耕文化的一面。

野猪棚一般都十分简陋原始，用三两根竹木绑成一个三角架，上面盖上茅草稻草或树皮树枝，能遮雨避风就成。内部也不需要锅碗瓢盆、桌椅板凳之类的家具，仅仅只要支架一个简易的铺。有的更简单，靠着一个岩石搭一个偏棚就算大功告成。说是避风遮雨，其实有些并不见得就能够遮得住风雨，一遇到下暴雨，里边一般会四处漏雨滴水，有时候风大还会将其掀翻吹跑，所以守夜的人最害怕的是刮大风和下暴雨。设施是如此简陋，但是搭建的地点可是要精心选择，既要视野开阔，又要向阳温暖。人们守夜，有的敲梆敲鼓，有的大声喊叫，使这一带所有有庄稼的地方都能听见，驱赶的效果才好，否则，你就是吼哑了嗓子，野猪根本听不见，照样会按部就班作业。同时人们在更深夜静的时候还要在里面休息，不能阴冷潮湿，否则就会闹个伤风感冒。早期的野猪棚很可能是与人们居住房屋合二为一的，开始人们种庄稼都集中在房前屋后，晚上驱赶野兽不会另外搭棚，就在住房前后吼叫或敲打响篙或木板就可以了。后来家族人口增加，仅房前屋后的土地不够，只好向远处发展，庄稼地远离了人们的居住场所，这就有了专门的野猪棚。

“人因为要生活，永远地在改变他的四周。在所有和外界重要接触的交点上，他创造器具，构成一人工的环境。他建筑房屋或构造帐幕；他用了武器和工具去获取食料，不论繁简，还要加以烹饪。……御敌，充饥，运动，及其他一切生理上的，精神上的需要，即在人类生活最原始的方式中，都是靠了工具间接地去满足的。世界上是没有‘自然人’的。”[1]我们说原始人基本属于自然人，与一般动物没有什么区别，这只是相对而言。实际上二者还是有重大区别的，兽类不会制造工具，仅仅只有极少数灵长类动物会制造简单原始的工具，如一根木棒、一个石具等。而人类早期为了生存繁衍，总是要想办法创造一些简单原始的工具，木棒、石刀、石斧、窝棚等等，用来保护自己的身体和生命。也是为了同一种生存目的，人们同时又需要棍棒石块用来向大自然中阻止影响自己生存的物种进攻，也都还需要其他各种不同的工具，这些工具就是人们最原初的劳动文化体现，野猪棚就是其中之一。起码可以说，野猪棚就是人类初始的文化品种之一种，又是衍生其他文化品种的转换物，具体说来，起码有以下几个方面是很明显的。

其一，民居文化。有许多地方的野猪棚，虽然棚子外观很简陋，但里边的床铺却搭建得很讲究，既高且牢固，一方面通风防潮，一方面避免虫蛇野兽侵袭。这应该就是后来南方多雨潮湿之地的房屋采用杆栏式建筑的滥觞。我们的祖先最早居住的，要么是岩洞，要么自己搭建一个简易草木结构的窝棚，与后来的野猪棚没有多大区别，准此，也可说野猪棚实际是民居的再版。当然越到后来，居住房屋就与之分道扬镳了。

其二，梆、锣、鼓、唢呐等乐器的源头之一。开始只是简单制作出来作为驱赶牲口的工具，一来二去，它也就演化为一种乐器。后来很多守夜之人都仍然要带上这些东西，这就可以看出它的延续与传承。虽然不敢说这些乐器都起源于野猪棚文化，但其中的梆、唢呐应该是与其有密切关系的。

其三，文化技艺的练兵场。最典型的是唢呐练习。唢呐声音高昂，传得远，是驱赶野兽的最好武器。守夜的人反正没有别的事可干，有人就带上唢呐练习，既可以驱赶牲口，又可以提高技艺，一举两得。其他梆、锣、鼓也都一样。还有那些喊山歌、打丧鼓等民间文艺形式的诞生、成长壮大更是与野猪棚关系紧密。

其四，爱情的催生地，特别是后来自由爱情与婚姻。一家一户的庄稼一般都有好多地点，不可能都集中一块，这样守夜的人也就要得多。孕妇和哺乳妇女是不能守夜的，所以男女青年守夜的就多，张家李家的地靠得近，守夜人一方面害怕黑暗与野兽，一方面又是青春萌动的青年，相互就会串棚，这就促成了爱情婚姻的产生。

在野猪棚守夜必备的驱赶工具有牛角、竹筒，其主要的功能只是吹响吓唬野兽，达到驱赶的目的。神农溪一带的人们早期守牲口常用的一种东西，即人们自己手工制作的土号，这里的人叫做“筒”。这是守牲口最必不可少的“工具”，它的声音穿透力大，传得远，效果极佳。但制作并不很简单，先将毛笔管粗细的贝母树枝砍下一枝，将两头的皮去掉，留下中端一寸半到两寸长一节不去皮，放在平整的石头或木板上用刀背轻轻敲打，边敲边滚动。皮子松动后将其整体捋下，可以得到一节像毛笔套的空管，用手将一头捏扁，放到嘴里吹，可发出呜呜声响，这叫“哨子”。第二步砍一根酒杯粗或者更粗，但比较直顺的贝母树枝，用刀斜着在上面划口子，只划破皮，边划边转动，直到划完整根树枝，然后顺着将皮剥下。第三步，将剥下的树皮呈螺旋状缠到“哨子”上，可弯可直，弯的像牛角状，直的像话筒。但是一定要趁树皮未干之前缠好，湿的贝母树皮上面有粘性很强的汁液，干了就缠不住了，就是勉强缠好，也会脱落。做好后衔着哨子吹，就会发出嗡嗡昂昂的浑浊声响。

有些东西变化不大，直到今天也仍然是原始模样，如响篙。响篙是用一米多长的竹子，将一头劈开成四至八片，另一头保留，使用时手捏住没有劈开的一头，在岩石或树干上敲打，啪啪作响以吓唬牲口。它也是早期守夜人必备工具，但是这种东西的响声在近处听起来声音很大，可是穿透力不强，传不到远处。现在农村人家中也仍然使用，以驱赶鸡狗，它仍然是原始模样，没有任何变化，不仅功能没变，就连样式、质地也没有改变。至于响篙是从驱赶野兽转而为家用，还是由家用转变为野用，这恐怕现在已经很难说清楚了。响篙后来是否演变为其他种类的乐器或别的器物，这还得就教于艺术史大师们的高见。

在当地有一件与野猪棚有关的趣事，六七十年代大集体时代，虽然这时山林破坏严重，但也还有不少损害庄稼的野生动物存在，也经常要派人守夜。这时候各个公社经常以公社为单位举办文艺汇演，各生产队都要分别排练节目，到夏秋之交包谷成熟时，生产队既要抽一部分人排练节目，又要派人守夜，经常感觉人手不够。东圩口对面山上一个生产队的队长想到一个高招：将排练节目和守夜两套锣鼓一起打，将排练节目的一帮人派到一块最大最难守的包谷地，这帮人在这个野猪棚吹吹打打，闹闹嚷嚷，效果非常好。原先在这里守夜的人都反映这里地盘太大，守不住，自从在这里排练节目以后，这里的包谷从来没有被野猪损害。一帮青年男女在野猪棚排练毫无顾忌，不需要担心打搅别人休息。而且一排练就总是忘了时间，要到天快亮才想起来应该休息一会儿。女孩子都叽叽喳喳纷纷往家里赶，有些男孩子懒得回家，就在野猪棚里挤挤挨挨对付一会儿。结果节目排练也收到了极好效果。后来公社书记听说了此事，开始是捧腹大笑，但他冷静一想，觉得这个生产队长还真是有开拓精神，于是在全公社大会上表扬了这个队长。公社书记这一表扬，等于是立了一个标兵要别人学习，其他生产队都纷纷学习，照此办理，都感觉效果绝佳。

注释与参考文献

[1][英]马林诺夫斯基著，费孝通译，《文化论》，北京：中国民间文艺出版社，1987年，4页

风水小溪村

闻一多《红烛·孤雁篇》中《小溪》一诗写道：

“铅灰色的树影，
是一长篇噩梦，
树影横压在昏睡着的
小溪底胸膛上。
小溪挣扎着，挣扎着……
似乎毫无一点影响。”

这首诗中树影与小溪构成了一种矛盾对立的关系，树影像是一个暴君构成了对小溪的压迫。其实大自然中的这种所谓矛盾对立缘于它们各自的属性，这是它们各自生存互相影响的自然显现，并无所谓“横压”和“挣扎”。作者要以自然现象暗喻人事，所以才有了“横压”和“挣扎”之说，其实各自然物种都只是按照自己的方式存在着，显示着自己的存在权利与价值。它们生存下来了，在大自然的历史舞台上不断扮演着角色，这就证明它们成功了，赢了。它们不在乎人类如何评价它们，事实上人类如何评价它也确实无所谓，你怎么评价，它都会存在、繁衍、发展。

巴东县沿渡河镇有个村叫小溪村，它不是作家笔下描述的地方，而是大自然的手笔。只是，作家笔下的那些小溪一定得是吸取了大自然中的无数小溪才能写得出来的，所以当你读到闻一多的《小溪》，就感觉到沿渡河镇的小溪村确也像极了闻一多的“小溪”。这小溪也是在“挣扎着，挣扎着”，这也可以说是作者暗喻的源泉。

小溪水的源头是神农架点兵台，它从点兵台流经五子坪，再向下流出几十里，才来到小溪村。人们把这条水叫做“小溪”，随之把这一带都叫做“小溪”。响水沟变成小溪，可不仅仅是变了一个名字那么简单，也不仅仅是审美上的“清且涟漪”，重要的是水质发生了根本变化，清澈见底，不仅没有了响水沟水的怪味，而且醇正甘甜，人们饮用后虽然不能长生不老，但也的确可以延年益寿。小溪水的脱胎换骨经历了一个艰苦异常的过程，它经过无数次高崖落击，摔打沉淀，除去杂质，又处处接受了温暖气候的亲吻和拥抱，温暖了性情，才变成了洁净醇厚的甘泉。它的嬗变过程倒确实有点儿“挣扎着，挣扎着”的味道，似乎是经过了一次凤凰涅槃而终于获得了全新的生命一样。“伴随生物进化过程的自然荒野的进化，不知其中有多少野生生物自然生长和消亡，但是我们现在利用古生物学复原过去已流逝了的生态，能够洞察到人类出现之前的古地质、古生物、古气候的变化对地球上生机的价值。这些价值掩埋在地下，记载着地球生机历史的成就。这些储存的成就，具有人类评价的内在价值（历史、文化价值），也为人类发现生机的固有价值提供了工具价值。”[1] 大自然的内在价值，为各生命物种提供了生命资源，如果人们不破坏它，它就会一代一代继续下去，直到永远永远。小溪滋养着这一带所有的人及生物，长期居住生活在这里的人，确实可以延年益寿，具有顽强的生命活力。

有个姓吴的乡村女干部，曾荣获全国三八红旗手荣誉称号，她的老家就在小溪，她母亲当年已经 86 岁。老母亲的当乡干部的女儿和当教师的儿子都在乡镇上有住房，多次接母亲出山去安度晚年，她却坚决不肯，一次次回绝，仍然坚持要一人独居小溪老家。子女们都怪老人，说她越老越怪，接你去享福还不干，非要一个人死守在山旮旯受罪不可。其实是我们不懂老人，老人已经在这里生活了大半辈子，对这里的一草一木了如指掌，这一带哪里有个坑哪里有个坎，她都一清二楚。对这里的一山一石都有一种依恋之情，突然离开这里到一个新的地方，而且还是城市，什么都是陌生的，她到了新地方就像一个外星人一样，连个说话的人都找不到，她当然不干。有一年老母亲过生日，她女儿跑回去接她到镇上过生日，在屋旁正好遇到她背着一筐一百多斤重的牛粪健步如飞往田里去。女儿一见心里觉得有点酸酸甜甜的，关怀心疼地说了一句：你少背一点不行啊？她却笑眯眯地对女儿说，你以为我像你们当干部的观光旅游啊，我是干活！弄得女儿哭笑不得。像这位老人身体一样健壮的老人，在这一带很多，身体都健康得不得了。有人给小溪编了几句顺口溜："小溪河水宝中宝，喝了不病也不老。男人八十打老虎，女人八十还坐草。"这顺口溜虽然说得夸张了些，但也并不是一点道理都没有，这里确实也算一块风水宝地。

这种情况在中国普遍存在，人们现在称这种老人为"空巢老人"，似乎他们都是凄惨悲凉的，其实其中有很大一部分并不悲凉，相反他们十分幸福。离小溪不远的大桥滩学校里也有一对教师夫妇，家里三个子女都是当年全省的高考状元，分别毕业于清华、北大，现在分别在西安、青岛、巴东县城工作。两夫妇退休后，子女们争着接他们到大城市去享福，可他们却不答应，一直坚持住在大桥滩这个山旮旯不挪窝。见老人这样，小儿子就近给他们在宜昌市买了一套房，可他们一直不去住，只是有时候去看一下。大儿子以为他们嫌弃房子在宜昌才不去住，又在武汉市给他们买了一套，结果他父亲说：这些房子谁买的谁住，我们不住，反正我们是不会离开大桥滩的。我的根在大桥滩，一棵树拔出了根就会活不成，儿女们没办法，只好三个人轮流抽空回来看望他们。

小溪村不仅人在这里居住身体健康，心情舒畅，各种珍稀植物也分布数量众多、面积广大，在湖北省是少见的，这里分布的连香树其中有一棵据说可能是巴东最大的。据科考部门介绍，这里分布的国家一级植物有珙桐，二级珍稀保护植物有水青树、连香树，还有巴山榧树等，三级保护植物有金钱漆、银雀树等。在众多珍稀植物分布中，珙桐分布范围特别广，从这里一直连接到送子园每一条有水的山沟边都有珙桐，而且都是纯野生状态。其他还有大果青扦、香果树等，还有白辛树、银雀、梭罗树、领春木、金钱柳、柯楠树、穗花杉等稀有植物，兰科珍贵种类有金兰、斑叶兰等等，几乎应有尽有，这里简直是一部植物大全。

据科考部门考察，小溪村金丝猴的数量很多，而有一群200~300只的金丝猴群还比较固定在小溪村栖息。有科考专家称：除了在送子园分布的金丝猴群有220多只之外，沿渡河镇小溪村大约有350多只，茅圩坪村大约有150只以上，它们长期栖息活动于海拔1800米~3000米的原始森林或原始次生林中。另据小溪村村民说，他们经常在山上看见金丝猴，此外还时常看见隐身已久的黑熊、金钱豹等国家珍稀保护动物。村民们反映，现在人们的动物保护意识增强了，这里的野猪繁殖得特别快，庄稼成熟时，野猪经常下山偷吃农民的庄稼。50年代以前，这里本来就野生动物十分活跃，金丝猴经常成群结队呼啸在山林与田间地头，甚至比这一带更接近城镇的地方也是如此。在神农溪接近沿渡河镇不远处的一个叫鸭子溪湾的地方，这里常年活跃着一群金丝猴，后来大量开发荒山，野生动物赖以生存的家园失去，金丝猴随之人去楼空。现在看到的金丝猴，其实很多是从神农架来到这一带串门的，当然也可能是原先居住在这里的猴群的后代反乡寻祖来了。不管这些“客人”的身份如何，它们来了，这总是好事，说明这里的自然生态环境已经有了很大改变，也是人们对金丝猴的生态价值正确认识进而全力保护的结果。

更可喜的是，现在当地人已经形成了对濒危物种给予保护的风气。据中国质量新闻网报道：重庆一个临时组成的科考队到神农架考查，在小溪村遇到了一个刚出生而被金丝猴妈妈抛弃的金丝猴。他们一行当即决定停在原地观察，经过半天又一夜时间，始终没见有猴妈妈来认领。女队员张小蓉将小金丝猴抱起来，小猴饥饿难忍误把张小蓉当成了猴妈妈，大家只好给它喂糖水以解燃眉。后来到小溪村找人帮助，经过努力，终于找到了正在哺育期的当地农民宋华珍，宋华珍二话没说就用自己的奶水喂饱了小猴。但这不是长久之计，这个临时科考队只好暂时放弃科考，带着小猴赶往巴东县城。途中经过沿渡河，在沿渡河又有好几个哺乳期妇女用自己的奶水喂小猴。赶到巴东后，巴东县林业局动员两位哺乳期妇女给小猴挤了200毫升人奶，喝了人奶的小猴再次精神起来。最后在县林业局的帮助之下将小猴交给了湖北省野生动物救护中心，小金丝猴终于得救。[2] 对这只小金丝猴接力救护，让人看到了生态保护意识和行动在民间真正普及和落实。

但是仅仅只是保护濒危物种是远远不够的，其他动物以及一切生物物种也一样要保护，不能等到某一物种到了濒危时候才想起来保护。无论什么生物物种到了濒危期再来保护，实际上已经为时已晚。同时我们还要认识到另外一个问题，大自然有它自身的运行规律，它的运行过程中自然有物种被淘汰掉。“自然界自然选择机制，既淘汰劣败的生物个体，也自然灭绝一些生物种。物种在自然灭绝之前，总要有一段濒危的过程，这是自然界中的生物固有的生死存亡的铁的规律，绝不对任何濒危物种有丝毫的宽容。因此，濒危物种的保护，就如同‘害虫’的概念不是自然的一样。”[3] 所以人类在任何时候都不得违背自然规律而动，否则就会适得其反。

小溪村在 20 世纪 50~80 年代生态破坏较严重，虽然这里已接近神农架原始森林，但树木被大量砍伐、植被破坏殆尽、土地裸露、水质污染等等，都有不同程度的表现。到 90 年代以后，一方面是受城市化道路的驱使，不断有人外出打工，看到了外面世界很精彩，随之大量迁移到城镇，有的甚至还到了国外；另一方面是政府部门出台退耕还林、生态保护政策，原先不适当开垦的荒山逐渐恢复，植被很快茂盛起来，树木由小到大，小溪村已经逐渐恢复了往日风采。当然更主要的是人们生态保护意识增强，懂得敬畏生态环境，才有了今日的变化。我们“至少把土壤、高山、河流、大气圈等地球的各组成部分，看作地球的各个器官，器官的零部件，或动作协调的器官整体。……我们尊重它们，不仅在于把它们视为人类有用的工具，而且应视为一种活着的存在。显然这种活着的存在与我们自身相比，显得非常欠活力，但是二者在时空范围上相比，这种活着的存在意义却非常远大。”[4] 现在的生态保护运动，就是人类应当尽“道德代理人”的责任和义务，公平地人性化地对待所有“道德顾客”，保护和促进生态系统的生机活力，这是人类伦理道德的更高标准的要求，也是人类文明的新的衡量尺度。

注释与参考文献

[1][3] 余谋昌、王耀先主编，《环境伦理学》，北京：高等教育出版社，2004 年，208—209 页

[2] 资料来源：中国质量新闻网，作者佚名，2002-06-07

[4][美] 奥尔多 · 利奥波德语，转引自叶平著，《生态伦理学》，哈尔滨：东北林业大学出版社，1995 年，130—131 页

如画的“虎岩河”

“虎岩河”指神农溪上游三大主源最东边的一条支流，因为它流经虎岩河，一直以来人们都称其为“虎岩河”，只有最新版的《巴东县志》称为“三道河”，这是因为这条河的源头是送子园山脚下的三条小溪流。

1993年版的《巴东县志》载：“三道河，主要由文家河、赵家河、蔡家河汇聚，故名。源于兴山县窝尖，呈树枝状由东向西南流经14公里，于两河口注入沿渡河。为常流河。”[1] 其中说“源于兴山县窝尖”，不准确。“三道河”就是三条河，即文家河、赵家河、蔡家河。文家河、赵家河都发源于送子园山脚下诸多溪沟，全在巴东县境内；蔡家河发源于石东坡、凉风垭一带的夜蚊子沟、锈水沟、一碗水等山沟，这些地方也都在巴东县境内。这一带倒确实与兴山县接壤，但接壤处却是一座大山梁，山梁东边是兴山县，西南边是巴东县，由于山梁阻隔，两边的水流大都各是各，一般都互不相混。即使有哪一条小沟真的山环水绕源于兴山县境内，也绝不是主体，不能代表蔡家河整体，所以就是笼统说蔡家河源于兴山也是不对的。又加上“由东向西南流经14公里，于两河口注入沿渡河”之说，并没言明流经了哪些地方，源头说得不准确，又不说流经之地，至于“两河口”，溪丘湾镇山下靠巴东县城方向也有一个“两河口”，弄得人们不知道“三道河”到底指的是哪条河。实际上，文家河、赵家河就在文家河电站处会合成一条，蔡家河于虎岩河汇入其中，三条河汇聚后流经坛口、茅圩坪、大桥滩等地，在长峰里边的两河口进入神农溪。

虎岩河流经之处的两边山林，地势险峻而风光秀丽，水流湍急而凉风习习，山花烂漫，百鸟纷飞，一步一景，让人神清气爽，如同一个天然的疗养胜地。

坛口对面山半腰处叫锯锯湾，这里相比周围其他地方地势稍微平缓，水源丰富，土地肥沃，到现在为止仍然有十多户人家居住于此。原先不通公路，这里上下都是笔陡的山坡，虽然锯锯湾是一块风景如画的好地方，但却上下左右都险峻陡峭，远看让人想不明白，怎么这里还有人家！下边陡坡一直延续到虎岩河，山民们要到山外，只能在一条羊肠小道上攀爬，大弯接着小弯，绕着悬崖转圈，百折千回才能到达沟底。小路两边荆棘茅草丛生，人攀爬时时会有刺条抓住衣裤，有时候还会把腿上抓出一道一道血口子。上边陡坡直到莽莽丛林之顶，一眼望不到边，林木连天向天横，原先是原始森林，一直连接到神农架。缓坡中不多的农田被上下左右的山林掩映，秀丽幽静，看起来农田中很少有人耕作，并不像一片农家住户，倒像是新修的一处园林式别墅区。如果把这里叫做“生态楼盘”，倒可以说是恰如其分。有的住户是本已搬迁出去了的，但原先的房屋并没有拆毁，农田也仍然保留，他们隔三差五又回到这里休闲小住，有的还利用旧居养蜂、养鸡。如今新修的一条公路从虎岩河绕着之字拐穿越锯锯湾一直上到山顶之上，它似乎给锯锯湾带来了新的生机。山顶公路拐弯处路面很宽，远处看像是一个观景台，它自身似乎也成了一道新增加的风景线。但是，这个“观景台”以及这条新公路却对这里造成了巨大破坏，由于修公路毫无顾忌地往山下倒土掀岩石，“观景台”下边形成了一条新兴的人工“垮沟”，其中植被林木全部损毁，像是刚发生过地震一样。我们要问，这里的人逐步搬迁，要保护这里的一切，既如此，为何还要修公路呢？难道修了公路会更好地保护这里的自然吗？发展当然是必要的，也是好的，但是“我们要为发展而牺牲一些自然时，得把荒野的价值考虑进去，看这样的发展是否值得。我们不能单方面对自然进行攻击。”神农溪一带像“虎岩河”这样的自然区已经不多。“如果一个国家毁灭了其 98% 的天然荒野，铺设的道路所占的面积远远多于其定为荒野地的面积，却还在打余下的 2% 的主意，在想这点荒野地是否太多了的话，这个国家在价值观上可真的是发狂了。”[2] 这是美国生态伦理学家罗尔斯顿批评美国政府的话，我们是否也应从中悟出点什么呢？

现在来到这个“观景台”眺望四周，还能将虎岩河所经之处的山山水水尽收眼底，让人心旷神怡。远可望见送子园直到神农架边沿的山山岭岭，忽高忽低，或明或暗，莽莽苍苍，云绕雾锁；近可看到虎岩河从沟底蜿蜒曲折而过，如同一条巨龙正由此处奔腾而去，让人可领略到“一览众山小”的美妙景色。侧耳细听，可闻河水嗡嗡嘤嘤，如同人低声细语，活力无限，生趣盎然。锯锯湾现在仍然住着人，原因正在这里，听听山泉，吹吹凉风，吃的是真正的绿色食品，神仙日子，当然不愿走。然而现在公路已经来了，“如画的虎岩河”还能保持多久呢？这不能不让人担忧。

虎岩河从这里流出不远就到了茅芋坪，茅芋坪原是湖北巴东县沿渡河镇的一个村，现在与送子园村、小溪村合为一体，成立了巴东金丝猴国家级自然保护区。茅芋坪村范围广大，下至紧挨两河口的大桥滩，上至与神农架接壤的送子园，一路几十公里，都是深山峡谷，林木成片，百草丰茂。公社化时期，这里曾经是一个公社——万碑公社，一度人口较多。现在这一带住户大量搬迁，人口稀少，基本成了一片荒野之地，只见森林，不见农田与牛羊鸡狗，走上十里八里也不见炊烟。原来公社办公所在地本有一个小镇，如今也只剩下稀稀落落几户人家，原先公社的办公楼房，现在由政府安排不多几个孤寡老人住着，时有炊烟飘起，但全然没有了往日的热闹。我们可别认为这是萧条破败，而是一种转型过程特有景象，是生态家园回复前的妊娠期。这是对过去的过度开发、过度放牧、过度损害大自然行为的矫正，是一件大好事，不是坏事。这样的地方现在是无价之宝，很少能见到了。有的城市原先本来还有几座山，由于人们认识不到山水树木对生态的作用，现在也都成了推土机、挖土机的美餐。最滑稽的是，有个城市里有个单位的宿舍在一座山中，大门口还贴着“青山绿水就是金山银山”，可是就在这标语旁边，某家开发商的几台挖土机却正在轰隆轰隆挖山，运土车排着队来往穿梭，一片热火朝天的繁忙景象，让人看了哭笑不得。

茅芋坪一带人大量迁出山外，使植被林木减轻了负担，又逐渐恢复了青山绿水、绿树成荫、荒野味十足的局面。野山羊、麂子、野猪常在这一带悠闲散步，乌鸦、喜鹊、山鹰重新将这里当作家园，众生共舞，白鸟鸣唱，焕发出勃勃生机。整个茅芋坪风景如画，山清水秀，深入其境，丝毫不觉得荒芜破败，相反却如入桃园圣地，让人神清气爽，陶醉期间，确有一种“醉翁之意不在酒，在乎山水之间”的美妙感觉。虎岩河贯穿茅芋坪全境，水流在其间九盘十八弯，悠悠低唱，犹如正在轻歌曼舞的青春少女，给茅芋坪增添了无穷活力。这不仅仅是一种审美上的观感，事实上，虎岩河流水灌溉着两岸草木植被，给两岸注入了生命活力，使两岸长青不败；两岸土山石崖，百草林木又保护着虎岩河水，净化着它，关爱着它，使它清澈无比，永不衰歇。二者你情我愿，你关我爱，互为支撑，互为表里，你中有我，我中有你，相协相系，共同创造了大自然的优美诗章。人类与大自然的关系正该如此，与大自然中的河流、植被、动物等一样都是普通一员，不能分出谁是主谁是次，只能协同合作，才能持续发展，繁荣昌盛。一旦人类蛮横地把自己凌驾于大自然上，无视大自然诸物种的存在，去损毁掠夺蹂躏自然物种，就会破坏自然生态的和谐与美好。

在原公社所在地下边，是一段河道平缓之地，河面较宽，其中布满了大小不等的岩石，大的如同房屋，恰如一片新开发的楼盘，高低错落，疏密有致，太阳一来，更加清晰靓丽，让人有“日月照耀金银台”的感觉。原先这其间最让人新奇有意味的是，在离公路不远处有一个大岩石，约有六七间房屋大，不很高，上面公然住有一户人家。靠公路一边的岩石上被凿出十几步石梯，这是进入石上人家的唯一通路，宽坦如同平地，上下出入，背轻挑重都可毫不费力。其他三面没有任何通道，都是光滑的石壁，高丈许，人畜都无法靠近房屋。河水无论怎么暴涨，也只能淹没岩石的一半或大半，对房屋不会构成任何威胁，相反这家人可以站在自家门前欣赏滔滔洪水奔腾而过，享受大自然的壮怀激烈。洪水一过，这里因为地势平缓，清流没有声响，寂静悠然。“人是一个社会动物，不可避免地要与社会和自然打交道，也就是说要有实践活动，有对自然价值的开发和利用，并在此基础上创造了文化价值。在这个过程中，自然物的价值给人带来福利，既在客观物质上满足了人的要求，也使人从精神上得到满足和意识到它的重要性，在此，自然价值的客观性和（人类的）主观性得到了有机的统一。”[3]

只是人们要深刻认识到，只有主观与客观和谐统一才能创造更加伟大的奇迹，一旦二者相剥离，各自单打鼓独敲锣，就会相互构成阻碍，相互伤害，如此则将会一事无成，甚至两败俱伤。人们更应该体会到，人类不可逆自然而动，只能顺应遵循自然规律设计行为方案与生活方式。大自然是任性的，我们顺应它敬畏它，它就会无私给你抚慰赐予，我们如果与它过不去，蹂躏它践踏它，它就会报复你。比如这石上人家，他们如果无视这岩石的存在价值，对它任意施暴，到时候它会破裂损毁，这时以它为依托的住户也就无以为继，损坏了它，自己也就随着它的破败而遭受灾难。所以我们应该明白，损害蹂躏大自然中的其他物种，实际上也是在损毁自己。

注释与参考文献

[1]《巴东县志》编纂委员会著，《巴东县志》，武汉：湖北科学技术出版社，1993年10月，35页

[2][美]霍尔姆斯·罗尔斯顿著，刘耳、叶平译，《哲学走向荒野》，长春：吉林人民出版社，2000年，240页

[3]余谋昌、王耀先主编，《环境伦理学》，北京：高等教育出版社，2004年，233页

风光在险峰

茅芋坪有很多令人叫绝的自然景观，参天古木、幽泉怪石、绝壁悬崖、奇异的溶洞等，处处皆有。本村三岩头的悬崖峭壁之上有一个能容2000余人的山洞，相传是明末清初时刘体纯兵败逃到此处安营屯兵之所，人们亲切地称为“国公洞”。“国公洞”地处深山老林之中，又在悬崖绝壁之上，下有波涛汹涌的神农溪支流“虎岩河”，外人不能到达，就是善于攀爬陡峭山崖石壁的当地人也少有光顾。自下而上观之，只见一面巨大而陡峭的山林簇拥着一座高耸云天的悬崖峭壁，恍若一面铜墙铁壁矗立在万山丛中，昂首挺胸，傲视一切，鹤立鸡群，“不与秦塞通人烟”。周围群山拥立，恭敬相向，犹如大小将官屏声静气在听令最高统帅的御敌之策，俨然是一副大战之前校场点兵遣将的雄伟画卷。如果攀爬到对面高山之上与“国公洞”平行或高一点的位置，就可依稀看到不甚明晰的洞口，但这也需费尽周折寻找到理想观察角度才成。

从沿渡河镇到“国公洞”之下，如今本有公路，但需穿越在崇山峻岭之中，道路蜿蜒曲折，崎岖坎坷，一路经过链子岩、石板坪、乱石窖、两河口、大桥滩等处，来到一个叫到三岩头的地方，公路就消失不见。要到“国公洞”，从这里开始就要全凭手脚攀爬，仰望前进路途，峰峦叠起，怪石嶙峋，林木遮天蔽日。洞下边是笔陡的挂坡，少见阳光，阴湿滑腻，林木之中水湿淋淋，如果深入其中，脚下随时都像是在滑冰，假如一不小心立脚不稳，就会直落沟底虎岩河之中。直线攀爬绝不可能，只能绕道穿过一道高峻的山梁，跨越一大片农田（现在已经成为荒山），然后穿过一片密密匝匝的森林，才能到达悬崖半腰的边上。到得悬崖边，再往前完全没有了路，人畜踪迹不见。草木密不透风，即使扳开树木侧身挤过，又会有荆棘藤条缠住，让人寸步难行。俯瞰山下，万丈深渊，只能心惊胆战手脚并用沿着山崖小石缝一步一步慢慢往前挪动。这时不能往下看，一看就会头晕目眩。真可谓“上有六龙回日之高标，下有冲波逆折之回川”，任你有“敢上九天揽月”的壮心，到了这里恐怕也只有英雄气短，战战兢兢，小心翼翼。其他并无可通之处，别无选择。大自然的安排总是精心设计的，安排一处胜景，总会设置道道险阻，让人千难万险才能到达，似乎这样才更加显示出胜景的价值，就如同“自古华山一条道”一样。

沿途的悬崖之上倒是有一些断断续续的古栈道遗迹，人们说这就是当年刘国公修建的栈道遗迹。但年久失修，绝大部分都已掉落，剩下的一星半点也是风一吹就会稀稀拉拉往下掉木渣，根本不能使用，“天梯石栈不勾连”。要入洞府，只能披荆斩棘，或者披草而行，重新踏出一条小道。就这样，需要爬行好几个小时才能到达国公洞附近。好不容易上到一个平台之上，见到突兀而立一栋面积约6平方米的石屋，屋顶已经脱落，徒留四壁石墙，高约3米，墙体以石块垒砌。石屋下面有一道战壕，战壕后面便是国公洞洞口，在这里，四周有任何风吹草动都可一览无余。洞口上方赫然现出“刘国公之居”几个笔画已经腐朽剥落不清的大字。进到洞中，可清晰看见大洞中又有几处内洞，洞内至今仍然存留有诸多遗物、遗迹。有锈迹斑斑的战刀、深浅不一的战壕、残缺不全的石屋、破败的军用大灶台等等。据说早先洞里还有一个大铜釜，后来已经被寻宝之人拿走，不知是已经被高价出卖，还是被某人珍藏作为稀世的传世之宝，反正下落不明。

据说洞内早年生长有一种奇特罕见的植物——暖柏树，这是一种溶洞中生长的极其珍贵的物种，可以治疗多种疾病和延迟衰老，但是在公社化时期已经枯萎死亡，再也没能见到。洞里的其他一切，还能依稀看出曾经驻军的蛛丝马迹，“自当磨洗认前朝”。这一切迹象都表明，这里确实曾经有军队驻扎过，而历史上在这一带驻扎过军队的只有刘体纯，让人确信刘国公当年在此避难屯兵并不是虚构。如今在洞里还可见林立的怪石和钟乳石，造型奇妙，千姿百态，石笋、石幔、石瀑巧妙搭配分布，美不胜收；石禽、石佛维妙维肖，酷似逼真；晶莹透亮的石花、石果如同刚下树的花果，令人垂涎欲滴。钟乳石、石桃、石珍珠在亮光的照耀下散发出奇怪的光芒。而贯穿整个洞体的是成片的结晶体石笋、石珊瑚、石瀑布，它们形成了一片石头的森林，仿佛经过精心雕琢，显得玲珑剔透，让人不得不感叹大自然的鬼斧神工，堪称一绝。

这个巨大的山洞早先是茅芋坪一带远近之人的救命处所，人们躲兵躲夫或别的什么歹人，只需进入洞中，如同来到了一个与世隔绝的地方，消失得无影无踪，任你追捕之人拉网式搜捕，也无法发现。就是明明知道人们逃入洞中，也不敢探洞，洞中之人只需从洞口推下几个岩石，追赶之人立马就会血肉横飞，葬身悬崖绝壁之下的虎岩河之中。等追捕之人前脚离开，洞中之人又可回家种田、砍柴营生活，跟没事人一样。

当年李自成、张献忠曾率部在川东一带迂回转战，最后难于抵挡清兵重重围困，所部人马大都失散。李、张被打败以后，一部分人继续坚持抗清复明，有部分人流落到川东一带民间各自为阵。刘体纯兵败以后，曾在巴东沿渡河附近的陈家坡驻扎，李国英乘机率川军向李自成余部围攻，刘体纯首当其冲，寡不敌众，陷入重围之中，只好撤退到这个绝境山洞之中，凭险死守，准备做最后拼搏。但要在这里驻军，却与躲兵躲夫决然不同。况且这时刘体纯兵力已经严重不足，虽然国公洞有“一夫当关，万夫莫开”的险要地势，但时间一长，也仍然很难坚持。果然刘体纯最后被清军重重围困，弹尽粮绝，见大势已去，手下将士有的投降，有的战死饿死，刘体纯只得自缢于洞中。

刘国公当年选择这里为最后的退守之地不可谓不煞费苦心，他的想法可能是，任你追赶围困之人纵有千军万马，来此绝境，也只能望洋兴叹，一筹莫展。但是自然的安排，有一利必有有一弊，围追之人不急于强攻，只需围而不攻，等待时日，洞中之人自会不攻自破。“祸兮福之所倚，福兮祸之所伏。”这是老子早已窥知的自然律令、辩证信条。刘体纯最后的悲剧，就在于他当时只看到了山洞的凭险可守，没有想到可守不能持久。实际上他来到山洞之中虽然可以暂时大口喘气，但在另一方面却又已经如一个被追之人爬到了一栋百十层之高的屋顶，再也没有了逃生的可能，只能束手就擒。险峻绝境是我们可以利用的天然屏障，但它同样也可以被别人利用，大自然不可能只为某一人或几人提供便利，它的便利是给予所有生灵的，不管你是什么人，它都一视同仁，它可不懂得划清敌我界限，扬善惩恶而区别对待这些人类的道理。

看起来这是人与人之间的较量，实际上这中间却有人与大自然之间的深层关系。人类谁对自然利用得合理，他就能左右逢源，胜算连连，否则你就会输得很惨。“生物圈中内在的协同性，展开为生物共同体和生态系统内在的生态关系，是生物圈整体系统的结构属性。正是这种结构属性，才保持了千百万年基本生态参数（如光照通量、湿度、温度、气候条件、淡水的循环和土壤的生命物质）的动态稳定，才使生物的生——灭和循环的熵增——熵减形成基本平衡，才使得生命的长河源远流长。因此，生物圈中内在的协同性是一种人类应仿效的生存智慧。在人类看来，协同性是一种自然内在价值，蕴含或暗示着人类对自然的行为规范，指导着人与自然的和谐关系。”[1] 人类以及一切生物物种要想在自然界获得生存特别是长期可持续性生存，你就必须参透自然系统的各种关系，趋利避害，辩证考虑，全面衡量，这样才能达到与自然界协同共存，才能立于不败之地。当然，我们人类对大自然的解读永远都不可能做到透彻完备，只能随着时间的推移一步步不断往更深层次掘进，而这个深度永远是一个不能穷尽的漫漫长途，永远也不可能到达尽头，因为它本来就没有尽头。但是，从横向看，人们的利用也仍然存在一个谁优谁劣的问题，如果有谁只是醉心于某一单一侧面而忽视了别的因素，他的考虑就一定经不起考验。俗话说的“人算不如天算”，其中的道理也就在这里。

作为自然物种，国公洞是奇绝壮美的，但是它却处于险象环生的绝壁之上，让一般的人只能远观，不能近看，的确是风光在险峰，它像一尊威严庄重的神秘大佛，让人视之莫测高深，体验到大自然的一种神秘美、壮伟美和博大美，从而也让人对自然的奥妙产生出一种敬畏皈依的深情。

注释与参考文献

[1] 裴广川主编，《环境伦理学》，北京：高等教育出版社，2002年，111页

地下居士

神农溪地区早年生存着一种大多数人都不大容易见到的神秘小动物——竹鼠，因其以竹的地下茎、根、嫩枝为食而得名，这里的人称其为“竹狸子”。竹狸子常栖息于竹林、马尾松林及山地阳坡草丛下的洞穴之中，过地下穴居生活，行迹十分隐秘。而且生活习性又是夜间活动较频繁，白天少食多睡，夜间却活跃如精灵，而且食欲旺盛，这种昼伏夜出的特征导致了见到它的人并不多。有很多时候，它就在身边活动，人们也并不知道。所以人们都比喻性称它们是“地下工作者”或“地下居士”。

竹狸子可不是一般的小动物，一身是宝。大自然中的事情往往就是这么巧，能被人们知晓的东西，也许它并没有什么价值，而人们不易知道的却恰恰有重要的价值。如同王安石记述游山洞的体会说：“世之奇伟、瑰怪、非常之观，常在于险远，而人之所罕至焉，故非有志者不能至也”，真是一语道破大自然之奥妙。不仅山洞是如此，其他有生物和微生物以及大自然中的一切都是这样。经科学研究，竹狸子有三大价值，即食用、药用及经济价值。

竹狸子肉质细腻、鲜美可口，是一种营养价值极高的野生肉食品，属低脂肪、低胆固醇的野味，也是改善人们食物构成的一大补品。体内含粗蛋白质、粗脂肪、粗灰分、粗纤维、胆固醇等，还富含磷、铁、钙、维生素E及氨基酸、甾类等。其中赖氨酸、亮氨酸、蛋氨酸的含量是鸡、鸭、鹅、猪、牛、羊、鱼、虾、蟹等都难以比拟的。早期神农溪一代的人并不知道它有如此丰富的营养成分，抓住了仅是像烹食猪肉一样炖食或爆炒，就是这样也觉得美味无穷。但是它有一股较浓的土腥味，人们在烹调时就加进花椒、胡椒和酸辣椒等等，这样土腥味就可消除。

竹狸子又具有极高的药用价值。经现代医学研究证明，其肉具有促进人体白血球和毛发生长、增强肝功能和防止血管硬化等功效，还具有抗癌、抗衰老、延缓青春期等等良好效果，也是天然美容和强身健体的佳品。它的胆、肝、心、脑、睾丸、肾等等均可入药。原先人们对它的药用价值完全不了解，宰杀后将胆、睾丸、肾等都丢弃喂狗喂猫。后来知道了，逮住了竹狸子，除了毛骨粪便不吃，其他什么都吞下。但是现在神农溪一带连竹狸子影子都见不到了，只有靠近神农架的送子园、五子坪、大九湖、太和山等处还可偶尔一见，已经处在灭绝边沿。

由于有前两种价值，随之又有了第三种价值——经济价值。中国竹狸子皮毛及其制品历来都畅销国际市场，每年有50万只竹狸子出口东南亚各国，美国阿拉斯加州每年需要从中国进口300吨竹狸子肉。用竹狸子皮制成的一双皮鞋在国际市场上售价可达到2000～2500元，一件翻毛竹狸子上大衣售价高达4000～5000元（这还是好多年前的市场价），而且还十分抢手。现在各地都有人工喂养，但是如果仍然按照自然生态的模式喂养，一是繁殖不快，二是长势太慢。人们只好加喂有生长素的饲料，可是这样又大大降低了各种价值，不仅肉质比野生的差去甚远，皮毛的质量也远远不如。不过即使这样，竹狸子也仍然还是极其珍贵的动物，食用、药用、经济价值还是高于一般动物。

以上三大价值都是就人工养殖的竹狸子而言，野生的价值更高，但是野生竹狸子极不容易得到，竹狸子可不是一般的动物。能够挖地洞的野生动物不少，但与竹狸子比较，其他挖洞速度简直就不值一提。竹狸子绝对是挖洞高手，其速度比人徒步行走都快。每一个竹狸子的地下洞穴都是一处迷宫，其洞分为主洞道、穴窝、取食洞和避难洞等多种，洞中有洞，洞上有洞，洞下有洞。其中最神奇的是避难洞，一般位于厅洞附近的深处，是它们遇到紧急情况逃跑的地下暗道机关。洞口窄小且深邃，土层推积深厚，拐弯抹角，真真假假，行迹诡秘，让追击者晕头转向，不知所从。遇到攻击时它们就会快速钻入避难洞中，消失得无影无踪，并且，它们如果感觉到威胁仍然没有解除，会继续向前边挖掘边跑，速度快得惊人。明明发现它在一处，但转眼间又不知去向，神出鬼没，它还不断用泥土堵塞洞道给追击者制造障碍。富有捕捉经验的人，细心观察土层动向，认准它在哪个地方，迅速将尖木棍准确插入，才可有少许时候得手。人们只知道空中、地上有许多高智商的动物，没想到地下也有如此了得的生物种。它们是可爱的，确实是大自然中特有工种的特殊工作者，与众生物物种迥然有别。正是这种各个物种的有别，才形成了生态系统的多样性，共同构成了空中、地上、水里、地下四位一体的大自然生态共同体的和谐体系。如果生物圈只由少许几种构成，它会因单一而没有活力，本身也不会长久。

现在神农溪一带基本见不到野生竹狸子，原因很清楚，一是人们猎捕太严重，原先仅凭土铳或棍棒想要抓住一只竹狸子比登天还难，除非是它有伤病，所以这时的竹狸子种群并没有受到大的影响。后来人们有了半自动、全自动步枪，竹狸子打洞逃跑再快也比不上子弹快。一是竹狸子的生存环境已经不复存在，大片山林、竹林变成农田、用材林或秃岭，就是还剩下几块野生毛竹林地，人们也会采取地毯式搜索，它们没有了藏身之处，更没有了生活来源，只剩下唯一的一条路——消失。部分地方偶尔还能见到，但某一物种越是稀少，就越是难于生存下去，直到灭绝。

竹狸子现在被列为“国家三有动物”（即有益、有经济价值、有科学研究价值），如今连它的生境都不在了，一切都没有了。这应该引起人们的深思，早期像竹狸子这样不被人们知道的动物很多，由于人们早期并不了解它们的价值和存在意义，无视它们的存在，对其任意残杀，等到它们已经处于濒危状态时，人们这才发现其价值。想要利用它们的价值已经不可能，只能后悔和遗憾，而这种后悔和遗憾是没有任何价值的。所以我们应该明白一个道理，即对生态系统中的所有物种，不管是我们认识其价值的还是没有认识到其价值的，甚至已经知道某种生物是有某些危害的，我们都要一律给以保护。这不是好坏不分、是非莫辨，而是因为我们现在对许多自然物种还并不了解，即使是我们现在号称已经了解的，但其实并没有真正了解，若干年后，我们就会知道，现在的所谓了解，实际上仅仅只是一知半解，或者还是误解。有许多都是我们人类想当然凭逻辑推理或臆测，但是人发明的逻辑只适合人，非人类物种可并不看好这些“科研成果”，它们只是按照自己的生存规律生活。

赖家河坪生态园

神农架林区下谷坪土家族自治乡，为了开发旅游景点，在原属该乡的一个偏僻闭塞的深山沟——赖家河坪，建起了一个自然与人工相结合的生态园旅游小区，将纯自然物与人文景观紧密结合起来，这应该是一种新举措，值得提倡。生态园应该与生态文明村和生态城市不同，生态文明村和生态城市都是以人工建构为主，不可能做到以原生自然为主，而生态园则应该以原生自然为主，否则就没有意义。

建生态园的做法在我国各地早已有之，特别是在近十年内，各种不同种类的生态园如雨后春笋般涌现。但是很多建生态园的做法是将原自然景观毁掉，然后建造一些看起来既壮观又洋气美丽的亭台楼阁，这非但没有保护生态，反而是大量破坏了生态，这样的生态园建设应该叫停。下谷坪赖家河坪生态园的建设大不相同，这里的建设步骤和做法完全是建立在保护生态的基础之上的。起码目前看来还是这样，至于它今后的发展状况如何，只能“且听下回分解”。

这里原有几家赖姓住户，所以这里叫“赖家河坪”。下谷坪乡要将这里建成生态园，首先就动员这几户人家搬迁出来，给他们安排了理想的新家园。其实原先赖姓几家在这里安家落户也是无奈之举，原先的地势、交通和其他一切情况都很不适合住家。这里是一个山野大窝坑，四周全是高耸云天的大山，中间一个窝坑，坑内有一小块不足十亩的漫阳坡地，赖姓几家就住在这块不大的漫阳坡地上。这里周围几十里都没有人烟，赖姓几家几乎是过着与世隔绝的生活，只有打猎的人和进深山采药的人偶尔从此路过。在这里看到一个山外人，就如同偏僻小镇见到外国人一样。由于地势低洼，水源倒是丰富，从一处高大的山上流下一大股清泉，形成一条河流，一直贯穿窝坑。再从下边一个两山夹峙的一线天处流向一个叫忘马池的陡峭山地的半腰里，由于这条溪流流经赖姓住处，所以人们把这条河也叫“赖家河”。这个“一线天”就是以往赖姓几家人唯一的与外界来往的通道，他们要到山外办事，必须往返于一线天，徒步跋涉，一般都要一天甚至几天才行。所以政府动员他们搬迁时，他们个个都喜出望外，觉得这下终于可以见到天日了，其实他们早就盼望这一天到来。

忘马池是一个大山坡，坡底叫百链岩，百链岩曾经建有两个小型电站，十几年前相关部门要在大九湖到沿渡河的罐子口之间修建五级大电站，百链岩的两个小型电站只好废弃。原先的百链岩电站在赖家河源头的山顶修有一条水渠，将赖家河水平行引到下谷坪，以增加下谷坪原有河水的流量用以发电。但水渠接近下谷坪的那一段是一座高耸的石山，如同隔绝下谷坪与赖家河坪的巨大屏风，水渠必须斜穿石山，距离有3华里长，人们就将石山凿开了一条隧道。如今随着百链岩电站废弃，水渠也弃置不用，下谷坪乡修废利用，将这段隧道稍加修葺，隧道就变成一条能通电瓶车的进入赖家河坪的唯一洞中“公路”。现在下谷坪旅游景点整天用电瓶车接送游客，游客坐电瓶车从洞中往返，洞内沿途都有渗水，阴森潮湿，一进洞就立马感觉到一股寒气。据说电力部门曾经与下谷坪乡还有过诉讼争执，电站要收回水渠的所有权，诉讼谁输谁赢，不得而知。

出得隧道，尚在山顶之处，要下到赖家河坪这个窝坑之底，还有很远的陡峭山坡。站在隧道口往下看，只能依稀看到如同天坑的荒野窝坑，像是在飞机之上观看地面景象，甚觉阴气袭人。下谷坪乡从隧洞口处到窝坑之底搭建起一条长长的约两米宽的木板梯形栈道，供游客观光之用。虽然有了栈道，但上下还是十分艰难，下山两腿只是打颤，上山喘气连连，老幼游客从沟底上到隧道口，中途非要有两三次歇息才能完成。而且要时刻保持警惕，一旦失脚就会有生命危险，好在栈道搭建得甚是坚固牢靠。

栈道对面，是如刀削斧劈的悬崖绝壁，上面草木不生，只见灰白灰白的崖壁，如铜墙铁壁。仅仅只是站在栈道上远远观看，也让人头昏目眩。对于猎奇寻险的人来说，这景象也已经能让人啧啧称奇，回肠荡气了。可是，奇中还有更奇的景观。绝壁的上半腰，有一个石洞，从洞中冒出一股泉水，有洗澡盆粗细，由于绝壁是呈 90 度直立，泉水只能悬空泻下，从洞口直入沟底，形成了一处别具一格的瀑布。站在栈道上观看对面绝壁上下垂的瀑布，本就堪称一大快事。然而更加绝妙是，只要有太阳光照射到瀑布，瀑布的正中段总是横跨有两米左右长的一截彩虹，这是其他瀑布少有的景象。与委内瑞拉的安赫尔瀑布一样，像是神仙抛下的一截彩绸横飘在飞泉半腰一样，让人们观之神兮恍惚。游客们在栈道上不管是上是下，都要站在栈道的最佳观望处久久伫立，拍照留恋，不愿离去。就是离开了观望点，许多人也还要不时歪着身子看了一次又一次，像正处于热恋中的情人又要暂时离别情深深又意切切一样。有许多已经下到沟底的人，被瀑布的状貌深深吸引，还要绕山绕水跑到瀑布底部的碧绿深潭处再一次瞻仰，当然在底部往上看瀑布，也确实别有滋味。水雾飘飞，洋洋洒洒，这时已经不大看得清洞口，只见悬泉如从天降。人们都以为这是纯天然景物，其实这是天然生成之物与人工手笔有机结合的杰作。

瀑布出水口原先本就有一股细流冒出，但水量小，没能形成壮观的瀑布。洞中“公路”出口处再往前，还有很长一段废弃水渠，其中仍然有水流出。这渠道的位置刚刚与绝壁上瀑布洞口处在同一水平线上，下谷坪乡旅游部门探索到原先瀑布细流的路径，将废弃水渠的水分流到原先细流之中，再将洞口稍加扩大，就有了人们现在看到的大瀑布。这种人工举措，不仅没有破坏原有自然生态，反而使原有生态更加优化和更加增值，这是人工建造应该遵循的一条原则，是现代生态保护要提倡的。实际上，这也就是生态伦理科学所要求的人与大自然的协同进化观念，即自然化人，人化自然，互补互利。如果原先根本没有出水洞也没有细泉流出，而是全凭人工开山凿石，修渠打洞，新创造这样一处景观，这就是无益之举，而且还会造成生态破坏。

“我们爱我们的国家公园爱得几乎发狂，这是因为这些国家公园在允许大量游客参观的同时，又尽量保持了天然的状态。”“我们到荒野去与自然遭遇时，不是要对自然采取什么行动，而是要对她进行沉思；是让自己纳入到自然的秩序中，而不是将自然纳入我们的秩序。”“我们之所以需要荒野自然，正是因为它是具有独立于人类价值的一个领域。”[1]根据生态伦理学的这种要求，我们现在的开发，首先必须考虑到“自然生态整体属性、关系和规律”，在这样的基础之上，再安排我们的行为，只能顺自然而动，不可把我们的意志强加给自然。如果把我们意志强加给自然造出来的景观，再美都是毫无意义的，经不起时间检验的。这道理很简单，虽然现在人类科学技术水平看起来已经达到了一个非常完美的阶段，但我们凭科学技术生产出来的许多产品，都远远比不上自然生产出来的东西，因为我们到现在为止对世界的认识是非常有限的。化肥农药催生出来的产品，人们越来越反感，千方百计去寻找纯自然物品，鱼、肉、蛋、蔬菜等等，都无不如是，这就是明证。

在赖家河坪生态园中的大窝坑底部，旅游部门于山上放养了一群猕猴，据猴群管理人员讲，现在已经有70多只，它们在这里无忧无虑生长着。但是到目前为止，猴群的生活保障是双向的，一方面它们在山林中自然采食，一方面人工喂养。它们现在还不能完全脱离人力喂养和安全保护，因此它们现在仍然保持了与人的亲近感。游客经常给它们喂食苹果、花生、香蕉之类的东西，其中一些胆大的会跑来在游客手中抓取，就是不为抓取食物，它们也会与管理人员和游客近距离接触。管理员喊几声、吹吹口哨或拍拍手，它们就纷纷朝管理员赶来。这群猕猴生活在生态园中，给生态园增添了无穷生机和乐趣。但我们必须注意一个问题，这样半人工饲养的猴群，要使它们真正成为野性十足的猴子恐怕还要一个十分漫长的过程。“我们人类驯化动物，去掉的是动物的野性……人为辅助繁殖和饲养的野生动物，经过人为的供食和圈在笼子中，或院子中‘适应’的生活，动物长大也就没有了野性。所以，野性是一个后天习得的属性，就如同人类的文化是后天习得的一样。目前，救护野生动物，将某濒危的动物种群人为繁殖和饲养，扩大种群数量，但是在使动物野性化方面，还很少有成功的经验。这是因为学习是一个过程，从小习得的，长大不易改变。但也不是一个野性化成功的例子也没有。比如有一个法国电影《狮子与我》讲的就是一个经过种种艰辛，最终使得人工饲养的狮子恢复野性的真实故事。”[2]虽然说这是一个“真实的故事”，但毕竟是文学作品，不能作为科学实证的依据。

赖家河坪生态园，山清水秀，风光宜人，以自然生态为主，在某些方面稍加人工点缀。如果生态园的建设以人工造物为主，只以自然景观为辅，这就失去了生态园的价值。如果要看人工造物，游客们大可不必千里迢迢跑到旅游景区来，只需在城市里，有的是。“体验和欣赏生态美是人净化心灵、丰满精神品格的高尚要求。不以主客体二分的强力意志去操纵，而是以个人的观光胸怀去体验、感受和融合自然之美，是中国古代许多贤哲的崇高生活取向。在他们那里，体验自然美和生态美，就是展示生命最深刻的内容，同时也是领悟永恒宇宙的奥秘，就是要尽可能使生命的宝贵时光用来潜心理解宇宙创造过程的生生之道，从而使自己在宇宙生命总潮流的永恒流变过程中获得美的最高享受，于一生无悔无愧。于是，富有诗意的山水田园就不完全是逃避乱世的隐居之地，同时也是洗涤尘世浊俗污染了的心灵的净神之所，是找回失落了的生命价值的乐土，也是过一种值得人过的美好生活的福地。”[3] 这就是自然景观、自然荒野对世界的价值，在人类社会的早期，自然荒野的价值主要体现在吃喝住行实用性方面，而现代社会，却早已是以“净化心灵、丰满精神品格的高尚要求”为目的的。

人类在大自然中，不仅能学会能够做什么或不能做什么，而且还能自我成就。有人对300名天才的调查，发现这些天才都深深体会到，他们对大自然的体验曾影响了他们的性格，也是他们从事发明创造的重要源泉，荒野环境能极大地促进人们的自我实现。这就是生态园必须以自然景观为主体的深层道理，要让人在对生态园的观瞻中获得自然荒野的感受，而且越浓厚越好。有的生态园建设，是原先某一处原生态已经完全被破坏，只剩下光山秃岭，建园的人进入重新规划，在里边分块划片，这一块种兰树，那一块栽柏树，这当然也是好的，起码把一处破坏了的环境人为美化出来了。但这样分块划片的人工林终究不会坚持长久，因为树木品种单一地集中在一块，短期内也能生长茂盛，而品种单一的树林很容易遭受病虫害袭击，一旦遇灾，所有树木就会枯死，到时候仍然还是一片秃山。而荒野自然林就不同，它是各种各样的树种与植被混合在一起的，种类不同的树木一般都不会同时生病，这种树死了，其他的会安然无恙，死去了的树很快会被别的树替代，荒野自然林只要不遇到火灾或其他外来灾害整体毁灭，是不会衰竭的，永远会茂盛存在，青春不老。我们的人造林，无论如何也不可能像荒野自然林那样，所以生态园建设，一定要以自然林为绝对主体，人工只能在其中点到即止。

生态园建设，一定要在保护自然的指导思想下进行。“要保护环境，保持生态平衡，一定要按科学办事，按自然规律办事。自然向人类提供的资源（包括能源和食物）和自然界的净化能力都是有限度的，所以人类要认识自然，合理地改造和利用自然，建设理想的生存环境，但必须遵循自然规律。”[4] 如果我们的生态园建设抛开原生自然不顾，一味只按人类的想象和意愿办事，这样的生态园只是人类意识形态的机械转版，已经由人类意识过滤掉了大自然的所有奥妙，粗略看看也许还有些许趣味，看得多了就觉得乏味甚至倒胃口。因为它没有大自然的那种大智慧和大美蕴含其中，并不会给人提供多少生命智慧、精神启示和美感享受，随着时间推移，人们还会觉得蹩脚，甚至是对自然智慧的某种扭曲，到了这种时候，人们可能还会发现，其中还有对自然生态的破坏。

注释与参考文献

[1]［美］霍尔姆斯·罗尔斯顿著，刘耳、叶平译，《哲学走向荒野》，长春：吉林人民出版社，2000 年，63—64 页

[2] 余谋昌、王耀先主编，《环境伦理学》，北京：高等教育出版社，2004 年，229/327 页

[3] 章海荣编著，《生态伦理与生态美学》，上海：复旦大学出版社，2005 年，353 页

[4] 刘华、梅光泉编著，《自然科学概论》，北京：海洋出版社，2000 年，255 页

趣味太和山

太和山位于神农架林区下谷坪土家族自治乡的石磨村，原属于巴东县石磨乡，也可以将其当作石磨的别名，又名“小武当”。太和山是一个很大的山岭，从与巫山县交界的“三十六把刀”直到石柱河下边的百链岩，其中沟壑众多，山峰无数，绵延几十公里。壮伟雄奇，威武而霸气十足。

太和山岭中的山峰沟壑，粗略看与其他地方的山水并没有什么区别，但是仔细观看却奇形怪状，与别处迥然有异。随之这些地方也就有了许多稀奇古怪的名字，比如“三十六把刀”“小石磨”“牯牛岭”“潮水洞（又叫‘发水洞’、‘牯牛撒尿’）”“老人牵”“误子垭”等等，连其境内的一个擎天石柱顶部下雨天冒出的一股水也叫“沙牛屙尿”。人们觉得这些地名甚是新鲜奇特，有人将这些地名与周边的一些地名“太子山”“下谷坪”“神农架”“金甲坪”“傲马池”等串起来做成了一副绝妙对联：

“老人牵牯牛推石磨不见下谷，

太子披金甲骑傲马去朝神农”。

上联中“老人牵”是这里的一座山，对联将其比喻为一个人；“牯牛”指牯牛岭，这里也是比喻；“石磨”源于小石磨，是太和山的一处地名，对联也用了比拟将其表述为人们使用的劳动工具“石磨”；“下谷”指下谷坪，因为下谷坪在牯牛岭山的反背，在石磨一带看不到下谷坪的一切，所以说“不见”。下联的“太子”是太子山的引申比喻；“金甲”是下谷坪的比喻引申，因为下谷坪又叫金甲坪；“傲马”是“傲马池”比喻引申；“神农”指神农架，因为太子山与神农架紧相比邻。这副对联通过各种比喻、借代和化用等手法的巧妙运用，既有对太和山自然风光的生动逼真描述与罗列，兼有名胜古迹和动人的历史传说糅合其中。漫游这山山岭岭或品味对联，都如读奇诗妙文，似观千尺画卷，真可谓奇景妙联，耐人寻味，妙趣横生。这幅对联本是太和山诸多景观名称的集锦，可是如今人们只要进入太和山中，总是默默念叨或谈论品评对联，津津乐道，这对联也成了太和山的一绝，给原本就奇妙无比的太和山增添了许多荣光和趣味。

太和山岭之中出现如此众多的奇妙地名，不是偶然的，有其必然性，因为山岭中的诸多地形本就奇特异样，让人不得不感叹大自然的绝妙匠心。人们给这些地方取了这么多稀奇古怪的名称，只是依据自然山水的客观形态而为，并不是人们的奇思妙想。如果没有那些神奇的地形地势首先存在在那里，人们的想象任你怎么丰富，也绝对取不出那些名称。人类文化都是从大自然中产生的，不是人们凭空想象出来的，更不是从天上掉下来的。如果脱离自然，你取的名称再新鲜，不能与本来有的地形相符，也是白费心机。这就是生态伦理科学的一个著名观点，即自然创造了人类，创造了人类文化文明，而不是人类创造了自然。太和山岭是美妙绝伦的，几乎处处都让人感叹不已，能够勾起人无限的遐想。“人们对生态美的深刻感知就不能在外在的颜色、形状、对称性等感性直观形式方面，而要深入到包含着与生命存在紧密相关的生态规律和道德规范的内容中去，将真善美有机地统一起来。这就是说，生态美的审美体验充满着智力结构中多种知识的综合作用。可以说，如果不明白热力学第二定律的基本含义，不知道生命起源、生态系统的形成和演化的起码知识，那么，我们就不能领会到地球生物圈在漫长的进化过程中的创造之美。同样，如果我们不扩展人类的道德规范，超越人类中心论的传统伦理观，把所有生命物种的共同利益当做人类道德的基础，就不懂得自然生态系统对所有生命的仁慈和恩惠，也无法理解史怀泽、利奥波德和卡森那种把自己的生命奉献给自然之美的伟大心灵，也无法体验到生态美博大而渊深的含义。”[1] 人们给这里的一切取了恰当的名称，这是人们对大自然细心的观察和深入感悟的表现。

整个太和山处处奇妙，一步一景。从上往下依次观看太和山，首先印入眼帘的是山顶处的“三十六把刀”。它位于“小武当”的西北侧，实际是一片石林，但是石峰与众不同，峰峰都薄如刀片而高耸，犹如倒插于山岭中的一片锋利的刀丛，所以人们以刀名之。“三十六把刀”又叫千佛山，即由36座像锋利宝刀一样的石峰组成，错落有致地分布在那里。从山下往上看，奇峰林立直插云霄，让人有“横空出世”的感觉；从侧面看，恰似36把刀搁置在一个巨大的兵器架上，像是谁在有意显示军威，震慑一方。每当风和景明艳阳高照之时，36把尖刀在灿烂阳光的照耀下银光闪闪，呈现出“刺破青天锷未残”的壮观景象。周围是青翠茂密的丛林，青葱巍峨，挤挤挨挨又井然有序，从山顶一直延续到沟底，如众星捧月，将“三十六把刀”衬托得格外光彩夺目，神采奕奕。

“三十六把刀”的山脚是“小石磨”，远处看呈窝坑状。就在这个“窝坑”，由于有难得的一块平缓地方，土地肥沃，从很早以来，这里就比较集中地住着十户左右人家，炊烟时起。几块农田分布井然，鸡犬之声相闻，使深山丛林之中显出勃勃生机。似乎是人们觉得这里只有山水而无人烟，也许太单调，因此有意到此居住以点缀之。相传皖国公刘体纯曾经在此驻军，他在此以及下谷坪一带联明抗清期间，长期被清军围追堵截，风里雨里，条件十分艰苦，粮草等军用物资全靠自给，不得不自力更生。他便率领部队在这里开荒种地，以农助军，以军辅农，军民一家，互依互存。并在一个名叫“磨屋矶”的地方用石磨磨面，在生活方面不去搅扰当地山民，受到当地民众的赞誉。至今这里还保存着一块完好的当年将士们用过的石磨，可惜的是石磨的另一块不知被什么人什么时候搬开掀下了河沟，当时没有人想到要找回石磨，等后来人们想到应该找回的时候，却早已经被时光洪流冲得无影无踪。刘体纯自力更生的精神是值得张扬赞誉的，如今人们看到留下的半块石磨，无不感慨万千。

紧挨“小石磨”的东北侧是一大片山岭，只比“三十六把刀”山顶稍矮，但也雄伟壮丽，广袤开阔，纵横几十里，显出一种雄浑和傲然之气。远而观之，酷似一头巨牛横卧于山中，头向东，尾朝西，肚腹鼓胀如同一头真牛吃饱以后的大腹便便，栩栩如生，所以人们只得以“牯牛岭”名之。如果以“水牛”“黄牛”“奔牛”称之，反而会觉得别扭而毫无情趣。尾部下边有一个岩洞，洞中时有泉水涌出，泉水每天向外涌出数次，每次涌水的时间约 5 至 10 分钟。可能洞内水流落差很大，洞口又很小，水流急促，泉水一出洞口便喷射出洞外数米远，沙沙作响，如同一眼喷泉。泉水喷射一阵后又突然停歇，石洞便成了干洞，寂静无声，自古以来就这样延续着，当地百姓将此洞称之为“牯牛撒尿”。这一带的人都把“牯牛”视为“神牛”，以此类推，认为它撒的“尿”就是“圣水”，人们甚传若喝了“圣水”，病者可康复，盲人可复明，老者能长寿。这当然是人类的一厢情愿，其实，这所谓“圣水”只不过是富含人体所需的某些矿物质多一些罢了。比市面上卖的矿泉水、纯净水自然要顺口纯正得多，至于药用疗效，可能是当不得真的。

相传这头“牯牛”在天庭像孙悟空当年大闹天宫一样折腾，

触犯了天条，被玉帝贬到了凡间四川某地来受磨难，让它长点记性，改过自新。然而此牛不思悔改，继续耍它的牛脾气，在那里兴风作浪，无法无天，把四川搅得天昏地暗地动山摇。惹得玉帝恼羞成怒，玉帝一气之下，便把它贬到太和山中，为了彻底制服它，派天兵天将在四川与湖北交界处的大山深处设立关卡。并在山顶放置三十六把刀，又在山沟出口处立起一根擎天石柱（即石柱河的石柱），将这头牛囚禁起来，以防它再到别处兴风作浪。这下，神牛就像当年孙悟空被如来佛一巴掌打入五指山底一样，从此彻底服软。“牯牛”彻底失去了反抗能力，只好待在太和山一带，老老实实推着石磨磨面，“谁为为之？孰令听之？”

牯牛岭对面也是一座山峰，山形恰似一位老人，头、身、腿都历历在目。但是它也并不像真正的老人那样老态龙钟而缺乏精神，只不过海拔低一点而已，但是人们总觉得它相比之下缺乏气势，不像前后左右的山峰那样精神抖擞，所以就称之为“老人牵”。这座山确实不甚高，处在牯牛岭与误子垭两座大山之间，站在牯牛岭或误子垭的山上，视线都可越过此山彼此相对而视，这样老人牵就更加显得相形见绌，所以人们以“老人”看待也并不是完全没有道理。“老人牵”与牯牛岭山下结合处溪沟的流水，好似一条细长的银线将“老人”与“牯牛”连接，形似一人伸手牵着牛一样。也可能是人们觉得，既有桀骜不驯的“牯牛”，就得有人牵着，否则它又会不老实，所以那副趣联也就有“老人牵牯牛”之说。

站在“老人牵”山顶可清晰看见紧挨的另一座山岭——误子垭，这座山岭的西北面仍然是石磨乡属地，东南边属于堆子乡管辖。所以误子垭以及整个这座山就成了堆子乡与石磨乡的分水岭，现在也仍然是神农架林区与巴东沿渡河镇的“界碑”。山顶有一个大垭口，似乎是大自然有意将山凿开的一道大垭口，使大山两边的人便于来往。如果没有这个大垭口，里外的人要从此通过，就得翻山越岭，多走几十里路。所以，大垭口实际上确是自然造化为当地人所设置的一道方便之门。相传刘体纯当年在这一带打拼，一度命令自己的小儿子刘小军领兵在这里镇守，约定若敌军来犯抵挡不住时，就鸣炮三响，让住在五子坪的五哥赶来救援。但刘小军少不经事，久无战事，一次因闲坐无聊，心想这么远放炮他们能听得见吗，于是便试着放了三炮。听见炮声，他五哥立即率援军赶来，但见并无战事，而是弟弟闹着玩儿，便悻悻而回。不久，清军果真从堆子场分多路来攻刘体纯，误子垭是必经之地，刘小军哪里抵档得住，赶忙放炮三响，但住在五子坪的哥哥以为又是弟弟闹着玩的，没有及时赶来，结果刘小军与所带领的守军全部在此地阵亡。原先这个垭口并无名称，自从刘小军在这里阵亡以后，人们便把这个山垭叫做“误子垭”。如此说来，“误子垭”这个名称也并不是空穴来风。

牯牛岭与老人牵两座山岭之间的那条小河叫“石柱河”，因为下面沟口有一根擎天石柱而得名。石柱是闻名遐迩的大自然绝作，人称太和山为“小武当”，就是因为这根石柱与武当山主峰有某些相似处。这里虽有众山耸立，但唯独石柱高出众山，确有点武当山的整体景观七十二峰朝主峰的态势，故而“小武当”之名也不是牵强附会。这里曾是神农溪流域的道教圣地，擎天的石柱高如云天，顶上曾建有道观。明清时期，香火旺盛，神农架、巴东、房县、巫山、巫溪一带人们上柱顶朝拜的信众络绎不绝。

太和山除自然风光秀丽外，文化底蕴也十分深厚，其中有省级非物质文化遗产堂戏、皮影戏和薅草锣鼓等文化品种，也有正在申报的非物质文化遗产“刘家古墓群”古文化遗址，像一个人类历史博物馆。“误子垭”“一线天（石柱之下的深沟）”“天池”“庙坪”等明末清初农民起义军活动的遗址，也都分布在太和山境内。“自然环境和社会环境是不可分割的整体。自然环境是人类经常的、必要的生活的物质基础，社会环境要‘依靠自然环境来调节、涵养’，而自然环境又‘依赖于人工环境的美化和衬托’”。[2] 自然环境与社会环境一旦真正有机结合在一起，双方就会得到取长补短，整个生态系统就会出现和谐、诗意与奇迹。生活于其间的众生物物种就会格外有生气活力，如果二者不能和谐相处，要么人类对自然加以破坏蹂躏，要么自然对人类构成严重威胁，任何一方对另一方的损伤都绝不会是单方面受害，总是会使双方都受到或严重或轻微的伤害。

注释与参考文献

[1] 章海荣编著，《生态伦理与生态美学》，上海：复旦大学出版社，2005年3月第一版，353页

[2] 刘华、梅光泉编著，《自然科学概论》，北京：海洋出版社，2000年，252—253页

第二部 源远流长

奇异的屋场

村背坨大山反背有个很有意思的屋场，它处在一个贫瘠干瘦的半山腰里，这里是一片陡峭的竹林石丛。整座山到处都是深深斜插入地下厚薄不一的石块，地上冒出或丈余或五六尺的石峰，厚者一米余，薄不盈尺，一些毛竹或灌木生长在岩石边或缝中。显得荒野，杂乱不堪，但是，这里总是出现一些让人意想不到的奇异现象。

这里有个不足一亩大的坪，可以明显看出是曾经在这里居住的人硬给挖出来的。紧挨坪后面原先有十几亩大一块陡坡农田，一半是岩石，一半是黄泥田土嵌在大小不等的石旮旯中，当地人一般称这种地为“花岩子”，再往上是一望无际的荒山野岭。前边是一个两公里见方的陡坡，是几乎垂直的挂坡，人在上面须得手脚并用，寸步难行。连牛羊都不敢往里面赶，因为一旦失足就要一直滚到三四里远河沟之中，并且有一处还经常垮塌，人们称其为“垮沟”。东边紧挨着一条山沟，是干沟，只有特大暴雨时才有一股浑浊泥水，如果长时间不下暴雨，满沟荆棘丛生，芳草萋萋。再往前也是一片老林，与屋场背后的山岭连接在一起，一直延伸到神农架，只有西边山地稍微平缓。最让人难堪的是屋场周围没有水源，吃水要到三四公里以外的几个地方去背挑，一个早上只能来回一次，滴水贵如油。

这样一处不毛之地，当然极少有人居住，20世纪50年代初期，从平阳坝来了一家人在这里住下来。这家人来的时候，原先住家的房子早已垮塌，只剩下乱石杂草一片，他们只好搭起野猪棚一样的窝棚勉强住着。听这一带的人说，别看这里荒芜贫瘠，但却是一块风水之地，曾经在这里住的人都是发了家才搬走的。听了这些话，这家人也没在意，认为是人们对新来之人的安慰，要不然怎么长时间没人来住？既然发了家为何要搬走？这家有俩兄弟，第二年兄弟俩合起来在这里修了四间土木结构的房子，两兄弟一人一半，分为两家。老大喜欢打猎，时不时也能猎得麂子、豪猪或者果子狸什么的，对田里的事不很上心。老幺为人本分老实，安安心心种地，两家生活也都还凑合着能过。就这样过了四五年，老幺被组织上培养入了党，紧接着又当了村长。本来村长既不吃皇粮也不拿工资，仍然还是农民，吃穿都靠自己劳动，并不算什么官。但是周围的人可不这样看，都相信这个屋场真是风水宝地，要不然，这家人怎么刚来不久就当官了？心里最纠结的还是这家的老大，真的相信了这里是风水宝地，但是这风水被老幺全占了，自己没沾到边儿。后来两家都人丁兴旺，又都分家，两家变成四家，没有地方扩建房屋，老大一家都搬走了。老幺始终不相信这里是什么风水宝地，明明是一个枯梁子，除了茅草荆棘就是石头，一些石旮旯可以种点包谷黄豆，可都是些黄泥巴土质。挖田薅草，天晴时挖不动，锄头下去砰砰响；下雨后倒是能挖动，可是锄头上随时都沾一大坨泥巴。能有这样的风水之地吗？可他还是决定在此住下去，他总是想，自己是村长，党和政府不嫌弃我，我就这么走了，对得起党和政府吗？他把老大家损毁了的房子重新整修，一家人在这里安心住了下来。日出而作，日落而息，靠双手养家糊口。

就在老大搬走的第二年，老幺家里在屋旁100米处发现了一颗原先就已长到一人多高的柚子树，长在一个石丛中，但柚子却很可口。一家人对其关爱有加，把树根处的一些岩石挖起来搬走，但是许多根茎裸露，这家人就给树根下追加了厚厚一层肥土和牛羊粪。这样一来，从第二年起，柚子树更加果实累累，枝丫都压歪了，老幺带着家人砍来一些竹竿把枝丫一一撑起来，以防枝丫被压断。柚子成熟的时候，味道比上一年更加甘甜芳香，一家人欢天喜地把柚子摘下，在火塘屋里墙角堆了大半人高一堆，周围的人都慕名纷纷前来品尝，赞不绝口，都说这是老天特意赐给这家人的宝物。连老大也跑来背了几背篓回去。有好多人跑来挖走柚子树下的幼苗回家栽培，可是等到长大结果，又酸又涩，完全不是母树柚子的味道。于是人们又改为嫁接，弄得柚子树下部的一些枝丫都挂满了装着土的竹筒，但是嫁接的也不行，不是酸得人直摆头，就是苦涩难以下咽。就是树下自然生长起来的幼树，离老树不过两三米远，结的柚子也不能食用。任何人都不能解释其中的原因，似乎成了一个谜。

就在柚子树红红火火的同时，离柚子树约 20 米远的一个小坪中自然生长出一棵桃树。这个坪原是这家人的菜园，种的葱蒜、白菜、荷香和菠菜等，并没有人往里面丢桃核，这一带也没有这种桃子，就这样没有来由生出了一根桃树苗。开始家里人并没有太在意，但也没有拔掉它，就让它自由生长，几年一过，它就长成了一棵一人多高的树，并开始结果。当果子还只有半成熟的时候，就明显显示出了它的与众不同，个头特别大，雪白。方圆百十里从来没见过这种桃。等到完全成熟，更是特别，个头有茶杯大，大的有七八两重，白里透红，鲜艳无比。掰开里面全是鲜红色，肉是肉，骨是骨，味道香甜无比。这一带的人都没见过这种桃，因为它在夏至时成熟，人们就称之为“夏至桃”（实际就是雪花桃）。后来树逐渐长大，把整个一块菜园全都遮住了，每年都是满树结果，一个挨一个。桃子成熟后不能久放，这家人每到“夏至桃”成熟时，就分别给周围的人家一篮一篮送。可是桃树也与那棵柚子树一样，人们吃了桃把桃核埋到最肥沃的地里，等长出来结果，却是一般的毛桃，个头只有核桃大小，味道也不一样，淡而无味，嫁接也是一样。人们疑惑不解，觉得这个屋场的一些果树究竟是怎么了？这家人没来住的时候可是从来没有过这种情况，这其中到底有什么蹊跷呢？不知道植物研究专家们对此怎么解答，不得而知。

还有猪圈屋边也自然长出一棵柿子树，屋后菜园子边的山边又分别长出一些板栗树和核桃树、石榴树，虽然与别人家同样的果树区别不大，但也都是果实累累，个头硕大，连年丰收。连柚子树不远处山边长出的一棵油（野）柿子树也都是年年果实压弯枝头，金黄油亮，因为有家柿子，人自然不会吃野生的油柿子，每到成熟，都是果子狸的美味佳肴。没过几年，又出现了奇迹，在猪圈屋前离柿子树仅两米远的陡坡上，又长出了一棵梨树。这不是一般的梨子，结的果呈椭圆形，硕大无比，皮薄肉厚，像一个个特大的老式秤砣，人们就把它叫“秤砣梨”。吃的时候一个人一般都吃不完一个，往往是几个人分着吃，味道甜得像蜂蜜。周围的人虽然也感觉奇怪，但这时已经见怪不怪，反正这个屋场要不了多久就会出现一种特别的水果。

这种情况一直延续了几十年，直到现在也还是这样，并没有因为时间推移而改变。原先那些果树随着时间推移，一棵棵都枯老，这家人后来人工栽培了各种水果，也相继长势良好，只不过都是大众化，不像那些自然生长的果树那样独具特色。那棵老柚子树后来被风刮断，第二年从残留的树根上长出一些新枝，主人家把其他枝丫全割掉，只留了最大的一枝，几年后开始结果，但是完全变质，个头很小，又酸又苦，而且干瘪水分不足，原因也不清楚，老柚子树还是给人们留下了一个谜。奇怪的是，不知什么时候就在院坝边上长出了一棵另一品种的柚子树苗，开始结出的柚子简直不堪入口，比酸水坛子里捞出的陈年酸萝卜还要酸。主人家几次准备砍掉它，但它长出的树枝可以栓绳子晾衣服，又加上它开的花香气扑鼻，闻着很舒服，所以也就没有动它。但是过了几年奇迹又出现了，结出的柚子超常大，像一个个半大的南瓜，成熟了绝大部分都直接掉落到院坝里，大人小孩都将其踢到院坝边上竹林之中。家里老年人一天坐在树下晒太阳休息，闲着没事，看身边一个柚子大得可爱，掰开一个尝味道，刚吃一口就大叫：这柚子哪里酸，这么甜！其他人根本不相信，都以为是老人逗孙子玩，后来都来尝，确实是清甜。一家人都百思不解，怎么过了两年它就彻底变了味道，这到底是什么原因？这些柚子由人人都不屑一顾一变而成为珍品，于是家里人又把柚子全部捡起来堆到屋里慢慢享用。现在这家有个年轻人在深圳上班，每年春节回家临走的时候其他什么也不带，总是要剥四五个柚子塞满行李箱带上。

可能过不了多久，这个屋场又会奇妙地长出一种什么水果树。如果不是亲眼见到和亲口尝到，人们是绝对不会相信的，可这却全都是一个个事实。也许从植物学、地质学、土壤学角度分析，这都不是什么奇异现象，而是一些极正常的事，是我们这些不懂得这些专业知识的人的少见多怪。但是，即使科学能解释通，这个现象也是奇特的。以往人们说得神乎其神的屋场风水宝地，说到底并没有什么神灵，其实只有地灵，大自然之灵，即特殊的地理位置和土质出现的特殊的自然生态现象。

这家人一来就当“官”，这与地理位置和土质没有什么必然联系，只是屋场历来生长出来的一些不明其生长原因的水果树，应该只能从土质、地势等有关因素解释。这是值得深入探究的。探求大自然的奥秘，是我们人类无论发展到何时都要不懈努力的，以期对大自然有更多更深入理解，只有这样我们才能真正达到与自然和谐共处，协同发展。如果谁有兴趣来这里探究土质、地形甚至山势等，应该是有价值的。

荒野在呼唤

本篇对荒野的理解，是指原生自然环境，即一切自然形成的物质、能量的总合。构成荒野的物质种类很多，主要有空气、水、土壤、植物、动物、太阳辐射等等。这些物质都是所有生命赖以生存的物质和精神基础，离开它们人类以及一切生命物种都无法存活。因此，荒野对人类具有各个方面的吸引力，即人们常说的荒野呼唤，实际也就是一切生物物种对荒野的依恋。人类与荒野的联系千丝万缕，不管你想采取什么方式摆脱都是徒劳。

在人类中心主义思想的影响之下，人们都认为自然荒野是没有价值的，是荒蛮的、险恶的、恐惧的，所以可以任意掠夺，无情蹂躏和毁坏。当人们对其肆无忌惮毁坏，失掉它时，却发现了全球气候变暖、生物多样性锐减、臭氧层耗竭等等全球性生态环境困扰的不断加剧，把人类推向危险的生存境地。人们这才开始重新审视荒野，才认识到，“荒野蕴含丰富的道德精神，是价值的王国，不但创造了人类及其价值，而且还储存了价值，实现了价值的增值和转换。”[1]

对神农溪地区，人们也许认为这里本来就是荒野，这里的人本来就处在荒野之中，对他们来说，无所谓荒野呼唤，它呼唤不呼唤，人们反正都在其中。这里的人因为“身在此山中”而没有明显感觉出对荒野的一种依恋感，这更说明荒野呼唤力量的存在，而且它的呼唤极具魅力，任何生命物种都自觉不自觉聆听与神往。

早期荒野对人类的呼唤是一种生命物质方面的呼唤。神农溪广袤无垠。这里西壤口、两河口（有两个）、平阳坝、罗坪、沿渡河、红沙沟、东圩口、堆子场以及整个神农溪流域一线，都是比较热闹繁华的地方，可以供大量的人居住生存。但是很多人并没有选择这些集中热闹的地方居住，而是选择了送子园、五子坪、小溪、茅芋坪、水田梁子、干沟、石磨、老虎笼、野猫岩等这些更荒野之地安家落户。这些地方都十分荒芜，在这些地方居住有许多困难甚至生命危险，如野兽侵害、山岭阻隔、沟壑凶险等等。就在前几年，送子园还有不少人失足掉下悬崖丧生，又常有野猪毁坏庄稼等事件发生。

人们为什么要舍弃安全之地而甘愿选择凶险之地居住呢？这原因很清楚，一是这些地方地域广大，田土无限，按需分配，没有任何限制，可以不必与别人争田夺界，减少许多吵扰；二是这些地方土地更加肥沃，吃水烧柴更加方便，取之不尽用之不竭。一句话，这些地方更有利生存。虽然这些地方有险恶，但它也有别处不一样的生存利益，甚至更多，这就是荒野呼唤的魅力之所在。不熟悉这些地方的人不知道，其实生活在其中的人，也体会到许多热闹之地难以与之比拟的优越性。他们住在这里有吃不完的家味，吃不完的粮食蔬菜，喝不完的自酿陈年老酒，一般家中都有存放好几年之久的腊肉。而这些财富的获得，并不需要付出多大的辛劳，比如人们一般都视为最辛苦最不易做的种庄稼，因为这些地方田土肥美，只需播种，到时候拔去闲草，就只等收获；要吃野味，也只需要在屋边地头挥动木棍就可轻松抓住，有时候一些獐麂兔鹿还会自动送上门来，也是举手之劳。兽害当然不可避免，但也并不是不能解决，只需喂一只几只家狗，并不需要狗们直接去捕杀野兽，一有野兽动静，狗叫几声，提醒主人，主人拿着响篙拍打几下，野兽就会吓得飞跑。

地球上的一切物种（包括人类在内），受自然法则控制，它们一刻也不愿意离开荒野。它们要维持生命，就不得不依赖自然从中获取生命的源泉，就必须无时无刻听从大自然的召唤，就像孩童时时都需要母亲呼唤一样。大自然是一个不断进化的生命系统，在它持续运转的过程中，创造了不知多少万亿的物种，并且全力滋养着这些生命。人类只是这个进化演进过程中所产生的一件作品而已，它的一切活动都与其他生命一样，都是在大自然支持下生存的。霍尔姆斯·罗尔斯顿说“荒野就其产生生命的根源而论，其本身是有内在价值的。”这里所说的价值，就是所有生命物种的支撑。据中国科学技术情报研究所编的《外国公害概况》中报告：“在巴黎大街上设有日鲍公司的自动器，过路的顾客放进去几分钱，就可以呼吸到三分钟的‘郊外空气’。在东京街头，这类自动器向顾客供应几口使人兴奋的氧气。据称，还有人在筹划制造‘空气罐头’，试图把阿尔卑斯山或海滨的空气压缩密封在罐头里出售。”[2]这就足可证明荒野对生命存在的意义。现在城镇许多单位都花大价钱绿化环境，办公室寝室也要置放几盆花草，各地都在建设“生态城市”，中国已经有无数个“生态城市”，这绝对不能说与荒野意识毫无关系。这是人们想在嘈杂烦扰的环境之中也享受到荒野的一些气息，哪怕是不全面不系统的，总比一丝一毫荒野之气都嗅不到要好。

马克思主义经典作家早有精辟论述。“正如人一旦脱离社会关系的规定就不成其为人一样，人脱离了自然关系的规定同样不成其为人。……人的心理、习性、体魄、嗜好等，深受自然地理环境的熏染。自然界是人类生存的基础或根源，尽管人的自然属性常常渗透着一定的理性成分，但其本真的自然属性是不可能消除和摆脱的，离开自然界人将无法生存。”[3]

但是，人类虽然无时无刻都在吮吸荒野的乳汁，却并没有体会到乳汁提供者“母亲”的恩惠。由于过度开发、利用资源，美丽的神农溪失去了昔日的光彩。山林植被破坏的直接后果是水土流失，洪灾连连，水坝成串的直接后果是水质污染，河水断流。这两者合起来又带来第三种灾难：空气污染，气候变得恶劣。

这时人们总感觉神农溪缺了什么，生活在其中不是滋味，难以为继，一天都处在“寻寻觅觅”的状态之中。寻觅什么呢，一切有意识有思维的生命存在，不仅在身体、生命生成和存续上依托荒野，而且各种生命存在都感觉荒野对自己的呼唤，特别是在生态家园遭到破坏的时候，人们感觉到的荒野对人的呼唤更加强烈。过去是山里的人往集镇上跑，集镇上的人往城里跑，现在倒过来了，城里人往集镇上跑，集镇上的人往山里跑，他们在寻求什么，并不是找衣食之需，而是在寻求荒野的依托。有些人花上几百万上千万的巨资到远离城市的乡村小镇或根本就是山里修别墅，在那里过躬耕农亩的生活。在这里呼吸的是山野新鲜空气，吃的是纯自然山野绿色食品，看到的是山清水秀山野景色，听到的是鸟鸣蝉唱的山野之声，获得的是野趣、野韵。所以现在人们对山野都趋之若鹜。不过，这不得不让人产生一种新的担忧，即人们大量涌入荒野之中，荒野又会遭到新的破坏。

当代散文作家周同宾在他的散文名篇《天籁》结尾处写他去到荒野中的感受道：“夜里，在低矮的茅屋里，我睡得十分舒贴，连梦境也是绿茵茵的，中宵醒来，我又听到了那微妙的天籁，像一只亲切的手，轻轻拂着我的面颊，像一阵温馨的风，缓缓吹过我的心头。我还听到了大伯那均匀的呼吸声，不疾不徐地，似乎和大自然的声响有机地交织在一起了，那么和谐，那么融洽，抬头看窗外，山影是暗绿色的，一眼望不透。流水像一道银线，闪着柔和的光。蓦地，我悟出了个道理：人生固然短暂，事业正是无穷，只要把自己的一切交于人民的事业，又何必嗟叹生命的短暂呢？又何必计较个人的名利得失，别人的褒贬毁誉呢？我似乎一下子彻悟了。我盼望快点天亮，我有一肚子文章要写呢。”[4]

作者由于“居处闹市，每日车马喧喧，人声嚷嚷”，精神上总也烦躁不安，决计回乡去，实际上就是回到“荒野”中去，听到了荒野的天籁之音后，精神果然由阴转晴，爽朗惬意，不仅如此，还悟出了人生哲理。在“闹市”时他“文思苦涩，而聆听天籁之音后感觉“有一肚子文章要写”。人只要心情舒畅，什么感触，什么灵感都会一股脑儿地奔涌而出，就好像人们评论契诃夫那样，不是苦思冥想写小说，而是流小说、流诗歌，像打开了自来水龙头一样，泉水自然汩汩流淌。

我们时时在听取荒野呼唤。“自然作为孕育生命的源泉是值得我们尊重的。自然不仅孕育了我们的身体，而且还滋养着我们的精神。尤其是我们不能漠视的是，当我们从自然那里被创造出来以后，它以它自然的形式以及生命的多样性，一直参与了我们的精神家园的建构。可以说，随着我们对它的认识的不断深入，我们就会愈益感受到我们的精神家园如果离开了它的参与，其完整性、丰富性和深刻性就会大打折扣。离开了自然，我们的精神结缘将无所依托。而对自然的遗忘，终将使我们迷失和徘徊在路上，而不知精神家园的方向。”[5]人们在饱尝了生态破坏的苦果后，才终于明白了荒野对于生命物种重大的价值，而且明白了这种价值不仅在物质上，更重要的还在精神方面。

人们对荒野价值的充分认识，促成了人们的精神觉醒，启迪人们对荒野曾经有的破坏行为的修正与否定，唤起了人们生态伦理良知，促使人们对以往错误行为造成的荒野破坏的修复。神农溪一带如今实行的“退耕还林”“生态区人口搬迁”“拆除部分电站”“建立自然保护区”“经营自然生态园”等等一系列措施，都是修复荒野的具体行动。而且有许多都已经初见成效，让人进入其中感觉到一种以前从来没有的舒畅。这让人们看到了荒野恢复的希望，这完全是必要的，如果现在仍然还没有这种觉醒意识，还不采取得力措施修复和恢复荒野，其后果不堪设想。

人们觉醒后对荒野的修复，不能停留在还债的层面上，它要求人们上升到一个新的更高境界，即做一个生态自我（也称为自我实现）的人。裴广川在《环境伦理学》中转述挪威哲学家阿兰·纳斯的话，对自我实现的人是这样解释的："自我的成熟需要三个阶段：从本我到社会的自我；从社会的自我到形而上的自我即'大我'。形而上的自我即'生态自我'。生态自我是人的自我实现过程中的最高境界，是人彻底与自然认同、融入其中，关系极其融洽的一种理想状态。自我实现是人的潜能的充分展示，使人成为真正的人的一种境界。自我实现过程是人不断扩大自我认同对象范围的过程，人达到了生态自我的境界后，便会感到人与自然的距离越来越小，既能在与之认同的所有存在物中看到自己，也能在自我中看到所有存在物。"只有达到了生态自我的境界，才能真正与荒野融入一体，也只有大多数人理解了我们人类必须与自然融合的意义，保护荒野也才能真正实现。这就是雪莱的名句所说的："万物由于自然律，都必融汇于一种精神。"这种精神就是自我实现的境界，彻悟人类与大自然真正融合的内涵：自然即是我，我即是自然，没有了我的自然也许还可存在，而没有了自然的我是绝对不可生存的。

注释与参考文献

[1][2] 裴广川等著，《环境伦理学》，北京：高等教育出版社 2002 年，129/58/25 页

[3]《马克思恩格斯全集》(3 卷)，北京：人民出版社，2002 年版，310—311 页

[4] 周同宾，《天籁》，载《当代散文鉴赏》，乌鲁木齐：新疆人民出版社，2003，480—481 页

[5] 郑慧子著，《走向自然的伦理》，北京：人民出版社，2006 年，197 页

老鹰展翅

与其他许多地区一样，神农溪一带早年多老鹰，它们高傲地在蓝天翱翔，或者在参天古树之巅悠闲自在歇息与用餐，或者在悬崖之上孵雏。老鹰自古以来是人们公认的神奇之物，这里有句俗语说：“神老鹰，鬼老鸦”。老鹰在野外食物匮乏的情况下喜欢袭击鸡、猫、狗、猪等家畜家禽，但人们并不仇恨它们，当然这并不是出于生态保护意识，而是受宗教神秘思想的影响。这种民俗对老鹰起到了很好地保护作用。当然，就是不将其视为神物，要想捕捉它，也只是痴心妄想，它们来无踪去无影，人们对它毫无办法。

老鹰最绝的一招是它抓捕猎物时的神奇速度，堪称“迅雷不及掩耳”。专家研究发现，老鹰视觉敏锐，能在高空飞翔时看清楚地面上的猎物，不仅如此，它还对猎物周围的环境观察都非常仔细。这是由于鹰眼视网膜的黄斑处有两个中央凹，不仅比一般动物多一个，而且中央凹的感光细胞每平方毫米多达 100 万个，人眼仅仅约有 15 万个。一旦它认准了捕猎对象，它会从好几公里以外的高空俯冲直下，翅膀并不完全展开，收缩着紧贴身子形成剪刀状，这是为了快速冲锋。这样它就可以大大减少俯冲阻力，直奔猎物而去，速度快得惊人，只听呼呼作响，在这样的急速运动中，鹰也能准确无误地抓住猎物。利奥波德赞美老鹰说：“鹰也是致命的杀手，它是迄今为止十分神秘的进化魔力的完美之花。没有人能够，将来可能也不会有人明白，我们与我们的猛禽仆从所共有的掠夺天性。没有人造的机器能够或将会合成猎鹰俯冲捕杀时眼睛、肌肉和翅膀之间完美的配合。”[1]到目前为止，人类的任何空中飞行物没有能够与老鹰媲美的，当然，人类的宇宙飞船已经登上月球了，到现在为止，还没有发现鹰飞上过月球。但是这仅仅是就某一点看问题，从全面来讲，我们的飞行物是远远不及鹰的自由灵活、俯冲斜插、精准无误。

其实老鹰不光视力好，智慧超群也让人难以想象，它们会根据各种不同的情况安排抓捕行动。在野外抓野兔、山猫、野鸡什么的，如遇到猎物较大，一下子难以摆平，它会不慌不忙地与猎物长时间周旋，直到把猎物征服为止。但是鹰猎取鸡却不同，如果很顺利，它会一触即起，毫不拖泥带水，干净利落，闪电般带着猎物得胜回朝。如果鸡周围有人，它绝不会贸然动手，就是鸡周围没有人，如果在它设计的第一时间抓不着或遇到别的障碍，它也会迅速撤离，决不会长时间搏斗，而且照样是在眨眼之间一切就绪。鹰绝对知道人对它的威胁是巨大的，所以它一定要在人还没有反应过来时把事情办妥。人们绝少抓住它，即使人类后来有了先进的技术和优良的武器。

神农溪两河口挨边的山上曾发生一次人鹰大战的事。一只老鹰趁一农户的小猪在菜园拱土时，一下扑来抓住了小猪。小猪有两尺来长，比较沉重，老鹰很吃力，户主当时正在场坝里翻晒包谷，一看情况危急，赶忙一步跳进堂屋拿出土铳就准备放枪。当他正准备扣动扳机时才猛然醒悟，开枪会伤着小猪，只朝天放了一空枪，老鹰只好暂时丢下小猪。但是小猪落下的地方与人已经有很远的距离，户主人丢下枪跑步去抢救小猪，没走几步，发现老鹰杀回马枪第二次来抓小猪。虽然他大声吼叫，但老鹰实际已经看清，户主人这时手中没有了枪，根本不用担心，于是它不慌不忙将小猪掳掠而去。户主人这时除了大声吼叫别无他法，只能眼睁睁看着老鹰带着小猪远去。

正是因为老鹰有神奇的本领，所以鹰在人们印象中一直是充满传奇色彩的鸟。千百年来，鹰一直被人们神化，直到现在有些国家还把鹰作为国鸟，象征国家精神。

但是现在老鹰以及所有禽鸟遇到了致命杀手，各种农药大量使用，有毒物质直接或间接在老鹰体内的快速积累对它们造成了严重的伤害，神农溪一带现在已经很少见到这种精灵了。我们自己吸入的有毒物质恐怕也不在少数，如粮食、蔬菜、水果等等，都有过度使用农药、化肥所留下的毒素，只是在短期内人们并没有体会到而已。

注释与参考文献

[1][美]奥尔多·利奥波德著，彭俊译，《沙乡年鉴》，成都：四川文艺出版社，2015年，153—154页

小河的感叹

神农溪在中上游有条小河加入其中，这条小河有一个美丽的源头，又有一个神秘甚至恐怖的尽头，人们都说它是天赐圣水。河两岸一带原是一个人民公社，后来改为乡，又改为村，不管怎么改，人们都只认可乡，总把它叫牛泉乡。

小河从老虎背山根下两个地方发源，一东一西两条水沟，分别流出泉水，在一个叫柳树沟的地方会合，清澈洁净，就是下大暴雨它也不怎么浑浊。源头之下大约两公里远的一段，从两边几条沟里也流出几股泉水加入，水流渐渐增大。在当地原中学所在地门口，有一股较大的泉水从一个大石头之下流出，人们称为“龙洞”，常年不干，不管天晴下雨它都依然如故，与老虎背山下流出的水沟合为一处形成一条小河，人们就称这条河叫“牛泉小河”，一般都亲切地简称为“小河”。有趣的是，下大雨时，沟中流水是浑浊的，龙洞出来的水却清澈明净，两水虽然合为一处，但在一丈多远的一段一半清澈一半浑浊，泾渭分明，成为牛泉一带一大景观。人们感叹，说龙洞水是出污泥而不染。早先人们还说龙洞出来各种鱼，大的有几尺长，小可寸许。这条河总共不到 20 公里长，将要接近神农溪的大约两公里长的一段，是一道峡谷，人们叫它峡沟。这一段早先无人敢出入，传说有很多人进去，就再也没有出来，很恐怖。

小河是牛泉人民的生命河，人们饮水、洗衣、捕鱼、灌溉、喂牲口都指望它。这一带的人小时候一到夏天，就总是泡在河里（从来没人敢进过峡沟），在它的随便哪个潭里洗澡，玩耍，也常打架。累了在潭边溜光的石板上睡觉，爽得连梦都不做，渴了就随便捧几口河里的水喝，清甜。小孩子们玩得最多最开心的是捕鱼，他们一般是采用改河道的方式进行。只要在原水道旁边新挖一道沟，然后将水拦截引入新河道。原河道的水立马就干了或小了，鱼儿在里面急得乱蹦乱跳，纷纷往有水的石头边钻，他们就很轻松抓上一串串小鱼，拿回家，晚上餐桌上就有一钵香味四溢的鲜鱼汤，一家人乐得直夸孩子。让他们从小就深深感觉到劳动带来的荣耀和生活的乐趣，体验到大自然给生命无私的奉献。

孩子们并不是只在水里玩，常常呼啸在小河两边的草丛树林。拿着自制的橡皮抢打鸟，不过他们的目的并不在打中它，打死它既不能吃也不能玩，打不中，它噗噗乱飞多有趣，他们要的就是这种乐趣。有时候不注意真的打掉一只，谁也不敢去捡，父母常说，玩了鸟写字手要发抖。鸟儿根本不怕他们，他们往前赶，鸟们飞起来转一圈，又落到他们后边的树上，像是在戏弄他们。赶鸟赶不上，有时候意外吓出一只麂子野鸡什么的，它们可是些赛跑的高手，你还没反映过来，它早就没影了。孩子们都害怕蛇，常听父母说起蛇的利害，但是在草丛树林偏偏总能遇到。开始他们一见蛇就逃跑，比兔子还快，生怕蛇追上来。这倒好像使他们明白了一个道理，遇到斗不过的敌人，你得跑，要快，不然你就完蛋了。这些这么玩出来的孩子后来读书时，短跑总能得到体育老师表扬，也许就是这么练出来的。

后来渐渐大了，一见蛇就随手折一根木棒没头没脑地乱打，蛇总是他们的手下败将，抱头鼠窜，身子几弯几摆就不见了。

在小河边喝、睡、玩、嬉戏，无所不能，可是，孩子们绝不污染小河，所以那条小河到处都是清澈明净。孩子们在那条小河边出生，在它怀里成长，一般身体一直都很健壮。这些孩子后来都分别离开小河，去读中学、大学，有好多又到外地参加了工作，再也没有多少机会到小河边玩了。但他们大多数人的心一直没有离开小河，很多人都说只要一做梦，都仍然还在它怀抱里。这时他们才明白，人一旦离开自然，生理和精神都会产生缺失。“地球生物圈是一个有完整结构运转精良的自组织系统。在这个系统中各种生命有机体都是经过亿万年的自然选择和遗传进化被精选出来的，它们以最有利于这个完整系统的生态平衡的方式存在，彼此发展成众多可以共存的机件和综合体，而那些与整体不能共存的结构则在长期演化中被抛弃。因此，凡是自然产生出来的东西，都要经过这个已有的自组织系统的检验。凡是能纳入这个自组织系统的物质循环并能有益于生命存在和延续的，它就能存在并保留在自组织系统中，否则，它将被淘汰。”[1]

也许是一方水土养一方人，历来牛泉乡多出奇人，有的力大无穷，有的身怀绝技，有的智慧超群，都是些远近闻名的高人。解放前统治这一带的是一个叫赵干城的保长，他就是一个奇人。力大无比，最具威力的是一双手臂，劲大得可以随便抱起一头牛。别人给他家干活，往他家背三四百斤一筐一筐的红苕或包谷，走到院坝边上，他往往伸手轻轻就从别人背上端下来。据说有一次两条水牛打架，几十个人用绳子将牛套住往两边拉都拉不开，赵干城看到了，叫那些人集中一边，绳子只栓一头牛拉，他一个人双手抓住另一头牛的两只角，一声吆喝，就把两头牛分开了。解放后又出了很多奇人。有个叫秦大才的，他力气并不大，但他上通天文，下知地理，人们称他“奇人”。老虎背山脚有煤炭，人们都靠肩挑背扛，十分辛苦，他奉命带人修了一条能通板车的小公路。他根本不用什么仪器测量，全凭眼看，硬是修成功了，全乡的人都可以用板车往四道八处拉煤炭，人们称赞说他简直是“活菩萨”。后来修大公路一处没改，就将那条小公路扩宽就成了。当时县里要在牛泉乡修接待站（宾馆），他带人用土垒墙，人们都说这是做梦，根本不可能，结果经过一年多时间就修起了一栋三层楼的接待站，比县里的招待所都高大。人们都觉得不可思议，说肯定有神仙帮秦大才，“奇人”从此更加神奇。张家坪有个女人，名叫舒荣贵，个头一米七高，一生没有生育，但她的力气比一般的男人都大。两个人抬的石头，她伸手就搬起来飞跑。有一次她和几个男人比赛抬石头，把碗口粗的木杠都抬断了，当时在场的人都吓傻了。人送外号“女大力士”，后来人们学了《愚公移山》，给她改名叫“女愚公”。还有一些木匠、篾匠、石匠、土匠、歌手等等，也都是一些身怀绝技的高人，他们一般都不仅仅是靠一些土木技术，而是另有驱魔治恶的高招服人。

五十至七十年代，牛泉人民改天换地，叫高山低头、河水让路。先是把那条小河两边山坡上的树木都砍光了，草铲平了，石头炸碎了。飞禽走兽有的做了猎人猎狗的刀下鬼，有的魂不附体逃命去了，两边的大山全变成了黄灿灿的“良田”。然后在那条小河的源头修了一座水库，万炮齐鸣，人们一向认为很神奇的牛泉石被炸得粉身碎骨，泉水也从此断流了。再后来又在小河的中部建起了各种小型工厂，茶厂、加工厂、葛粉厂、酒厂等等，还办起了学校、医院和供销社。可怜的小河，连呻吟都没来得及，就那样无影无踪了。要见到水，那是每当暴雨时至，两边山上的污泥浊水蜂拥而下，愤怒地咆哮着，奔腾着，带着黄灿灿“良田”的外衣，向干涸的小河故里冲来。河床平均增高了好几尺，偶尔遇到一个脸盆大小的水塘，远看还是清水，一走近，却臭气熏天。“水污染主要是指含汞、镉等工业废物排入江河湖泊造成的水体污染，它直接或间接危及动物和人类。发展中国家的各种疾病中有80%是因为使用污染水而传播的，每年有2500万人死于不清洁水。我国523条河流中有

436条被污染，淮河尤为严重。”[2]

后来满河道长满了一种一人多高的叫大茅草的恶草，草叶一寸见宽，几尺长，边沿都是锯齿状尖刺，锋利无比，人的手、腿挨上就会划出一道道深口子。割了喂牛羊，牛羊都不屑一顾；砍了当柴禾，一烧只冒黑烟，没有火苗，更没有火力。让人哭笑不得的是，它生命力倒是意想不到的顽强，真正是“野火烧不尽，春风吹又生”，任你怎么砍它、挖它、烧它，它都旁若无人地疯长，人们拿它毫无办法。这种草很奇怪，树林植被没有被大量砍伐损毁的山上也有，但它总是不会成片生长，一旦山上树木砍光时，它就趁机疯长。这时整个山上就只有它的天下，别的植物会被它掩盖直到消失。人们很少发现这其中的道理，当有益的草木被砍伐，大茅草就失去了控制力量，得以毫无限制地生长，这实际上就是生态失去平衡所引起的恶劣后果。

著名生态伦理学家奥尔多·利奥波德在他的《沙乡年鉴》的《旱雀麦接手》一文中记录的旱雀麦这种恶草就与那条小河中大茅草是同类的东西，它们都是随着人类过度开发或过度放牧破坏了原有生态所带来的恶果。原来一些有用的草种消失，土地上就长出了什么生物都不需要的恶草。“人类是地球生存圈中的一个组成部分，自然界和人类是同生存共命运的统一体。一方面，人类是自然的产物并在自然界中生存，自然遭毁灭，人类的生存和发展将会变成无源之水，无本之木。另一方面，没有人类的生存及其实践，自然也无法显示它的存在论意义和生存伦价值。这就决定了人与自然在本质上存在着一种共生共荣的生存关系。”[3]人类不明白植物种类之间是相互控制相互促进的，某一个物种泛滥成灾，这说明生态遭到了严重破坏。人类与自然中的其他物种之间也是一个不可分割的整体，如果我们破坏自然，非人类物种大量消失，自然生态遭到破坏，人类身心也就会出现病痛或畸变。大约20年后，河边住着一个二十几岁的男人，背有些驼，左腿明显比右腿短，走路一偏一偏的。他是柳树沟章能安的大儿子。他经常对人说可能是祖坟没埋好，家丁不旺，他弟弟也是瘸子，眼神也不好。他还说离他家不远的朱家也很惨，一连三个孩子都是瞎子，让人非常困惑。牛泉乡现在确实出现了不少怪现象，比如近些年都生的是女孩子，很少生男孩；不少人总是得原先从来没听说过的稀奇古怪的病等等。人口整体素质都明显下降，像以往那些奇人高人现在闻所未闻。人们都说，牛泉这地方风水怎么变成这样呢？他们说祖坟埋得不好，这没有科学依据，可是原因是什么呢？天知道！当人们看到这些怪现象，都非常疑惑，牛泉人民当年战天斗地的牛劲哪里去了？是不是被小河带走了？随之，人们就会有一种说不明白的怅惘、悲哀。

恩格斯说："我们不要过分陶醉于我们人类对自然的胜利。对每一次这样的胜利，自然界都对我们进行报复。"[4] 满河道长出大茅草这种恶草，这其实就是大自然对人类行为进行报复的一种形式，除此以外还有诸如山洪、土壤流失、病虫害等等。

回来吧，小河，牛泉人民需要你！

注释与参考文献

[1] 余谋昌、王耀先主编,《环境论学》，北京：高等教育出版社，2004年，182页

[2] 刘华、梅光泉编著,《自然科学概论》，北京：海洋出版社，2000年，254页

[3] 裴广川主编,《环境伦理学》，北京：高等教育出版社，2002年6月，58页

[4]《马克思恩格斯选集》(4卷)，北京：人民出版社，1995年，383页

人豹生死相搏

在盐池河这里，有一条小河从泉口乡流出汇入神农溪，这条小河的源头在石家湾，石家湾在50年代初期发生过一次人与金钱豹博命的事件。两个大胆的猎人相约去猎杀一只金钱豹，结果其中一个被豹子咬得遍体鳞伤，只是最后豹还是被人枪杀。

石家湾紧靠泉口乡的最高处是老虎笼，老虎笼连接着大花乡，这一带早期是一片原始森林，林木高大，杂草深厚，毛竹丛丛，荒无人烟，是豺狼虎豹的天下。这些野兽有时候会窜出老虎笼山林到石家湾一带伤及人畜，特别是上边靠近森林的那几户，整天都生活得战战兢兢，时刻担心遭到老虎、豹子的袭击。虎豹一旦现身，人们会齐心协力追赶，但它们很快逃进山林，这时人们便不再继续追赶。老虎、豹子、豺狼只要进入山林，就如同进了保险箱一样，所以人们就把这片森林地区起名为“老虎笼”。说是“老虎笼”，却并不能关闭锁住老虎，仅仅只是充当了老虎、狗熊、豹子的保护伞。倒是这一带的人对这片山林望而生畏，不敢跨入山林半步。

石家湾虽然偶尔有野兽袭击，其他什么都好，也算是一块富庶之地。这里是一大片平坦开阔的地方，土地肥沃，清泉潺潺，瓜果飘香。居民几乎都是一些殷实大户，家家粮仓排排，猪羊肥壮，牛马满圈。这里曾经有一个猎人，叫李正友，身材魁梧壮实，胆大心细，经常挂着猎枪（土铳），领着猎狗出没在山林之中，人们都说他是野兽的克星，在泉口乡小有名气。泉口下湾也有一个喜欢打猎的人，叫王政超。这两人由于有同样的爱好，虽然两人的家离得较远，但他们却经常相约在一起打猎。两个人虽形同兄弟，但性格却大不相同，李正友胆大，而王政超却胆小。不过这正好成全了他们两个打猎时的分工，王政超不敢打枪，就带着猎狗进山大吼大叫把野物赶出来，李正友就猫在一处端着枪等待它们上当。那个时候獐麂兔鹿多如牛毛，他两个也收获颇丰。

对于打猎，虽然早在中国道教的重要著作《太上感应篇》中就已经斥之为"下贱行为"，但一直以来人们都热衷此道。"《太上感应篇》是中国宋代的一部212条伦理格言集，其中同情动物具有重要地位。这些格言本身也许是非常古老的。这部至今仍然很受民众推崇的格言集表达了这样的思想，天（上帝）赋予一切动物以生命，为了与天和谐一致，我们必须善待一切动物。《太上感应篇》将喜欢狩猎谴责为下贱行为。书中还认为植物也有生命，并要求人们在非必要时不要伤害它们。这部格言集的一个版本还有一些故事逐条解释同情动物的格言。"[1]当时的人不具备生态伦理意识，认识不到随意滥捕滥杀打猎的生态破坏作用。再说，因为当时野兽野禽数量特别多，几乎随处可见，打猎也并不怎么破坏生态，不会引起生态系统的失衡，它与现代人偷猎的性质完全不可相提并论。况且，狩猎者由于懂得兽道，恰恰是他们还有一定的生态保护意识，比如狩猎有时、不猎幼兽、不杀孕兽等等，都是狩猎者的行业律令。

李正友本来就胆大，经常打猎，练就了一身狩猎本领，更加有点天不怕地不怕。不仅经常捕猎麂子、野山羊、兔子等等，连一些猛兽，如黑熊、野猪、豹子也敢下手，只是从没听说他打老虎。有一次听人说一只金钱豹咬死了别人家一只羊，并听说这豹子就躲在高岩半腰的一个山洞里，他马上去邀约王政超去打豹子。王政超一听说打豹子，吓得差点儿一屁股坐到地上，但他向来爱面子，不好推脱，只好战战兢兢一同前往。两个人全副武装，但是不敢带猎狗，怕他们那几只可爱的猎狗丧生豹口。来到高岩一看，悬崖峭壁，下临深潭，豹子藏身的山洞在半山腰，上下都是墙壁一样的悬崖。紧挨洞口是一个一米见方的小平地，接着是两人高的一道坎，坎下又有一小块平地，挨着坎长有一根桐子树，很大，高出洞口两三米。王政超吓得躲到坎下桐子树根部，大气都不敢出。李正友爬到桐子树上，把枪紧紧捆绑在树上，枪口正对洞口，自己紧挨着枪座站着，为了防备站立不稳把脚也捆绑在树枝上，随时准备开枪。但是等了好长时间，豹子像是已经知道了危险来临并不露面，李正友等得不耐烦，随手摘了一颗桐子往山洞砸去。这下惹恼了豹子，忽的一下就窜了出来，李正友措手不及，等枪响，豹子早已到了身边，两只前爪搭在树枝上，拼命撕咬李正友。李正友到底是久经沙场的老猎手，左手与豹子厮打，伸右手去摸插在裹腿里的短刀，可是刀却不知什么时候失落了。于是他忍着剧烈疼痛解开枪递给树下的王政超，指挥他灌好火药和子弹。王正超看到要出人命，也可能吓得已经麻木了，抖抖索索灌好了枪药，按李正友的指挥把枪口顶到豹子胸脯下开了一枪，这才打死了豹子。王政超浑身像筛糠一样爬到上面解救下李正友，李正友已被豹子撕咬得遍体鳞伤，血肉模糊，大腿和屁股上有几处肉已经翻开，难于行走。王政超只好一个人一只手拖着豹子，一只手搀扶着李正友回家。家人一看都吓了一跳，他们把豹子皮、骨卖了给李正友治病，还倒贴了不少钱，才勉强治好，但他一辈子身上好几处都留下了抹不去的疤痕。

经过这次人豹相搏事件以后，李正友从此金盆洗手，再也不打猎了。有人对他说：你不打猎了，这一身本事不是浪费了吗？当然也有人笑话他，说他是被豹子吓破胆了，他现在连梦中见到豹子也要被吓醒。但他都一一心平气和给别人解释：我打了半辈子猎，现在算是醒了，人兽同道啊，它也是一条命，你害命太多了天理不容，豹子咬我就是报应！

就这件事本身论，应该从两方面看问题。首先，李正友因为豹子咬死了羊就去猎杀豹子，这是不应该的，豹子本就是肉食动物，吃羊是它的天性使然，是它为了自身生存，这是很正常的事。但是人们并不懂得这些生态伦理道理。其次，当豹子扑咬人，我们又要打死豹子，豹子咬人已经不属于为了自身生存，而是为了报复。豹子咬人人打豹子是为了自身生存，这时人的安全应是优先考虑的。只不过，如果豹子是属于濒危物种，我们最好是想办法将其驱逐开而不一定要杀死它，当然这是指人在没有生命危险的情况下。生态伦理学关于处理自然的权利与人权冲突的仲裁有一条原则："人类的生存利益高于非人类的非生存权利。如为了解救人的生命，利用一些植物和动物作为医药。但是，被利用的这些植物、动物不应当是濒危物种。"[2]

再从狩猎活动的角度讲。狩猎并不就完全是一件坏事，就是从生态伦理科学看也是如此。"狩猎是一种特殊的自然保护活动，在西方一些自然保护主义者就是狩猎者，奥尔多·利奥波德就是其中的一位。他们认为狩猎是对动物和荒野崇拜和热爱的一种特殊方式，它可以从某种方式促进和维护生态平衡；狩猎又是一种特殊的体育活动，它是使狩猎者在不适合于人生活的原野中铤而走险从而获得精神和体能锻炼的一种体育活动。狩猎的特征之一，是狩猎者与狩猎动物之间的互动，是两者之间一种特殊的关系，表现为搜索、潜伏、抓住时机和攻击等人的动作，也表现为动物自主性的活动和在瞬间产生的激烈反应或反攻击的取向和行动。"[3]这自然是指的符合生态规律的狩猎活动，不是指的滥捕滥杀，更不包括现在的偷猎活动，现在的偷猎活动是绝对要禁止的。

狩猎首先要保证不过度猎杀，不能把某种或几种野生动物赶尽杀绝，否则就破坏了自然生态系统本身的有效运行。其次要保证是出于尽人类这个自然生态系统的“道德代理人”的责任和义务，要把狩猎真正当成一种维护生态平衡的事来做。即当某种生物过剩时，我们就适当捕杀它一部分，打击减少过剩的一方，保护弱小而受到严重损伤的一方，让多种生物都得到正常繁衍生息，好让生态共同体处在一种平衡与和谐的状态之中。

注释与参考文献

[1][法]阿尔贝特·史怀泽著，[德]汉斯·瓦尔特·贝尔编，陈泽环译，《敬畏生命》，上海：上海社会科学院出版社，1996年，73页

[2][3]余谋昌、王耀先主编，《环境伦理学》，北京：高等教育出版社，2004年，223—224/204—205页

最后一只小熊

大约60年代初期，牛泉乡发生过一件非常轰动的事情。那时熊虎豹等大型野生动物本来已经稀少，但是有一只半大小熊突然露面，引起了方圆几十里的人群沸腾，男女老幼蜂拥而至，将小熊逼上绝路，最后小熊被枪杀。

一天，一个年近半百的农民清早出门去割牛草，走到生产队一块玉米地，发现快要成熟的玉米横七竖八倒了一大片。玉米被撕开撒得满地都是，有的被啃光了玉米粒，有的只啃了一口两口就丢在地上，还有的玉米只被摁倒并没有撕扯。他非常惊慌，马上跑去找到生产队长报告，队长一听，并没有意识到是野兽所为，马上断言：这是阶级敌人在搞破坏！这个农民解释道：看样子不像是人干的，像是什么牲口干的。队长喊了一些人风风火火赶到现场查看，分析去分析来也没有一个统一意见，还是在场的老贫协组长有点经验，断定说这十有八九是野猪或熊干的。这得到了大家一致认同，贫协组长进一步断言，说不管是野猪还是熊，都不会跑得很远，说不定现在就在玉米地下边那块山林之中。于是队长也不再坚持是阶级敌人搞破坏，当即做出决定，叫所有的基干民兵都火速回家拿家伙，再派人到隔壁队里借来两面铜锣。当时正搞备战备荒，所有基干民兵人手一支步枪，还配备五发子弹。不到一小时，玉米地里聚集了四五十人，男女老少齐上阵，如临大敌。

当时人们没有生态保护意识，只从人类的利益考虑问题，丝毫不考虑人类以外物种的利益和生存权利。小熊损毁了一块玉米地，这是它的生存本性使之然，它本来就是以吃玉米等植物为生的，否则它就只有饿死，但是人们没有考虑这一层。“自然的价值是对地球上一切生命‘有其自身内在善’的固有价值的伸张。以往我们看待自然，只看到自然对我们自己的善是有益还是有害，讲究对自然价值的利用，至多是探究利用的合理不合理，没有发现实质上自然也有它们自己的善。这是导致地球今天出现生态危机的伦理根源。要摆脱生态危机，就要明确人类的善与自然的善是多种多样的，不仅仅以相互利用的方式各自存在，而且也以相互依存的方式维持着地球自然的生态稳态。所以，恢复和保存‘有其善’的自然固有价值名分，确立自然的权利就成为我们这个时代的历史责任。”[1] 如果当时人们稍稍有一点生态意识，绝不会这样大张旗鼓围捕小熊。

队长没有当过兵，没有一点作战经验，没有统筹安排，只是大喊了一声：搞！人们一下子潮水般冲进了山林，吼声一片。人们还没有完全冲进山林，河对岸的人大声喊话，说一只小熊从山林另一头跑了。这下人们更是向小熊追去，河两岸其他人，听说有熊，纷纷出动，有的抓着抢，有的拿着木棍，有的什么也不拿，蜂拥而至，一起加入了战斗，人山人海，围追堵截，锣声喊声震撼山谷。公社武装部长得知以后，又喊了近处的十几个民兵前往助阵，一时间，大路小路，农田山林，到处是人。

一只小熊惹脑了一乡的人，一乡人吓坏了小熊。其实这只熊还很小，仅两尺多长，黑灰色，一看就知道是一只没见过世面小熊崽。小熊一时惊慌失措，毫无目的地四处箭也似地狂跑，但熊毕竟是熊，身手敏捷，虽然漫山遍野到处是人，它却如入无人之境，怎么也抓不住。人太多，又不敢开枪，所以那么多持枪的基干民兵手中的枪没有任何作用。最后小熊找不到理想的逃处，竟然爬到了一颗高大的松树顶上，死死抱住树干喘粗气。松树约两丈多接近三丈高，主干有两人牵围那么粗，顶部拐了一个弯横着平伸开去，在拐弯处还生出两根小枝却是直立向上。小熊就趴在主干拐弯处，背靠着直立的两根分枝，泰然处之，不时转头向下看看人们的热闹。它根本没想到自己已经走进了死胡同，已经到了生命的最后关头。

很快，松树周围聚集了好几百人，闹闹嚷嚷，一片嘈杂，有的大声发表自己的主张，有的三两个在窃窃私语，都是计划着如何才能抓住小熊。这时公社武装部长自然成了总指挥，他主张上去两个人爬树水平高的，带上布口袋或网兜将小熊装入放下来。但现场那么多人没有谁敢上树的，个个这时都不想别人认为他是爬树水平高的。人人都明白，爬上树是没有问题，问题是接近小熊时，小熊再小也是野兽，不是小狗小猫，万一小熊拼命反抗，弄不好就会出人命。很多人渐渐往远处闪躲，都担心小熊被逼急了跳下来，或抓拿不稳掉下来，落到谁身上都会人熊两亡。人们吵吵嚷嚷一个多小时，也没想出任何办法活捉小熊，武装部长只好决定硬攻。叫周围的人群全部散开，指定了五六个基干民兵向小熊射击。但是在大树根部不能打，因为小熊趴在拐了弯的树干上，只能在离树一丈多远的地方斜着射击，但是距离远了又打不准，射手们十分尴尬。噼噼啪啪打了一阵枪后，小熊在上面趴着一动不动，像什么事也没有。武装部长重新指定一个民兵连长单独射击，但是民兵连长一连打出十几发子弹，小熊仍然是我自岿然不动。民兵连长感觉非常没面子，说他绝对是打中了的，小熊肯定已经死了，但这毕竟不能肯定。时间很快又过去了一个多小时，也不知又打出了多少子弹。

最后武装部长指派两个人爬到松树半腰的枝丫处，用长竹竿桶小熊，刚刚一桶，哗啦一下小熊就掉了下来。人们一看，小熊早已死了，已经成了一个蜂窝，身上有数不清的弹孔，没有一处是完好的，皮、肉、熊掌全碎了。人们都遗憾得直摇头，特别是那些渴望着吃熊肉、熊掌的人，更是啧啧直喊可惜。有的还把自己置于局外人的地位，说起了风凉话，一时间说什么的都有，可就是没有一人为小熊叫冤。小熊是可怜的，它大约是与熊妈妈走散，饥饿难忍，才偷吃了玉米，它哪里想到自己付出了惨痛代价，失去了宝贵的生命。

从此以后，牛泉乡的人就再也没任何人见到过熊的影子，小熊被无情射杀，是熊类与这一带人们的永别。其实早在这以前，熊已经长时间没有与人们谋面，小熊这次突然光临，只是一种偶然，要不是与它的家族走散，它是绝不会贸然在人们的视线中出现的。对这样的“稀客”偶露真容，便被猎杀，人们并没有为此感到缺失和遗憾，因为缺了熊，地球照样在转，这看起来也似乎是自然的正常运转规律。大自然的各个物种之间是优胜劣汰的，总会有个别物种消失甚至灭绝，这不会引起生态圈运转的紊乱。但是，当人类行为干预使很多物种同时消失或者灭绝，就不会是一件小事，会引起生态运转的失常。稍有思想的人就会感觉到，与人们决绝的并不只是熊，还有很多很多，如老虎、豹子、狐狸、狼、獐子等等，在这一带也都早已不见踪影，整个野生动物在这一带已经没有了生存空间。很多人为此沾沾自喜，认为这下安全了，再也没有了入侵者，人们可以无忧无虑生存，高枕无忧。但是，有见识有思想的人早已向人们大声疾呼：“长远看来，过量的安全似乎只会带来危险”。[2]“我国仅脊椎动物处于濒危的累计达480种。这些处在危机中的物种，其中有许多是人类对其了解较少的甚至还没有来得及开展研究的物种。这如同人类生存智慧的教科书，人们还没有来得及拜读，其中就有许多页被撕掉了，这使人类损失了无法估量的无形的财富。据记载，人类仅对100种植物物种和少数几种动物进行了较为深入的研究，有许多动植物种的灭绝，连博物馆也都没有留下标本，实在令人遗憾。”[3] 人们对野生动物的猎杀，庆幸我们取得了一次又一次胜利，根本没有想到也根本想不到它的后果。

在众多野生动物中首先消失的是那些食肉动物，因为人们把食肉动物都当作凶猛和危险的代名词。食肉动物果真应该灭绝吗？且看曾经发生在美国的故事。

20 世纪初，在美国西部落基山脉的凯巴伯森林中，约有 4000 头野鹿，而与之相伴的却是一群群凶残的狼，威胁着鹿的生存。1906 年美国总统决定开展一场除狼行动，到 1930 年累计枪杀了 6000 多只狼。狼在凯巴伯林区不见踪影了。于是鹿在那里开始无忧无患“无计划”地生育了，不久鹿增长到 10 万余头。兴旺的鹿群啃食一切可食的植物，吃光了野草，毁坏了林木，并使以植物为食的其他动物也锐减，为此也使鹿群陷于饥饿和疾病的困境。到 1942 年，凯巴伯森林中鹿下降到 8000 头，而且病弱者居多，兴旺一时的鹿家族急剧走向衰败。美国政府为挽救灭狼带来的恶果，于 20 世纪 70 年代制定了“引狼入室”计划。而这项计划因遭到一些人的反对未及时实施。人们环境意识增强，“引狼入室”计划终于在 1995 年得以实施。当年就从加拿大运来首批野狼放生到落基山中，森林中又焕发勃勃生机。其实，狼一方面捕食掉一些鹿，使鹿总数得到控制，不致于繁殖到使植被退化的程度；另一方面，有助于鹿群优胜劣汰。

食肉动物一旦消失，食草动物就会无限繁殖发展，野山羊、野猪、野兔及鼠类就会泛滥成灾，会把百草树木啃食殆尽，最后由于缺乏食物自己也会蜕化灭绝。到了这种时候，人们又会投放大量鼠药灭鼠、灭兔，鼠兔当然就会减少，可消除鼠害的同时，粮食作物、蔬菜、瓜果也被药物污染，人类食用以后有损健康，由此造成自然界失去平衡，也威胁到人类生存。

注释与参考文献

[1][3]余谋昌，王耀先主编，《环境伦理学》，北京：高等教育出版社，2004年，172/204页

[2][美]奥尔多·利奥波德著，彭俊译，《沙乡年鉴》，成都：四川文艺出版社，2015年，118页

可怜可怜松鼠

神农溪两岸山林中，早年几乎到处可见松鼠。夏季它们全身是淡红色的毛，到了秋天会更换成黑灰色的冬毛紧密地覆盖全身，根据生态律令，它们会随时更换“服装”以适应气候。它们经常活跃于山间树木岩石之上，身材短小，比一般田鼠大不了多少，但身手敏捷，眨眼功夫它可从一棵大树根部直窜到树顶，有时一飞可达十几米远，几乎属于半飞行半爬行的物种，活跃机敏得像一个个精灵。

松鼠的生存地域十分广泛，在世界所有寒温带森林中都能见到。在中国主要分布于东北三省、内蒙古东北部、河北及山西北部、四川、宁夏、甘肃、新疆、湖南、湖北、贵州等省山区；国外从俄罗斯、日本、朝鲜、蒙古，一直到西欧，松鼠都能生存繁衍。北欧一些国家，如丹麦、瑞典、挪威、芬兰以及俄罗斯，生态保护工作做得好，如今一些城市公园之内、马路边上到处可见小松鼠蹦蹦跳跳，与人亲密接触。给它东西吃，它会大胆到手中抓取，毫不畏惧，那形象完全像是人们家养的宠物，让人觉得灵动奇妙，有无穷乐趣，使人在大都市之中也能享受到自然荒野中的美妙韵味。

松鼠不仅形象小巧玲珑逗人喜爱，还有极高的经济和药用价值。松鼠肉是大补，小狗小猫小猪如果身体不好，食欲不佳而瘦弱多病，只需捕捉几只松鼠给它们食用，它们会很快健壮起来。人食用不仅味道甘醇，香气扑鼻，食用后也会强体健身，精神饱满。比食用现在那些广告满天飞的什么十全大补丸等等药品要强十倍百倍。松鼠皮毛又有重要的经济价值，在黑龙江，松鼠皮历来为大宗野生毛皮之一，过去一直是出口创汇的重要产品。松鼠皮可做皮衣、围巾、帽子，尾毛可制画笔等。黑龙江历史上松鼠的最高产皮量曾达 18.5 万张，近些年，由于人们无情砍伐山林，这一带红松林减少，使松鼠数量也随之减少，年产松鼠皮不足 2 万张。但是将松鼠作为出口创汇品种，只能限制在两种来源：一是野生松鼠如果繁殖过剩，引起了松林等植物的灾难，这时可以适量捕杀；二是人工养殖的商品性松鼠。如果不是这两种渠道，而是靠大面积捕杀野生松鼠来换取外汇，这是绝对不行的，是破坏生态环境的不道德行为。

松鼠除了主要吃野果果仁外，还吃植物嫩枝、幼芽、树叶，有的也食用昆虫和鸟蛋。冬天食物匮乏，它们也会偷偷溜到住家附近偷吃洞藏红薯、晾干玉米、干果瓜仁什么的，除此以外，它们并不对人类和其他物种构成任何危害和威胁。但是人们却总不愿意放过能抓住它们的机会，以便谋取利益。我们的这种意识和行为源自人类中心主义或人类沙文主义。《圣经·创世纪》中就希望人类“生育繁殖，充满大地，治理大地，管理海中的鱼、天空的飞鸟、各种在地上爬行的动物”。“凡有生命的动物，都可作你们（人类）的食物；我将这一切赐给你们，有如以前赐给你们蔬菜一样”。[1] 人类沙文主义源远流长，曾长期以来支配着人类的思想和言行，所以我们对动植物以及一切非人类物种没有顾及它们的生存意义。

神农溪一带，人们捕杀松鼠的方法多种多样，花样翻新。首先是下塔子，即在松鼠活动的地方安放塔板，并把里边撒上玉米籽或其他食品作诱饵，松鼠只要涉足其中，一咬诱饵就会被塔子压住。但是这种方式捕捉到的松鼠，都是被压死了的，如果一两天忘了去查看，就会发臭，人不能食用。其次是安夹子，将夹老鼠的夹子放置野外松鼠出没的地方，上面也有诱饵，只要松鼠踏上夹板咬诱饵就会被夹子夹住，逃脱的可能性很小。这种方法比下塔子优越，捕捉到的东西，一般都是夹住腿或尾巴，不会死，人畜都可食用。但是松鼠有可能逃脱，因为松鼠一旦被夹住，会拼命乱弹，或者弄断腿脚，或者尾巴皮脱落，它们就会带着伤逃跑。再次是下套子，即将绳索打成活扣，放置适当位置，当松鼠进入圈套，绳套会自动在瞬间套紧，套子的弹性竹木杆会猛然弹起，将其吊到半空中，无法逃脱。有许多捕捉大宗野兽的人也使用这种方式。

这些方法虽然无奇不有，但毕竟原始落后，效率并不高，对松鼠的杀伤力不强，不会对松鼠种群的生存繁衍构成致命伤。松鼠是极灵性的小动物，可能有的被夹或被套而又逃脱的，就会给族群成员通风报信，所以每种方式经常用，松鼠们再也没有上钩的。即使你撒下的诱饵再多再香，它们也不予理睬。所以松鼠仍然成群结队出入山林，无忧无虑，肆无忌惮。狗猫都无法逮住它们，猫虽然也会爬树，但在树丛间活动的能力远远不及松鼠灵动快捷。狗当然只能眼睁睁看着它们来往穿梭，拿它们毫无办法，只要它们一上树，狗就望尘莫及。我们早期不明白，人类生存其间的大自然共同体，是由各个物种一起生存其间构成的，不仅人类，非人类物种也都在为这个共同体发挥着作用，它们也有权利生存繁衍。“生物圈就是由所有生物，即地球上生物共同体的集体行为建构而成的。生物个体、物种和生物共同体正是在它们自己建构的生态系统和生物圈中，以适应生态规律的方式来实现自己的生存和繁衍的权利。”[2]这个生态共同体既靠各个物种共同努力建构，同时，共同体又支撑着每一个物种的生存，一旦共同体被破坏，灾难就出现了，灾难会降临到每一个物种头上。

神农溪岸边有一家人，屋后有个大岩屋，他们在岩屋之中挖了一个深坑放了一坑红苕，这是保存红苕的好方法。年关时正是松鼠食物匮乏的时候，松鼠找到了这坑红苕，每天天刚亮就成群结队来叼红苕。这家有个青年有只猎枪，哥哥在外工作，春节也回家了。有一天这家人发现了松鼠集体行动进攻红苕，兄弟俩拿着猎枪打松鼠，但是松鼠目标太小，行动十分敏捷，砰砰打了好多子弹，结果一个也没打着。从第二天起，哥哥改变了方式，每天天不亮猫在岩屋不远处的土坎下边打松鼠的冷枪。松鼠偷吃食物时有个特点，总要先爬到显眼处观察动静，确认没有威胁了才开始。在它四处观望时，就最好开枪，当然会一打一个准。哥哥每天打一只，一共打了七八只。从此以后，松鼠就再不见了踪影，也许是这群松鼠已经被全部消灭，也许是并没有完全消灭，而是剩下的那些逃之夭夭了。这种事在神农溪上游所有地方到处都有发生，松鼠虽然灵性无比，但是它们最终也敌不过人类的现代化武器。如今神农溪上游一带很难见到这种机灵的小动物。偶尔见到一只两只，也仅是稍纵即逝，人们还没有看明白，它们却早已经没了踪影，松鼠如此害怕我们，如果我们现在还不收手，松鼠真的就会在这一带绝种，可怜可怜松鼠吧！

人们也许觉得，这些小动物在地球上存不存在是无足轻重的，但事实并不如此，所有那些用来证明尊重人的权利的理由都同样适用于动物。“我们必须强调指出的真理是，就像黑人不是为白人、妇女不是为男人而生存的一样，动物也不是为我们而存在的。它们拥有属于它们自己的生命和价值。”[3]动物拥有的天赋价值赋予了动物一种道德权利，即享受与人类同等的道德权利。人是理性动物，当我们在审视外界事物时，评价别人的行为时，也应该审视评价一下自己，看我们的行为是否合理，包括前人留下来的我们平时认为是天经地义的思想和行为。地球上的一切生物物种都需要生机活力，而生机活力是各物种之间相互作用才能产生的，因此不仅人类生存有价值，其他生物也有存在价值，而且各个物种都在为自然创造价值。更重要的是，不是人类创造了它们，而是它们创造了我们人类。我们不要总是抱着传统观念不放，老是认为只有人类生存在地球上才是有价值的，而别的物种都是毫无意义的。其实，最大的价值在大自然然中，在生态系统之中。奥尔多·利奥波德在《沙乡年鉴》的《奇瓦瓦州和索诺拉州》一文中告诉我们："用传统的物理学观点看来，松鸡仅能代表每英亩土地的质量或能量的百分之一。但只要减去松鸡，整个画面就毫无生气，数量巨大的某种动能也就丧失了。"[4] 看起来世界是多么巨大，但它却是由无数个小集结起来的，大有大的价值，小有小的作用，这应该是一个再简单不过人人都明白的道理。

如今神农溪两岸山林中，野生动物已经所剩无几，现在见到松鼠，就好像遇到天外来客一样。照这样下去，要不了多少时间，松鼠就会绝种。一个一个物种在消失，这是野生物种的悲哀，不知人们想到过没有，野生物种的悲哀，同时也是神农溪的悲哀。

注释与参考文献

[1] 冯象著,《创世纪：传说与译注》，南京：江苏人民出版社，2004 年 225—238 页

[2] [美] 纳什著，杨通进译,《大自然的权利》，青岛：青岛出版社，1999 年，173 页

[3] [英] 彼得·辛格著，孟祥森、钱永祥译,《动物解放》，北京：光明日报出版社，1999 年，220—221 页

[4] [美] 奥尔多·利奥波德著，彭俊译,《沙乡年鉴》，成都：四川文艺出版社，2015 年，123 页

枫香树之魂

牛泉乡庙埡子村三组程家屋场门前原先有一棵擎天古树——枫香树。这棵枫香树不知从哪朝哪代就生长在这里，至少也有上千年的历史，堪与贤哲庄子曾经大加感叹的那颗大椿树相媲美。可惜它最终却被人们砍伐。

枫香树也许不算高贵的树种，但它却根系发达，寿命长久，生命力旺盛，枝繁叶茂，高耸云天，遮天蔽日。这棵枫香树树干粗壮，从来没有人用尺丈量过，不知究竟有多粗，只知道要十五六个人牵围。连接地面的一段两丈有余，光滑溜圆，人要上树，只能找来几架梯子连接起来搭于树上才能艰难爬上去。一般情况下人们不上去，一是一般人根本无法爬上去，二是因为人们都认为这是一棵神树，怕亵渎了神灵，破坏了风水，给自己带来灾难。树上端生出的无数枝丫，每支又都像是一棵棵粗壮的枫香树，要比周围的树木粗十倍百倍，毫无顾忌地向四周伸展开去，枝丫分布十分匀称合理，一层又一层，一圈又一圈，密不透风。近看树的上端就像是一片密不透风的枫树林，远看就像一把擎天巨伞，方圆一华里内它都能遮阴庇护。从来没有人去看护管理，它就那样吮吸大地精气和阳光雨露，自顾自地无忧无虑生长着，年复一年为自然生态默默奉献。

解放以前，方圆百十里的人都到树下求神拜佛，一年四季香火不断，人来人往，络绎不绝。求子的、祈寿的、问病的、询财的等等，甚至有些准备结婚的情侣也来祭拜，求枫香树保佑百年好合，白头偕老。简直都把枫香树当了大慈大悲的观世音，都深信它有求必应，直到解放以后很长时间也还是如此。周围乡民有什么活动，都喜欢聚集在树下进行，一来图个吉利，沾点灵气，二来晴可遮阳，阴可避雨。大树从来不分贵贱，不论男女老幼它都一律提供庇护。就连喜雀乌鸦、斑鸠画眉，它也一律提供服务。鸟们吃饱了喝足了就三五成群到树上歇息，特别是到了晚上，树上白鸟汇集，一片祥和。有不少还在上面筑巢孵蛋，把这里当了家园。人们都知道广东江门有一个小鸟天堂，殊不知这棵枫香树上也是一个鸟雀天堂。

人们把枫香树看作神树，把能够受到大树庇护的这块地方当了风水宝地，是有原因的。平常年月，大树遮阴地方的庄稼长得不太好，可是59年大旱，其他地方的庄稼都颗粒无收，唯独大树遮阴的这一块却有收成。人们平时本来就觉得枫香树神奇，从1959年以后更觉得它神乎其神。本来这道理很简单，天大旱，有大树遮阴，庄稼比别处耐旱，所以反而有收成。可是人们偏偏不这样认为，而相信是大树显灵，有意赐给人们粮食，救民于水火之中。这块地土改时分给了程家，后来实行大集体，田地都归入集体。可是1959年大旱那年，大树周围收到的一点粮食，程家都收了，别人说他们不应该，可程老大说，这地方本来就是我的，是枫香树赐给我家的。其实此时争论已经没有意义，本来就不多的一点玉米红苕早已下肚。其他人都说程老大没见识，跟他讲也白讲，其实这倒是五十步笑一百步，就算大树遮阴的地方大，也毕竟十分有限，能收几颗粮食。

1958年大炼钢铁，人们向山林树木进攻，这时漫山遍野有的是树，人们自然挑好的作为柴禾，这些树木是火力旺盛又易于燃烧的树种，如花栗树、青杠树、松树、鞠木树等等。枫香树人们一般认为是劣质树，一是不易着火，二是火力不旺，燃烧时喜欢冒黑烟，烧过之后也没有什么木炭。谁知枫香树的这些特点，坏事变好事，其他树都纷纷被砍伐，枫香树却得以大量幸存，程家门前这棵神树自然无人问津，幸免于难。

60年代末县政府要在公社所在地修招待所（宾馆），这时，牛泉乡两面山上的树木早已砍光，到处找不到木材，人们只好打起了枫香树的主意。公社决定砍枫香树做屋樑、椽子、楼板，组织了几十人浩浩荡荡向枫香树进军，谁知却在牛泉乡引起了轩然大波。砍伐队到达枫香树下，树根下躺着一个人，是程老大。多少年来，程家一直把枫香树当作家庭的保护神，他们家几代人都是人丁兴旺，财源滚滚，他们认为就是靠这棵神树。听说要砍树，陈老大放出话来说，谁要砍枫香树，先把我放倒，否则你们休想动枫香树一根毫毛。二十几人的队伍，谁也不敢动手，都纷纷坐到几丈远的树荫之下抽烟摆龙门阵。这其中当然也有不同意砍枫香树的人，就是砍伐队长其实也不赞成砍树，但没有办法，自己被硬给编排进了砍伐队，也只好硬着头皮行事。砍伐队长是公社总场的厂长、支部书记，给程老大好说歹说，可程老大一声不吭，根本不予理睬，队长一筹莫展，僵持了好长时间，队长只好跑回公社汇报。对公社书记说我们都不敢砍，如果出了人命无法交代，他本来是想公社书记取消砍树的命令。可是公社书记一听却勃然大怒，当即发话，程老大胆敢阻挠农业学大寨，简直是吃了豹子胆了。派了公社基干民兵七八个人，跟着砍伐队长赶到砍树现场，一齐动手将程老大五花大绑，连拖带抬揪到公社办学习班，并决定开程老大的批斗会。但是程老大是贫农，不能批斗，给他读毛主席语录，程老大不识字，等于对牛弹琴。给他做思想工作，他根本不理睬，他就一句话：谁砍枫香树我就跟谁拼命。软硬不吃，油盐不进，人们拿他毫无办法，最后还是一向足智多谋的公社副书记想出了一条妙计。一面由公社干部与程老大“谈判”，一面通知砍树队动手，程老大在公社“谈判”整整一周，等公社书记通知程老大“你可以走了”，这时枫香树已经被砍倒。程老大回去一见，要找砍树队的人拼命，可这已经为时已晚，于事无补。程老大一家人在砍树现场哭了三天三夜，但是没有半个人理睬他们，最后也只好不了了之。

砍树队的工作进行得十分艰难。面对如此参天巨树，如同狗咬石磙——无法下口。经过七嘴八舌讨论，他们先搭楼梯爬到树上砍掉了所有枝丫，这就足足花了三天时间。然后六七把斧头多管齐下，雨点般砍向枫香树。砍树队为了争取宝贵的时间，发扬一不怕苦二不怕死精神，昼夜不停奋斗。公社书记被砍树队的精神感动，叫公社食堂炊事员每天给砍树队做夜宵送到现场，感动得砍树队的人几乎天天都彻夜不眠干通宵。可怜这棵千年古树，终于在第五天临近黄昏时发出轰隆一声巨响倒下了。这声巨响，酷似程老大一家人的哭诉之声，是哀叹，是愤怒，更是对大自然生命存在的绝望和对人们这一行为的控诉与抗议。

枫香树被砍倒后，程老大 88 岁的老奶奶竟然一头撞死在树兜上。只见枫香树兜流出的眼泪与老人的血一起染红了树兜，也染红了周围土块石头。

像枫香树风波这样的事件，当年在神农溪一带不知发生了多少，对这一切，过多少年以后，时间的尘埃会将其掩埋，如果有人再讲起，也许人们还不会相信，再要了解真相，只有翻阅神农溪这部“信史”，它会永远诉说历史的真实。

催生子的悲剧

早年神农溪一带悬崖峭壁之上时有催生子出没，只不过数量不是很多。这种动物的繁殖能力不强，对食物以及整个生存环境的要求非常高，可以作为它的食物的品种并不很多，所以它们不会像野猪和鼠兔之类的野生动物那样到处都是。种群数量极少，又加之它们出入有时，活动地域也十分挑剔，所以极少有人见到，但它们的生态意义却十分重要。这样的生物种群在生态系统中生存，本来是极其珍贵的，它们一旦在生态系统中消失，再想要恢复就异常艰难，甚至根本不可能。可是早期人类没有生态保护意识，视它们为可有可无，甚至只因为它们是野生动物，就随意捕杀。

催生子，又名中华鼯鼠、飞鼠、寒号鸟。属草食药用动物，为典型的树栖类动物，与松鼠科亲缘关系很近，不飞翔时与松鼠基本相像，仅仅身材略大而已。皮毛一般都是灰色或灰黄色，有的脊背上有一条一条的黑色或白色条纹，头上一般有白色花纹，与处于幼崽时的果子狸的头一模一样。外形上还有一个最大的特点，前后肢之间有披软毛的皮褶，人们称之为“飞膜”。当它爬到高岩处后，会将四肢向体侧伸出，像人们要准备游泳的姿势，“飞膜”随之也展开，于是它就可以在空中向下往远处滑翔，因而又称“飞鼠”，所以有不少人误以为它们属于飞禽。世界上只要有松柏树林，又有悬崖峭壁的地方几乎都能见到它们的身影。在中国主要分布在河南、陕西、甘肃、云南、青藏及西南各省的山崖等地区。野生的主要栖息在山林中和悬崖峭壁的洞穴中。

它们惯于夜间和晨昏时候活动，基本上属于昼伏夜出习性的动物，行动诡秘。但是这不是绝对的，它们一旦把某一处作为常居场所，白天它们也会出来巡视领地，只要发现有威胁，它就会想法清除，这是它们的生存本能决定的。它们一般都长有四颗十分锋利的门牙，像木匠用的小型凿子，啃开木头或咬断绳索之类的东西都不费吹灰之力。门齿既是它们觅食撕咬食物的生存工具，也是它们反抗外界入侵者与主动向敌方发起进攻的有力武器。另外，飞膜也是它们锐利的武器，飞膜边沿生长有密集的钩状利刺，可以在飞行中瞬间划断藤蔓或绳索。神农溪一带悬崖上常有燕子筑巢，人们很早就知道燕窝是极其名贵的药物，经常有人放红绳到悬崖上去采集。听老辈人讲，好多采集燕窝的人都丧生催生子之口，并不是它们咬死了人，而是一见到垂吊的红绳，就以为是外敌对它的侵袭，立马就会咬断或用飞膜划断红绳。有时候人们砍柴、采药到了它们的常居洞附近，它们会以为是外敌入侵，也会受到它们的袭击。所以这一带的人对催生子谈虎色变，将其视为猛禽害兽，之所以把它们称为“催生子”，意思是它们简直都是一些摧残生命的催命鬼。这样一来，人们就把它们置于自己的对立面。

人们与催生子之间的对立，实际上是一种误会。单从人的角度看，催生子对人的生命构成了威胁；从催生子一方考虑，它们又是无辜的，它们只是在维护自身生存的权利。其实催生子性情喜安静，胆小怕事，从来不主动进攻人类，它们也不具备这种能力，只是感到生命受到威胁，才被迫反抗，其他野生动物一般也都是这样。不仅如此，催生子只以松柏树野果或昆虫为食，从来不去糟蹋庄稼，更不咬食家禽家畜，人们完全没有必要把它们也归入我们的敌人之列。它们为了自身生存而影响损害了人们及其他物种利益，这完全是一种自然现象。生态伦理学关于人与自然发生冲突时的仲裁原则中有一条是：“非人类的物种的生存利益高于人类的非生存利益。如我国中草药中有虎骨一味，自古以来它为我国人民救死扶伤做出了重大贡献。但是，我国政府在1998年作出明确规定，我国中草药中将取消利用虎骨。因为我国的东北虎和华南虎是国家一级保护物种，生存处在危机之中，而人类可以利用其它替代品加以补救。”[1]燕窝不是人们的生存必需品，只是滋补品。更何况，采集燕窝一般都是为了获取经济利益，属于人的“非生存利益”，人类完全可以不去采集燕窝，实在需要补品也可以寻找其他的替代品解决。可是催生子这时面对的却是生存利益受到挑战与威胁，它咬断红绳属于维护自己的“生存利益”，高于人类的非生存利益。但是这种仲裁又是复杂的，在催生子准备或正在咬断红绳的时候，这时人的非生存利益已经转化为生存利益，所以在这种时候，人们又可以赶走甚至打死催生子，以挽救人的生命。当然，最好只是将其驱赶开去，不要伤害它的生命，催生子是珍稀物种，应该受到保护。有些采集燕窝的人一般都邀约好几个人，采集时就可以有几人放哨站岗，一遇到催生子来袭，就大声吼叫驱赶，保证采集人的安全，这是完全可以的。但如果枪杀它，这就是剥夺了它的生存权利，我们没有任何理由因为自己的非生存利益去杀灭只是为保护自己生存利益的任何非人类物种。

但是，神农溪一带的人一般都不满足于驱赶，而是把催生子完全当害虫灭杀。只要发现哪里有催生子的洞穴，就组织人力，先用土铳向洞中开火，不管这时它在不在。然后放红绳去捣毁它们的老巢，如果大催生子不在，遇到有幼崽，不管三七二十一灭掉再说。接着就在洞口安上一个夹老鼠的夹子，而且很隐蔽，让催生子不容易发现，只要大催生子一回洞中就会中圈套。神农溪一带原本生存的催生子就不多，经过人们的猎杀，再加上松柏林的破坏严重，催生子赖以生存的环境也消失，催生子早就在这一带绝迹。人们的这种做法是非常危险的：一是因为“古老的大草原靠动植物的多样性为生，所有的动植物都有着自己的价值，它们既合作又竞争，使大草原得以延续。”[2] 不仅草原生态是这样，非草原地区的生态也是如此，如果我们的行为使某些物种消失，就会使自然生态系统不能延续。一是人们这样残忍地对动物，一旦形成一种行为定式，也会以同样的手段对待同类。海德格尔早就指出：“人的意愿也只能如此存在于自我决断的方式中，它首先将万物逼入他的领域。万物自始至终不可遏止地变成了这种意愿的自我决断的材料。大地及其大气变成了原料，人变成了人的原料，被设置为一有意的目的。”“在自我决断的制造中，人的人性和物的物性，都分化为一个在市场上可以计算出来的市场价值。”[3] 人类沙文主义看起来只是对非人类存在物的猎杀，但是这种毫无根据和理由的行为发展到一定程度，就会以同样的方式和态度对待自身以外的人类其他成员。这两方面的问题，不管从哪个方面讲，它的后果都是很危险的。

当催生子在神农溪一带绝迹不久，这时人们才听说催生子的价值。“其粪便是中药五灵脂，一般排在它居住地附近，人工采集危险。但五灵脂含有树脂、尿素、尿酸、维生素 A 等成分，性味成温，具有缓解平滑肌痉挛，止痛活血的功能。主治心绞痛、胃痛，以及妇科等症。”这时人们才悔恨不已，万万没想到，曾经被灭杀的催生子还有如此高的药用价值，遗憾的是人们的悔恨并不是从道德尺度来考虑的，而仍然是从人的利益角度来考虑，认为自己曾经的不当行为断了自己如今的财源。其实，人们的悔恨应该从道德伦理角度考虑才是最根本的。“人类中心主义和利己主义遵循的是同一逻辑：一个行为主体只应选择那种对他有利的原则，自利是行为主体所有行为的唯一动机。然而，如果以个体形式表现出来的利己主义是错误的，那么为什么以人类整体的形式表现出来的利己主义就是合理的呢？在日常生活中，自利并不是人们行为选择的唯一动机，他们也选择那些对自己不利但却符合道德要求的行为，他们并不把利己与利他看成是截然对立的。道德以对义务对象自身的尊重为特征。一个人，只有当它超越了自我中心的世界观时，他在道德上才是成熟的；对作为个人之集合的民族和人类整体，是否也应该作如是观呢？”[4] 人与人的关系，不能把利益放在第一位，更重要的是应该把道德伦理放在利益之上来考虑一切问题。人类与其他物种在生态系统中是平等的，没有高低之分，那么，我们对任何其他物种也应该给予道德考虑。

从传统观念看，这好像不可思议，但实际上并不难理解。生态平衡的观点现在一般人都认同了，它指的是自然生态系统中生物（包括人类在内）与环境之间，生物与生物之间相互作用而建立起来的动态平衡联系。既如此，我们人类如果不把道德关怀扩大到对待其他一切物种，仍然杀害和破坏动物植物，破坏自然共同体，生态平衡何以实现？要真正实现生态平衡，决不能只是在抽象层面肯定，而在具体行为上又否定，如果是这样，我们的生态平衡恐怕永远也实现不了，完全只是一句空洞的口号而已。

现在不少人在人工养殖催生子，但是人工繁殖的野生动物野性尽失。当然我们养一段时间后可以把它放归自然，但是催生子的生存环境已不复存在，而且它已经不适合在野外生存了，自然荒野对它来说已经是一个陌生世界，放归了它也无法生存。更重要的是，长期人工喂养后放归即使把它送到再远再荒野的地方去，它也会很快又找回来。它已经习惯了人们的喂养与安全保护，习惯一经形成就很难改变。杰克·伦敦的著名小说《野性的呼唤》写了一条变成野狼的家狗，以及其他人的一些同类小说，只能是作家们的理想，终究不会成为生活事实，也更加难以形成一种生态规律。

注释与参考文献

[1] 余谋昌、王耀先主编,《环境伦理学》，北京：高等教育出版社，2004年，224 页

[2] [美] 奥尔多·利奥波德著，彭俊译,《沙乡年鉴》，成都：四川文艺出版社，2015 年，96 页

[3] [德] 海德格尔著，彭富春译,《诗·语言·思》，北京：文化艺术出版社，1991 年，101—104 页

[4] 林红梅著,《生态伦理学概论》，北京：中央编译出版社，2008 年，81页

消失的峡沟

牛泉乡有一条并不很长的小河，小河将牛泉乡劈成两座大山，使牛泉乡成为阴阳两面山坡——北面的叫阳坡，南面的叫阴坡。小河流汇到神农溪中，临近神农溪约两公里长的一段是一道峡谷，当地人们都称它为“峡沟”。峡沟是牛泉乡那一带早先远近闻名的神秘之地，虽然有时也有恐惧之气，但毕竟瑕不掩瑜，人们并没有对它谈虎色变，倒是更多感觉它鸟语花香，美妙绝伦，神奇无比。

峡沟两面是壁立千仞的悬崖峭壁，特别是靠近河水的地方，都是光溜溜的石壁，草木不长，藤蔓不生。只有猴群、鹞鹰、松鼠之类的禽兽出入，人畜无法涉足，脚无处蹬，手无处抓，人到了峡沟边只能干瞪眼，仰天长叹。从靠北面的石壁往上走连接着一望无边的高山峻岭，荒无人烟，山连着山，岭接着岭，绵延千里，一直延伸到举世闻名的神农架原始森林。峡沟南边的山并不很高，也没有与深山老林相连，峡沟之上大约一公里处就有人家，接着就是阴坡的赵家梁子、宋家梁子、刘家梁子、王家梁子，直到牛泉乡的最高处放马坪，这些地方都是人丁兴旺，炊烟袅袅。早年峡沟一带时有虎豹出没。本来山中獐麂兔鹿，野猪山羊成群结队，可虎豹似乎是想换换口味，隔三差五出来袭击人们家养的牛羊猪狗，人们追赶，它们转眼间就逃进峡沟，以此作为跳板进入深山老林，隐没得无影无踪，但这种事并不很多。其实更让人伤脑筋的还是狐狸和黄鼠狼，它们随时都对人们的鸡群虎视眈眈，一不小心它们就叼走鸡婆鸡公，有时夜晚它们会咬死整圈的鸡。狐狸和黄鼠狼的行踪更是让人无法琢磨，它们似乎比人更精，你防着它时不见踪影，稍不小心，它们就会大打出手，让人防不胜防，峡沟周边那几家人都深受其害。不过人们虽然烦心，但却又并不怎么憎恨狐狸和黄鼠狼，相反还觉得它们有非常神秘可爱的一面，狡猾得像一些精灵，非常机敏。它们总是在暗处观察着人，却不让人观察到它们，似乎人们的动静都在它们的掌控之中，它们自己的行踪却从不让人知道。

与峡沟距离最近的那家人姓晁，为了防止野兽侵害和打猎，他家养了几条大猎狗，取名叫赛虎、赛豹。主人家给它们的伙食开的是高规格，所以它们都长得牛高马大，再配上潇洒的名字，就更加威风凛凛。可是狗却只对獐麂兔鹿感兴趣，既不敢咬虎豹，对狐狸和黄鼠狼又不闻不问。有时候遇到狐狸拖鸡，晁老大就驱使狗去追赶。公狐狸一般都躲在山林之中最隐秘处从不出山，出来抓鸡的都是母狐狸；好的猎狗都是公狗，追赶上狐狸了，它们往往是互不打斗，不仅如此，相互之间总是卿卿我我，谈情说爱，让人看了哭笑不得。人们听说了这事，感觉异常滑稽和新鲜，有笑话说，晁家的赛虎、赛豹赶起仗来确实是一把好手，但是英雄难过美人关。这时有些“懂得科学道理的人”，也想到一个问题：狗与狐狸是同类，是近亲，见了面自是不会相互撕咬，只会和平相处。人们给晁家赛虎、赛豹编了一首顺口溜：“见了虎豹不如鸡，见了狐狸很亲密，见了泉人摇尾巴，见了生人就雄起”。晁家老大是个赶山能手，视他的赛虎、赛豹如同兄弟，听了顺口溜很不喜欢，就到处对人讲他家赛虎、赛豹如何如何了不得，有一次在追一只金钱豹时表现得很勇猛，金钱豹落荒而逃。

峡沟连带山岭成了豺狼虎豹的保护伞，人们就把豺狼虎豹祸害乡里的账算到峡沟身上，都把它看做祸害之源。人们都喜欢意气用事，实际上峡沟也是人的保护伞，旧社会好多人躲兵躲夫，也都是一有风吹草动，就迅速逃进峡沟，几日几夜不露面，抓兵抓夫的人只有干瞪眼。等抓兵之人一走，躲避之人便优哉游哉出来耕田种地，跟没事人一样。大自然提供的保护和滋养是一视同仁的，不管是动物、植物还是人类，只要你有需要，它都一律眷顾。这还只是就表面现象看，大自然提供的保护还有更深度的奥秘，各个物种之间构成了生态整体，这个整体的运行规律有着神秘无比的力量。当我们只从某一个侧面观察时，会觉得物种之间残酷的搏斗，大吃小，强欺弱，但各物种之间又相互依赖，你中有我，我中有你，谁也离不开谁。奥尔多·利奥波德在《沙乡年鉴》中道出了其中的奥妙，“食物是加维兰之歌的连续统一体。当然，我所说的食物不仅是你的食物，还包括橡树的食物，橡树成了雄鹿的食物，雄鹿是美洲狮的食物，美洲狮死在橡树下，成了它往昔猎物的食物。这是始于橡树又归于橡树的众多食物链中的一个，因为橡树也是松鸦的食物，松鸦是你用来为你的河流命名的苍鹰的食物，是你用它的油脂制作肉汁的熊的食物，是给你上了一堂植物学课的鹌鹑的食物，还是日复一日从你的猎枪下逃跑的火鸡的食物。一切的最终目的就是为了帮助加维兰上游的涓涓细流，从巨大的马德雷山脉的外壳上，多冲刷下一些土壤，用来种植另一颗橡树。”[1]

尽管人们都说峡沟是恐惧之地，但同时又觉得峡沟很神秘，也有不怕事的人进入峡沟“探险”。峡沟正中心地带，南边石壁离河底一丈左右处，不知是从多少万年前生出一根石柱，约两人合抱粗，五米多长，横向朝河对岸伸出，离河对岸石壁不足一米远，像是一颗参天巨树偏倒后被人斩断上半截的样子。石柱之上寸草不生，光滑溜圆，下临深潭，只有猴群鸟雀光顾其上，任你身手敏捷的人也只能望而却步。有好事者发挥奇特的想象力，说石柱在不断的长，如果石柱与对岸石壁合拢时，赵家梁子的姑娘就会追男人。这么说是有原因的，因为解放前统治牛泉乡的是一个叫赵干城的保长，他就住在赵家梁子，因此整个赵家梁子大部分人都姓赵，直到现在还是如此。他当保长时与不少乡民结怨，他有权有势，人们都痛恨他，但是又不敢当面对抗他，所以有人就用这一说法报复他，一传十，十传百，整个牛泉乡几乎家喻户晓，妇孺皆知，赵家梁子的赵姓人听说了感到羞辱，虽然深知这么说由何而起。于是赵姓之人有几个胆大不怕事的历尽千辛万苦到峡沟去，用大锤将石柱砸掉了一大截，可惜一道靓丽的风景就这样被毁于一旦。

牛泉小河从老虎岭大山脚下发源，九曲十八弯一直流到峡沟，穿峡而过，在两山之下于峡沟创造了奇迹。小河经过峡沟并不都是缓缓流淌，平缓地流淌一段，就会遇到一个丈多高的石坎，由于水的常年冲击，坎下就形成一个个或圆或长，或深或浅的深潭，深的有三四米深，浅的也有两三米，整个峡沟中这样的深潭有五处之多。这样，整个峡沟之中就有了四五处小型瀑布，虽然算不得“飞流直下三千尺”，但也着实优美夺目，让人心旷神怡。两山掩映庇荫，潭水常年难见阳光，是深绿色的，但是潭中却游鱼群群，随处可见，大可尺余，小仅寸许，但数量之多，他处不见。有几个潭中还生长一种身材庞大的娃娃鱼，红褐色，浑身都有指头大小的凸起肉丁，头圆而扁，嘴呈U型，齿为锯齿状，撕咬猎物利落凶狠。据说这种娃娃鱼吃人。牛泉乡的人直到现在还沿袭一种习惯，咒骂别人时，总喜欢说：把他丢到峡沟去喂娃娃鱼。其实谁也没有亲眼看到娃娃鱼吃人，人们只是这样说罢了，娃娃鱼是一种食肉性鱼。

从二十世纪六七十年代开始，人们大力开发山林，峡沟周围的山林被大面积开垦，峡沟完全裸露，失去了它的神秘。人们不断往峡沟涌入，到里边砍柴、打猎、采药和捕鱼。娃娃鱼由原来的“凶神”变成了美味，丧生在人们的舌尖之上。很快，峡沟不仅不见了往日那种娃娃鱼，就连娃娃鱼的子子孙孙也没有了踪影，其实这时峡沟里就是人们不来抓鱼，各种鱼类也已经不能存身。原来流量不算很小的清泉，随着上游不断建起的水库、加工厂而早已断流，峡沟变成了一条干沟。后来人们沿沟修了一条公路，炸石开山，峡沟几乎被填平，下雨天牛泉小河涨水，就向两边横冲直撞，灾难频发。人们根本没意识到这是过度开发引起的灾难，却在抱怨老天爷不长眼。

我们的这种教训是深刻而惨痛的。“众所周知，自人类进入工业文明以来，人与自然的关系就被确立为主客体关系。在这种关系支配下，人类征服自然、改造自然的意愿日益强烈，向自然无止境地掠夺。虽然经济的繁荣带来了丰裕的物质生活，但却遭受着工业社会造成的种种环境恶果。全球气候变化、生物多样性锐减、臭氧层耗竭等等全球性生态环境问题的不断加剧，正把人类推向危险的生存困境。当今时代，生态环境已经超越了国界和意识形态，在生存这个最根本的层面上把人类共同的命运联系在一起。‘生存还是毁灭？’这是我们每一个人都必须认真对待的问题。倘若我们打算继续生存下去，那就必须建构一种与自然和谐相处的新的生活方式，并用道德与法律的力量来维护这种生活方式。”[2]人们现在都知道要保护生态环境，但是，为什们要保护？怎么保护？这一切问题人们根本不知所以，有些地方只是将“生态保护”当做一句时髦的口号挂在口头上而已。

奥尔多·利奥波德在《沙乡年鉴》中讲了一个故事，美国当年的加利福利亚洲北部的生态遭到破坏，生长出了一种恶草——雀麦草。“当我到达加利福利亚洲北部边界的进口港的时候，我亲身经历了小烦恼，我的车和行李被一个检疫员拦下检查。他礼貌地解释道，加州欢迎游客，但是他需确信游客的行李中没有携带植物或动物害虫。我问他有什么害虫。他背诵了一长串可能出现的花园或果园害虫，但却没有提及黄色毯子似的雀麦草，要知道雀麦草黄毯子已经从他的脚下延伸到了四面八方远处的山峦。”[3]

峡沟原本是美妙无比的，虽然也给人们带来了一些小小的麻烦，但它却给大自然和众生灵带来了数不尽的奥秘、神奇和生命智慧。相比起来，它带来的那点麻烦根本就不值一提。如果它仍然保持原貌，不仅这一带的人可以受惠，也会给整个神农溪带来生机，只可惜现在我们永远失去了它。美妙、神奇而又是众生命物种为依托的自然一片又一片的失去，不知人们思考过这个问题没有。

注释与参考文献

［1］［美］奥尔多·利奥波德著，彭俊译，《沙乡年鉴》，成都：四川文艺出版社，2015，135—136页

［2］余谋昌、王耀先主编，《环境伦理学》，北京：高等教育出版社，2004，6页

［3］［美］奥尔多·利奥波德著，彭俊译，《沙乡年鉴》，成都：四川文艺出版社，2015年，140—141页

为麻雀昭雪

据历史资料记载，中国曾经将麻雀定为“四害”之一，发动了一次“消灭麻雀的运动”。1958 年大跃进初期围剿聚歼麻雀运动首先从四川省开始，自 1958 年 3 月 20~22 日，全省灭雀 1500 万只，毁雀巢 8 万个，掏雀蛋 35 万个。随后，天津、哈尔滨、杭州、长春、镇江、北京等城市纷纷效法，这些城市到 4 月 6 日共灭雀 1600 万只。北京自 4 月 19~21 日，捕杀麻雀 401160 只。上海，自 4 月 27~29 日捕杀麻雀 505303 只。截至 1958 年 11 月上旬，全国各地据不完全统计共捕杀麻雀 19.6 亿只。恩格斯早就告诫人们：我们对大自然大力破坏，自然会对我们进行报复。[1]

结果从第二年起全国闹蝗灾，大片大片农作物被蝗虫吞噬殆尽，造成全国性粮食大面积减产。人们这才认识到原来麻雀并不是害鸟，而是益鸟。其实，从生态学角度讲，是害鸟或不是并不重要，害鸟和益鸟都有其生存价值，它们各自的存在都能维持生态系统的平衡。所谓害鸟或害虫，它们存在于生态共同体中，往往又可以抑制其他更有害的东西，人们只从表面上看，不理解它们存在的价值，主张将它们赶尽杀绝，这就破坏了生态共同体，会带来人们可能一时并不理解的灾难。鸟类存在于生态系统中的价值更是不可小视，它们的价值多种多样，有些是人类到现在为止也不完全明白的。

鸟给大自然带来的益处多多。鸟的羽毛颜色艳丽，体态活泼多姿，在树林间飞舞，在高空中鸣叫，使我们周围的环境优美多彩，生机勃勃。鸟的大多数种类都是消灭害虫、老鼠的能手，是树木的“医生”，农民的“助手”。在科学研究中，鸟还有很多用处。如：人们根据鸟的飞行原理发明了飞机；鸟还可以为研究空气污染等提供可贵的资料。一般意义上讲，鸟的功用也有：除害虫、传播花粉、保证生态系统正常运作、腐食性的鸟类帮助清除自然垃圾、粪便肥田、有些海鸟能导航、林鸟常常见到蛇等发出警示鸣叫以帮助猎人，从鸟鸣可以判断天气，为动物的体表除去寄生虫，传播种子，丰富人类的精神生活，为人类带来感官愉悦等等。所以说鸟是大自然的精灵，我们什么时候都应该保护鸟和鸟群。

麻雀栖息地一般是海拔高度 300—2500 米的地方，在这样的气温之下，无论山地、平原、丘陵、草原、沼泽和农田，低山丘陵和山脚平原地带的各类森林和灌丛中，都有麻雀活动。而且很多时候它们多在有人类集居的地方活动，在房前屋后和路边树上活动和觅食。所以神农架深山之中并没有多少麻雀，而神农架脚下神农溪一带麻雀却特别多，神农溪一带的人历来就把麻雀当做害鸟，总是想将其灭绝而后快。这种观点其实并不完全是受全国除四害运动影响，从深层的思想根源上考察，它是世界性的传统的人类中心主义思想铸就而成。传统观念认为：“人类中心主义不仅认为人类在伦理观、价值观方面具有特殊的中心性，而且企图从科学上来确认这种中心性，即不仅认为人类的所作所为最终是为了自己生存和发展的需要，而且认为人类是宇宙的中心，人在整个生态系统中本来就处于或者应该处于至高无上的地位，人是万物之灵长，自然之主宰。”[2] 在人类中心主义这样的思想指导之下，人们都认为在宇宙世界万事万物中，只有人才是最珍贵的，唯一有价值的，其他的物种，管你是生物还是无生物，都是毫无价值可言的，人类可以任意驱使、摧残、毁灭它们，只有人类的一切利益是不可侵犯的。麻雀损害了人们的庄稼，那么麻雀自然就在被消灭之列，不应该在世界上生存下去，因此人们对麻雀的剿灭就不会也不应该手软。如果有谁同情麻雀，就会被人们大加谴责，甚至他自己也会觉得自己的想法或行为太不应该，深受良心谴责。

后来人们发现麻雀肉可食用，并且其肉不仅味道鲜美，而且营养价值极高，这就更加加重了麻雀的厄运。人们想方设法捕捉麻雀，神农溪一带人们捕捉麻雀的手段无奇不有。最经济简易的办法是，随便在场坝边、庄稼地、山林中，拿一把筛蓝、筛子、箩筐倒扣过来，找一根两三寸长的木棒撑起来，在木棒上栓一根长线（绳）延续到人埋伏的地方，在筛子里面撒些谷粒、麦子做诱饵。人在一旁观看，当一群群麻雀进入以后，人将麻线（绳）一拉，筛蓝、筛子或箩筐立马扣下来，里面自然就有好几只、十几只甚至几十只麻雀落网。这时人只要将筛子箩筐在原地呼呼摇晃，里面不管有多少麻雀，都会立刻毙命。拿回家一盘美味佳肴就上桌了。

有土铳的人捕捉麻雀更加省时省事。麻雀的特点是总喜欢群体行动，一下田就是密密匝匝一块，土铳不需灌大子弹，灌上小半把碎铁子或者坚硬的石子，一枪打出去碎铁子如同一张网撒开一大片，一群麻雀多半都会应声趴倒。

神农溪两河口山上有个人，是个独生子，从小娇生惯养，长大后也游手好闲，喜欢喝酒，麻雀、斑鸠肉是他的最爱。他不知道从哪里买了一杆土铳，经常打猎，獐子麂子这些野生动物他又总是打不着，经常用土铳打麻雀，一有闲空就挂着土铳在山林中转悠，一般都不需多长时间就可满载而归。他打麻雀很少失手，得意忘形，经常向别人吹嘘说自己是百发百中，一些瞧不起他的人，给他取了一个外号叫“百发百空”，当面背面都叫他的外号，他也并不生气。有一次他终于自找苦吃。他家里一块小麦地里来了一群麻雀，他一见抄起家伙就开火，没想到他自家的一头小猪也在麦地与麻雀共同享受小麦的美味，枪一响，麻雀收获不少，小猪也做了自己的枪下鬼。

后来人们有了新式的捕杀武器——气枪。这种枪虽然一枪只能打一只，不能像土铳那样一枪就能打到很多，但是气枪也有优势，它的响声不大，距离稍微远一点，枪响了其他麻雀根本不在意，所以仍然可以在一个地方连续捕杀好多只。

到六七十年代，人们已经知道了，麻雀并不是纯粹的害鸟，也是益鸟，两相比较，益处远远大于害处，它们损坏的那点庄稼根本算不了什么。况且，麻雀的主要食物并不是庄稼，而是害虫，据人们不精确统计，一只麻雀平均每天要吃掉好几十上百只害虫，是庄家的保护神。这时政府部门也出台了保护麻雀的法规条例，但是，这时神农溪一带麻雀、斑鸠以及一切鸟类都明显减少，有的地方甚至已经绝迹。

人们长期以来捕杀麻雀，已经形成了一种习惯，即使政府有明令不准捕杀，有许多人仍然不收手，明里暗里还是大量捕杀。政府部门已经吸取了除四害的教训，早已经给麻雀平反昭雪，可是在人们心里，并没有昭雪。直到现在，神农溪一带麻雀仍然少之又少，各种害虫猖獗，人们只好大量喷洒农药，害虫是少了，但是还剩下的本来已经不多的麻雀吃了被毒死的害虫，也被大量毒死，要真正给麻雀平反昭雪，使农业生态恢复到庄稼——麻雀——昆虫系统的和谐循环状态难度太大。要真正解决问题，只能寄希望于生态科学知识为广大民众接受。

从“麻雀冤案”中我们应该吸取沉痛的教训，大自然的报复有时候几乎是现世现报，你头年大量扫荡麻雀，接着第二年就会尝到虫灾的苦头。罗尔斯顿说：“在大自然的客观的格式塔结构中，价值客观地存在于没有感觉的有机体，以及有感觉、有评价能力的有机体。它们先于有更丰富的价值的人而存在。生物学已经告诉我们，主观生命（人）是客观生命（人以外的生物）的延续，客观生命是主观生命的必不可少的支撑者。客观生命，当其发展到了具有足够复杂性的神经系统时，通常也就变成了主观生命。我们为什么只把价值赋予这个系统的主观方面、而不高度评价进化出了所有机体的整个过程呢？”[3]这里所谓“整个过程”，是指整个生态系统中所有成员（包括人类在内）和谐共处的运行状况，这其中缺少了任何一种，“整个过程”的运转就处于残缺不全的状态。

注释与参考文献

[1]《马克思恩格斯选集》(4卷)，北京：人民出版社，1995年，383页

[2]林红梅著,《生态伦理学概论》，北京：中央编译出版社，2008年，71页

[3][美]霍尔姆斯·罗尔斯顿著,《环境伦理学》，北京：中国社会科学出版社，2000年，149—152页

鸡王传奇

世界上各种生物中都会出现一些特殊个体，有的个体特别高大，有的体魄特别强健，有的天生就绝世聪明等，有的还是各种特性兼具，集众美于一身。大约是50年代中期，神农溪两河口对面山上一户人家曾经有过一只多面性格的公鸡，它与众不同，在这一带给人们留下了一个个惊奇。可惜它后来却因人的失误而殒命。

这只公鸡小时候就浑身羽毛黄里透红，太阳一照熠熠闪光，尾巴与翅膀边沿的羽毛呈黑色，在太阳光下还放绿光，胸脯和翅膀下边的绒毛又是灰白色。其他方面与别的公鸡没有什么不同。家里有个小男孩特别喜欢这只公鸡，经常将其抱在怀里，从竹园草丛抓一些蟋蟀、蚯蚓喂它，用一些竹枝、狗尾草与它逗乐，不离不弃，像是一对难兄难弟。这小公鸡渐渐长大，就逐步显示出特异之处。当它长到一般成年鸡一样大的时候，嘴尖长而锐利，腿粗壮呈铁灰色，再往后，它的身材要比别的公鸡都大出一大圈，跑动时脚下噔噔有声，威风凛凛，显示出一股大气和霸气。单凭它的长相，在鸡群中就如鹤立鸡群，人们就已经觉得它不同寻常。但它个头高大却并不笨拙，相反却身手灵活，活跃非常，来去如风。这时它虽然已经长大，但它仍然常与小男孩亲密接触，原先小孩咯咯一叫它就热情洋溢地来到身边，后来只要它看见小男孩就自动来了，照例要和小男孩逗乐一阵子。它与隔壁邻舍许多公鸡争风吃醋时，别的任何公鸡都不是它的对手，开始时还相互打斗，可是不要两嘴三下，几个回合下来，那些手下败将都只好带伤逃跑。这时隔壁屋里的孩子常常追打它，小男孩总是它的得力保护伞，不准任何人侵犯它。后来，它就没遇到过任何对手，那些公鸡老远见到它都落荒而逃，它在这个屋场成了绝对的鸡王，一统天下。甚至连这个屋场的狗、猫、小猪也都是它手下败将，有的狗与它争食，一个个都被它啄得丢盔卸甲，汪汪叫唤。人们见识了它的威风，周围的人都感觉这只公鸡太不可思议，方圆几百里，哪里找得出这样大这样威武的公鸡？鸡天生都是害怕老鹰的，但鸡王却并不畏惧，有时候一只乌鸦什么的飞过，其它鸡都吓得乱扑乱窜逃跑，可鸡王却从不慌张跟着奔跑，而是镇定自若，只是歪歪头朝天瞄瞄，发出轻轻的咯咯鸣声，似乎在对空中之物发出警告：你来试试吧！也好像在给其他鸡壮胆：别怕，有我呢！这在很多没有亲眼见到鸡王的人听起来好像不可信，但这却是千真万确的事实。

它在鸡群中称王称霸，养成了不可一世的牛脾气，渐渐地到后来对人它也敢进攻。对熟悉的家里人以及同屋场的人它从来不侵袭，只要见着生面孔的人，它就扑上去，但是只要小男孩一声喊，它就会停止进攻，转身朝小男孩跑来。可是后来小男孩上学了，白天大部分时间不在家，没有谁叫得住它，它就像一匹脱缰的野马。周围好多人都尝到过它的厉害，特别是一些老幼及妇女，惧怕它比害怕恶狗还甚三分。有些人都说，自古以来，就只有狗咬人的，哪里有鸡咬人的？有些被它啄伤的人，本来疼痛难忍，但又不好发作，认为被鸡啄了也觉太丢面子，但是有几个小孩被鸡啄伤，大人就找上门来。弄得主人家经常给别人赔礼道歉，可是主人家对它珍爱有加，虽然觉得它闯了祸，也没对它进行过惩罚。就连周围的一些人，一边怪它、恨它甚至骂它，但一边又感觉它太神奇。可是有的人恨死了鸡王，隔壁屋里一家人都将其视为仇家，因为他们家的鸡几乎个个都被鸡王欺负过。终于有一次它闯了祸。主妇的老父亲远道来看女儿，刚刚走到场坝边上，鸡王从老远就直扑过去，老人开始还以为鸡王是来迎接他来了，没想到它在老人腿上狠狠啄了几口。老人出门总是拄着拐棍，立马举棍来打，鸡王一见就跑远了。老人进门就对女儿大声说道：你喂的么子鸡啊？吓得主妇赶忙给父亲伤口上药，忙不迭的安慰父亲。

接着主妇在鸡笼边上洒了一些麦子，把所有鸡都招回来吃食，趁它不备抓住了它。老父亲一见，以为女儿要杀它，马上又为鸡王讨保，说：它懂什么？它是你们家一宝，你们家鸡都这么厉害，说明家庭兴旺，要走大运！女儿甜甜地笑着在鸡背上轻轻拍了几下，接着又在它身上抚摸着，似乎是在责备宠儿犯了错误。其实她也根本就没准备杀它，仅仅只是想用此种方式向老父亲赔礼道歉，以消除老人心理的不快。见老父亲反而为鸡讨保，心里一块石头终于落地。但是，也还是对它采取了措施，拿菜刀把它的嘴尖给削平了就放了。可她万万没想到，这一轻微的惩罚举动，却给鸡王带来了灭顶之灾。就在它的嘴尖被削平后不久，有一天家里没人，它被一只狐狸拖走了。家里人回来后不见了鸡王，全家人到处寻找，直到天快黑的时候，小男孩才在门前山林中的一个刺笼中找到了它，已经被狐狸咬死，埋在一堆树叶里边。小男孩哭哭啼啼将其抱回了家，家里人个个心情沉重，没有将其烹食，而是给它做了一个木匣子埋了。小男孩因为失去了“老朋友”伤心欲绝。

第二天早上，主妇在场坝边上给鸡撒包谷时，突然看到场坝边一大块鸡爪子印和一些狐狸的脚印，看了好一会才明白，这是鸡王与狐狸搏斗时留下的痕迹，不知道它们较量了多长时间。主妇一下子悲从中来，连连拍着自己的胸口说：是我害了你！如果不削平你的嘴，狐狸绝对不是你的对手。一家人都跑去看现场，越看心里越不是滋味。

对于自然生物以及大自然中所有物种，我们不知有过多少像那位主妇一样的失误，只是大多数人在出现失误以后，并没有像那位主妇那样明白过来。有些失误人们可能永远也不会明白，以至于我们的失误一再继续，有些还会代代相传，这是我们最大的悲哀。明白了失误并不可悲，真正的可悲是有了失误还不明白。

“生物参与生存竞争接受自然选择的权利，既有正权利，即获取生存资源、利用环境条件的权利；也有负权利，即成为它生物（包括人类）生存资源并被环境同化的权利。在人与自然关系中，人类应尊重生物生存的正权利，不应该以人类的意愿强加给它们。然而，在现实生活中以人的利益为尺度决定生物是好、是坏，是保护还是不保护，这种人类主观臆断多有发生。”[1] 这里的正权利与负权利的说法是从生物物种角度说的，如果换一种表述形式，就是每种生物的生命存在都有两面性，既有对整个生态系统有利的一面，也有对其他物种不利的一面。每一个物种都利用环境获取生存资源顽强生存，构成了整个生态系统的多样性，使生态系统显示出旺盛的生命力，产生出更多生机；同时每一个物种的生存，又要以牺牲其他物种的利益为前提，要给其他物种带来损害。比如人类这个生命物种的生存，既丰富了生态系统整体，又对生态系统产生重大的促进调节作用，但同时为了生存，又要杀死毁灭掉大量动物、植物。这种两面性是每一个物种存在的天定法则，是自然造化的铁定律令，是不以任何物种单方面的意志为转移的。任何物种都不可能只存在两面性的哪一面，必须双面共存，才是一个成功的个体和种群，否则它就会化为乌有。像鸡王这样的天才个体，它的两面性会表现得更加突出，优越的一面更优越，负面也会更加强势，这也是很自然的事。因此我们更要对它们多一份宽容，多一份敬畏之心，才能保护好生态系统中的特殊个体。

所以，我们人类对待每一个生物物种，都必须承认、容忍、发展其天性，而不能仅从人的利益出发要求其他物种只应该具有某种品行，不应该有某种品格。事实上，我们在对待其他生物种时往往是只允许对方存在某一面价值，而否认其另一面。鸡王的生存，它充分利用了环境对自身有利的因素，使自己得以优越生存，使生命共同体更加有生机，但同时它又在损害其他鸡甚至人的利益。它要获得自己特有的生存权利，就不得不表现出一些特有的手段来支撑特有的生存权利，否则它就不能继续保持特有的生命。主妇削平它的嘴尖，看起来只是想矫正它主妇认为的“错误”，但对于它本身来说尖嘴并不是错误，而是获得生存权利的必须有的工具，而且是它获得生命权利的支撑性工具之一。主妇的本意并不是要毁掉它，仅仅只是一种“轻微”的惩罚，或者是一种“修正”，但是却因此毁掉了它。这是因为我们不理解生物生存的规律所造成的重大失误。

后来这家人每一年都在新孵出的鸡仔中物色好的苗子，一直都想给那只鸡王培养一个接班人，但总不能如愿，几年过后也只好作罢。其实他们并没有明白，自然生物的资质都是天生一半，后天培养占一半，仅仅只靠任何一半都是不可能实现的。“鸡王”并不是完全靠培养出来的，最多也只是小男孩给它开开小灶，逗它玩玩而已。我们要做的是，对那些自然生成的佼佼者，不去损伤他（它）们，要因势利导，发展其天性，如果发现其有重大偏差，正确诱导，这才是关键。

而且，对“偏差”还得认真分析，有些“偏差”可能的确是过错，这时就得矫正它，但不要太过强势，要让其明白为什么，让它自主去调节，这样它就会因此获得新的智慧和能量。有些我们认为的“偏差”，其实并不是过错，而正是一些超常的表现。主妇虽然没有宰杀鸡王而只是削平它的嘴尖，但这也是绝对不应该的，这就如同拔掉狼、虎、狮、豹等猛兽的门牙一样，鸡的嘴、狼的牙，是它们赖以生存的关键，一旦失去，就等于失掉了生命的一半甚至全部，它们再也无法施展技能。

鸡王就是鸡王，它是与众不同的，我们必须保护它的不同，而不是强迫它处处中规中矩，它必须保持它的“与众不同”它才继续是一只鸡王，如果把它“规范”得“与众相同”了，它也许仍然还是一只鸡，但不可能是鸡王了。

注释与参考文献

[1] 余谋昌、王耀先主编，《环境伦理学》，北京：高等教育出版社，2004年，212页

第三部 九派汇聚

百链岩的轰鸣

“百链岩”是最初的名字，指的是神农溪主源板桥河从下谷坪经忘马池到山脚与孟家河会合的一段峡沟，后来不知什么时候人们将其改名为“百磷岩”，甚至连具体所指之地也有变化。百链岩广义是指神农溪上游主源从下谷坪到渡船口这一段，狭义的仅仅指孟家河、石柱河与板桥河会合的地方。即百链岩既指神农溪主源水流的一大段，又指神农溪主源流经的一个地方，它不仅指这里的溪水，也指河两岸一带的地方。

神农溪主源河流从板桥的麻线坪流出，到下谷坪这个开阔而广大的平地由西向东穿坪而过，由于这里地势平坦，水流平缓，清澈见底，真个是“河水清且涟漪”。流到下谷坪东头，与这里另一条小溪——马家沟（也叫马家河）不期而遇，刚刚水流量加大，就一起向沟势笔陡的百链岩咆哮冲去。

从下谷坪到人们现在说的“百磷岩”处有较长一段距离，中间是上下距离遥远又荒野寂静的陡峭山地，人们把整个这面大山坡都叫“忘马池（有的称傲马池）”。山地靠近水流的一线绝大部分地段是深壑的峡谷，山势陡峭，岩壁相连，犹如无数条铁链连接在一起，所以早期人们将这里称之为“百链岩”。沟谷很深，早期林木茂盛，许多地方难见阳光，黑暗阴森，人进入沟谷会时时感到恐怖胆寒。人畜绝对不能顺沟而下，更不能逆流而上，早期只有猴群鹰鹞在此出入，基本属于无人区。水从上游急冲直下，整个沟谷中到处听到的是轰隆隆水流冲击之声，如同持续不断的雷声，就是站在远离沟谷的地方也感觉心身震颤。特别是暴雨时至，洪水陡涨之时，恰似一股浊流自天而降，一路飞溅浑浊的水沫，飞沙走石，确有“列缺霹雳，丘峦崩摧”的声势，给人以地动山摇的感觉。两岸山岭，靠金丰坡的一面是悬崖峭壁，人们连行走攀爬都困难，更不用说在此居住了；另一面倒是较开阔的山地，特别是上端紧挨下谷坪的那一段，离沟谷距离很远，还居住着不少人家。但是，再往下就是另一番景象，都是陡峭的山岭，个别平坦的地方本可以建房居家，土地也并不贫瘠，但由于害怕百链岩峡谷阴气袭人，这地方自古都没有人居住，是一大片荒山野岭。早先由孟家河到下谷坪、神农架去要从这里经过，一条弯弯曲曲的羊肠小道贯通山坡上下，有几个拐弯处都靠近百链岩沟谷，行人到了这几个地方，总是胆战心惊，胆小的连往水沟看一眼的勇气都没有，似乎那里面随时都有妖魔鬼怪出来一样。大约是70年代末80年代初这里才通公路，也有了少许的几户人家。

早年山民们只知道百链岩阴森可怖，没有利用价值，体会不到它的另一面——审美价值与智慧启迪价值。其实百链岩是大自然造化创造的一大杰作，正是大自然运作之中力量的化身、气魄的象征。它水流湍急，一泻千里，奔腾不息，显示出一种旺盛的自然生命力。洪水落天，如同山崩地裂，无阻无拦，横扫两岸山石树木，滔滔奔涌，“势拔五岳掩赤城”，任何强大的阻力都不能阻止它东去。人们似乎都只喜欢清水潺潺的细流，并不喜欢声势浩大的洪峰，殊不知洪流也是一种美——壮伟美、博大美、力量之美。早期人们的审美标准恐怕首先是土地肥沃为美、牛羊成群为美、舒适安乐为美，除了这些东西以外，很难说还有别的美。其实自然中的清水潺潺与洪涛奔涌正好构成了大自然阴阳两极的相互转换，一起造就了自然的生机活力，如果只有清水潺潺，这世界多么无趣啊。

有人总结自然生态美为三大特征，其中第一条就是："充满着蓬勃旺盛、永恒不息的生命力。"具体解释为："生态美是活性物质的光辉和韵律。……通过生命过程，活物质成了地球化学循环的积极环节，参与了改造大气、水体的活动，促进了土壤的生成、影响了地球岩层的成分和分布的地质过程，更新了一代又一代的地球生物圈景观。不仅如此，活物质对无机的死物质的改造、吸收和交换，还使得无生物的生态因子——太阳辐射、大气、水、气候、温度等也卷入了生命循环之流的过程中，仿佛这些无机的生命因子也具有了生命气息，使得整个地球洋溢着盎然生机。"[1] 百链岩的美就是"洋溢着盎然生机"的美，它不管人们怎么评价和感受，自为自在存在在那里，不管人类感觉到或者感觉不到，它都在那里。传统的美学观念认为，至于自然景观到底是美还是丑，是因人而异的，你觉得丑，我觉得美，因而美是主观的。但是，美并不是仅仅由人的主观意愿决定的，如果它本身的价值不存在，任你是什么人看来它的美或丑也不存在了。就像百链岩，早期人们只认为它恐怖、丑恶，可是它依然自顾自存在在那里，直到人们的认识发生演变，终于又看出了它的美。这是人类的认识事物的发展，并不是百链岩过去不美，现在才美，它亘古以来总是始终如一恒定地存在，并没有改变。人类认为它美它是那样，人类认为它丑，它也仍然是那样，本身并不改变，这种存在决定了人们的审美意识。

百链岩河水冲到山脚处，恰恰这里是丈多高的石壁，水从石壁上直落山脚，然后与东北边山谷中流出的一条小河——孟家河会合。在两水汇合处，由于水的冲击，形成了一个大深潭，潭深不见底，又有水声轰鸣作响，一般人都不敢或不愿意进入。但是这里却得天独厚，综合汇聚了几种不同的风韵。西边有百链岩大股水流猛冲，声势浩大，气象恢弘，可是大水一落入潭中便立马变得柔顺无比；东边却有孟家河溪流淙淙而来，由于有百链岩大水冲击的衬托，显得悄无声息，小小流水一进入深潭，又马上变为波光荡漾，浩渺浑厚。一大一小，一静一动，想不到这个不很阔大的水潭竟然有吞吐一切的博大胸怀，将两种决然不同甚至相互矛盾的东西融为一体。消弭了两水的原有状貌，成就了自己的风光无限，这是神奇的造化又一个匠心独运手笔。

就在这个深潭不远处有一座悬崖高高耸起（甚至有不少人以为那座高大的悬崖才是百链岩），与对面的金丰大山对峙而立，这一对峙，又对峙出一番奥妙。当太阳照射到金丰坡时，坡上不知一处什么山脉（也许是百链岩沟谷中的流水），反射到对面高岩上，影影绰绰显出一条神龙一样的影子，还不时摇摇蠕动，等太阳稍微一偏又不见了。早先人们无法解释这种自然现象，硬说那是一条神异的大蟒蛇，它有时候现身，有时候又隐蔽，真正是神龙见首不见尾。直到现在还有人有许多节外生枝的附会，因为修电站后那个神秘的影子从此就消失了，所以有的说，神蛇在某一天夜晚被一帮神秘人物用船运走了，并且还说一共三只木船才装下，一直运到了东海龙宫。说得活龙活现，好像他们亲自参加了装船运蛇的活动似的。什么“神蛇”“神龙”倒不见得真有，但是这一奇特现象确实为百链岩增添了无限神秘色彩。

可惜的是，后来人们开发自然，在百链岩一处竟修建了两个水电站，这个水潭已经被发电房和其他建筑取代了。电站可能给我们带来了财富，可是，神农溪沿途已经大量破坏的自然生态，永远也不会复原了。百链岩原有的生态美景，一齐都飘荡而去，这倒实实在在让人不无遗憾。

人们只知道利用自然来创造经济价值，根本没有想到自然本身的价值。“据美国国立生态分析和综合研究中估算，森林为人类提供新鲜空气，每年每公顷的价值为141美元。气候、气流、水、土壤形成与营养物质循环、垃圾处理、生物控制、粮食生产、原材料、消遣与文化娱乐等，每年每公顷的价值为969美元。该研究小组在英国《自然》杂志发表文章说：‘就整个生物圈来说，每年它向人类提供物质的价值估计在16—54万亿美元之间，平均每年为33万亿美元。这肯定是个最低估计，这些物质大多数是市场上买不到的。’”[2]人们没有静下心来估算，我们的那些并不适当的开发，获得的价值与我们损坏的自然的价值比较起来，谁大谁小，孰是孰非，只是庆幸，我们使用了自然价值并不需要付款。更加让人不能容忍的是，人们花九牛二虎之力修一座小电站，毁坏山林，污染水质，却并没产生多大经济效益。

两水会合，虽然这里河道平整，但水流渐大，晴天人们可以蹚水而过，可一到涨水，人们只好顺孟家河溯源而上，找适当的地方涉过孟家河，绕道从金丰大山梁之上才能到达下谷平、板桥、神农架等地，反之亦然。金丰山梁下半段还有稀疏的几户人家，到得山顶却荒无人烟，是毒蛇猛兽的世界，甚至还传闻说这里有野人出没，人们从此经过，胆战心惊，毛骨悚然，总是拄着一根木棍作为防身之用，以此给自己壮胆。并且，据说解放前这里确有过多次猛虎伤人事件。

孟家河小则小矣，但它似乎是想与百链岩大河比试手段，争为奇状，也在离百链岩上边不远处创造了让人叹为观止的景色。

孟家河在这里遇到一座不高的圆形山包挡住去路，河水不能直线畅流，只好乖乖地绕着山包转了一个大半圆的圈，然后折而向东。让人没想到的是，河水这一绕，却在此绕出了一处美景。近处看，看不出有什么蹊跷与特别的什么，只见山环水折，其间水绕着山，山阻着水，无非是平平常常的山水相映。但在远处看，却别有洞天，奇妙无比。河水紧贴山脚缓缓流淌，不喧不嚣，似有无限的柔情蜜意，在向大山诉说衷肠，谁说“流水无情”！再看圆形小山，似乎是被流水的深情打动，伸手挽住清流，又像是与河水连连亲吻，不离不弃。这个小山包呈圆形，加之靠水边有个椭圆形岩石，活像龟头，这个“龟头”早先还有两只“眼睛”，但是不知是什么时候有一只“眼睛”出现破损。于是这一带就流传说，有一天下大雨突然一个炸雷把龟的这只“眼睛”打裂，因此人们就把这个岩石以及这个小地方又叫做“雷打石”。孟家河顺着小山包绕流，又确实如同一条巨型蟒蛇盘绕。这种绝佳景观，人们就以这二者的天然状貌，给这里取名叫“蟒蛇盘龟”，把孟家河水比喻为蟒蛇，把小山比喻为龟，远看确也形神兼备，让人无不叹服。

原百链岩电站为了提高水位，从“龟背”上修了一条水渠，远看像是什么人在“龟背”上砍了一刀，使龟背开裂了一道大口，让人不无遗憾和痛心。修电站、建水坝、挖水渠，不知毁掉了多少自然景观。如今随着百链岩电站废弃，水渠自然也被遗弃。有人就在“龟背”上修起了住房，把水渠截为两段，分别养了不同品种的鱼，在这里开起了农家乐饭庄。在“龟”头部与河对岸架起了一道铁丝桥，使农家乐既有“小桥流水人家”的诗情画意，又大大方便了游人的进出往返。所以这处小小的饭庄，虽地处深山之中，听不见百链岩的轰鸣之声，但许多人仍然嗅到了这处农家乐的美味飘香，来此休闲娱乐，品味山野农家的无公害佳肴。在这里开饭庄的想法应该算是一个“金点子”，可见这里山好水好空气好的魅力之大。

只有我们看到了大自然的这种巧夺天工，人才会真正叹服，我们绝不是大自然的主宰，相反，我们的情感、思想、创造发明，哪一样都离不开大自然的启发与对大自然的仿照。大自然才是真正的主宰，才是智慧的宝库，精神的源泉。“在这个太空中，只有一个地球在独自养育着全部生命体系。地球的整个体系是由一个巨大的能量来赋予活力。这种能量通过最精密的调节而供给人类。尽管地球是不易控制的、捉摸不定的，也是难以预测的，但是它最大限度地滋养着、激发着和丰富着万物。”[3]我们的一切发明创造，哪一样（包括我们的奇特想象）都离不开大自然。我们不要以为发明创造、思想观念、奇特想象等等这些意识形态的东西是超自然的，其实它们也是大自然的产物之一，是人类实践活动中大自然在我们头脑中的映照、启示和投射。

神农溪从百链岩流出，一路继续创造着诗意、惊叹和无尽的哲理与智慧。

注释与参考文献

[1] 章海荣编著，《生态伦理与生态美学》，上海：复旦大学出版社，2005年，355页

[2] 裴广川主编，《环境伦理学》，北京：高等教育出版社，2002年，121页

[3] [美] 芭芭拉·沃德、勒内·杜博斯著，“国家公害丛书”委员会译校，《只有一个地球》，长春：吉林人民出版社，1997年，260页

石柱上的天地

神农溪在百链岩还有从西南面流出的一条河——石柱河汇入。石柱河既是神农溪的一条小支流，又指一个地方，位于神农架林区下谷坪土家族自治乡石磨村境内，与百链岩仅仅一山之隔，是举世闻名的神农架林区的海拔最低处（398 米），那是一块风景如画又神奇无比的好地方。

从下谷坪或者巴东县沿渡河镇的堆子场小集镇驱车前往，均只需 20—30 分钟即可到达。这里两条清澈洁净的小河，分别从石磨大山深处流出，流到一根天然石柱处，两条河都紧依石柱根部的小山前行，像是两人相约从不同路线的跑道赛跑一样。来到石柱下边，两条河合二为一，整体看，恰似一条护城河将一座城市保护起来一样，这是大自然这位大画师又一个神来之笔，画意无限，诗意无限。两岸青山紧紧相依，宽者不足一华里，窄者仅丈余，如今一条狭窄的公路沿着河道忽左忽右转折其间，人们称之为“一线天”。河水清澈见底，人们从此路过，可见河里五彩斑斓的石子和自由欢快的小鱼群，似乎只要伸手就可随便捞起鱼来。山上植被丰茂，草树争绿，白鸟祥集，一年四季，春意盎然，与神农架主景区高寒地带风格形成鲜明对比。从此路过，很多时候都可轻松从各种树木之上摘取油柿子、拐枣、酸枣、刺糖果等野生水果，品尝山野捧出的美味。谁说神农归来不看山，分明石柱河比神农架主景区的神农顶、点兵台的景观更有韵味，更加美妙。进入其中，温暖无比，空气新鲜，山清水秀，清泉如琴，鸟鸣似歌，无论是什么人什么时候来到这里，任你多么有理智，也不免顿生乐不思蜀的依恋情怀。

石柱不仅被小溪紧紧环绕，也被周围山峰再一次围住，犹如众星捧月，又似万国来朝，向着石柱顶礼膜拜。但是，周围山峰之中也有比石柱还高的，似乎在提醒石柱，你可别大意，我们朝拜你，你可别忘了，我们之中也有比你这个执牛耳者更牛的。也似乎在警示，任何宣称自己是主宰的，都不是绝对的，你有你的优势，我有我的长处，你可以称主宰，我也不会总是客体。看起来，它们好像是在勾心斗角、争权夺利，为荣誉在争夺第一、第二，其实它们只是在捍卫自己在石柱群中的“平等权利”。

石柱下半截实际是一座小山峰，山峰顶上耸立起这根直径约十几米粗、几十丈高的石柱，与周围千山万岭迥然不同，如同鹤立鸡群，也似乎在向众山峰高傲宣称：“不与培塿为类”！它高高耸起，直插云霄，上细下粗，酷似一个横刀跃马的武士，又似神仙下凡，铮铮傲骨，不食人间烟火。管你是虔诚下拜，尊敬有加，还是冷眼旁观，心有嫉妒，它都一概不怎么在意，显得神秘莫测。奇怪的是，石柱周身并不是我们想象的那样寸草不生，纯属光滑的石壁，相反却是间隔性地有一些树木花草，横插石柱缝隙中，轻摇慢摆无忧无虑生长着，并没有因为水土供应不足而抱怨谁。它们好像是石柱披挂的一些树枝草圈掩护物，也像是一个武士穿的一身迷彩服。细致观察，才能发现，原来这石柱之上，断断续续有一些深浅不一又不规则摆布的石缝和石阶，且有一些腐叶土供树木生长，虽然不是很丰厚，但也总能勉强供给。这些树木由于营养不充足，发育不良，没有一棵腰杆挺直的，都是七弯八拐，又像是园艺苗圃之中人工专门加工过的一株株盆景，但比人工种植培育的盆景更加生动，自然天成。砍下来作为柴禾，由于水分少，所以容易生火，如同干柴枯叶一般。早年这一带的人为了躲避棒老二、白莲教、官府抓兵抓夫或者仇家陷害，在石柱上搭起栈道，由于石柱的特殊身材，只能或者绕着石柱一圈一圈螺旋式连接上升，或者搭成之字形，七折八弯。人们要攀爬到石柱顶上，如同攀登天梯神道，让人望而叹息。一般人都只能站在河道里或者山头，手搭凉棚，仰视观瞻。不管从什么角度看栈道，都会让人想起诗仙李白“噫吁嚱！危乎高哉！蜀道之难，难于上青天！”的诗句。

到得石柱顶上，更有神奇的事情让人惊叹不已，柱顶上面积不大，仅两亩见方，是一个小土坪，坪中芳草萋萋，绿树成荫，生机勃勃。这里不是桃园，但分明胜似桃园。让人奇之又奇的是，即使是晴天，公然还有一南一北两口水井，常年不干，夏不涨水，冬不结冰，恒常犹如神赐。任何人见到这两口水井时，都不禁要发问：这石柱之巅水从何来？难道真有神助？神仙当然不可能真有，细细想来，只有一种解释，那就是早年那些躲兵躲夫的人，或者别的什么人，为了生存在顶上挖下的水井，利用天降雨水加上地下渗水而成的。看来我们只要不违背自然规律，而是皈依自然，敬畏自然，且遵循大自然的运行规则来开展活动，这样，我们就总是能够与自然和谐相处，生生不息。美国物理学家卡普拉说：“从宏观角度看，我们周围的物质客体是消极的、无自动力的。但是，当我们把这样一些‘死’的东西——例如一块石头或一片金属——放大，我们就会看到，其中充满运动。观察越细，活动越强。在我们周围的环境中，所有物质客体均由原子构成，原子以各种方式相互联系，形成了极为多样的分子结构，它们不是僵硬不动的，而是根据自身的温度振动着，并与周围环境的热振动相和谐。”[1] 看来自称大自然主宰的我们，任你有多牛，当你来到这“抗峰岷峨，偕岭衡疑”的石柱之顶时，也得老老实实，不得胆大妄为，而要与自然中的水土石从、树木花草友善相处，“侣鱼虾而友麋鹿”，做大自然中诸物种普通一员。不仅如此，你还得对这里的一切敬畏之、师事之。否则你会被它们拒之石柱之下，或者被赶出山门。

石柱顶上还有大自然神工鬼斧的一绝，就是每到大雨时至，顶上承受能力有限，雨水就会往下倾泻。但是，它并不是从四周满溢，而是寻找到石柱顶端的一处缺口，集中从这个缺口汩汩流出，从下面往上观看，犹如一股天水横空而降。由于水的出口是一个缺口，人们就给它取了一个不太雅观的名字。后来人们现在试着给它重新取了好几个好听的名字，什么“天然喷泉”“神仙洒水”“观音圣水”等，但又都觉得听起来都很别扭，与原名比较起来少了生动和逼真，所以现在人们称呼这一景观时，仍然还是叫原名“沙牛屙尿”。

石柱顶上，很早就有一座道观，由于条件限制，道人不多，但也香火不断。虽然栈道难以攀爬，很多人也仍然不畏艰险，奋力攀登，带着香烛纸钱，到顶上道观祭拜，或求保佑，或许心愿。求神拜佛的人，经过栈道的艰难跋涉，到得顶上，早已饥渴难忍，能够得到一口清泉，一定会认为这水比世界上任何泉水都甘甜，不是圣水，但也胜似甘露。这里的道人以及上得山来的信众，并没有对这里的生态毁损破坏，上面的一切都十分完好，是一个小小的原生态天地。心中有神灵的人，要维护心灵的圣洁慈善，一般都不会破坏自然中的任何东西，动物、植物、水土，甚至人造物品，都在他们的道德伦理关怀之列。

注释与参考文献

[1][美]卡普拉著，《转折点：科学、社会、兴起中的新文化》，北京：中国人民大学出版社，1989年版，62—63页

狡猾的豪猪

神农溪沿河两岸早期常见一种野生动物豪猪，其长相和生活特征都很奇特。单就长相看，它们浑身除头部之外都长有长短不一的尖刺，长者一尺余，短者寸许，两头尖中间粗，整体粗细与筷子差不多，像篾匠精心削出的一根根竹签，一层一层叠压在身上，远看豪猪，就像穿着蓑衣，所以人们又称之为“箭猪”。豪猪头型如缩小了的马头，也像兔子头，不伦不类，怪异特别，很丑陋。尾巴极短，通常隐藏在尖刺的尾部下面，尾巴尖端有数十个尖刺演化成空壳的硬毛，形状像一束“小铃铛”。这可不是为了美观而生长的，而有它特殊的功效，必要时它会摇动尾巴，发出哗啦哗啦的声音。

豪猪不独生长于神农溪两岸，国内外山林之中它都可以生存。种类繁多，一般属地面爬行动物类，为了适应环境在有的地方也有能攀爬上树的，如南美洲的卷尾树豪猪，就是攀爬能手。豪猪的生活习性是昼伏夜出，白天躲在洞中或岩穴里睡大觉，到晚上10点钟左右或天亮前的4-5点钟出来觅食。如遇敌情，它们会立马蜷缩成一团，将头藏于肚腹之下，全身尖刺竖起，任你是再凶恶的肉食者也无法下口。有时候一群狮子围攻一只豪猪都拿它毫无办法，围去围来，往往是豪猪肉吃不着，嘴巴还会被扎伤，得不偿失。人类当然可以用长棍击打，但它也有办法对付你，眨眼功夫它会钻入草丛或灌木丛中隐身不见，来无影去无踪。实在躲避不及，它就会拿出看家本领，将全身立马缩成一团，肌肉紧缩，释放出一只只尖刺射向你，神农溪一带有很多追捕豪猪的人都上过它们的当。它们的天敌是渔貂，渔貂捕食豪猪有一套特技，先是挑逗，经多个回合，瞅准机会将豪猪翻个个儿，然后以神奇的速度咬住其没有尖刺的咽喉部或腹部，迅速咬破致命。但神农溪沿岸似乎没有鱼貂这种动物，按道理说，自然界的生物都是一环套一环、一物降一物的，有豪猪必有鱼貂，也可能是鱼貂稀少不易见到。所以神农溪两岸早期豪猪特别活跃。

我们不要以为豪猪以猪名之它就真的很“猪”，其实它们狡猾聪慧，在很多方面人类远远不及。它下田啃食庄稼之前，总要站在树林边上使劲拍打尾巴“铃铛”，故意弄得啪啪作响，然后原地静听观看动静，确定没有敌情以后，再才进入田中作业。摁倒一颗玉米后，它又要静听一阵，确定没有情况才开始撕咬。整个作业过程它都是时刻保持警惕，边吃边听，边听边吃，直到吃饱喝足，这才得胜回朝。我们不要以为只有人才有生命智慧，实际地球之上的一切生物都有，人类以外的其他生物甚至比人类更加有智慧，人类的智慧都是从大自然中获得的，这是已经公认的。“德国哲学家尤纳斯认为，对生命的肯定就是内在价值。所有生命存在皆追求生存，而把‘无’即存在的对立面（否定，即毁灭），看作是无处不在的对生命的威胁。这种对生命的追求，或者求生欲望本身，就是对‘无’的否定（否定之否定）。‘每一个有机体皆通过呼吸与吸收营养在肯定自我，否定虚无。’这里所表现的对生存的渴望与肯定，即对生命的肯定，是‘所有价值的基本价值’，是生命‘本身的善源’，是生命的内在价值。”[1] 各种生命存在物都有一套适应环境，求得生存的本领，或奔跑如电，或飞檐走壁，或以绝招反击对手，或者施放烟幕迷惑对手，五花八门，无奇不有。许多时候，人类在它们面前一筹莫展，自愧不如。

人们绞尽脑汁捕杀豪猪，但谈何容易，你捕杀它，它也在防备你，你会利用你的长处，它也会想法避开自己的短处，就好像人们常说的一句俗语：上有政策，下有对策。神农溪盐场河背后山上有一家人，一天晚上玉米被豪猪蹂躏，第二天晚上这家的父子俩带着土铳去夜袭豪猪。其父亲经常玩枪，比较有经验，但儿子其时尚小，父子俩一齐出动是为了好有个照应，也是父亲想培养儿子的胆识。父子俩动身之前，都洗了澡，因为他们知道豪猪的嗅觉特别灵敏，隔老远它都可以嗅到人身上的汗气，一旦闻到汗气，它就会打道回府，或者转移到别的地方去开辟新的战场。父子俩来到玉米地边一个大岩石旁边猫起来，把枪口对准头天晚上豪猪吃玉米的地方，算计好了，只要豪猪这天晚上再来，绝对是十拿九稳。到晚上10点多钟，豪猪果然如约而至，父子俩屏声静气，等到它摁倒第二根玉米时，父亲枪响了。奇怪的是，枪响后豪猪没有任何动静，父子俩喜出望外，以为一枪致命。两人轻手轻脚向豪猪走去，准备去取战利品，等两人到了离豪猪一两步远的地方，突然听到哗啦一声，豪猪纵身飞起，一下子就“飞”到树林中去了。父子俩猝不及防，两人因退避不及，都吓得一屁股坐到玉米地里，好大一会儿才清醒过神来，爬起来愣愣站到那儿好久都没说话。最后总算是明白了：我们被这个狡猾的家伙骗了。

枪响后豪猪没动有两种可能：一是豪猪被突如其来的枪声吓蒙了，一时不知怎么办才好，可能它也在想，明明下田之前我侦查好的，怎们还会有人袭击我，所以原地趴下不动；二是这个豪猪已是久经沙场的“老将”，趴在那里装死，以躲避继之而来的打击，等情况明朗后再乘机逃脱。由此看来，动物智慧多多。“科学家的研究发现，当动物受不同的外界刺激时，例如能感觉到疼痛、恐惧或作呕，并做出相应的行动。这是它生存机制的一部分。例如，当狐狸听到猎犬的叫声、兔子看见狐狸，所有被捕食动物看见捕食者时，会迅速奔跑逃离危险境地；狗显示出正确猜测人类意图的惊人能力。”[2] 任何动物，甚至是一些毫不起眼的小虫子，都会有让人类意想不到的行为，这些行为让人吃惊，甚至百思不得其解，现在已经存在于地球上的物种中，绝大多数都已经在地球上生存了百万、千万、亿万年之久，而人类在地球上生存的历史才200—700万年，人类的智慧从何而来？智慧并不是从天而降的东西，它是生存、生活实践的产物，只能在实践活动中摸索、体会才能获得。

在神农溪最东边的一条源头河流——虎岩河上边的送子园，也长期流传着一对父子猎捕豪猪的离奇故事。

一对父子，当时儿子已经十七八岁，父亲也才三四十岁。一天，他们发现了一群豪猪藏身的一个穿洞，穿洞两头距离只有半里路左右。他们想来一次集体捕杀，父亲对这次捕猎做了周密安排，先在一个洞口放上一件棕制的蓑衣，叫儿子坐在蓑衣上堵住洞口，并觉得这样绝对是万无一失。自己在另一洞口放了一堆干柴，并在柴禾中撒了许多干辣椒，然后点火，当火燃起来后，他拿一个斗笠当芭蕉扇，呼呼地将呛人的辣椒烟雾往洞中扇。这也算是一个绝招，没有辣椒味的烟雾人畜都受不了，更何况加了辣椒，豪猪哪里能受得了如此气味。仅只扇了几分钟，豪猪就顶不住了，在里面发出尖细急促地叫声，穿洞一头是大火，显然不能赴汤蹈火。于是它们纷纷去攻另一洞口，儿子没有经验，马上叫喊，父亲边扇边叮嘱儿子：千万莫松开，一松就全跑了！儿子只好硬顶着。过了一会儿，豪猪不用嘴拱了，而是倒转身来用尖刺扎，儿子疼痛难忍，大喊大叫，父亲仍然命令：千万莫松！儿子后来实在忍无可忍，只好逃开。刚一松开，就见一群豪猪一哄而出，眨眼之间便全部无影无踪。父亲还在狂扇，儿子喊了一声：全跑了！父亲跑来一看儿子疼得在地上打滚，也没有责备，只好搀扶着儿子回家。一路上见儿子屁股上、腿上到处是血，回家后就用温开水给他洗，准备给他上药消毒。因为豪猪的尖刺长期在野外摸爬滚打，细菌丰富，人被刺伤很可能会中毒感染。等洗掉了血迹才发现，儿子的屁股变成了蜂窝，密密匝匝到处是眼，还在继续冒着血珠。用了好多药，过了好多天才治好了儿子的伤。这件事很快就在送子园一带不胫而走，整个神农溪一带都讲开了。直到现在，神农溪一带的老人还经常讲述这个令人开心的故事。

这个真实的故事告诉我们：人类与非人类生物的关系不是我与他、我与你的关系，而是我与我，即一个主体与另一主体的关系。在大自然中各个生命物种，总是相互存在求得大自然中的和谐与生物进化。

注释与参考文献

［1］余谋昌、王耀先主编，《环境伦理学》，北京：高等教育出版社，2004年，142页

［2］资料来源：《动物会思考吗？》，英国《卫报》，参考消息，2003.1.2

果子狸逃生记

神农溪中上游地区山林中，由于气候温和，土地肥沃，多生长野柿子、酸枣、拐枣、猕猴桃、毛桃等野果，而这些东西正是果子狸的主粮，所以这一带山林中早年果子狸很多。它们行动亦分亦合，有时候成群结队，有时候又一只两只单独行动，活动十分诡秘。一般时候白天栖息于森林、灌木丛、岩洞、树洞或土穴中，夜晚出来觅食，少量时候白天也出来活动。它们是攀爬高手，再高再光滑的树都能如履平地，可与猿猴与猫媲美。

果子狸毛色一般为灰褐色，身体胖胖乎乎的，头部毛色黑、白、灰色一块一条相间搭配，远看如金钱豹的头，近看又像狼狗的头。它最突出的外观特征是长有一条长长的尾巴，成狸尾巴一般有酒杯粗细，比身体还长许多，里边全是如同脂肪一样的细嫩的肉，宰杀后煮食，像是一层皮包裹着豆腐一样。果子狸属于皮毛兽，皮毛价值极高，其皮可以制裘，属名贵的皮类服饰之一，非常高档。虽然它们身上腥臊味浓重，但只要经过处理，其肉质细嫩鲜美，是难得的美味佳肴。

由于果子狸昼伏夜出的生活习惯，又由于它们树上功夫十分了得，人们要想捕捉非常困难。早期人们只有土铳，打一枪后要重新装火药和枪子，如果第一枪打不着，等再装火药时，它早就跑得没影了。很多人喜欢在果树上下套，把树干关键处用荆棘刺条围起来，只留一个洞，而这个洞就是一个套，它的头只要一伸进洞中，就会被活套绳索拴住不得脱身。但是果子狸十分精明，一般都不会中圈套，一见这种陷阱，它们会退避三舍，或者它们并不钻洞，而是巧妙翻过荆条仍然上树吃果子。所以很多时候人们会生气，明明下了套，可是树上果子还是被吃得精光，套子却原封不动，形同虚设。“在英国1920年的一个晴朗的早晨，一只山雀竟用嘴开启了放在一户人家门口的一瓶牛奶的瓶盖。几周以后，那里所有的节肢动物都学会并采用了这只山雀的开瓶技术，并把这种技术代代相传下来。水獭能开启啤酒瓶的瓶盖，乌鸦能制造和使用抓捕食物的工具，章鱼能借助自己的5亿个神经元和多条手臂从广口瓶里取出蟹，等等。科学家说：‘所有这一切表明，长期以来一直遭到蔑视的这些动物，也能表示态度、学习技能和发明创造！’”[1]所有动物为了生存，为了繁衍，都有许多智慧，人类只是发现了智慧，并不是人类创造发明了智慧。对此，马克思主义经典作家早就告诉我们：蜘蛛的活动与纺织工相似，蜜蜂建造蜂房的本领令使许多建筑师感到惭愧。

果子狸的生命力出奇顽强。首先是，它们可能是由于胖胖乎乎、浑身柔软，特别能抗摔打，你把它逼急了，它可以从很高的树上跳下来，摔得啪啪直响，如果是人或其他动物早就没命了，可是果子狸却安然无恙，这是任何一个追赶过果子狸的人都熟知的。其次也是更让人不可思议的是，果子狸如果被枪打中伤情严重，它们也照样可以继续奔跑逃命，即使是它们受了伤，奔跑时，人狗也仍然望尘莫及。有时候，如果伤在肚腹，连肠子也露出来，它们也会拖着肠子逃跑，即使是致命伤，它们也会忍着一口气跑，一定要钻入洞中死亡，决不在洞穴石缝之外就地死亡。似乎是在向人们发誓：就是死，也不会让你抓住我！这到底是一种什么力量在支配着它们，到目前为止，科学研究还没有十分令人满意的解答，是生存本能抑或别的什么，不得而知，也许就是一种野性的顽强吧。

神农溪上游两河口对岸山上曾经发生过一件事，一个放羊的孩子无意中在一个山洞中发现了一只未成年的果子狸，这孩子历经艰辛，爬进洞中抓住了这只小果子狸。见它太小，家人也没有宰杀它，这孩子就用一根绳子套在它脖子上牵着玩耍，并给它喂红薯、萝卜，晚上将它拴在堂屋里一张大方桌腿上。在家栓了几天，家里人都嫌弃它太臭，于是晚上将它移到门外，用一个竹筐将其罩住，怕它跑，竹筐上放了一块大石头压着。这应该算是万无一失，估计这小小果子狸插翅难逃。但是第二天早上起来，竹筐和石头原封未动，完好无损，果子狸却不翼而飞，不知去向，一家人都惊呆了，百思不得其解。如此幼小的果子狸，怎么可能掀动竹筐和石头逃跑呢？地上没有洞，竹筐上也没有破口，它到底是如何逃脱的？如果说是别人偷偷放生，也没有可能，因为这家人是单家独户，再说有谁那么无聊三更半夜跑到别人家去给果子狸放生呢？这个抓果子狸的小孩，马上跑到逮住它的洞中查看，毛都没有。他们向周围的人说起这事，任何人都不相信，后来向一个有经验的老猎人讲起，老猎人倒是给出了一个答案，说是小果子狸的妈妈晚上来解救了它的孩子，它不想弄出动静，所以没有掀翻石头。很多人都觉得这个老猎人说的太玄乎，果子狸能有如此神通吗？

现在看来，老猎人的解释也并不玄乎，其实就是动物的求生智慧。“所有物种都是一部历史，每一种生物都是一种历史的存在。生物生存是它的目的。它在地球上继续生存和发展，这种生存表示它的成功。为了生存，它必须具有认识客观事物和解决实际问题的能力，必须有智慧。……对什么有利于它的生存，什么不利于它的生存以及怎样维护自身的生存，它要对环境有所认识，进行评价。也就是说，生物‘知道’怎样追求自己的生存。”[2] 科学研究证明，雌性动物的智慧更加超出雄性动物，例如母黑猩猩甚至能制造和使用简单的工具，它们可以自制一根带尖的木棍捅死猴子，原因是它们除了要获得自身的生存以外，还要担负起抚养幼崽的任务，它们的活动范围和门类更多，所以它们就有更多智慧。据此，果子狸妈妈解救幼崽的行为，实在是一种在预料之外又在情理之中的事，老猎人的解释确实是个中之人富有真知灼见的意见，并不是凭空杜撰。

可以设想，果子狸妈妈自失去孩子后，不知道有过多少呼唤幼崽的凄厉之声，肯定是一直在到处寻找，至于它是如何找到这家人家里来了的，这是动物相互间传递信息的能力使之然。“研究人员发现，动物会进行交流，它们通过唱歌或鸣叫，或舞蹈，或发出某种化学物质，报告此地有食物，或捕食者来临报警，或吸引异性，等等。科学家已经截获蜘蛛在蜘蛛网上向性伙伴发出的信号：雌蜘蛛通过敲击蜘蛛网，发出有规律的求爱声波，雄蜘蛛则用相应的信号回答雌蜘蛛，彼此就像人们打电话一样，具有发送和接受信息的能力。”[3] 果子狸妈妈和幼崽之间的联系也应该是像一对蜘蛛的相互沟通一样默契的，这是动物求得自身生存和彼此保护的必须有的能力。并且，它们相互联系的方式和渠道会多种多样，在什么情况下使用哪种方式，它们也会根据具体情况而定，果子狸妈妈找到幼崽，可能主要是凭嗅气味，它们一定也知道凭声音传递信息会有巨大危险。它没有掀翻箩筐和石头，说明它确是有着人们想象不到的生命智慧，它不想弄出任何响动，一旦有任何动静，它的解救行动都将失败，这一切它心里一定明白。

这孩子逮住果子狸将其喂养，也许不是为了吃它的肉，剥它的皮，仅仅是出于一种好奇心，但是这种行为却违背了自然规律，干扰了生物生存的自主权利。“对于野生动物而言，它们的生存必须有食物、水和隐蔽地；它们维持基本的生态活动，必须有基本的生存空间。正如同人类维持生存，需要衣食住行一样，动物的这些最基本的需要是不可剥夺的，这是动物维持种类延续相对人类客体而言的特殊生态安全的权利。”[4] 果子狸是以荒野为生的，它们离开了自然荒野，就如同人失去了家园，是无法存活的。人们可能认为将它们带来与人一起生活，是对它们的友好，是一种优待，可它们来到人类的文明之所，就如同被打进了牢笼，如坐针毡，甚至生不如死。人类文明对人类来说是优厚的待遇，但对野生动物来说却不适用。传说中的“狼孩的故事”，那个被狼群养大的小孩，虽然他确也有了狼的某些外部特征，但他骨子里却仍然还是一个人，并没有变成一只真正的狼。我们觉得人类文明处所美好优越，仅仅只是对于人类，野生动物对我们的文明并不认同，它们时时都在倾听山野的呼唤。

台湾作家许达然的散文《失去的森林》以第一人称手法写了一只猴子。这只猴子被一家人用铁链子拴在家里，脱离荒野与人在一起生活。它被铁链栓的时间太长，颈部的皮已被磨破，铁链勒进了伤口，不停流血，它疼痛难忍，不停叫唤，人们不知道，还骂它：“吃得饱饱的，还叫什么？”人们根本不能体会到猴子的痛苦，甚至它已经受了重伤人们也不知道，果然这猴子不久就死了。文章中的铁链明显是个象征，暗喻人类文明，猴子离开荒野自然来到人类文明之中，就等于被剥夺了它生存权利。

要是那只小果子狸不逃离，其处境和结局也一定与那只猴子一样悲惨。或者被无情宰杀，或者因为不适应人间生活习惯而抑郁死去，或许还有可能被家养恶狗撕成碎片。果子狸除了偷吃人们几个果子之外，对人类并不构成别的什么危害，人们没有理由这样残忍地对待它。当然人们并没有明白自己行为的残忍，相反还认为这是自己在对动物施以爱心和恩惠。如果以果子狸偷吃家果为理由而对它们捕杀，这也是站不住脚的，生态伦理学称这种“理由”为“假理由”。因为果子狸吃果子是自然律令的安排，果子狸正如它们的名字所揭示的，它们生来就是吃果子的，它们吃果子，是理所当然的。而人类却把这种很正常的事当做了不正常，与大自然的规律反其道而行之。况且，人们捕杀它们并不仅仅是因为它们偷吃果子，而是人们要把它们当做山珍海味，这就更不应该，更是一种罪过。当然，如果它们繁殖过多，种群膨胀，且对人类或其他物种构成了重大危害，这就可以适当捕杀，以保持生态平衡，但是也不能赶尽杀绝。一旦这个物种整体消失，生态链遭到破坏，这绝对不是什么好事。

注释与参考文献

[1][2][4] 余谋昌、王耀先主编,《环境伦理学》，北京：高等教育出版社，2004 年，155、149、214 页

[3] 资料来源:《动物会思考吗？》，英国《卫报》，参考消息，2003.1.2

善人老肖

紧挨盐池河的村背坨上面深山之中有一个地方，叫北岩坨，六七十年代这里还住着一户人家，是一对孤老夫妇。人们都只知道男的姓肖，女的姓黄，一般人都不知道他们的名字，男女老幼都把这个男的称为“老肖”，把女的称为“黄家的”。当时正是大集体时代，不知是什么原因，这对孤老夫妇却住在深山之中单独生活，没有加入到任何一个生产队集体之中。也不知道是谁批准了，允许他们单干，一直以来都是个谜。

其实他们单独在这里生活很不容易，这里是荒野，方圆几十里都是老林，有一边还连接着神农架原始森林。一对老人单独生活在这里，无依无靠，有许多不方便的地方，也很危险。而且，这里方圆十里之内没有水源，要到十里之外的堆子场上面四方寨去背水，背一桶水需要大半天时间。虽然他们只有两个人，用水量不很大，但他们还喂有猪、猫、狗、羊等家畜，也需要水。所以老肖在房前屋边几处石壁下挖了水坑，一下雨水坑就会蓄积大半坑水，也可以抵挡一阵子。但是这几个坑里的水人是不能饮用的，只能勉强洗脸洗脚，喂猪喂羊，人的饮用水还得老肖艰难地去一桶一桶往回背。只要有人谈起水的问题，老肖就脸露难色，显得很无奈。

北岩坨四周到处是荒山野岭，虽然当时大宗的野兽都被剿灭得所剩无几，剩下的几个也逃离得无踪无影，但是北岩坨的山林之中一些小型野生动物还时有出现，如狐狸、黄鼠狼、野猫等，偶尔也会有几只柴狗露面，它们经常袭击老肖的鸡狗猪羊。老肖又不会打枪，只能靠棍棒锄头驱赶这些野兽，这些防卫手段很不得力，狐狸们似乎特别了解老肖，知道老肖不会对自己有什么威胁，有时候它们来偷鸡摸狗，老肖大声吼叫，把手中木棒敲得砰砰直响，可它们只是慢吞吞象征性走几步，又回过头来盯着老肖看，很像是在对老肖做咪咪笑脸。每到这种时候，老肖也顶多只对它们吼一句：你还不走，小心我打你！那样子就好像是自己的孩子做错了事，给他一个警告一样。于是狐狸们也只好慢条斯理地暂时撤离，走得是那样不慌不忙。其实老肖本来也没想伤害它们，仅仅驱赶而已。

老肖是出了名的老实厚道人，从不杀生，一生连一只蚂蚁也没有伤害过。有时候蛇跑到房门口来了，他也只是拿根棍子在地上敲敲，低声说道：你到这来干什么，快走开！仅仅只是把它赶开而已。就是走路时偶然遇到一只癞蛤蟆，他也一大步跨过去，或者干脆绕道而行。最滑稽的是老肖每年请人杀猪，把杀猪佬和帮忙的人请来了，到准备拖猪上凳的时候，他自己总是逃开，从不亲眼看杀猪杀羊。有些帮忙的人知道老肖的性格，总喜欢逗他：老肖，你还不躲起来，我们要开始了。惹得在场的人哈哈大笑。笑归笑，人们在笑过之后又被老肖的行为深深打动，他不杀生，说明他心地善良，一个善良的人是值得尊敬的。

老肖不杀生，一般看来，也许是传统宗教的不杀生戒律影响的结果，宗教爱惜保护生命与现代生态伦理学主张的敬畏生命，在本质上不是一回事，但是二者行为的结果相同。“当代全球生态危机引发人类对自然行为失误的哲学反思，人类中心主义者深刻认识到自然与人、人类与其他生物，一荣俱荣一损俱损，因此，提倡人类的实践应该是理性的实践，应制定人对自然行为的合理性标准。然而，当代生态危机的严重性，使人类意识到对自然的合理利用是建立在共存的基础上，所以，环境伦理学的根本任务之一，是研究并确立人与自然相互依存之上的环境道德规范和行为准则。即人与自然界的关系不仅仅建立在有利原则和合理原则的基础上，还应日益建立在旨在形成独特的道德关系的有机的相互联系和相互依存的原则上。”[1]细究之，老肖的不杀生，主要的还是他自身善良性格使之然，他胆小怕事，怕见到血，不忍心看到任何生命被杀害，是一种把自己的生命与其他生命等同起来的生存本能在驱使他的行为。他的这种性格，更应该是现代生态伦理学得以建立的人性基础和实践动力，当然，他不可能知道生态伦理的书本知识，但是他的生命存在的朴素意识与生态伦理学是相契合的。生态伦理科学的理论必须以实际生活中的众生物种（包括人类）的生命存在运动为基础。

受到生态学批评与挑战的人类中心主义也强调关心其他生物，但出发点却是站在人的立场上，所谓关心动植物，实际还是关心人。“圣经中虽然包含有要求人们关心动物和其他存在物的内容，但这种关心是基于对人的关心；对动物的残酷行为之所以是错误的，是由于这种行为会鼓励和助长对他人的残酷行为。”[2]这种观点虽然是人类中心主义的，但是这种观点对生态伦理思想还是有价值的，一是它起码提倡对动植物的关怀，客观上能够产生保护生物的思想和行为；一是这种对生物的关怀情感可以演化为更加广泛的仁慈之心，并把它推及到人类，这也并不是什么坏事，而是好事。就是现在生态伦理科学，也并不是完全排斥对人的关怀，而是强调对所有生物的关爱敬畏，只是不能只对人类关怀而不顾及人类以外的其他生物种类。中国战国时代的齐宣王由于对动物有“不忍其觳觫”之心，就被孟子将其归纳为“是乃仁术也”，然后主张将这种仁慈之心推广到国人，这就是孟子的所谓仁政。这种仁政当然是为统治阶级服务的，但它客观上又对老百姓有某种保护作用，仍然是值得肯定和张扬的。老肖先是对动物有关爱之心，同时也对周围的人饱具仁爱，这同样是让人敬佩的，生态伦理学也绝对不否定这种心态的意义。更何况，由对动物的关爱推及到人，也会由关爱人又推及到动物植物，二者相互转换作为起点，从而广泛关爱生命，整个生命都是受益者。整个生命构成的生态系统受益，这正是生态伦理科学的核心思想之一。

六七十年代，神农溪山岭到处都被砍伐得光秃秃的，人们烧柴没有了任何来源，甚至一些树根都已经挖光，连草都没处割了。唯独老肖居住的北岩坨还剩下一些林木，一到放假，人们就成群结队跑到北岩坨砍柴。老肖家里这时变得车水马龙，门庭若市，随时都有一屋人喝茶谈天。老肖两口子都是厚道热情的人，见人一脸笑，逢人一杯茶，其实他们苦不堪言，老肖几乎天天要去背水，累死累活，从来也不见他们嫌弃别人。很多人都很知趣，不在老肖家久坐，知道他们不容易，最多只是远远地给老肖打个招呼就背着柴走了。但是有些人却很不知趣，把柴往路边一靠，坐下来就不想走，抽烟喝茶，谈天说地，没完没了。尽管这样，老肖也从来没有怨言，照样接待。老肖就是这么一个人，他不会给任何人出难题，也不给任何人脸色看，只要别人高兴，他就开心。就是有人伤害了他，他也从来不与别人针锋相对，冤冤相报，总是以德报怨，使许多仇怨斗争化解在他的宽容仁慈之中。

老肖年轻时曾遇到一个件极为不幸的事。他早年并没有单干，而是与别人一样在一个生产队集体劳动。他所在的生产队就靠近他后来居住的白岩坨，这里庄稼常常遭到豪猪、野猪、狗熊等野生动物损害，生产队的男人都要排班守夜。有一次他与另一个会打枪的青年人一起守夜，两人商量，上半夜老肖睡觉，另外那个青年人拿着枪猫在玉米丛中准备猎杀野猪。不一会儿下起了大雨，老肖一看那个人没带雨衣，怕那个人淋湿，去给他送雨衣。但老肖不知道那人究竟猫在哪里，七转八转，快要接近那个人时，由于是雨夜，伸手不见五指，那个人听见窸窸窣窣的响声，错以为是野猪下田了，对着玉米叶子动的地方就开枪，枪一响，老肖叫了一声倒在地上。那个人一听是老肖，当时差点儿吓晕死过去。连夜将老肖背回家，家里人一见慌作一团，马上跑到公社卫生院请来医生。那个年轻人用的是土铳，灌的是圆形的小铁子，医生打了麻药把腿上几颗铁子取出来了，但是有一颗子弹打进了老肖的要害部位，这个医生不敢取，只好建议将人送往县医院治疗。可是当时县医院的医疗水平和设备也与乡村卫生所差不多，又加上部位特殊，也不敢做手术，只是治外伤。结果老肖一直到老，那颗铁子也没取出来。可能正是这个原因，老肖一辈子也没有生育。事情发生以后，那个打枪的人，痛哭流涕，并咒骂自己昏了头、瞎了眼，气得把枪砸了，从此一辈子也没摸过枪。老肖不仅没有找这个人麻烦，还去安慰他，二人因此成了生死之交。

当然，老肖也有犯愁的时候。他居住的这块地方，原先林木密布，是一块茂盛的森林地带，树木参天，莺飞草长。没几年功夫，就被人们砍伐殆尽，整个这块秀丽的山野，如同被人剥光了衣服的老人，到处皱皱巴巴，怪石嶙峋，看着叫人好不凄凉。老肖经常一个人唉声叹气，他不忍心山岭再继续被摧毁下去，又制止不了人们的行动。眼看神农溪物种赖以生存的环境不存在了，他担心生命何以为继？子孙后代怎么生活，还有没有另外一个地球呢？

注释与参考文献

［1］［2］余谋昌、王耀先主编，《环境伦理学》，北京：高等教育出版社，2004年，242、49页

野山羊观风景

神农溪上游沿河两岸的山林中，早年到处都有野山羊。这一带的野山羊主要有两种，一种是个头特别大的，成年羊像牛马那么大，毛色棕黄，人们称为“鬃羊”或“大羊”，这种羊数目不多；另一种个头较小，与家养山羊差不多大，浑身深灰色，当地人称为“麻羊”，这种数量最多，随处可见。

野山羊国外人称为努比亚山羊（Nubian ibex，Capra ibex nubiana），生存地域很广，主要栖息在欧洲、亚洲以及非洲东北部的山区和欧亚大陆多岩砾的山区，实际上连中国南方地区也多有。它是一种珍贵的动物，据人们研究，野山羊“瘦肉率高、适应性强、野味浓厚，其肉香味浓、营养丰富，脂肪含量低，含有17种氨基酸、亚油酸，含量是江南黄羊的20倍，是野猪的2倍。”野山羊的皮有极高的利用价值，捕杀后将皮晾干，不需任何处理，可直接作为床上用品，既可防寒保暖，又可健身。一般人只知道虎皮是好东西，殊不知野山羊皮也是一宝。而且，虎皮和羊皮两相比较，虎皮垫着睡觉时间长了还有副作用，阳性太重，会造成身体火气太盛。而羊皮属于温和柔美之物，它不会给身体带来负面影响，长期垫着睡觉，身体会非常健康，可以使身体一生祛除风湿，真是有延年益寿的功效。“自然界的材料、自然美景突现在人们面前时，人们才发现它们的价值。就它对于人这一主体的意义而言，只是在它突现在人们面前，为人所体验时，才发现它的价值。但是在这里，前提是必须有实际存在的这种东西，它对人有意义。这是不以人的意志为转移的，是客观的。而且，它在被发现之前就早已经存在了。”[1]

由于野山羊的食用价值、经济价值、药用价值都极高，虽然各国早都禁止滥捕滥杀，但是偷猎野山羊的人还是到处都有，特别是一些小国家，很容易灭绝。关于野山羊，在瑞士还发生过一件十分有趣的事。野山羊在瑞士生存已有了1.8万年的历史，但遗憾的是，人们猎杀厉害，1809年瑞士的最后一只野山羊被猎杀，瑞士全境野山羊已经灭绝，只好想尽一切办法从国外引进。1875年，瑞士政府想恢复野山羊在瑞士的生存状况，先是想通过合法渠道从意大利购买，但是因为当时阿尔卑斯山区野山羊数量也已骤减，只有幸存的几十只，而且这几十只都在意大利国王维托利奥·伊曼纽尔二世的私人猎场里。既然是仅存的几十只，怎么舍得给别人呢？意大利国王拒绝了瑞士政府的请求。

通过合法手段行不通，瑞士人只好想别的办法，哪怕是不正当渠道。1906年圣加仑地区的一些动物学家收买偷猎者，让偷猎者从意大利国王的猎场里弄到了几只纯种野山羊。很快，两只雌性和一只雄性野山羊到瑞士安家了。他们在动物园里繁育成功后，1911年将其放归大自然，很快瑞士境内野山羊得到了恢复。据说如今瑞士野山羊数量已达到1.4万只，成为阿尔卑斯山区数量最多的有角动物。但是，因为瑞士国土面积不大，野山羊很快又处于过剩状态，1977年，瑞士政府开始允许捕猎野山羊，但同时实施严格的控制。2006年6月22日还举行了纪念野山羊重返瑞士100周年的仪式。虽然当年瑞士人是通过不正当的手段将野山羊弄到的，但他们还是没有忘记意大利当时的“馈赠”，瑞士政府还准备向意大利回赠40

只野山羊。

瑞士政府花这么大精力恢复国内野山羊生存，其目的并不单纯是因为野山羊有食用的、药用的、经济的价值，主要是野山羊这个物种不能在一个国度、一个地区灭绝，它有重要的生态价值。自然生态链中，每个物种都是链条中的一个环节，失去一个环节，整个生态系统的运行就会受到影响。“从地球生态演化的总体上看，无论地球经历了多少次渐变和质变，地球生态总是倾向于由简单走向复杂，倾向于生态总体的最优化。这是自然的权利起作用的实例。当人破坏自然的行为，构成对生物和自然界的利益的严重损害时，自然的权力以被人揭示的‘铁’的生态规律的形式，对人盲目的破坏作用进行‘报复’，对人提出挑战，迫使人类理智地改变对自然的形式，进而尊重自然的权利。”[2]瑞士政府好不容易重新引进了野山羊，后来野山羊繁殖过快他们又捕杀野山羊，看起来这前后的行动极其矛盾，实际上这正是在维护生态平衡。某一个物种，完全灭绝了不行，但是太多了也不行，也会带来生态失衡，只能让它处在一个适当的状态。所谓适当，就是能保持生态平衡，因为某一物种特别发展乃至于膨胀，它又会带来另一个或几个物种的衰竭消亡。如狼太多，它会过度捕食羊、鹿、鼠、兔这些食草动物，食草动物灭绝，也会带来生态系统的运转失衡。

野山羊在神农溪上游普遍存在而不藏身神农架原始森林深处是有原因的。一是气候与食物关系，神农架天气严寒，长时间白雪覆盖，而山下神农溪上游气候较温和，更适合生存繁衍。由于气候温和，所以神农溪上游一带莺飞草长，草食丰茂，比神农架核心地区如神农顶、点兵台等都更适合草食动物生存与繁衍。二是趋利避害，大型食肉动物大多集中在神农架山上，因为相比起来肉食动物比草食动物更加受到人类侵害，它们要远离人类密集的地方才更安全。像野山羊、獐子、麂子这些动物要避开肉食动物，就到了山下相对安全的地方，神农溪沿河两岸地区就成了草食动物的理想聚居地。

野山羊与獐子、麂子、野猪和鹿比较起来，有一个非常明显的特点，它们似乎更加喜欢“看风景”（阳光浴）。獐子、麂子、野猪和鹿等只要吃饱喝足了一般都找隐蔽的地方躲起来睡大觉，而野山羊即使吃饱喝足了也不太喜欢躲得很隐蔽，却喜欢找一个朝阳的地方晒太阳（特别是冬天），而且一般都是站着，就好像是正大光明者一样，从来就不喜欢收着掖着，即使是较远距离看到人，它们也不会跑，如果人穿的是白衣服或者拿白毛巾晃动，它会仍然呆呆看着，一动也不动，看得津津有味。如果没有人或其他动物惊动它，它会一站就是好几个小时。但是，我们可不要认为它是天底下最傻的，它可是身手敏捷，来去如风，一旦有响动，让它感觉到威胁，它会眨眼之间消失得无影无踪。它可以一步跳出一丈多远，从一块岩石跳往另一块岩石，还会飞檐走壁，在陡峭的山崖上如走平地。为了隐蔽，它跑的时候专挑深草丛和刺笼钻，像是有特异功能，猎人捕杀野山羊，都是靠打冷枪，想凭追赶猎杀，绝对办不到。

这就是大自然赋予各种生物的生存权利和内在的价值，每一个生命为了生存，都会有它自己创造的独门绝技。老虎以体健力大且凶狠出名，豺狼以快捷而齐心协力见长，猛禽的空中优势无物可比，猴类靠攀爬功夫取胜，山羊、獐麂奔跑速度如箭如风，等等。就连豪猪和刺猬，它们体小又笨拙，但却有一身利剑，也能在荒野中无忧无虑生存。这些禽鸟兽类如没有一技之长绝对是很难生存的。“在宇宙环境中，生命和自然界是自组织系统、自我维持系统，按照一定的自然程序（自然规律）它自我维持、自我组织和不断地再生产，自为地进行自己的生命活动，以自己独特的形式表达自己、表现自己。它自主地决定，不需要他物作参照，在自然遗传、生态、进化史上，达到自己的目的，完成自己的使命，从而实现自身的发展和演化。每一个生物物种和自然界的其他事物都是独特的。”[3] 各个生物物种在大自然中生存，必须要面对各种各样的考验，它必须通过这些“考试”，才能获得生存权，环境逼迫它学会特有的本领，它才能适应环境。

不过各物种的这些看家本领又都是相对的，天地造化总是既公平又偏斜，各物种之间总是一物降一物，相生相克。野山羊定居神农溪两岸山林之中，以为来到了天堂，可是这里却危机四伏。麂子、豪猪、野猪等时不时会啃食农民的庄稼，野山羊只是十分本分地在山林中以草为生，从不损坏人们的庄稼，人们根本找不出任何理由猎杀它们，但是人们还是要对它们猎杀。这一带的人只要会打枪的，几乎没有一个没打过野山羊，人们认为连野山羊都打不着，你还打哪门子枪？后来人们掌握了野山羊喜欢晒太阳、观风景的爱好，带着望远镜，拿上现代化步枪，趁其不备，一打一个准。没想到它们喜欢看风景这一高雅爱好，竟成了它们的致命弱点。野山羊在其他猛兽追逐之下总是赢家，可是在人的枪口下却输得很惨。野山羊再多也总是有限的，人的欲望却总是无限的。现在神农溪沿河一带已经不见野山羊的踪影，在紧挨神农架的送子园、五子坪、茅芋坪、小溪等地还能偶尔一见。但是，这也不容乐观，就是这些地方，也常常有偷猎人潜入，这里山高人稀，他们的行踪很不容易被发现。险恶的环境虽然给偷猎人带来了不少麻烦，但也为他们提供了保护和方便。

注释与参考文献

[1] 参见霍尔姆斯·罗尔斯顿《哲学走向荒野》，长春：吉林人民出版社，2000 年，176—188 页。（由余谋昌、王耀先主编《环境伦理学》概括）

[2][3] 余谋昌、王耀先主编，《环境伦理学》，北京：高等教育出版社，2004 年，173、143 页

救命的野百合

野百合是相对家百合而言，家百合指农家专门种植的，一般是在菜园周围的田边地角种上极少几棵，一是供观赏，二是供药用，一般都不会成片种植。由于农家田土地肥沃，家百合比野百合植株粗壮高大几倍，鳞茎也要肥厚硕大许多。其实所谓家百合，也只是人们把野生百合移植到农田之中，就成了家百合，二者并没有本质区别。神农溪两岸山岭中早期到处都生长着野百合，一般都不成片生长，都是单株，主要生长于山脊中下部坡度较大的草丛、低矮灌木丛及石缝之中。

野百合属直立草本植物，种类较多。一般植株高 70—200 厘米以上，高矮粗瘦看所生长的地方土壤的状况而定，如果土质松软，腐叶积存肥厚，它们也会与家百合一样肥硕粗壮。野百合一般花呈喇叭状，也有少数灯笼型的，乳白色居多。鳞茎一般都是呈球形或椭圆形，鳞片为披针形，外皮一般为淡紫色，干后变为紫色。野百合适合生长的地域很广，广泛分布于亚欧大陆，在中国分布于华东、华中、华南以及西南各地。鳞茎可作食、药两用，有润肺止咳、清热、安神、利尿等多种作用。园艺种植极具观赏价值，许多花圃之中多有种植，且成小片种植，到开花时节，植株与花朵都鲜艳夺目，让人赏心悦目。现在有些人家都喜欢在场坝边、屋旁种植几株，目的主要都是为了观赏。

野百合植株都笔直生长，一般不分枝丫，顶端要开花处才分小的枝丫，供花朵分而开放。花朵虽然一般是白色，但是当花瓣张开以后，上面或者有紫色斑点，或者有紫色条纹，或者二者兼而有之，十分艳丽可人。一旦花瓣张开，会时时飘出股股清香，但并不像有些花香远飘招摇，要到了它跟前才能感觉到。整个枝干既不弯腰驼背，也不臃肿歪斜，亭亭玉立又极富生命活力。叶片与人的中指食指那样宽与长，油绿色，翠色欲滴，与其他植物大不相同，隔老远都可分辨清楚。它总是生长在荒山野岭，可谓“养在深山人未识”，只有放牛娃、砍柴郎常能一饱眼福，城里人无缘一睹芳颜。画家们写生有可能偶然相见，可诗人们体验生活不会到深山老林之中，就只能遗憾终生了。野百合们似乎对世人的“不我知”并不在意，而是“天生丽质难自弃”，它们年复一年都在深山茁壮生长，从来不问“如或知尔则何以哉”，只在追求自己的生长，追求着为大自然的绿色生机默默奉献。著名生态伦理学家罗尔斯顿说：“苔藓在阿巴拉契山的南段生长得极为茂盛，因为似乎别人都不怎么关心它们。但它们就在那里，不顾哲学家和神学家的话，也不给人带来什么好处，只是自己繁茂地生长着。的确，整个自然世界都是那样——森林和土壤、河流和山峰、循环的四季、野生花草和野生动物——所有这些从来就存在的自然事物，支撑着其他一切。人类傲慢地认为‘人是一切事物的尺度’，可这些自然事物是在人类之前就已存在了。这个可贵的世界，这个人类能够评价的世界，不是没有价值的；正相反，是它产生了价值——在我们所能想象到的事物中，没有什么比它更接近终极存在。”[1]看起来，野百合只是在为它自己生长着，实际上它也在为其他生物物种生长着，它既有内在价值，也有外在价值，很难想象，如果神农溪两岸山岭中没有野百合生长，将要逊色多少。

然而，野百合植株、叶片、花朵的审美价值还在其次，更加重要的还在它的鳞茎的食用、药用等生态价值。它的麟茎营养丰富，细嫩可口，是野猪、豪猪、猪獾、狗獾、松鼠等多种草食动物的食物，这些动物只有靠野百合之类自然食物才能生存；野猪之类草食动物又成了豺狼虎豹等肉食动物的食物，否则肉食动物就无以为生；肉食动物吞噬草食动物，又调节了动物种群和数量的平衡，同时，肉食动物死后又返回到土壤之中，成了树木花草的“食物”。自然生态就是这样循环往复，不停运转，才呈现出了勃勃生机。“生命不是被动存在，它在自主活动中对环境产生重要的作用。……生物与环境的相互作用，在地球发展的生物阶段，成为一种强大的地质作用力。它改变了原有的地球化学作用，改变原有的地球化学平衡，形成一种新的生物地球化学作用，创造地球上适宜生命生存的条件，形成新的生物地球化学平衡。这是生命主体性以及它的主动性、积极性和创造性的表现。”[2] 各个生命物种都生存在生态共同体这种循环系统之中，都充当了生态共同体循环的一个环节，看起来各自都是为自己生存，但实际上也为他物生存，都是利己的，也是利他的。

人类虽然是最晚在大地上诞生的，但是人类一到来也自然加入到这个共同体之中，成为共同体的一个环节。早期，人类也只是与其他动物一样，以野百合等一些自然物种为食，但是人类后来发展了自己的优势，脱去了一般动物某些属性而有别，主要以自己种植的食物为食，野生食物只是副食品。但是一到特殊年月，比如饥荒年，就不得不返回到与一般动物为伍，去攫取一些自然野生食物以求生存。这时，野百合这些自然中可食物种就成了人类生命的支撑，否则，人类生命也就不存在了。

自然灾害时期，人们大量摘食野果，掘食草根。野百合、黄姜、蕨根、草叶和树皮等等都成了人们的救命粮。神农溪盐池河山上有一户人家，全家七八口，1959年大年三十将近之时，家里一颗粮食也没有，唉声叹气，只好分头四处寻找吃的。家里有兄弟二人合计了一下，觉得以往与一个在山里居住的人家关系很好，决定去别人家碰碰运气，看能不能借点粮食过年。可是谁知好不容易才到了这家，正好这家人在吃中饭，锅里和碗里，全都是枯树叶捣碎后煮的粥，一颗粮食也没有。再一看这家人的状态，也都饿得连说话都提不起气来，愁容满面，兄弟俩没张开嘴，转身抹了一把泪就往回走。兄弟俩都很茫然，几乎已经绝望，一路唉声叹气，只在想：这个年怎么过呢？走到半路的山林之中，兄弟俩意外看到了一棵野百合枯死的茎秆，就去用手挖了起来，得到了一个小碗大的百合。于是两人也不去借粮食了，就钻入山林去继续找野百合，几个小时以后，他们就挖到一背篓百合，背回家一家人都欢天喜地，将野百合收拾干净了蒸一蒸饱餐了一顿。从第二天开始，一家人带上锄头都上山到处挖百合，收获很多，同时还挖到了不少黄姜，一家人总算在年关时吃上了饱“饭”。饥饿时人们已经顾不得什么文明，一心想到的只是要填饱肚子，只要能生存下去就是最大的愿望、理想，与一般动物没有什么区别。这时人们才想到了一个问题，人们创造的文明，在大自然面前为何如此脆弱，如此不堪一击呢？在饥饿面前，还得贴近自然，靠了大自然才能逃过劫难，才能继续生存，否则，就只有死路一条。

大自然的报复是沉重的，我们的教训是惨痛的，但是人们总喜欢好了伤疤忘了痛，人们照样砍伐山林，破坏水土，甚至比以前有过之而无不及。山林渐渐缩小，树木被砍光，原先野百合、黄姜赖以生存的环境破坏殆尽。

人类的欲望没有一个满足的时候，可是如果我们将动植物作为资源的话，它总有枯竭的一天。就像我们如果拥有一座巨大的金山，而我们挥霍起来没有一个度，毫不怜惜，它会很快消失殆尽。草木的根茎与本身一旦耗尽，草食动物也活不成，接着肉食动物也只有死路一条，最后就该轮到人类连同整个生态共同体都得被破坏。生态共同体中的所有物种都是一荣俱荣，一损俱损，我们人类绝不能孤立地看待任何一个物种，更不能去损害灭绝任何一个物种，损害了 A 物种，也等于同时损害了 BDC……。我们去毁灭自己以外的物种，表面看好像是保护了自己，但其实也是在自毁家园。这并不是危言耸听，而是生态伦理科学铁的道德金律，也是大自然生态系统呈现出来的铁的事实。

人类最大的悲哀莫过于，唯我独尊、唯我独有、唯我独存。实际上，独尊等于不尊，独有等于没有，人与人的关系是这样，人与大自然一切物种的关系也是如此。人们也许明白，这世界上如果只剩下一个人了，他也就是无，同理地球上如果只有人类独存，人类不存在了。

注释与参考文献

[1]［美］霍尔姆斯·罗尔斯顿著，《哲学走向荒野》，长春：吉林人民出版社，2000 年，9 页

[2] 余谋昌、王耀先编著，《环境伦理学》，北京：高等教育出版社，2004 年，146 页

泉口碑铭记

泉口原属巴东县沿渡河区一个公社，现属沿渡河镇一个村。从50年代末60年代初开始，泉口人民战天斗地，自强自救，艰苦创业，将一个穷得叮当响的穷山沟改造成一个层层梯田绕山转，家家户户有余粮的富余之乡，成为全省农业战线的先进典型，使全省农业战线的人们都纷纷慕名不远千里到泉口参观学习。泉口人民在大山深处创造了奇迹，创造了一种可歌可泣的精神——泉口精神。“一九九二年七月，中共巴东县委、县人民政府在泉口公社原党委书记张植弟的故居前，树立了‘泉口精神永放光芒’的丰碑。”[1]

碑文为：

一九六四年至一九七八年，泉口人民在公社党委和党委书记张植弟同志率领下，自力更生，披星戴月，劈山改田二千二百六十二亩，一举改变了吃粮靠供应的面貌，成为全省农业战线的一面红旗。涌现出了舒显贵（女）、刘道礼、黄杰昌、黄兴昌、陈宏才、荣祯贵、韩英（女）、韩守定等模范人物。

一九七八年，省委第一书记陈丕显，一九七九年，省委书记、省长韩宁夫分别视察了泉口。一九八六年，省委副书记钱运录视察泉口后提出，在新时期要继续发扬泉口精神。

一九九0年冬，县委、县人民政府决定在全县开展“泉口杯”竞赛活动，以弘扬泉口人民团结协作的集体主义精神，艰苦奋斗的创业精神，造福子孙的奉献精神，共建繁荣、富裕、安定、文明的新巴东。

泉口人民用志气和血汗筑起的丰碑，流芳百世，永放光芒！

中共巴东县委

巴东县人民政府

一九九二年七月一日[2]

后来人们以碑文的“团结协作的集体主义精神、艰苦奋斗的创业精神、造福子孙的奉献精神”作为泉口精神的总结。其实泉口精神的核心就是一点，即“艰苦奋斗”。在艰苦的条件下，不能低头，只能奋起抗争，才能改变环境，也改变自己。

泉口的自然状貌非常恶劣，两面山坡相对而立，沟对沟，山对山，除此以外什么也没有了。人们形容泉口旧面貌说：“风吹石头滚下河，老鸦落脚土下梭，三个月亮晒死苗，一场暴雨现岩壳”。这里的人民原先吃饭靠供应，穿衣靠救济，长期以来人民只能靠野草树皮度日。许多家里全家人只有一套补丁上面落补丁的衣裤，谁要出门谁穿，在家不出门的都只能围一块破麻袋片遮羞。

1959年秋，正在三年自然灾害期间，巴东县委任命张植弟[3]担任泉口公社党委书记。

受命于危难之中的张植弟凭本能清醒地意识到，要想改变这种现状，目前最要紧的是努力多产粮食，才能变缺粮为余粮。于是，他带领泉口公社干群一道，一场“向荒山要粮”的战斗打响了。但是决定好做，真正实施起来却难上加难，人们一个个都饿得偏偏倒，要组织起来开展生产自救谈何容易。张植弟只好层层动员，爬山涉水一户户一个个发动，给人们鼓劲，讲明如果不打起精神来就只有死路一条。有时甚至是强迫人们出工劳动。张植弟深深知道，如果就这样让人们倒下去，再也别想站立起来，如果所有泉口人都这样倒下去，整个泉口就会彻底完蛋。他时刻都在提醒自己，党和政府在这样特殊的时候把领导泉口的担子放到自己肩上，为的是要我带领人民奋发努力，不是让我与人们一道就此躺倒，我应该对得起党对我的信任。

人在艰难困苦中都是需要一种精神鼓舞的，如果没有精神动力，他就无法在困境中崛起。而精神的来源是什么？人们经常念叨的“村看村，户看户，群众看的是干部”，干部在这种时候不站出来给人们鼓劲，也跟着以歪就歪，还叫干部吗？当时张植弟自己身患肺结核和关节炎，但他坚持带着药罐上山，与大家并肩战斗。他深深知道，在这样艰苦的时候，没有人站出来领头，人们恐怕很难坚持住。果然当时饿着肚子的人被张植弟的真诚所打动，都强打精神站起来开展生产自救。就这样紧勒裤袋，拼死拼活，没日没夜，实干加巧干，经过3年艰苦奋战，到1962年秋，泉口公社一举甩掉了多年“缺粮户”的帽子，人民终于能够吃饱饭了，并开始给国家贡献第一批“爱国粮”。这其中的辛苦，如果不是当年的亲身体验者，是很难想象的。当时正处在三年自然灾害期间，张植弟为了改变泉口面貌，为了让人民群众能吃饱饭，自己家里的事无暇顾及，家里人吃了上顿没下顿，只好去挖野菜，吃树皮，实在没有办法了，就去挖观音土吃，后来人们听说了此事，一个个都热泪满面，都把张植弟看作再生父母。

但是张植弟并没有因此满足，他没有被一时的胜利冲昏头脑，他总是在想一个问题，要是再来一个三年自然灾害，泉口现在的这点余粮能保证所有的泉口人民不再过1959年的那种不堪回首生活吗？因为按照计算，如有大灾难，当时的存粮最多也只能保证泉口人在一年之内不饿肚子，如果时间长了怎么办？他在考虑着一个更加长远的问题。但是如果要存储更多的粮食，就当时的情况看，可能性几乎没有，因为就是当时好不容易存下的一点余粮，还没有遇到饥荒年就有好几个生产队经常都在要求动用。张植弟只要听到这种要求，就毫不客气地回绝道："老鼠子放不住隔夜食！如果明年就是大旱，你们喝西北风啊！各生产队的存粮绝对不能动，只能增加，不能减少，你们1959年还没饿怕吗？"硬是顶住不松口，泉口的储备粮才逐渐积累起来。这就是后来有的人批评张植弟所谓"霸道"作风的由头，他们哪里能够理解张植弟当时的良苦用心？

在短短3年时间内，泉口人民不仅起死回生，而且奇迹般成了整个巴东县的富余公社，让远近之人都刮目相看。有许多自然条件比泉口优越的公社的人简直就不敢相信，泉口那么两座枯梁子公然彻底翻身，莫非真有神助吧！1962年，张植弟作为劳动模范，到北京天安门观礼台上参加国庆观礼。这时他结识了也是荣幸参加国庆典礼的山西省昔阳县大寨大队党支部书记陈永贵。观礼刚一结束，他就迫不及待地专程到大寨参观学习，大寨改坡地为梯田，大力改善生产条件的经验和成果，启发和激励了张植弟。使张植弟精神为之一振，豁然开朗，原来穷山坡也能变为良田。回到泉口后，张植弟决心向英雄的大寨人民学习，改变泉口的面貌，动员全公社各个生产队抽出精壮劳动力组成"坡改梯"专班。当时刚刚解决吃饭问题，用钱只能是一种奢望，各生产队都拿不出钱来。张植弟用自己微薄的工资购买了22条钢钎，给每个生产队无偿送一根，号召干部群众"困难面前不低头，灾害面前不打退堂鼓"，挖山放炮、打锤扛石，首先对一些"火石渣""花岩子""板壁挂坡"田开战，硬把这些草都不长的坡田滥田改造成了水平梯田。紧接着大片大片平整的梯田在泉口陆续建成，屙屎不生蛆的地方变成了上等良田，几年下来，全公社共造梯田2262亩。人们都说这是荒山变成米粮川，水土流失的现象也得到了控制，泉口的贫穷面貌从此得到根本改变。[4]人们尝到了坡改梯的甜头，也理解了张植弟的苦心，都亲切地称张植弟为“好班长”。

在“好班长”张植弟的带动之下，泉口涌现出了一大批治山治水、艰苦奋斗的先进模范人物。早期有“六大创始人”：“硬骨头队长”黄兴昌、“实干家”刘道礼、“红管家”韩守定、“铁姑娘队长”韩英、“老黄牛”陈宏才、“女愚公”舒显桂等。后来又涌现出为坡改梯献身的黄杰昌、“三把挖锄闹革命”的荣祯贵等。实际上，这八位英雄仅仅是泉口人民的代表，当年泉口的创业英雄远远不止这八位，还有无数在创业中流血流汗，甚至献出自己宝贵生命的无名英雄，当年所有的泉口人民都是英雄的人民，是他们用鲜血和汗水换来了泉口面貌的改变，造福子孙后代，历史永远不会忘记英雄的泉口人民。

泉口人民富裕了，他们没有忘记自己在生活困难时期党和政府的关怀和周围人的关心，一遇到别人有困难就慷慨解囊。“一九七〇年春，全县处在春荒时节，县委要求沿渡河区委不要向国家伸手，沿渡河区所缺粮食全部从泉口借用，为国家分忧。沿渡河区委召集所辖十八个公社的党委书记讨论，又与泉口公社协调，一个公社对应泉口一个生产队，由各公社党委书记带队从泉口各生产队直接借用储备粮度春荒。泉口的干部群众都说，丰收不忘国家，储粮备战，储粮备荒，也是泉口人民在荒年应当做出的一份贡献。当时沿渡河区有位区委领导说，沿渡河区只要有三个像泉口一样的公社，全区就不需要向国家要供应粮了。”[5]

改革开放开始后，部分人一度错误地认为泉口精神已经过时，再也没有人提起泉口精神。但事情并非如此，在中国这样一个贫困的国度，任何时候、任何地域，艰苦奋斗、自力更生、自强不息的精神是不能没有的，更是不会错的，泉口精神是不可磨灭和否认的，它将永远激励人们。直到“一九八六年正值党的十一届三中全会后，全面落实农业生产责任制时期，时任湖北省委副书记的钱运录视察泉口，提出在新时期要继续发扬泉口精神，它是农业生产战线上的一面红旗，是时代的先锋，是自强不息的典范。”[6]钱运录同志对泉口精神的重新认定，矫正了人们的糊涂认识，在这种情况之下，巴东县委、县政府在泉口竖起了“泉口碑”，号召人民继续弘扬泉口精神。1993年版的《巴东县志》，洋洋百万言，在人物介绍栏目中，仅仅介绍了当年泉口崛起的八大创始人之一“女愚公”舒显桂，对其他七位英雄，甚至连张植弟都只字未提。如果说对八大创始人只选舒显桂作为代表，这是勉强说得过去的，但是对张植弟，他既是当年泉口的党委书记，继而又是巴东县委书记，最后是州委副书记，是全国劳动模范，是第十一届中央候补委员。为何在一本小小县志的人物传记栏目中竟没有一席地位，这无论如何都让人百思不得其解。

曾经也有人对张植弟在泉口的工作作风提出批评，认为他有严重的“霸道作风”，并想以此来否定张植弟所有功劳，否定泉口这个湖北省农业战线的典型。当年张植弟在泉口，工作作风确实是十分强硬的。整个泉口，勤勤恳恳、吃苦耐劳的人数不胜数，但是也有许多好逸恶劳之人，贪生怕死，好吃懒做，一心只指望政府救济。有的人冬天得到了一件救济棉袄，就一直不下树穿到夏天，天气一热就把棉花掏出来丢了继续当单衣穿，到第二年冬天又伸手要救济。有的人甚至去偷去抢。平心而论，张植弟当时不用强硬态度和措施，哪能动员所有泉口人齐心协力大干快干呢？对有些人来说，只需要号召，他就会积极响应。但是对有些人，如果态度不强硬，他只会拿号召当耳边风，必须强硬他才能行动起来，这是基层工作的一般常识。也许张植弟工作作风确有一点霸道，但他并不是对所有人都那样“霸道”，只是对那些懒家伙采取的措施。更何况张植弟不是为自己，而是一心想要每个泉口人都有饭吃、有衣穿，改变泉口一穷二白面貌，这何错之有？有几个懒家伙后来家中有吃有穿了，明白了张植弟当年对他们的“霸道”是为了拯救他们。如果他们当年不坚强崛起，说不定也就永远倒下了。这时他们不仅不恨张植弟，反而对张植弟感恩戴德，恨不得给他磕头烧高香。我们抛开当时的实际情况不顾，只是一味追究他的某一点大做文章，攻击一点不及其余，这是不公平的，也是不道德的。基层工作有它的特殊性，有些时候，工作态度不强硬一点，工作是很难开展的，这是在基层工作过的人都有的体会。

从现代生态伦理角度看问题，泉口当年也是有功劳的。整个泉口两面坡，田土一大半都在40度以上的挂坡上，有许多还是火石渣、石梁子、花岩子，下雨发洪水，天晴像热锅。所以泉口人民当年改天换地，主打产业是坡改梯，各生产队都有三治专班，都造出了成片成块的水平梯田，不仅使废田恶地变成了良田，同时有效制止了水土流失，对生态保护功莫大焉。“对可再生资源的开发和利用，要实行可持续利用的原则，努力使资源增值，抑制资源生产率下降，防止资源的破坏和流失，保证可持续利用。例如，地力也是一种再生资源。在农业生产中，应该实行科学的耕作方法。（包括合理灌溉、正确施肥、适当耕作、改良土壤等），使地力得以保持，达到永续利用的目的。”[7] 坡改梯不仅“改良土壤”，由改良的土壤又可带来“合理灌溉、正确施肥、适当耕作”，是使土地“达到永续利用”的根本途径，特别是对山地来说绝对是如此。后来落实联产承包责任制，分配农田时，人人都争抢着要梯田，个别人分的梯田少了还起了纠纷。因为一亩梯田要顶三四亩坡田，直到现在，那些梯田也仍然是保水保土的上等良田，确确实实是可“永续利用”的宝地。

当年泉口人民在坡改梯的同时还大量栽种桐子树、木梓树、茶树，既取得了经济效益，又绿化了荒山，使整个泉口的生态环境得到了部分恢复与改善。当年官渡口蔡家山村人，“文盲秀才”袁仕平到泉口参观，即兴作诗道：“层层梯田美，满山牛羊壮。行行桐木树，遍地花果香。”[8]袁仕平的诗全面概括了改变面貌后的泉口，泉口不仅有农田的根本改变，也有经济作物的大力种植，还有山地绿化状况。当年的穷山沟，变成了山清水秀，瓜果飘香的富裕之地，让人好生羡慕。

可惜的是，自从张植弟离开泉口以后，坡改梯基本停止，桐木茶的种植也没有了任何起色，不仅如此，连原先的一些桐木茶树也逐年锐减，只有茶叶还勉强维持着。当年好不容易才种植的桐子、木梓树林，没有任何人经管爱惜，任虫害侵扰，现在整个泉口都很少见到桐木树。甚至，原先泉口人引以为自豪的层层梯田，有许多已经损毁，垮了就垮了，人们并没有想到修复它，无人问津，不管不顾。人们都成群结队外出打工，男女老幼齐动员，如潮水般向深圳、广州、浙江、北京涌去。有的一家一家走空，十室九空，铁将军把门。年轻人到外面打工结婚生子，自己要上班不能带孩子，就把老年人也接去带孩子。农民进城务工，这无可厚非，但这也并非是唯一的出路，有许多就地发展，也照样前途光明。

如果按照原先的思路继续走下去，可能泉口的面貌早已经根本改观，并不比现在人们都向往的江苏华西村、山东莱芜的房干村等差。因为泉口的建设开始得早，有了厚实的基础，很容易做出更大成绩。

注释与参考文献

[1][4][5]巴东县教育局退休干部张自年著，《小山村的荣耀——泉口精

神的记忆》，2017年6月，非正式出版物，单行本，23/9—10/22页

［2］碑文为实地拍照记录。

［3］张植弟，出生于湖北巴东平阳坝狮子垭村张家坡，幼孤，后流落到泉口给地主许伯银喂马，解放后的1950年12月参加工作，未入过学，后自学成相当高小文化。1950年12月在湖北省巴东县公安队服役，1952年8月入团，1957年10月任巴东县泉口管理区会计。1958年11月入党，1959年11月任泉口公社党委书记。1966年4月任巴东县沿渡河区委书记，湖北省贫下中农协会副主席。1968年8月任泉口公社革委会主任、泉口公社党委书记、巴东县委副书记。1974年1月任巴东县委书记，恩施地区革委会副主任。1978年5月任恩施地委副书记，1983年9月任鄂西自治州人大副主任，1990年12月任鄂西自治州委顾问。中共第九、十、十一大代表，十一届中央候补委员。1999年11月10日在恩施州委宿舍病逝，逝世后州委决定将其葬于五峰山烈士陵园。

［6］张植弟事迹参见全国党建网站联盟网2011年7月2日李才文报道——《泉口精神永放光芒》，参阅时由于笔者当年亲眼目睹和参与了泉口改变面貌的活动，有较多增删修改。

［7］余谋昌、王耀先主编，《环境伦理学》，北京：高等教育出版社，2004年，280页

［8］《巴东县志》编纂委员会著，《巴东县志》，武汉：湖北科学技术出版社，1993年10月，579页

羊狗情仇

一些家畜和一些野生动物都是有报复心理的，这是它们的本性使之然。要是它曾经受到人或者其他动物侵害，它或者当时就会想尽一切办法报复，或者长时间把仇恨铭记在心里，在以后长久的岁月里，只要有了机会，它就会报复，它们也似乎懂得“君子报仇，十年不晚”。而且它在报仇的时候会不计任何后果，哪怕自己有生命危险，也在所不惜。很多人以为动物都只是一些如同植物甚至无生物一样的没有恩怨情仇的生物，这是不对的。当然，有的动物也确实没有报复心理。

盐场河山上有一个大屋场，共住了上 10 户人家，还算是一个比较热闹的地方。住户多，养的牲畜也就多，狗猫鸡兔，牛马猪羊，应有尽有。有一家人曾经养了一条狗，个头不十分大，但却极其凶悍，打起架来好多比它个头大的狗都不是它的对手。它全身麻黄色，虎虎有威，一对眼睛下边分别长出两撮灰白色的毛，与浑身其他地方的毛迥然有别，看起来就像比别的狗多了一双眼睛，因此人送外号叫“四眼儿”。它自己对这个名字也似乎特别满意，如有陌生人到来它总汪汪叫唤着要咬人，但知道情况的人只要叫一声“四眼儿”，它立马就会摇头摆尾亲热起来。它似乎很清楚，你既然知道我的名字，亲切地叫我一声，表示对我很友善，就一定对我没有恶意，所以它只要一听到叫自己的名字，就立马会转怒为喜，也表现出一种极其友善的样子。它虽然凶恶，却并不是不问青红皂白逢人便咬，周围凡是它认识的人它从来不咬，只是对不认识的陌生人不很客气。“四眼儿”天生精明，戒备心理极强，外人给它丢任何食物，它根本不予理睬，嗅都不嗅一下，一定要是他很熟悉的人给东西才吃。它对主人非常感恩，只要有它在场，别人根本不敢对它的主人动手动脚。有一次，它的主人与别人比力气摔跤，刚摔了一个回合，“四眼儿”窜出去一口咬住了另一个人的大腿，而且左右摆动头部拼命撕扯。两人赶忙停下，在场的人也一起来帮忙，它的主人也急忙大声吼它干涉，它才松口。从此以后，就没有任何人敢与它的主人摔跤了。主人出门走到哪里，它都紧紧跟随，简直是主人的一个得力的贴身保镖。有一次，它的主人在山上砍柴从一个高岩上摔下受了重伤，它马上跑回家汪汪大叫，还衔着家人的裤脚往山上拼命拉扯，家里人看它这样，感觉一定是有什么事，就赶忙跟着它往山上赶去，才把受伤的人背回了家。从此以后，全家人都对它另眼相看，简直把它当了家里的保护神。连周围的人听说了此事，也对“四眼儿”更加高看，敬重有加，觉得它比好多孩子都懂事，更有灵性。

“四眼儿”还有一个与其他的任何狗有别的特点，即爱喝酒，只要熟悉的人用碗或把酒倒到手心喂它，它都会摇头摆尾对喂酒者亲近。以后每次看到给它喂酒的人，还会跳起来舔舔手、亲亲下巴。如果看到它熟悉的几个人在一起喝酒，它会站在身边馋得直流口水，有时候干脆哼哼唧唧要酒喝。但是它的酒量并不大，很多时候都会醉，一醉就不太认人，即使是平常熟悉的人它也咬。这应该是它一生的美中不足，按说，它既然十分精明，怎么就不知道克制自己呢？好多次它喝醉了咬了人，害得主人家给别人赔罪，花钱给别人请医买药。所以后来人们不大敢给它喂酒，要喂也只是象征性地喂一点。这一带有好几个酒鬼，时常喝得酩酊大醉到处惹是生非，吵架、打架、追打别人的鸡狗，人们都非常讨厌他们，也瞧不起他们，于是好多人背地里就叫这些酒鬼为“四眼儿”。有的人还想着法指桑骂槐说酒鬼，见到有“四眼儿”与某酒鬼都在场，就指着“四眼儿”说：“四眼儿”，今天喝酒没有，你可不要又借着酒发疯啊！

“四眼儿”记仇在那一带也是出名的，只要谁打了它，它就不管你是熟人还是生人，就是一天见你一百次也会咬一百次。而且，它会永远记得，不管时间过了多久。并且它很有心计，见到仇人，并不汪汪叫唤，而是悄无声息地偷偷跟在后边趁人不注意下冷口，好几个人都曾遭到它的暗算，但是都不好理论，因为都是他们打它在先，自觉理亏。为了这事，主人不知责罚了它多少回，但它这个习性总是改不掉，屡屡重犯。而且似乎一次比一次变本加厉，很多时候都近乎疯狂。

有一家养了五六只羊，大大小小都滚圆肥胖，像一个个白衣天使，人见人爱，主人家把它们当了心肝宝贝。有一天羊圈门没关好，羊群跑出来了，人们都没发现，但“四眼儿”看到了，纵身一口就咬住了最大的那只母羊，像是有什么深仇大恨，咬住羊的后腿拼命撕扯。养羊人家的年轻主妇抄起棒子劈头盖脑就打，它干脆放开羊，又跳起来咬羊主人。羊群吓得往山下奔跑，“四眼儿”虽然挨了打，仍然不依不饶死盯住那只母羊咬，那个主妇更加气愤，拿着棒子跟在后面打，一起一直奔下小河。主妇给狗一阵猛击，直把狗打得摊在河坝里，像是已经断气，主妇这才赶着羊回家。狗主人当时没在意，同时认为狗咬羊也确实不应该，以为是被那个主妇打了几下，跑到哪里躲起来了。到第二天早上还没见狗回家，两家人大吵大闹，差点儿打起来。让人感到惊异的是，正在两家人吵得不可开交的时候，却看见“四眼儿”跟没事一样回家了。这是狗的生存本领之一，它们如果遭到外力打击，当时可能瘫倒甚至死亡，但是只要在露天地上躺上半夜一夜，借助地气它就会缓过来，或者死而复生。人们都感到奇怪，问那家主妇："'四眼儿'从不咬别人家的羊，怎么单单咬你家那只母羊？"主妇才告诉别人说："上半年春寒时母羊下儿了，我们怕它们冻坏，就把羊母子牵到火塘屋里过夜。早上起来，天气仍然很冷，也没把羊牵出去，这时'四眼儿'跑到我家来玩，母羊以为它要咬小羊，拼命用角猛顶了'四眼儿'几下，当时'四眼儿'没有防备，只好落荒而逃，谁知这狗一直怀恨在心。"人们这才恍然大悟，原来"四眼儿"与这只母羊之间有宿怨。

两家人原先本来就有矛盾，这次事件发生后，两家人各自都更加仇恨对方。羊主人认为是对方有意纵狗咬羊，狗主人又认为是对方找由头打自家的狗，从此矛盾更加升级。两家人都不明白动物是有报复心理的，在这种时候，是人发挥自己的长处，用理智去帮助化解两家矛盾、消除仇恨，这才应该是两家人都应该考虑的问题。

桐子花开

在世界范围内，桐子树种类众多，神农溪一带生长的是油桐，属落叶乔木，它与油茶、核桃、乌桕并称中国四大木本油料植物。由于油桐可以生产珍贵的桐油，因此油桐显得很贵重。据《巴东县志》说，油桐的原产地为中国，在中国至少有千年以上的栽培历史，大约到1880年后，才陆续传到外国。

桐子树一身是宝，叶子是辅助性食物，人们摘取包玉米、麦子巴巴，比芭蕉叶更加受到人们欢迎喜爱，可在原有食物的基础上增加一种清香之气，且能增加食物的营养成分。街上小商小贩卖巴巴，桐子叶包的会更加抢手。嫩果用刀削开取粘液涂抹可治疗疤疤、也可当胶水。农民干活中途休息、吃午饭、避雨都一窝蜂往桐子树下挤，是人们的保护伞、栖息地。桐子树开花精准地表示种包谷的季节到了，神农溪一带人们有一句俗语："穷人莫听富人哄，桐子开花正下种"。桐子成熟后可榨油，是极其珍贵的工业原料，还有重要的药用价值，可以辅助治疗癌症等一系列病症，人体中毒感染出现红肿，直接用桐油涂抹，可以消毒止痛。就连榨过了油的桐枯饼，也是高效的肥料和药物。近些年有人又发现，桐枯饼碾碎后，再加热用布包好外敷可以治疗腰椎间盘突出和颈椎病等。神农溪一带农民将桐子采集了卖掉或榨油卖，早期这一带的经济来源它几乎占了 50% 的分量。这里的人们有不少人早就认识到桐子树的经济价值，称桐子树是“摇钱树”和“生命树”。

整个巴东的油桐在各方面都有明显的优势，质地好，性能优良。“巴东桐油品种优良，所产桐油具有干燥快、比重轻、光泽度高、附着力强、耐酸耐碱，以及绝缘性好等特征，是本县传统出口商品，远销欧亚十多个国家。1978 年，巴东被列为全国桐油生产基地县之一。1950 年，全县产油桐子 1500 吨。互助合作运动中，广大农民积极栽种桐树。1958 年，油桐子产量达到 4400 吨。后，连片改造农田时，部分社队一度挖了一些桐树，加以薪用、材用，以及柑橘喷石硫合剂防病虫等多种因素，致桐树减少，产量下降。1958~1978 年，平均年产为 2323 吨，1978~1979 年冬春，造桐木林 10741 亩，其中直播造林 4351 亩。1985 年有桐树 357 万株，年产油桐子 1537 吨。”[1] 这样的“摇钱树”和“生命树”，既有重要的经济价值，又是有生态保护作用的树种，没有保护发展好，而让它逐年萎缩，一年不如一年。巴东历年来都非常穷困。巴东人都喜欢说巴东土地贫瘠，所以总富不起来。原石磨公社有个很幽默的人常给别人讲一个笑话：“我们那里钱多得只需用撮箕撮，可惜我没有钱买撮箕！”细细想来，这则笑话恐怕有其深刻的讽刺意味。

桐子树的价值没有引起当地民众的足够重视，绝大多数人都无视它的存在，都觉得有它不多，无它不少。神农溪一带的油桐基本是自生自灭，最多是它在农田生长人们不损毁，任其生长，就算是对它的最大保护了。问题是，就连这样的“保护”也没有保障，有很多人见它生长在田间地头影响了庄稼生长，就随意砍伐。人们并不计算一下，一棵桐子树遮蔽的地方最多也就簸箕大一块，产的玉米红苕最多也只能值三至五块钱，而一棵桐子树每年可产桐油最少也有六七斤，一斤桐油 20 元。人们把这样的“摇钱树”毁坏，似乎从来也没有人过问，它能不渐渐减少直至消亡吗？再加上桐子树的病虫害很多，如烟煤病、尺蠖、六斑始叶螨、根腐病、黑斑病、寄生植物、刺蛾、橙斑白条天牛等等。庄稼一有病虫人们想尽一切办法治理，桐子树生病了人们却不管不顾，从来不见有人为桐子树治病或清除虫害，一旦它病死枯干人们就将其砍了当柴禾，没有任何珍惜之意。

局部地方某些时候也一度种植过桐树，扩大其生长面积，但是种植并没有合理规划设计，种植后也没有对其认真管理保护，这样的种植很难有理想的效果。“人类一厢情愿地种植了单一树种，杨树或松树，单一种植是非自然的，是灾害大发生的根源。在荒野自然中，多样性形成稳定性，荒野森林，是多样树种相互依存，不存在单一树种构成的森林。此外，森林中从地表植被、灌木和大树，构成了植物在空间上的垂直分布，幼龄林的发育生长与老龄林的枯萎死亡相辅相成。各种生物形成相生相克的依存作用关系，所以不会出现某一种群大发展的状况。”[2] 很多人造林木的种植，并没有按照生态系统的规律对待，这样造出的人工林，即使是在短期看起来有某种效果，但它一定不会长久，更不会产生什么真正的价值。况且，当地许多人完全是无视各种林木的存在。这究竟是一种什么思想在指使人们的行为，很难说清。

神农溪一带如今几乎见不到可怜的桐子树了，但是人们没有任何遗憾，反正现在不需要靠卖桐子、桐油来挣钱，要钱用出门打工挣就是，外边有的是钱，一年下来挣个万把几千不成问题。但是，人们没想想，为什么要舍近求远千里迢迢出外打工，而不把本地能够创造经济价值又能改善生态环境的项目认真发展起来呢？其实桐子树在神农溪一带是很容易发展起来的，而且成本并不是很高。早期神农溪一带到处都是成片的桐子树，生长旺盛，发育良好，这说明这里的土质气候极其适合桐子树生长。

据内行计算，如果一个劳动力经营桐子树，可以管理好二三十亩没有任何问题，只是在育苗期的三四年培土除草，到四五年后就有收获。成树以后在一年或两年施肥一次，这是指追求高效益，一般平平而过，三至五年施肥一次即可。除此以外就是防止病虫害，也不需要花费很多财力和人力。一旦成树以后，管理十分轻松，只需注意做好更替工作。因为桐子树容易遭到病虫害，寿命不很长，当有成树死掉，就及时育新苗补替。据比较精确计算，一亩地可栽种 40 棵以上，一棵桐树一年可产桐油 6~7 斤，桐油现在是 20 元以上 1 斤。这样一个劳动力一年可获利 10 万元以上，外出打工绝对不能与之相比。

据说现在已有人在跃跃欲试，准备成规模栽培桐子树，将其作为一种产业，这应该是一个极有价值又有发展前景的计划。我们期盼这一计划能够早日实现，让神农溪一带有大片桐子树重新出现，人们可以欣赏到桐子开花。“桐子开花”这个神农溪之梦，也应该是伟大中国梦的组成成分之一。

注释与参考文献

[1]《巴东县志》编纂委员会编著,《巴东县志》，武汉：湖北科学技术出版社 1993 年 10 月，113 页

[2] 余谋昌、王耀先主编,《环境伦理学》，北京：高等教育出版社，2004 年，331 页

第四部 激浪奔涌

东圩口巨变

东圩口早先是一个公社所在地，后来是一个乡，现在是巴东县沿渡河镇的一个村。它处在神农溪上游杨家坝与盐池河之间，这里是神农溪主源堆子河（孟家河）与另一条支流小溪河会合的地方。从地域方位看，这里是一个偏僻之地，离县城有一百多公里，离神农架倒是近在咫尺，徒步行走只需半天时间就可到达神农架的核心地带——点兵台、红河等地方，但是这里却没有神农架那种冰天雪地的高寒气候。相反，这里气候温和，与神农架咫尺千里，气候风格却迥然不同，山上山下两重天，山里山外两世界。

这里两条河汇聚，两山夹峙，中间一块平坦之地，真正的坪虽然不大，分布在小溪河两岸，但连接这个坪的周围坡地，大部分坡度不大，利于人畜休养生息。这里气候宜人，山清水秀，风景如画，土地肥沃，人们说这里两水相交，是双龙戏珠，是一个吉祥之地。虽然人们是从风水学角度说事，但这地方也确实是一个难得的好地方，住人人兴旺，养猪、牛、羊、马都膘肥肉满。由于土厚肥美，种庄稼都是硕果累累，年年丰收，所以这里的人都十分富有，衣食无忧，人欢马唱，确实如同一个聚宝盆。由于地势平坦，坪中基本都是水田，前后左右稍微远一点的地方都山高坡陡，很少有水田，所以人们都说：东圩口，米粮川，无洪灾，不干旱。似乎上帝特别优待这里，使这里的人们无忧无虑。我们不相信有什么上帝存在，但是人与大自然的关系是人们想象不到的那样紧密，包括人的生存资源和主观精神在内。“心灵不可能完全不同于物质，不然它怎么能使物质产生？物质不可能与心灵不相同，否则，物质怎么能产生精神？心灵和物质存在于同一世界，相互都参与到对方之中，否则，任何相互作用都是不可能的。”[1]地域、气候、水流、土壤等等，这些都与居住其间的人有不可分割的关系，它们一起供给人营养、水分等物质方面的资源，又影响培育人的精神品格。早先人们说的风水宝地，并不是毫无根据的，它实际上是从一个不甚科学的角度揭示了一个科学事实，即水土地势对生物的生存作用，其实就是我们现在从科学角度讲的“一方水土养一方人”。现代自然科学和人类学研究都发现，人类自古都是逐水草而居，现代人聚居也仍然遵循这一原则，深层的道理也就在这里。

神农溪两条支流到这里，已经完全脱去了神农架冰冷刺骨的寒气，好像是两水和合，阴阳交泰，使水起了质的更替，变得温暖滋润，但同时又保持了清澈纯净，格外适宜人畜生存。虽然处于峡谷地带，但地势平坦，水流舒缓，河中鱼类繁荣，成群结队，大小兼备，种类齐全。早年这里的人有不少专门以捕鱼为生的，他们捕鱼的方式多种多样，或者在浅滩撒网，或者在深潭丢下炸药包，有的在河中整理出一个槽口，将竹篓子安放到槽口里，每天早上就到竹篓中去收鱼。或者这些工作都不需要做，也可以收获鱼。这里水田很多，水田的水都是从河中修的水渠引来的，鱼儿从水渠成群进入水田之中，人们耕作水田时，就可以随手捉到鱼，当然这只是些小鱼。孩子们经常手拿一个用竹篾撑开了的小网兜，在田埂上边玩边捉鱼，而且不要多少时间就可有大量收获。更加有意思的是，这里的一些家养的猫，常常也能跑到水田边去捕捉到鱼，人们都说东圩口的猫都是一些捕鱼能手，这倒并不是这里的猫有什么天才本领，是因为这里的鱼太多太容易得到。

两河交汇的西边那块三角地带，据说解放前是一个地主庄园。房屋东边就是小溪河，背后是漫阳坡农田和山林，门前是连接到河边的乱石和芳草丛，一直连接到神农溪河道，西边是一展平阳的大片水田。一条人行大路从东向西穿坪而过，是东圩口与里外沟通的唯一交通信息通道。这地主得天时地利，富甲一方，家有万贯之财，“崇门丰室，洞户莲房”，画栋雕梁。传闻这个地主，上级政府曾经要他去巴东县城当官他都没去，他自己说他在这里比当县令强多了。解放以后，这里变成了乡政府所在地，后来改为人民公社，这里自然又变为公社办公场所。但是真正的自然宝地并不是没有缺陷的，往往都是有一利就必有一弊。这里虽然算是一块宝地，但交通不便，消息闭塞，显出一片萧条荒芜，自然山水繁杂有余，人脉灵动之气不足，冷冷清清。而且，这一块地之所以没有被作为水田使用，是因为这里是一大片乱石丛，石头巨大，不容易被搬动，后来省报记者来此采访，形容这个三角地带原先的景象是：“乱石杂草一片，毒蛇老鼠到处乱窜”。这块宝地这时就如同藏在碗底儿的一块肥肉，也似一块稀世碧玉被深埋于污泥浊土之中，尚没有被慧眼之人发现。本来，按照风水学理论讲，宝地总是有缺陷的，这可能也是自然辩证法。

60年代初期，县政府决定在这里开办一所中学，公社办公只好奉命迁往他处。但是中学办得异常艰难，除了教师的工资基本有保障外，再无任何拨款，一切设备都没有，全靠师生自力更生。学校仅有的财产就只有一栋原来县森工局用房后弃置不用，公社废物利用作为办公用的两层土木结构的旧房子，学生上课、教师住宿、学生宿舍、教师办公全都在这唯一的一栋房子之中。县里说话是雷厉风行，说办就办，学生招来了，开始上课了，连课本都来不及订购，学校派人跑到巴一中求救，巴一中领导动员学生把用过的旧课本收集起来支援新办中学，这才解了燃眉之急。没有住房，往往是几十个人挤在一间屋内，开大通铺，没有界限，一个挨着一个，学生们自己说的“像面苕母子”。即使这样也仍然远远不够，只好再到周围农家借房作为学生宿舍，连农家牛圈屋楼上都住的是学生。几年后学校修了新房，学生才搬到校内宿舍。有的同学还说，现在没有牛粪味道了，不太习惯，晚上总是失眠。没有桌椅板凳，师生向养蜂场借来一些旧峰桶当课桌，或者干脆找来一块木板，搬两个石头将木板架起来作为课桌。木板在石头上不能固定，总是摇摇晃晃，好几次上课中途，有同学不小心碰翻了“课桌”，结果压倒了一整排同学，有几个还被“课桌”砸伤了腿脚。在河里找一些石头当板凳，反正神农溪河里有的是石头，可以取之不尽用之不竭。学校领导班子没有正式的，县教育局指定了一个临时负责人，既不叫校长也不叫主任，叫“牵头人”。临时负责人担心师生难于坚持，常常大会小会，号召发扬抗大和南泥湾精神，还把“一张白纸，好画最新最美的图画”等一些毛主席语录写成大横幅挂满校园，一首陕北民歌《南泥湾》在东圩口唱得震天价响。这些宣传果然凑效，师生一共好几百人，没有一个打退堂鼓的。

没有教室，师生们实行半工半读，夜以继日，自己开地基，平场地，锤声叮当，炮声隆隆，一大块房屋大的花岗岩被炸开做了石坎或墙的基石，硬生生在神农溪河边一片乱石丛中开出了近十亩大的一块新场地。没有钱买砖头，师生们从河里肩挑背扛运石头砌墙，在新场地上盖起了三间大教室，还开出了一个东圩口有史以来的第一个篮球场。紧接着还盖起了一栋简易的大礼堂，不过是与饭厅一体的。没有钱买石灰，师生们到泉口公社的老虎笼大山顶上背煤炭自己烧，把教室和大礼堂粉刷得雪白美观。这一下，这所一穷二白的新办中学旧貌换新颜，今非昔比，鸟枪换炮，人们都说这是愚公移山的精神，说东圩口中学师生凭双手在大山深处创造了奇迹。这在当时的确是一件了不起的大事，在全省范围内都是绝无仅有的，人们无不啧啧赞叹。

经过努力，使这里的人与自然环境得到了协同进化。“人与自然协同进化的环境伦理的根本尺度之一，就是强调‘人类的生存利益高于非人类的非生存利益’。根据这个根本原则，这个地区的人可以合理地利用本土资源，使自己逐渐摆脱贫困。……协同进化的环境伦理坚持认为，无论是什么样的人都应当帮助他们脱离苦海，过上正常人的生活，这既是我们当代人应当具备的同情之心，也是对他们人格尊重的实际行动。”[2] 让人欣慰的是，师生们在这里大张旗鼓战天斗地，不仅没有破坏这里的生态环境，相反还有力保护了环境。夏天一到，没有室内澡堂，男女同学都只好下到神农溪这个天然澡堂洗澡。但是这却有重大危险和诸多不便。有一次雨后水没有完全消退，师生下河洗澡，有个老师为了抢救一个有危险的学生，自己被水冲到几仗远的下游乱石丛，被石头卡住才幸免于难。于是学校出台各种规定，不得随便下河洗澡，必须要由会游泳的老师或同学带队，有组织有纪律进行，要保证绝对安全。男女师生都在河中洗澡，很不方便，于是学校限定男女同学洗澡的地点，人为地将这个露天澡堂划分成男女浴室。还进一步规定，不论男女，洗澡时决不允许在水中与河边随地大小便，要大小便必须穿好衣服回到校内厕所，如有违反，轻者给予警告，重者则给予留校察看处分。虽然这是一所新办学校，人们土法上马，白手起家，不仅校园内部窗明几净，连同校园周边都比以前更加清洁卫生，山水秀丽，景色怡人。东圩口就如同一个少女，本是天生丽质，但由于家境极度贫困，满身汗污，一脸煤黑，一下子突然全身洗净，换上新装，立马变得绰约如仙子。原先这里到处能见到各种毒蛇，但自从中学开办以后，人来人往，热火朝天，由于失去了它们休养生息的空间，所以蛇们后来也只好无奈地放弃了它们的旧有领地，知趣地退避三舍，另谋高就。

在这样艰难的环境之中，师生们虽然要挤出大量时间搞校园建设，但却并没有耽误学习。老师们十分辛苦，丢下锄头，又拿起笔头，夜深人静都还在备课批阅作业，有的老师几乎是好多时候都彻夜不眠。同学们第二天清早上课就拿到老师批阅得一丝不苟的作业本，都很吃惊，明明昨夜老师与我们一同战斗到深夜，是什么时候又一本不落批完了全班作业。老师们的精神深深感动了同学，同学们觉得没有任何理由不认真学习，也都是放下课本，又拿起锄头；丢下锄头，又捧起书本。争分夺秒，不耽误一分一秒，校园里时时书声琅琅，歌声飞扬。局外之人也完全可以想象，师生们不知要付出多大的努力，起早贪黑，完全是在与时间赛跑。有很多同学踊跃学习抡大锤打炮眼，几个小时下来，到吃饭的时候端碗吃饭，手连连发抖，手上磨出一串串血泡，筷子都拿不稳。有的手上腿上受伤，星期日也不回家，怕家里人看到伤口心疼难受，一直等到伤好后下一个星期再回家。艰苦的环境是恶劣的，但是人类这个物种就是非常奇怪，在福窝窝里他偏偏不思进取，不知道努力，而在苦难中却拼命挣扎，往往还能做出让人意想不到的成绩。

学校开办仅仅两三年，就在这个原本闭塞落后的地方创造了辉煌，美名远播四方，一时间，大报小报的记者蜂拥而至，纷纷来学校采访报道。记者们来到学校，深入到课堂听课，查看学生作业，抄录学生办的宣传专栏和竞赛成果文章。连记者们都非常吃惊，在这样艰苦的环境中，学生们公然还有如此优异的成绩。一些记者写出了一系列通讯报道，其中最有影响力的是《湖北日报》刊登的一篇长篇通讯——《神农架下育新苗》，据说还被《人民日报》全文转载。师生们的精神不仅感动了上帝，也感动了远近的人。教育行政部门和政府部门从此也十分看好这所“老林边中学”，拨款新修扩建教学楼、宿舍、篮球场等等，学校越办越红火，成为全县教育战线一面旗帜。县委县政府和教育局经常在这里召开各类现场会，号召人们向东圩口中学师生学习自力更生、艰苦奋斗的创业精神。

可惜的是，东圩口中学这样一所具有光荣传统和可贵精神的中学，红火了几十年，现在已经停办。原来学校的教室、宿舍、办公楼现在统统闲置起来。据说是因为人口减少，这里没有了生源，所以只好停办。停办原因究竟是什么，现在很难说清楚。

注释与参考文献

[1] 卡普拉著,《转折点：科学、社会、兴起中的新文化》，北京：中国人民大学出版社，1989 年，62 页

[2] 余谋昌、王耀先主编,《环境伦理学》，北京：高等教育出版社，2004 年，244 页

盐泉长流

东圩口至两河口的中间，有个地方叫盐场河。这是大自然给生灵数不尽的恩赐物之一，以它特有的品质发挥着特殊的生态作用。自古以来，盐场河一带不知有多少人受惠于这股盐水，它就像一位慈祥的母亲以它的乳汁养育了这里所有生命。

神农溪流过将这里划江而治，分山为东西两部分，西南边又有一条牛泉小河流出，将南边的半壁山岭切为两段，在两条河交汇处就成了三座山峰相向而立。我们不得不佩服河水的巨大冲击力量，似乎它可以任意切割群山大岭，当断则断，不当断则连，由不得山说了算，该由河流安排。虽有两条河冲击，但这里并没有冲出平地，不像一般的两河流域之处都有或大或小的平地，而这里却是山连着水，水贴着山，地势陡峭而狭窄，但是却美不胜收，深入其中，总让人感觉别有一番韵味。

大自然总是默默无闻而又无私向众生命物种赐予、馈赠，表面看来，它并不要求回报，但这只是人类这个晚生娇儿稚嫩的想法。其实大自然也需要回报，只是它的回报要求并不像人类那样急功近利。它至少要求人类在两方面回报：一是不要过度残害其他物种，如动物、植物、微生物以及诸多无生物，对这些物种适当摄取理所当然，超越了限度则不行，如果我们不肆意妄为，就是对大自然最好的回报。二是人类要恪尽职守于“道德代理人”的本分，即发挥人类具备理性能力的优势，去协助大自然调节各个物种之间的关系，如保护水土、保护动植物等，使物种之间保持平衡。“人与自然的相互作用，最常见的形式是相互包含。即在自然的自我‘涌现’中产生了人，在人的活动中又再生了自然界。……自从有了人类史，人就既依赖自然，又影响和生产自然；既得益于自然向人的生成，又以自己的本质力量促使自然的人化。自然选择赐给人类无限的财富，甚至人的生命机体就是自然选择的结果。当然，人作为能动的存在物，在自己的感性活动中时刻影响着自然的面貌及其生成过程。”[1] 但是人与自然这种极为简单的共生共存关系，人类往往昏然不觉，一味只是向大自然索取。自从生态伦理科学诞生以来，人类沙文主义受到了根本性挑战、质疑、否定。生态伦理科学认为，人类与大自然中的一切物种之间是平等的，人类必须将以往只施与人类自身的伦理道德也给予非人类物种。只有这样，大自然中的各生命物种才能和谐相处，从而达到共同繁荣的境界。

盐场河是从一座大山山脚下石洞中流出的一股温泉，是一股盐水温泉，洞口离神农溪河水仅三四米远，常年往神农溪里注入。盐水流量很大，含盐量极高。不管天晴下雨，它既不会涨水也不会减少流量，常年不断，四季如斯，不知疲倦，它似乎感觉不出“月有阴晴圆缺”。它与神农溪也似乎有约在先，你流你的清泉浊水，唱你的慷慨激昂，我流我的盐水，淙淙潺潺，我不招惹你，你也别影响我，咱们井水不犯河水。解放前周围的人都到这里来背挑盐水回家当盐食用，这里常年车水马龙，人来人往。由于它流量大，人再多也从来不会发生争抢拥挤，不管多少人来挑水背水，它都保证供应，最多也就是要人们排队稍等片刻而已。稍等片刻还有许多好处，南来北往的人还可以更多接触，相互认识，增进友谊。又由于盐水含盐量高，挑一担或背一桶回家，一家人就可以用上十天半月。人们把盐水当作神赐之物，当做圣水，对山洞敬若神明，去背挑盐水的人总要选择时日，顺便带上香烛纸钱在洞口作揖叩头祭拜一番。一到年关，这里香火旺盛，灯火不断，比那些寺庙道观都热闹百倍。人们认为，寺庙道观拜得再虔诚，再勤，它也不能给你任何实际的庇护赐予，这盐水泉却是常年不断给人福佑。

人生欲求总是没有止境的，后来不知是谁首先想到了用盐水熬盐，在这一带就地挖了灶台，安上大铁锅熬盐。一人先行，众人跟进，这一带凡是能挖灶的地方都安上了大铁锅，一片热火朝天的景象。许多人都是在田里活计闲暇时候就来熬盐，挣几个小钱补贴家用，也有些人干脆放下挖田薅草，一年四季专事熬盐。一铁锅大约可容一担半到两担盐水不等，熬干以后可获半斤左右盐。熬出的盐一般都不是为了自己食用，主要是出售获利，因此这里经常有盐商光顾。这盐水温泉不仅供人们食用和获利，而且还有神奇的医疗价值，常用盐水洗浴可以治疗多种皮肤病。长期以来，来这里取水洗浴的人络绎不绝。后来人们还在这里挖了一个大水池，把盐水引入其中，做成了一个游泳池。解放以后人们生活水平越来越高，熬盐事业渐渐淡出，但洗浴的人仍然不减当年。并且还有许多外地人经常来这里洗浴，这就使盐场河更加热闹非常。

这一带沿河两岸都是高山峻岭，神农溪从两山之间缓缓流过，如果上游没有特大暴雨，它并不发出让人恐惧的轰隆咆哮之声，有的只是哗哗柔细的低声鸣唱，轻歌曼舞，温柔无比，含情脉脉。任何人来到这里，就会陶醉其间，流连忘返。一到夏天，两岸男女老幼经常下河洗澡洗衣，消除疲劳，提神养性，这种惬意，只可身受，难以言传。有许多人顺便下到神农溪浅水处摸鱼，不需用炸药炸，不需任何捕鱼工具，大鱼自然不能徒手捕捉，一般都是伸手到石板底下抓一些两三寸长的小鱼，折下一根柳树细条顺手将鱼串上，身手好的，一袋烟功夫就能收获一串鲜鱼。后来人们不满足于这样的小打小闹，用巴豆磨成水浆洒向河中，这样就可成批捞鱼，这样的捕鱼方式不管大鱼小虾都不能幸免。再后来有人发明了用电机打渔，更是杀伤力巨大，所到之处鱼都会被一扫而光。

人们总是以为大自然是“取之无尽，用之无竭”的，从没有想到大自然这个仓库也有有限性。当人类对大自然适度利用，它确实是有无尽的宝藏，但如果过度开发索取，它也会有枯竭的一天。所以，我们就应该敬畏生命，要像对待自己的生命一样对待人类以外的一切生命，哪怕是泉水、土壤、岩石等也一样都要关爱。阿尔贝特·史怀泽说：“在我们生存的每一瞬间都被意识到的基本事实是：我是要求生存的生命，我在要求生存的生命之中。我的生命意志的神秘在于，我感受到有必要，满怀同情地对待生存于我之外的所有生命意志。善的本质是：保持生命、促进生命，使生命达到其最高度的发展。恶的本质是：毁灭生命，损害生命，阻碍生命的发展。从而，伦理的基本原则是敬畏生命。我给予任何生物的所有善意，归根到底是这样一种帮助，即使它有益于得以保持和促进其生存的帮助。在本质上，敬畏生命所命令的是与爱的伦理原则一致的。只是敬畏生命本身就包含着爱的命令的根据，并要求同情所有生物。”[2] 可是，时至今日，有几人明白这种道理，更有几人按照这种生态伦理的态度行事呢？人们依然肆意妄为，我行我素，使众生灵赖以生存的生态系统遭到无情破坏。

从 80 年代开始，有好几个开发商到盐场河来开发温泉，还给盐场河改了名称，叫“温泉山庄”。温泉水池改成了用马赛克铺成各种图案的现代化泳池，将温泉做成了淋浴、桑拿和鸳鸯浴池等。有的开发商还招来成群结队的礼仪小姐为客人服务，到处挂着“顾客的舒心就是我们的幸福”，对温泉实行全面包装。这想法是好的，也是完全可以理解的。但是开发包装也不能脱离实际，这地方三山夹峙，地势狭窄，可供摆开阵势开发的空间严重不足。而要真正建成气派的“温泉山庄”，能让游人来此休闲，除了洗浴还必需有配套设施，如宾馆、饭庄和其他娱乐场所等，否则，人们到这里仅是单一洗浴也会觉得没有多少趣味。但是这里又施展不开，没有发展空间。不知是那位开发商在牛泉小河与神农溪会合处骑小河建了一栋房屋，房屋一边基脚伸到了神农溪河边，远看近看像是一栋土家吊脚楼，除此以外，再也没有可供大兴土木的地方。可能这位开发商也感觉到情况不乐观，所以连那栋骑河“吊脚楼”也仅建了一半就丢弃走人了，不仅没把这地方包装出来，反而还把原本的山清水秀的地方变成了乱糟糟一片。本来不具备开发潜力硬干，任你怎么包装也难以让人满意。

当地人习惯了原先的免费温泉，一般都不进温泉山庄，但是想要洗温泉浴却不可能了，温泉出口处被山庄圈了进去，要进去洗浴必须买票。开发商自然是想尽快收回成本和获得丰厚回报，门票价格往往标得过高，超出了当地一般人的消费水平。当地人一肚子怨言，原先造福人们的天然疗养所，现在却成了商人们赚钱的工具。大自然给人的无私赐予，怎么一下子就变成了少数人谋利的场所呢？老天爷赐给所有人的温泉，人人都可享用，现在凭什么让我们买门票呢？老百姓考虑问题都是很实在的，他们提出的这些问题我们该怎么回答？当地人除了失去一个天然疗养温泉以外，更担心的是这股温泉还能不能保得住，与之邻近的美丽而神奇的峡沟就是前车之鉴，人们开发峡沟山岭，结果峡沟现在是一片萧条破败，既无流水游鱼，也没了草树花朵。如果再失去温泉，这地方的风水就被破坏殆尽了。

由于当地人不认同，随之带来另一个问题。经常来温泉山庄高消费的只有少数外地有钱人，几任开发者在此经营都是门前冷落车马稀，所以转让再转让。每一个新接手的开发商开始都是信心百倍，热情高涨，可到头来都是心灰意冷，垂头丧气。好几个开发商都欠了银行一屁股账，尴尬无奈地走人了。一些开发商甚怪当地人愚昧落后，觉得我们花巨资为你们搞开发，谋福利，你们却不买账。可是当地人也有说法，这盐水温泉既不需要加热也不需要加盐，直接洗浴再好不过，还要你开发什么？

现在一些人动不动就搞开发，并不进行真正意义的可行性研究，反正赚了钱是我的，至于项目的实施对生态破坏有多大，他们根本不管，他们只是醉心于自己腰包渐渐鼓起来。这样单一地追求经济效益的开发，能够成功吗？即使是勉强成功了，它能长久吗？

注释与参考文献

[1] 崔永和等著，《走向后现代的环境伦理》，北京：人民出版社，2011年，30—31页

[2] [法] 阿尔贝特·史怀泽著，[德] 汉斯·瓦尔特·贝尔编，陈泽环译，《敬畏生命》，上海：上海社会科学院出版社，1996，91页

胡子胡子挂起

只要念叨“胡子胡子挂起”，神农溪一代的人绝对都知道说的是蝉。这一带多种蝉中有一种最多，它的叫声就总是重复着“胡子胡子挂起”，到了一定时候，这一带几乎满山林中都是一片“胡子胡子挂起”的声音。有意思的是，它们的这种叫声刚刚应和了这一带一种重要庄稼——包谷挂胡子的时节。包谷挂胡子证明已经半成熟，正是传花授粉的时候，应该要给包谷施最关键也是最后一次肥和最后一次培土，蝉的歌声等于向人们报告了时令，催促人们做好这最关键的工作。

人们觉得很蹊跷，蝉们怎么知道包谷这时挂了胡子？它并不以包谷为食，包谷生长与它们没有任何关系，它为什么要催包谷挂胡子？于是人们就认为它很神奇，都相信蝉是上天派来帮助催生庄家的，是上帝的使者，这就产生了蝉文化。蝉在中国古代文人的诗、文、画作中一般都是象征复活和永生的形象。在视觉艺术品中，蝉的幼虫形象始见于公元前2000年的商代青铜器上，以后从周朝后期到汉代的葬礼中，人们总是把一个玉蝉放入死者口中，显然这是希望神灵对死者的庇护，企盼死者灵魂不朽。由于在人们眼里禅整日都只是在不停鸣叫，从来不见它们吃食物，人们误认为蝉是以露水为生，吸天地之甘露，不食人间烟火，因此它又是纯洁的象征。至于咏蝉的诗句，几乎各个朝代都有，知名的有“无人信高洁”“本以高难抱”“居高声自远”等等，无非都是咏叹蝉的仙风道骨，并将其比拟某个人或某种人的冰清玉洁的美好品质。这些象征、比喻当然是文人们的事情，农人们从蝉的叫声中或品格中体会到的与文人们却不相同，而是另一种与生活生产更贴近的意味，是催生庄稼的圣手和灵物。

农人们见蝉对人无所求，只是为人们提供服务，都认为它是益虫。蝉也确实给人类带来好处，比如报告时令，某种蝉一叫，人们知道某些农活该要抓紧了，不然就错过了季节，季节对农人们可是至关重要；报告天气，某种蝉天不亮就使劲叫唤，表示今天天气很热，应该在这一天安排哪种劳作合适；蝉们的歌声还给人带来精神愉悦，坐在山林中歇凉，听听蝉儿歌唱，惬意非常，因此蝉就获得了“昆虫音乐家”“大自然的歌手”等美誉。但是，不管是文人还是农人早期都很少有人知道，从某种角度讲，蝉也可以算是一种害虫。看起来它仅是落在树干树枝上引吭高歌，但是它在鸣唱的同时却用它特有的尖细口器刺入树皮中吮吸树汁，由于它的吮吸行为十分隐秘，还有鸣唱之声掩护，人们很难发现。由于有它的鸣声召唤，各种口渴的蚂蚁、苍蝇、甲虫等便会闻声而至，一起都来享用树汁美餐。这时蝉并不与之论长道短，又高风格飞到另一颗树上，开辟新的战场，继续在另一棵树上钻眼吮吸，这就是蝉一生的生计和工作。但是如果一棵树上被蝉插上十几个洞，树的汁液将会流尽而枯萎死亡，这对树木来说就是一大灾难，山林中往往有树木不明不白死去，说不定这就是蝉的杰作。这种益、害两兼品格，当然是蝉这个物种生命存在的固有本性，它天生就是这样，就和我们人类吃饭穿衣、上工劳动是一样的。所以我们也可以认为蝉无所谓益、无所谓害，它就是这样一种生物，这也是大自然造化的安排，连蝉们自己也无法选择。蝉要是不具备益、害兼有品行，它就不是蝉了。正如人同时具备伟大与渺小的品行一样。从生态伦理角度说，不管蝉具有什么样品格，它也总是生态共同体的一个成员，也有生存的权利与价值，我们应当像对待其他任何物种一样对待它们。

人们后来应该明白了蝉的生物习性，知道了它的益、害两兼性质，同时有许多人也并没有真相信蝉是什么神物，仅仅只是一种虫而已。但是神农溪一带的人们仍然还是一如既往地敬重它、保护它，这种态度是可亲可佩的，虽然他们不是出于生态保护思想。对任何物种，即使我们目前还不甚清楚它到底有什么作用，也不能伤害它，正如我们拿到一块未经琢磨的玉，凭直观看起来也就是一块毫无价值可言的石头，但是我们不能因为没有识别它就摔碎它。这就是我们对待生态系统中诸多尚不清楚的物种所应当采取的审慎态度。

蝉除了上述优点与特性外，蝉蜕还有极其难得的药用价值，如治疗破伤风、慢性荨麻疹、化脓性中耳炎、血管神经性水肿等，还有止咳作用、用于咳喘、用于耳鸣耳聋、治鞘膜积液、治小儿夜啼等等。所以蝉蜕在中国中医科学中历来是一味常用不衰的药，对治疗诸种疾病都有极高的疗效，人们治疗多种疑难杂症所服用的药中都少不了蝉蜕。同时，蝉本身又有极高的食用价值，许多地方在宴请贵客时都少不了油炸蝉。正因为它有着多重价值，人们捕蝉也屡禁不止。据网上报道称："近年来，我国山东、山西、河南、河北、安徽等地抓捕金蝉做餐饮的现象十分严重，由于金蝉幼虫在地下存活 5~12 年左右才能破土而出，如此疯狂的抓捕导致金蝉数量急剧下降。在某些地区，夏天已经再也听不到蝉声了，金蝉正面临着生存危机，甚至有绝迹的可能！"

神农溪人一直到现在都还是敬畏蝉的，这里没有像其他地方那样大量食用蝉，这是神农溪一带人的一种好传统。但是由于农药化肥的广泛使用，蝉在这一带也已经少见，因为它们赖以孕育生命的土壤受到农药化肥的严重污染，已经不适宜生存，其他生物物种也同样都受到危害，看来农药化肥实在是应该禁绝。否则，我们的生态环境将继续恶化。现在大多数人都已经习惯了使用农药化肥，一旦禁绝，庄稼收成就没有了保障，这在短期内也确实是个问题。但是只要我们真正明白了农药化肥的害处，想办法用其他有机肥替代也并不是绝对办不到。早期没有农药化肥的时候，粮食作物照样可以丰收，蔬菜水果也照样丰富。实际上有不少人现在也已经明白，他们自己要食用的粮食蔬菜都已经不再使用，这就足以说明，不使用农药化肥是完全可以做到的。只是一些专门的菜农和出售粮食的人仍然在大量使用化肥农药，他们追求的只是高产，经济效益，根本不去考虑这些粮食蔬菜食用后对人体有什么危害，反正他自己是不吃的。这其中关键还是一个思想认识问题，思想认识解决了，什么都好说。

栓麂高手

“麂子”是神农溪一带的俗称，学名就叫“麂”。中国境内分布有三种，分别是黑麂，赤麂和小麂，其中黑麂数量最少，分布区域狭窄，已被列为国际一级濒危动物。神农溪一带最多的是小麂，这是麂类中最小的一种，也是中国特有的种类。

麂肉的营养价值和药用价值很高，对治疗五痔病疗效显著。本来人们根据肉质的品味给几种动物的排列顺序是獐、麂、兔、鹿，认为獐子肉价值最高，其次才是麂子。可是实际上人们却并没有按照这个排行榜排序，而是把麂放在首位，虽然麂子多而獐子少，但人们并没有受物以稀为贵的影响，都将麂子当了野味的上上品。但这对麂子来说并不是一件好事，恰恰是一种莫大的祸事，人们都千方百计捕猎。

麂子是国家二级保护动物。赤麂、小麂早就列入《国家保护的有益的或者有重要经济、科学研究价值的陆生野生动物名录》，于2000年8月1日以国家林业局令第7号发布实施。任何猎捕麂子的行为都是违法的，严禁猎捕、买卖、食用野生麂子。这样的条例似乎是来得太晚了点，这时麂子已经濒临灭绝。徐迟的散文《枯叶蝴蝶》中说：“到这时候，国家才下令禁止捕捉枯叶蝶。但是，已经来不及了。国家的禁止更增加了它的身价。枯叶蝶真是因此而要绝对的绝灭了。”[1]尽管是2000年才有禁令确实晚了点，但只要令行即止也还是可以挽回危局的，可是，最关键的是令行禁不止。人们对麂子的偷猎仍然十分严重，直到现在，神农溪上游地区还偷猎成风。麂肉价格昂贵，每市斤能卖到60元以上，而且是连皮带骨，活的更贵，抓住一只麂子可获利几千元。这样的利益驱使，当然猎捕者会不惜一切代价（其实并不付出什么代价）勇往直前了。至于食用麂肉就更是是非难辨，现在有人工养殖麂子的，查出来食用麂肉的，又有了由头，所以屡禁不止，甚至还有一些“猎麂能手”出现。再说查处行为本身就很软，派出所有时候也查，但多数时候仅是走过场，睁只眼闭只眼，别人用“人工养殖”一搪塞，也就过关。有时候查出个把人来，也仅是轻言细语“教育”几句，根本没有什么过硬的措施，并没有什么处罚。

东圩口对面山上就有个“栓麂高手”，年轻时候就自学成才，习得栓麂子一门手艺。不用抢也不用养猎狗，惯用手段是到处山上下套。他用一根长竹竿，上面栓一根绳子，将竹竿压弯像弓一样，绳子打一个大活套，麂子、山羊或其他小动物只要脚踩到圈套里，绳套立马收紧将其脚拴住，竹竿也随即弹起，将猎物高高吊起来。这样抓住的麂子，只要吊的时间不长，麂子都是活的，可以卖高价。这人一辈子拴住的麂子、山羊、果子狸、野猪等无计其数，有人给他计算，平均一年要套住五十只左右。

有一次这个“栓麂高手”老道失算，他去收套，当他放下竹竿时，解开绳套，见麂子已死，就将麂子放在一边，去再次下套。可是新的套还没做好，麂子却突然爬起来逃跑了，他气得坐在原地半天都没说出话来。他自觉没面子没对任何人说起，后来才对别人说：我栓了一辈子麂子，那次却被麂子骗了，这麂子太狡猾了。其实应该是麂子被吊晕了，刚放下来一时还没有苏醒，稍过一点时间，它就会醒过来。还有的“高手”又有别的高招，如安猎网，只要一发现哪里有麂子，就将一个或几个专门用来打猎的大网兜安在麂子出入口，然后从另一方向驱赶，麂子受到惊吓，慌不择路，一跑就正好被网兜网住。一旦被网住就不得脱身，只要麂子进入网兜，网兜就变成一个口袋型，麂子一般会乱蹬乱弹，网兜就会越动越紧。这样抓住的麂子更好，麂子不仅不会死，而且没有任何损伤，卖出的价钱更高。正是有这样一些“猎麂高手”，这一带的麂子在他们手下输得很惨，渐渐地神农溪一带麂子已经基本绝迹。

“栓麂高手”曾经拴住了一只麂子幼崽，由于幼崽身材小，被拴住吊起来后没有受伤。由于太小，才一尺多长，卖不了多少钱，于是“栓麂高手”就将其家养起来，准备养大了卖大钱。开始几天，麂崽受到惊吓和不适应，不吃也不喝，像是反抗绝食一样。开始抓住时长相非常好看，浑身油光水滑，毛色鲜亮，人见人爱，几天下来，变得瘦骨伶仃，于是他们准备就此卖掉算了，怕到时候死了什么都得不到。正准备卖的时候，麂崽似乎明白主人的意图，却开始吃东西，主人这才又继续喂养。开始将其关在一个旧鸡笼中，但是麂崽总是咳嗽，有人开玩笑说，麂子感冒了，赶快给它喂药。有个人看了旧鸡笼，终于知道了麂子咳嗽的原因，说旧鸡笼气味难闻，要重新做一个笼子才行。主人觉得有道理，马上找来一些木板木条赶制了一个又新又大的笼子，小麂子迎来了乔迁之喜，住上了新房。可是小麂子在新的笼子中“感冒”倒是好了，但一天仍然惊恐不安，主人经观察发现麂子惊恐的原因。原来是因为家里有一只大黄狗，一天对小麂子虎视眈眈，主人只好恶言厉色将黄狗赶到大门之外，不让它进屋，弄得黄狗一肚子意见，觉得以前在家中自由出入，现在这是怎么了？以为主人不要它了，经常在门外汪汪大叫，大门一关它就在外面刨门，以示反抗。但是小麂子仍然没有消除心理障碍，一天还是战战兢兢，主人给它喂食，它也时时浑身颤抖，一直到一个多月以后也是老样子。食量也小得可怜，不管是菜叶子还是红薯片，都只是吃一点点，身体消瘦羸弱。有人建议说，你别喂了，野东西喂不活的。可是主人不信，仍然坚持喂养，没过几天，小麂子终于含恨长逝。

“栓麂高手”虽然大半辈子与麂子打交道，可他并不懂得人类应该尊重生物的自主权利。“所谓生物自主的权利，是指任何生物，都有按其种群的生态活动方式，追求自由的权利，但这种权利的实现应该适应生态系统整体支配并决定部分的自然选择机制，否则，就谈不上生物的自主权利。例如，老虎有在山林中自由活动的权利；松鼠有采集松果谋求种的生存的权利；候鸟有依据物候变化迁徙的权利……”[2] 可怜那只小麂子，它虽然尚未长成，但它的遗传基因是野性的。它虽然生活经历不很长，但也已经习惯了山野那种自由自在的生活，人们突然把它抓到笼子中，它失去了生存的环境，对它来说，一切都是陌生的，整天在恐惧中生活，它怎么可能正常生长存活？自从它来到“新家”的那一刻起，就已经注定只能是一场悲剧，与其说它是抑郁而终，不如说它是被虐待而死。“栓麂高手”心情非常沉痛，但是他并不是在为小麂子的生命悲哀，而是因为自己痛失一笔财富。大黄狗倒是喜出望外，这下它不仅消除了心腹大患，从此再也不用露宿街头，可以恢复原有的尊严，而且还可以与主人一道享用美味大餐。

国家将麂子列入禁猎动物后，“栓麂高手”仍然偷偷栓麂子，像是染上了毒瘾，怎么都戒不掉。但是自从有了禁令以后，他不敢像以前一样公开进行，每次套住麂子后，将其装进编织袋，极其诡秘地弄到县城或镇上与几个常联系的人转卖。周围的人都知道他在偷猎麂子，但都是早不看见晚看见的邻居，也不好告发他，只是很巧妙地提醒他：国家不准捕猎，我们最好不要违法。他也知道别人这是在提醒或警告他，但他积习难改，仍然偷偷栓。并且背后和人吹牛说：上有政策，下有对策。终于有一次，他果然惹了麻烦，他下的一个套子麂子没栓着，却把别人的一条管家狗栓住了，并严重损坏了一只腿，致使这条狗成了残疾。恰恰两家向来有矛盾，两家都是那一块公认的有钱人，“栓麂高手”因为栓麂子得钱多，那条狗的主人会搞装修也很富有，两家谁也不买谁的账，曾经多次吵架。他把别人的狗栓伤了，自知闯了祸，主动上门赔罪，可是狗主人不买账，硬说他是故意的，说是因为我们家的狗赶跑了麂子，你恨狗，所以就下毒手。“栓麂高手”有口难辩，只好承认赔偿，狗主人一听“赔偿”俩字更加来气，反而讽刺说：我不会栓麂子，没见过钱！你这是打狗欺主！“栓麂高手”明明看清对方这是想以此为由来杀自己的威风，但他知道自己栓麂子是违法的，狗主人也正是拿捏住了对方的疼处所以就不依不饶。“栓麂高手”不好和他大吵大闹，生怕对方乘机告发自己，只好下跪求饶。狗主人见他下跪，觉得“杀人不过头点地”，只好勉强作罢，可是实际仍然没有原谅的意思。周围其他人平时就看不惯这两人炫耀富有，都乘机看热闹，平常趾高气扬的“栓麂高手”从此在众人面前抬不起头。只好下决心从此再也不栓麂子，把栓麂子的一些行头搬到狗主人家当面烧毁，并当着众人面发毒誓：我如果再栓麂子就天打五雷轰，哪一只手栓哪只手长疮！有的人暗地里取笑他：你不是有对策么？怎么被别人的对策对住了？从此神农溪一带的麂子少了一个“天敌”。

注释与参考文献

［1］徐迟，《枯叶蝴蝶》，载《当代散文鉴赏》，朱世钊编，乌鲁木齐：新疆人民出版社，2003 年，149 页

［2］余谋昌、王耀先主编，《环境伦理学》，北京：高等教育出版社，2004 年，213 页

神农之野产异蛇

早年，神农溪两岸山林草丛之中到处都是各种各样的蛇，数量之多，种类之齐全，一般地方都难以媲美，人们都说神农溪简直是蛇的王国。就连神农溪河中，也到处都是各种水蛇，人们在河中摸鱼也常常摸到水蛇，有时还会被它咬上一口。这里的人们一般把蛇分为两种：有毒蛇和无毒蛇。无毒蛇有菜花蛇、黑蛇、水蛇、蟒蛇等；有毒蛇有烙铁头、五步蛇、青竹彪（竹叶青）、棋盘花、棒棒蛇（可能学名叫蝮蛇）和野鸡枪（金环蛇）等。很少听说有眼镜蛇，但也不是绝对没有，也偶有见者。由于这一带的蛇类众多，所以这里关于蛇的传说、传闻和神话故事也丰富多彩，蛇文化在这一代民间很流行。

据传往古时候蛇并不脱皮，脱皮的是人。那时的人活到一定岁数就会变老，便会躲起来蜕皮，要经过七天七夜的痛苦煎熬之后，才能脱掉身上的老皮，这样就会重新长出新皮，人也就重新变得年轻。后来上帝不忍心看着人类如此痛苦和难堪，于是上帝宣布说，不如让蛇脱皮吧，让人少一点痛苦。从此蛇每一年都要脱皮一次，人却从此不再经历脱皮的痛苦，但是寿命反而还更长。乍一听，似乎只有人类才是上天特别恩赐的对象，实际上传说反映了人类中心主义的思想。所谓上帝的旨意，实际是人类自己思想的他者化，为什么本来是人类的痛苦和磨难，却硬要转嫁给蛇呢？这其中就已经产生了一种唯人为大而其他非人类生物生命是无足轻重的错误意识。

一般人们对有毒蛇和无毒蛇的区分界限并不分明，通通将蛇当成对人类生命有重大威胁的危险之物。神农溪一带的人将蛇统称为“长虫”，称老虎为“大虫”，将蛇与老虎一起视为凶残的动物。中国成语凡有“蛇”字的，其含义多为贬义，如杯弓蛇影、笔走龙蛇、拨草寻蛇、春蚓秋蛇、打草惊蛇、打蛇打七寸、斗折蛇行、飞鸟惊蛇、封豕长蛇、佛口蛇心、蝮蛇螫手、虎头蛇尾、画蛇添足、惊蛇入草等等。几乎把蛇与豺狼虎豹置于同类，是邪恶的化身，凶残的代名词。《山海经》就有巴蛇吞象的说法，说巴蜀之地有能吞食大象的巨蛇，三年之后才吐出骨头。这明显是不可能的事，但人们却都相信这是真的。柳宗元《捕蛇者说》中说：“永州之野产异蛇，黑质而白章；触草木尽死；以啮人，无御之者。”这本是指永州一带一种极其凶悍的毒蛇，并没有说所有蛇类都是这样可怕，可是人们却把所有蛇类也都当了这种“异蛇”。一般来说，毒蛇和无毒蛇是有区别的，从外形上看，毒蛇的头一般是三角形的，口内有毒牙，牙根部有毒腺，能分泌毒液，尾巴粗短粗短，并突然变细；无毒蛇一般头部是椭圆形，口内无毒牙，尾部是逐渐变细的，细而长。但人们并不去区分，总认为是蛇都有毒，又加上神农溪一带到处确有毒蛇伤人致死的事，所以人们都谈蛇色变。人们这样不分有毒与无毒，却正好成就了“蛇郎中”。这一带有很多“蛇郎中”，有谁被蛇咬伤，他们被请到，首先就问，是什么样的蛇。如果一听是有毒蛇，他们立马就会说，医生只治得好病，治不好命，你们准备后事吧！如果问清楚是无毒蛇，他们就会装神弄鬼给你“施法”，口中念念有词，闹上一阵子，然后上点药，伤者自然很快就好了。于是人们就把他们当成了妙手回春的高人，感恩不尽。

70年代，两河口医院有一个小有名气的医生，他不知从哪里弄到一条活的五步蛇，人们都说活蛇泡酒效果更加神奇，这医生将其活着放进一个老式的酒壶（陶制，肚大口小）中浸泡。五步蛇是剧毒蛇，任何人一旦被咬，绝难治好。一个多月后，他以为已经差不多了，抱着酒壶想试一口蛇酒，可是他事先并未将酒壶的酒灌满，五步蛇将头伸到酒壶口边无酒的空隙处，并没有死。这医生刚将酒壶送到口边，酒还没有到口，五步蛇一口就咬住了医生的嘴，医生马上丢下酒壶，五步蛇迅速逃跑了。医生当时就在医院，立即吃药，但都没有来得及，很快倒地身亡。这件事传出来以后，引起一片哗然，这一带的人更是见到五步蛇就怕得浑身发抖。

蛇虽然没有四肢，但它却非常聪明灵活，遇到有威胁的时候飞奔如箭，令许多以奔跑著称的动物都自愧不如。它们既能闪电般钻入地洞岩缝之中隐身不见，又能攀爬到高大的树木之上来去自如，左右逢源，简直是能上天入地，神通广大，连《圣经》上都有“温驯如鸽子，灵巧如蛇”的说法。蛇好像对气候的冷热并不很挑剔，不管多冷多热它们都能生存。神农架丛林之中，人在里边穿行，时不时就会发现就在头顶上面的树枝上就有一盘蛇，总是被吓得灵魂出窍。所以人们除了觉得它们凶残无比，同时又觉得它们神乎其神，很多人都将其当作龙的化身，甚至把蛇与龙等同。故此，蛇便成了人们普遍崇拜的图腾之物，特别一些原始部落，更是将蛇当作神灵，如美洲印第安人就有 9 个部落是蛇氏族，有的部落甚至还将响尾蛇作为民族标志。澳洲的华伦姆格人有一种图腾崇拜仪式，人们用一些颜料涂抹全身，扮成蛇的样子且歌且舞，讴歌蛇的神奇与威力，祈求蛇神护佑。早期神农溪一带，不管什么蛇进了家中人们都不对其伤害，认为是家宅的保护神，立马点燃香烛虔诚叩拜，祈求它保护，再才将其引导到户外送走。

神农溪上游一带如有特大暴雨，河水猛涨，浊浪滔滔，每到这时，人们都说这是“走蛟”。所谓“走蛟”，是说某一条大蟒蛇修行期已满，要由蟒蛇转变为“蛟龙”，这时它就不能再继续在山林和一般的小河小溪边安身，要转移到大海中去。但如果没有特大洪峰是不能完成脱胎换骨的，所以它一出动必有满河洪水护送。这种说法本来到现在为止还没有科学证明，但是神农溪一带的老一代人却相信这是真的，有的甚至说他于某年某月某日亲眼看到了“走蛟”的大蟒蛇，千真万确，敢起誓。这实际上是把社会实践中一些不可战胜、无法解释的异己对象神秘化，企望以此来获得对世界的解释。“由于原始社会生产力水平极度低下，人类的生存所系和生活所需，几乎无不仰赖于自然的恩赐和偶然的机遇，而自然界是人们最主要的依赖对象，常常也是人们感受最深、支配人们日常生活的异己力量。在人的想象力的作用之下，这些支配人们日常生活的自然力或自然物，就变成了超自然、超人间的神物，成为宗教信仰和宗教崇拜的对象。”[1] 大蟒蛇变为“蛟龙”，由凡俗之蛇变为神异的“蛟龙”，这绝不可能是事实，不是蛇真有这样一个发展演变历程，正是人们精神信仰的心理路程幻化到蛇身上的。

但是，人们的思想是复杂的，他们并不是将什么当作神物以后就完全彻底屈服，一旦遇到这些所谓神异之物对人构成威胁时，他们也会毫不犹豫地向这些“神物”挑战。神农溪一带的老人们经常讲述一件事。说在渡船口一座山前荒地里有一个堰塘，夏天一到，一些小孩成群结队到池塘洗澡。凡到塘中洗过澡的孩子都说在这个堰塘洗澡时有种特别有趣的现象，只要进入塘中，身体总是往上漂升，升一下又会落下，如此反反复复，孩子们觉得非常有趣，都喜欢到这个堰塘洗澡。孩子们开始说起这事，大人们并没在意，后来他们说得多了，引起了一些大人的兴趣，也到堰塘去体验，好几个人都去试验过，确实身体总是不由自主地升升降降。这就引起了人们注意，于是人们纷纷寻找原因，经仔细察访，终于发现了秘密。原来堰塘上边不远处有个山洞，里边有一条大蟒蛇，头有牛头大，身子有脸盆粗，只要有人到堰塘洗澡，大蟒蛇就在洞口张开口将人当作猎物往口中吸。但是虽然它身材长大，要从离好几米远的堰塘中将人吸入口中又不可能，所以就出现了堰塘中奇怪现象。这消息一传开，人们都毛骨悚然，从此堰塘成了恐惧之所，堰塘那一方都没有人敢再去。后来人们决心除掉这一大害，经细致察看，发现山洞是个穿洞，不远处还有一个洞口，并在洞口看到了蛇的尾巴。于是人们终于想到了办法，在蛇尾洞口用铁丝竖着绑了一把锋利的大铡刀，然后在蛇头洞口下堆上一大堆干柴，蛇怕雄磺，就在干柴上放了很多雄磺，然后点燃干柴。大蟒蛇被雄磺浓烟熏得晕头转向，面前有大火，不敢往前爬，只好拼命往后退，结果被铡刀切割成了两半。除掉了大蟒蛇，人们并不放心，害怕再又会有蟒蛇进入这个洞中，人们搬了很多石头堵死了这个山洞，而且还填平了堰塘，这才最后放心。

人们战胜大蟒蛇，证明了人在某些时候可以战胜自然中的某个个体，但这并不能说明我们可以战胜大自然整体，就无需依赖自然，实际上我们也照样只是自然之中的一种存在物。“人能够能动地改造自然，却永远不能脱离自然。我们说人与自然中的其他存在物存在不同，却并不能说人类这种独特的自然存在已经超越了自然本身，因为人必须依赖自然。在我们的历史上，任何文化都或明或暗地拥有某种关于自然的观念。迄今为止，工业文明所建立的一切都是在自然环境中取得或发展起来的。”[2] 时间进入八九十年代直到现在，受利益的驱使，神农溪一带人们大量捕蛇，不分种类，不管大小，见蛇就抓。过去人们对蛇的那一点神秘情感，如今也被金钱的欲望驱赶得一丝不留，一些捕蛇高手不管多大的蛇，也不管多毒的蛇，他们都敢发起进攻，绝不失手。他们的武器很简单，就是一个木叉，见蛇只需将头或七寸叉住，迅速将其收入编织袋中，立马就可变成钱。即使蛇钻入洞中他们也不放过，用锄头或钢钎三两下挖开洞穴，就可手到擒来。聪明伶俐的蛇们，在人类的贪欲与智慧面前显得无能为力，无处可逃，穷途末路。现在的神农溪一带广大地区，已经很少能够见到蛇，蛇在这里已经濒临灭绝，连蚯蚓大的蛇孙子都难得一见。人们现在必须明白一个事实，那就是如今早已经不是我们与自然搏斗拼杀的时代，而是要彻底改变我们的思维模式和生存方式的时代，再不能与自然为敌，而是要以自然为友，善待自然，与之和谐相处。

蛇被一扫而光，失去天敌的老鼠可以成群结队呼啸在山林与田野之中，人们捕蛇办法多多，可是对老鼠却无可奈何，防不胜防，想抓又抓不着。这时人们只好大量投放鼠药，同时给庄稼喷洒农药，这对控制老鼠倒是确有效果，人们为此自鸣得意：还是人有办法！压根儿没想到，老鼠中毒，蔬菜粮食也随之污染，一些发达国家早就禁止使用除草剂、鼠药、化肥、农药，而我们在市场中仍然到处都可以买到，到处都还在大量使用。

人们只知道蛇有毒，殊不知，生态污染正在悄无声息向我们的生命发起进攻，对所有生命物种构成了巨大威胁，如果继续无视它的存在，终有一天它将残酷无情毁灭世界上的一切。

注释与参考文献

[1] 吕大吉主编,《宗教学纲要》，北京：高等教育出版社，2003 年，56 页

[2] 余谋昌、王耀先主编,《环境伦理学》，北京：高等教育出版社，2004 年，8 页

猫狗争霸

盐池河斜对面向家梁子山脚下紧挨神农溪河边很早就比较集中住着十几户人家，看起来像一个小镇，但人们并没有将其当做镇，只能算是一个山寨，都把这里叫“洋马滩”。这名称的来由不清楚，后来不少人猜测，说可能这里古时候有人养过洋马，但人们又拿不出确凿证据。河对岸自古以来就是一条贯通沿渡河、两河口与堆子场、下谷坪直至神农架的人行大道，70 年代后期人行大路才变成公路。寨子西头与河对岸大路是一座横跨在神农溪河水之上的铁丝桥，是寨子与外界连接沟通的唯一通道。

寨子的所有住户都靠山边一字型排开，大门全朝河，大约一公里路长，有的住户相隔比较远，像一条街又不是一条街。路也没有形成马路的格局，随着住户房屋的大小或靠河边的距离远近不同而宽窄不一，只不过地势还算平整。整个寨子也说不上热闹繁华，只是时有炊烟，偶闻人声与犬吠，虽然住户比较集中，但人们的生活模式与一般山民没有什么两样。本来这里应该有更多人居住，但这里只是吃水方便，烧柴却要到很远的山上去砍，仅仅只是背一次柴就得花上半天左右时间。最早来此居住的人，本可以不用到山上砍柴，只需到河里捡“浪渣”就可维持，后来住户增加，“浪渣”供不应求。

寨子正中段有一户人家，男的姓杨，是个木匠，名字一般都不知道，都叫他“杨木匠”；女的似乎是没有名字，人们依据那男人的姓称女的为“杨家的”。这两人没有生育，也没有领养小孩，一直都是两口子过日子，两人感情非常好。因为男的有手艺，家里富厚，在寨子里是最富裕的，但是两个人从来不因为家里富有自居。两人为人谦和，与寨子里所有人的关系处理得特别好，因为自己没有子嗣，他们俩对别人家的孩子总是关爱有加。由于他们对孩子们好，孩子们的家长也就与他们亲密无间，由此，全寨子的人也都互助互爱，一家有事，全寨相帮，整个寨子就像是一家人。连鸡狗猫串门，也都会得到亲热对待。杨木匠常年在外做活，田里活路很多时候顾不上，别人总是主动上门帮助干。杨木匠因为在外结识的人多，人缘好，寨子里的人有什么事要找个人帮忙，总是先找他，许多事他都直接答应下来帮助办，所以这里人对杨木匠一家敬重有加。

“杨家的”常年在家，用钱不用愁，田里活路自己也不用多操心，闲得慌，但她又偏偏闲不住，总想找点儿事做。她养了一大群鸡，早上放出来撒几碗包谷或麦子喂一下，然后就赶到门前河边草地让它们继续找虫子吃。这时候母鸡就会陆陆续续回家下蛋，一年四季家里都有吃不完的鸡蛋，寨子里的小孩没少吃他们家的鸡蛋。但是鸡群并没有给“杨家的”带来多少事，仍然还是清闲轻松。后来杨木匠在外做木工活时捉回了一只小狗，全身金黄色，寨子的人都非常喜欢，说：黄来金，白来银，杨家要发大财！这狗自来到新家，吃住无忧，人吃什么它就吃什么，比那些家里人多的孩子还幸福，小黄狗很快就成了一只威武的大黄狗，大家就亲切地叫它“黄黄”。这狗也似乎对生活十分满意，从不往远处跑，每天都只是沿着寨子门前大路来回走几趟，像是警察在例行公事巡视寨子一样。有时候它“巡视”经过别家门口，如果正碰上吃饭，就会有人唤住它给它一块骨头甚至一块肉，它也总是毫不客气，张口就接住，连连摆动尾巴，表示谢谢。如果别人不给它东西，它也并不找人索要，跟没事人一样继续走它的路，去完成它的“公务”。但是它却极其凶悍，如果有外边的狗入侵寨子，它会奋不顾身，拼命捍卫自己的主权。有一次，外边来了一只狗咬了寨子的另一条狗，它马上出手相救，飞身咬住那条狗，一直追咬到河边，将那只狗摁在地上拼命撕扯，那条狗浑身是伤，血肉模糊，“杨家的”赶忙跑去吼住了黄黄，那条狗才死里逃生。自此，寨子外边的狗都不敢靠近寨子半步，有的仅是站在河对面汪汪几声，然后知趣地离开。黄黄还有一个特点，白天，不管是生人还是熟人它都不咬，见了熟人摇摇尾巴，见了生人也只是抬头看看，然后就不理不睬。可是一到晚上，它就完全是另一幅面孔，只要闻着生人的气味，他就会疯狂扑咬，寨子以外的人晚上要到寨子来，都是老远站在河里铁丝桥上喊寨子里的人管住黄黄了，再才敢进入寨子。自从黄黄来到寨子，所有寨子里人家从来没被盗过，有的人开玩笑，把黄黄称为“保安队长”，把黄黄的狗棚叫“保卫处”。

黄黄来到这里不久，“杨家的”妈屋里给杨家又送来一只小猫，小猫长得很特别，浑身很不规则黑一条黄一条，黑一块黄一块，活像一只小豹子，人们也就干脆叫它“小豹子”。两只眼睛上边分别有一小块黄毛，像是长了四只眼睛，活跃非常，人见人爱。“杨家的”从第一眼看到这只猫就无比喜欢，简直把它当了心肝宝贝，每天夜晚都是与“小豹子”同床共寝。猫渐渐长大，也渐渐露出了恃宠而骄的霸道脾气，哪怕黄黄比它大出好几倍，它也敢与黄黄争食。这一下矛盾就来了，一山不容二主，势必战争频发。原先杨家没有小孩，总是寂寂无声，自从有了猫与狗，常常听到有狗叫声和人的吼声，每到这种时候，隔壁几家就知道，肯定是狗猫又开战了。人们也并不觉得吵闹，有的人还会边笑边念叨一句：这两个小东西，怎么就不叫人省心呢？好像那猫那狗就是自家的两个小宝贝。

本来自从“小豹子”来了以后，狗猫并不在一起就餐，猫有猫碗，狗有狗盆，并且猫碗还是放在灶台上的，就是防止狗抢猫食，狗盆就放在火塘屋里的一个角落的地下。但是，“小豹子”偏偏不满足，只要发现狗盆里有自己满意的东西，哪怕是一块骨头，只要黄黄不在，它都会去偷走。后来就是黄黄在，它也敢去抢，只要黄黄稍有反击，“杨家的”就大声吼，黄黄只好忍气吞声。有一次，“杨家的”没在场，“小豹子”也公然去抢狗食，黄黄忍无可忍，终于出口咬了“小豹子”一口，“海湾战争”终于爆发。“杨家的”听到赶忙跑进屋里，不问青红皂白，挥着响篙就打黄黄，并将黄黄赶出家门，几天都没让它进屋。过了三四天，邻居来给黄黄讨保，说牲口们都如同小孩子，都是不懂事的，你不要对黄黄太苛刻。这样“杨家的”才让黄黄进家门。黄黄一进屋，马上跑到“杨家的”的面前两只前腿趴在地上，口中哼哼有声，尾巴不停摆动，像是在赔礼道歉，“杨家的”一见，马上去抚摸黄黄的头，眼泪刷一下就出来了。本来“杨家的”也很喜欢黄黄，她打它，也只是想给它一个教训，让它长点儿记性，以后不能欺负“小豹子”。黄黄几天没敢回家，其实她心里时时都惦记，但她一想，反正黄黄到哪家都不会饿着，也就狠着心惩罚它一下。

从此以后，“小豹子”虽然仍然有恃无恐，但它毕竟被教训过一次，也不敢太过肆意妄为，最多也只是趁黄黄不在的时候偷偷摸摸满足私欲，只要黄黄在，“小豹子”从来不敢靠近，总是避而远之。但是，黄黄对“小豹子”的仇恨心理从来都没有消除，它在吃食的时候，只要发现“小豹子”的身影，就会汪汪有声，那架势，似乎在示威：你敢来，我就不客气！但从那次挨打以后一直没敢再真正下口，当然很多时候都有“杨家的”在一旁提醒：黄黄，你敢！虽然矛盾并没有完全消除，但也总是这样微妙地维持着。

看起来“杨家的”处理狗猫争端这件事仅仅是普通人家平常得

再不能平常的小事，但却体现了我们与动物之间的一种不可小觑的关系。动物不是道德主体，它们不对自己的行为负道德伦理责任，并不懂得大不欺小、少不欺老这些人的伦理，它们只是本能地捍卫自己的生存权利，维护了自己的生存权利就是它们的成功。人才是道德伦理的主体，应该把道德关怀施与动物，去关爱它们，不让它们的生存权利受到侵害。这还不是全部，人还应该去平衡动物之间的各种关系，不让动物间关系出现太大的偏斜。有的动物因为身体或者其他条件限制处于弱势地位，人就要出手相助，限制打压某些强势个体或群体，使生态处于一种和谐平衡状态。这就是人这个“道德代理人”对生态系统应尽的不可推卸的责任。我们千万不要小看了动物中的任何一种也不要小看了所有生物物种的价值，“是它们构成了各种具有活力的纽带，这些纽带就在生命过程中把动物世界与非动物世界紧密地联系在一起”。[1] 猫与狗相比，无疑猫是处于弱势，“杨家的”处处偏袒猫，虽然她也爱狗，但却总是压制狗，她的这种态度和行为恰恰与生态伦理思想契合，即使她自己可能并不懂得生态伦理科学。

狗猫争霸，本来很容易分出胜负，但是只要人出面维和，双方也不会就轻易分出胜负来，并且总会维持在一种平局的状态。这实际上也是生态平衡的一种表现。至于二者之间矛盾没有完全消除，这也很正常，因为物种之间要绝对平衡也是不可能的，只要能维持一种相对平衡状态也就皆大欢喜。但是，人参与维和也不是生态平衡的全部，只是局部的、暂时的，如果我们承认了人维和的生态平衡唯一性，那么这仍然是人类中心主义的观点，把人类当成了大自然的主宰。事实上，大自然生态系统的平衡关键还在自然本身，人类只是于局部的场合起一些辅助的作用，并不是根本的因素，虽然这种“辅助”作用也是不可小觑的。

大自然生态系统中任何一个物种（包括人类在内）谁也别想当

霸主，也当不了，谁想当霸主，只能说明它的狂妄和无知。到头来都只会把自己弄得众叛亲离，轻者成为孤家寡人，重者就会一步步将自己送入坟墓。狮子想当霸主，但猎狗团结起来对付它，它也毫无办法，只能眼睁睁看着猎狗抢走自己辛辛苦苦猎捕来的食物；大象凭着自己高大的身材要当霸主，但它往往又是狮子、猎豹的美味大餐；人类说自己是世界的主宰，到头来弄得自己遭受生存困境，陷入四面楚歌之中。真正的霸主是自然本身，它才是一个无形而又无所不能的客观存在实体。我们分明处处感觉它的存在。早期的人类将自然虚化为"天神""上帝"。其实我们早就应该给宗教的、神秘观念的"天神""上帝"赋予一种新的诠释，即"大自然运行的铁的规律"。

注释与参考文献

[1] 梅萨罗维克著,《人类处于转折点》，北京：三联书店，1987 年，13 页

百川归海

堆子河在东圩口与小溪合流，再往前流经村背坨、盐池河、洋马滩、榨房坪到两河口，在这里又与另一条支流虎岩河会合，所以人们称这里为“两河口”。这里还有两个名字：乱石窖、凉水井，本来这三个名字各是一个小地点，但这三个地方相隔不远，后来人们只要提到其中一个地方，实际就把另外两个地方都包含在内了。

这里的两河交汇与东圩口的两河交汇不同，东圩口两条河会合呈丁字状，这里却是丫字形。“丫字”中间是万碑岭山脉的尖端伸向此处的一个小山嘴，尖端有一小块约三、四亩大的平地，可能人们觉得这里离两边的河水太近会不很安全，所以解放前从来没有人居住。直到解放后，沿渡河区粮管所在这里修了一栋房子做粮店，除此再没有别的单位和建筑，直到70年代，人们才又在这里修了一座小型电站。人们看到粮店、电站在这里并没有什么事，这才逐步发展起来一些民居，牛羊猪狗也随之在这里进进出出，来来往往，使这里由一个原本很荒芜的山嘴变成了人欢马唱、机器轰鸣的热闹之地。

整个两河口两岸青山相对而立，高耸入云，形成一道深深的峡谷，神农溪从峡谷中间奔腾而过。这里冬天不很寒冷，河风经过神农溪河谷左转右弯，自然没有了劲道，仅仅只是促成了空气流通；

但是一到夏天，却凉风习习，人们从这里路过稍坐小憩，立马会神清气爽，惬意无比，感觉好像是来到了一个仙境圣地。这里是交通要道，东西南北来往的行人络绎不绝，车水马龙，时时热闹如同节日庙会。正好这里靠北边山脚同时又紧挨河边有一长条状平地，人们就在这里依山傍水建起了许多房屋，自然形成了一个窄而长的小镇。别看这镇子小，但小得特别、精致、富有，在这里开商店、缝纫店、饭店、粮店、旅店等等，不愁没有人上门，只愁店小人手少，一年四季，一天到晚都是挤挤攘攘，推拥不开的人流。凡是在这里开店的，不论大小，都是生意兴隆通四海，财源茂盛达三江。有好几个外地的老头、老太太远道而来在路边支起一个露天小摊，也一天忙得不可开交，比沿渡河、巴东县城的许多大商店营业额都要高出几倍。人们盛赞这里是“中国的两河流域”。虽然没有美索不达米亚土地那样肥美，但也有商业贸易的独特优势。

人们都说这里风水好，神农溪到这里，上游无数条支流叉沟，一齐汇总，“百川归海”，如同万国来朝，所以在这里做任何营生，都会财源滚滚。以往人们都把风水归入迷信，其实从生态伦理科学角度考虑，它是有科学依据的，这就是自然地理地势的方方面面构成了一种巧妙布局的优势。得天时地利，又得人和，这就是所谓风水宝地的真谛。“人类文明的发展，使我们具有了许多高超的技能，但仍不能摆脱自然系统的限制。人类的福祉植根于自然，其价值是无法用货币来衡量的。自然群落中的个体成员（如蜜蜂、乌蛇、桤树等）以各自的方式贡献于环境的总体质量，从而贡献于对人类生命的支撑。在人类出现以前，自然生态已持续了几十亿年，创造了成千上万种物种。地球并不是我们珍视它才有了价值，而是有了价值我们才珍惜它。”[1]我们的祖先由于时代的局限并没有认识到自然的价值，一遇到大自然的特别赐予，就把它理解为神灵的安排，上帝的赐予。到人类中心主义的思想形成以后，人们又把自然的赐予看成是人类与天斗与地斗的成就，仍然还是没能正确认识自然的价值。其实人类既斗不过天也斗不过地，只能顺应天地即大自然而为，尊重自然规律，让人力与自然力协力合作，这才能做出成就，创造奇迹。这就是生态伦理科学主张的人与自然的协同进化的观点。人类所创造的一切，没有大自然的支撑都会化为乌有，别说是做生意办企业，仅仅只说农人种庄稼一项，就足可为证。庄稼并不仅仅是我们种出来的，必须要有大自然的土壤、水分、养分、阳光、空气等等滋养才能生长出来，如果无视自然之力，否定自然之力，人类将一事无成，这是生态伦理科学的不易之论。

两河口由于空间狭窄，地势险峻，镇上人口并不很多，买卖购物的全是来往过路之人，本来做任何生意就靠的是流动人口。早年公社化时期，整个长峰地区原有九个公社，只有一个石板坪公社在两河口外边（即靠沿渡河和巴东县城方向），其余板桥公社、下谷公社、石磨公社、堆子公社、泉口公社、东圩公社、万碑公社、两河公社等八个公社全都在两河口里边。这八个公社的人要购物卖货，除了本公社小型店铺可解决一点货物外，其他都要到沿渡河或巴东县城去解决，这都要从两河口路过。而要到沿渡河或者巴东县城去购物，至少一天、多则几天才能完成，所以只要两河口店铺中能买到的东西，人们当然不愿意耽误时间，就在两河口购买。这就是两河口生意红火的关键原因。后来通了公路，这里又是整个恩施地区八个县到神农架的必由之路，更是人流如潮。现在两河口既是两河交汇之地，也是两条公路会合之处，一条主干公路自巴东沿渡河通往这里，在这里分成两条。一条主干道沿着神农溪主源河道从这里继续往前经过盐池河、东圩口、杨家坝、百链岩、下谷坪等处，直与神农架林区神农顶、木鱼坪、大九湖连接；另一条沿着神农溪另一条支流虎岩河从这里经过大桥滩、茅芋坪、虎岩河等处，一直到送子园。水顺山沟流，路从河边走，人们说人类是逐水草而居，现代化的公路也似乎都是溯水源而上，水道加陆路，使两河口四通八达。随着发展，这里又不断增加了新的生意门路，如加油站、汽车修理铺、宾馆等等，使两河口继续着往日繁荣，又更加发扬光大。

两河口并不是解放后才发达的，自古就是做生意买卖的绝妙境地，有着持续性发展的传统。从解放前不知什么时候开始，离两河交汇之地的山上不足一公里远的地方就开有一家商店（当地人当时叫乱石窖合作社）。原先这里没有公路，一条人行大路正从商店门口通过，如今两河口小镇的所有繁华景象，原先全部集中在这个商店一处。别看这是一个山间商店，它当年可是比现在大都市的大型超市、百货商店红火百倍千倍，天天人山人海，时时买卖不断。货物品种多样，门类齐全。多样品种在一起，一个两个柜台忙不过来，只好把货物分门别类，开启多个柜台，有生资部、盐油部、收购部、服装部、食品部等等，几十个营业员成天都汗流浃背，被买货的人叫喊得晕头转向。他们吃不消，只好实行中午打烊两个小时的制度，叫做“抽烟透气”，买货的人只好都纷纷坐在操场边上等候，下午开门时间一到，人们又蜂拥而至，像潮水般拥向各个窗口。乱石窖合作社这种繁荣景象，从解放初期一直持续到70年代中期，这时合作社下面河边公路一通，很多人沿公路开起了无数商店，乱石窖合作社被迫关闭，现在都是一些农户在这里居住。

两河口又叫凉水井，是因为两河交汇的北边山上有一处悬崖，悬崖脚下流出一股清泉，常年不断。人们在出水口不远处的岩石上凿了一口水井，早先人行大路从乱石窖合作社与这里连接，其间不足半里路，正从井边经过，所以人们就以这口水井给这里命名。这股泉水冬暖夏凉，味道甘甜，人们从此路过，就是口不渴，也要随手捧起喝个够。都说这是圣水，是菩萨加了糖的，喝了不仅解渴，还可消灾治病，延年益寿。包治百病当然说得有些夸张，但是大自然给人类的赐予确实是无私无尽的。“任何生物个体，它一旦出生，就是一个自我维持系统。它以生存为目的，但是，它们的价值，包括内在价值和外在价值，都在整个生态过程中体现出来，即它们在生态系统中处于一定的位置，并起着特定的作用，从而形成生态系统中的网络结构，这种网络结构是一个整体。任何生命，无论是个体或种，都不能离开生态系统，否则就是死亡或瓦解。因此，脱离生态系统的整体性就无所谓价值可言，自然界的价值具有整体特征。”[2] 人类和生物是这样，无生物也是一样，大自然生态共同体中的所有物种之间以及与共同体的关系都是这样，没有一个个体或种是例外的。旅店饭庄也与乱石窖合作社一样，随着沿河公路的开通，也就自然往公路边靠拢。

就在水井边上，原先有一对从北京来的夫妇（男的姓高）在这里开一家饭馆加旅店。两口子为人厚道，态度谦和，与来往过路之人称兄道弟，做生意童叟无欺，价格公道便宜，所以一直生意兴隆，客人不断。有许多人从此路过，不住旅店也不吃饭，只是坐下来歇歇脚，他们也照样热情接待，递烟倒茶，不管谁到了这里，都如同走亲戚，真正是宾至如归。虽然店里服务人员长期都只有高氏夫妇二人，但店里店外收拾得利利索索，亮堂洁净，一尘不染。也许高氏夫妇早已参透了大自然生态系统中的物种间以及与共同体的本质关系，他们才瞅准机会在“圣水”边开餐馆与旅店，利用自然又保护自然，也才能与当地所有人建立起良好的和谐关系。这样评价高氏夫妇并不是说他们有生态伦理的先见之明，实际上生态伦理科学的许多观点，并不是非要钻研书本才能获得，从实际生活之中也照样能够悟出。生态伦理科学的真谛，就是讲究人类与大自然共同体之间是一种和谐关系，也是在阐释一种做人的高境界、高品位，即生态伦理学说的“生态人”或者叫做“大写的人”。这种“大写的人”既能处理好人与人之间的关系，也能处理好人与自然环境的关系，使周围的一切都能和谐相处，共同繁荣。

注释与参考文献

[1] 裴广川主编，《环境伦理学》，北京：高等教育出版社，2002 年，130 页

[2] 章海荣编著，《生态伦理与生态美学》，上海：复旦大学出版社，2005 年，234 页

野猪辩证法

野猪在世界的分布范围极广，世界各地除了澳大利亚、南美洲和南极洲外均有分布。野猪是杂食动物，其肉质的营养价值要高出家养猪的好多倍，所以现在人们纷纷圈养野猪。有的还把处于发情期的家养母猪有意赶到有野猪出没的地方去，让野猪配种。这样，家母猪到时候就会生出一群野猪崽，家母猪并不会因为猪崽是野猪的后代而歧视它们，会把这些野猪宝宝精心养大。日后猪主人就可获得丰厚收获，并且还可把猪崽作为种猪养起来，继续繁殖，成为一种产业。野猪种群更是当地生态系统正常运转的重要一环，因为野猪不像其他野生动物那样只是单食，要么草食，要么肉食。而野猪既吃草根树叶，也吃小型动物，如土壤中的蠕虫、鸟卵、松鸡、雉鸡的卵和雏鸟、野兔、老鼠、蝎子和蛇等等，甚至饿极了的雄性野猪还会捕食幼年的豹、豺狗。这样它就可以调节多种生态环节，如此看来，野猪绝对是一宝，我们不能低估它们的自然生态价值，不能因为它损害了一点庄稼就对其滥捕滥杀。

但是野猪也给人类带来一些祸害，这也是事实。据研究表明，野猪栖息环境跨越温带与热带，从半干旱气候至热带雨林、温带林地、草原等都有它们的踪迹，但就是没有在极干旱，海拔极高，与极寒冷的地区出没。野猪的这种生态特征决定了，它们在神农架这种极寒冷的地方不易生长，起码不能长期留驻，所以神农架之下的神农溪一带就成了野猪的理想家园。即使现在生态破坏比较严重的情况下，这一带也经常有野猪出没，农人的庄稼经常受到它们的侵袭蹂躏。

长期以来，世界各地都有报道“猪患”事件，大片庄稼被野猪毁掉，农人们好不容易辛辛苦苦种一季庄稼，一个夜晚就会被野猪扫荡干净，半年或者大半年的心血付之东流，苦不堪言。有个农民诉苦说：某一年，他播种洋芋做了三道，都被野猪拱翻吃掉，往年只需 300 斤种子，这年用了 1200 斤还是不成。因此有的记者站在农民的角度写道：“我们保护野猪，我们的庄稼谁来保护？”更有甚者，到处都有报道野猪伤人的事件，不仅乡村有，城市也有，中国有，国外也有。就在 2017 年，位于日本长野市的长野车站前就发生一起野猪伤人事件，造成一名男子受伤。有的人还无辜受到野猪拱翻咬伤后丧命。在这种严峻局面之下，地方政府出台野猪捕杀令，但是捕杀行动还未开始，就遭到强烈反对，现在捕杀野猪是严重破坏生态环境，是违法的，捕杀令只好束之高阁。所以现在很多人都感觉非常难办，对于野猪，杀又不能杀，它造成了人们财产和生命损失又不能不管。这本来是野猪惹的祸，但是农民只能去找政府，政府部门左右为难，处在了一种十分尴尬的进退两难境地。

这种尴尬处境的出现，究其真正原因，还在于人类的传统意识。长期以来，人们都以一种简单的逻辑处理问题，遇到给人造成危害的东西，就要将其毁灭，并不问原因，不论曲直，不管可否，总认为人类对野猪等野生动物的杀戮行动是顺理成章、理所当然的，并不需要追究它有没有错。所以一遇到它们就觉得应该将其毁灭，但是现在要保护生态又不能伤害野生动物，所以人们就处于一种两难矛盾之中。“如果我们发现，前人视作正当而且自然的态度，今天却被看破了乃是掩盖自利行为的意识形态；如果同时我们也无法否认，人类仍然在继续自己的次要利益使用动物，伤害它们的主要利益——这时候，那些用来辩护我们自己做法的理由，虽然一向自诩为正当而且自然，我们或许也会愿意退后一步，采取一种比较怀疑的眼光去再次加以检视。”[1]现在频出“猪患”是有原因的，而且很复杂，并不是我们仅凭表象看到的那么简单。

表面看，野猪多了才有“猪患”，但是野猪为什么多起来？一方面当然是禁止捕杀，另一方面也是更主要的原因是野猪没有了天敌。野猪的天敌是狮、虎、狼、豹等大型食肉动物，而大型肉食动物为什么会在神农溪一带及其类似地区消失？我们不过度捕杀它们会消失吗？过去人们只要见到豺狼虎豹，就要坚决彻底消灭之，而抑制野猪过度繁殖的正是那些大型肉食动物。野猪生态没有了控制，又加之野猪繁殖能力特别强，一窝可产七八只甚是十几只，当然就会多起来。它们多了，人们给它们的生存空间极其有限，它们势必要扩大生存领地，这一扩大，自然也就把疆域推及到人的居住地。有专家说，“一条平衡的生物链绝对不会让哪一个物种泛滥成灾，成灾恰恰说明了自然环境和生态系统远未达到平衡。”这的确是深得生态科学的真知灼见。

正常的生态系统中的各个物种是一环套着一环的，相互制衡又相互促进，比如野猪以植物与小型食草动物和昆虫为食，大型食肉动物又以野猪等为食，每一个物种总是有其他物种来控制，一般情况下不会出现某一物种泛滥成灾状况。如果某一物种过多、成灾，就一定是生态遭到破坏而失去了平衡。生态遭破坏而失衡，是谁之过？是野猪吗？况且，就现在情况看，看起来野猪太多了，这仅仅只是从局部看问题，并没有从生态大环境的角度考虑，实际上，野猪数量还远远不够。澳大利亚早期曾经有人说，湾境内考拉有10000多只，太多，已经患难成灾，但是人们按照生态比例计算，考拉不是多了，相反还不够，按合适的生态比例，奥境内考拉应该达到

30000只左右。我们应冷静思考一下，对整个生态环境的状况深入分析一下，科学考察野猪数量，禁止利益捕猎。

对野猪伤人现象，更要深入分析。处于常态的野兽如果偶然与人相遇，它的第一反应就是快速掉头逃跑，即使是大型猛兽也是如此，这是稍有常识的人都知道的。它们伤人都是处于迫不得已的情况下才会出现，一般是人追打它们，被追急了，被打红了眼才会出此下策。神农溪边金丰坡上解放前曾经发生一次野猪伤人事件。一只野猪被一群人追打，人们在后边打了无数枪都没有打着，野猪惊慌失措，怒不可遏。当它跑到一座悬崖边时，悬崖边正有个人砍柴，这只野猪一见到这人，就拼死命直奔人而去，一嘴就将那个砍柴人拱下了悬崖，由于用力过猛没有收刹住，自己也与人一起掉下了悬崖。这是因人的追打直接造成的野猪伤人事件，如果这只野猪没有人追打它绝不会伤人。但是人们把这种野猪伤人的罪责全算在野猪身上，并没有深究这种事背后的真正原因。

也有其他原因造成野生动物伤人的，比如为了扩大人的居住地，人类早就逐步向荒野野生动物的领地延伸侵袭，使野生动物领地一再缩减或失去。后来有明令不准捕猎野生动物，一些野生动物又慢慢活跃起来，但是它们的领地太小，生活无法施展开来，它们就要进入人居之处，但是我们又无法容忍。追根到底，这责任也不在野猪，而在人。

还有就是某种野生动物曾经被人伤害过，它们在别的地方遇到了人也会对人报复，动物没有理智，它们不会区别谁伤害过我，谁没伤害过我，而是把所有人都看作是一体的。近些年报道的大象伤人、老虎伤人以及野猪伤人绝大多数都属于这种情况。表面看这是野生动物主动伤人，其实是事出有因，并不完全是它们蛮横不讲理，更不是野生动物生来就是魔鬼。如果一见到野兽伤人，不问青红皂白就猎捕，这仍然还是人类沙文主义的态度，如今已经越来越不被认同。所以在这种时候，我们一定要保持冷静和理智对待，应该把事情弄清楚后采取合理措施。我们人类曾经伤害过它们，没有任何人制止，野生动物当然也无力还击，可是现在它们出于报复心理攻击人类，人们却要将其猎捕而后快。这从生态伦理科学讲，是不道德的，也是不公平的。因为“动物同样也有属于自己的内在价值，这意味着动物像人一样拥有受到尊重的道德权利，因而人们必须以尊重它们身上的天赋价值的方式对待它们，避免使动物遭受不必要的痛苦（伤害）。当然，在大自然中动物之间的交往不存在谁侵犯谁的问题，因为动物不是为自己行为负责的道德主体。只有人与动物打交道时，动物的权利问题才会显现出来，因为只有人才能够意识到动物的权利。”[2]

所以，我们人类不要因为动物不能对人类给予道德对待，就否认人对动物的保护，如果人要以对等的方式要求人与动物的道德关系，人就把自己与动物放在了一个绝对的层面上了。在人与人之间，我们的道德关怀的给予也是不能要求等值交换的，如果一定要对方先给了我们关怀我们才给予回报，这不是道德关怀，而是一种交易。既然如此，我们要求动物也对我们施与道德关怀，就是一种毫无道德伦理可言的错误观点。

当然，如果生态系统在非人力破坏下出现某一物种量多为患，这也会带来整体生态失衡，这时人类可以发挥“道德代理人”作用，在认真核查和合理部署下对其适量捕杀，以保持生态平衡。我们的捕杀行动，是出于一种对整体生态的调节，目的是控制某一个物种因失控而过度膨胀，一旦膨胀，它就会造成另一物种或几个物种的过度损伤，这样物种与物种之间的关系就会偏斜，使生态整体遭到破坏。国家允许适度捕杀野猪，就是出于这种思考，但是这决不能成为某些人因谋利而捕猎野猪的借口。

注释与参考文献

［1］［英］彼得·辛格著，孟祥森、钱永祥译，《动物解放》，北京：光明日报出版社，1999年，220—221页

［2］林红梅著，《生态伦理学概论》，北京：中央编译出版社，2008年，113页

大水田瀑布

大水田瀑布在神农溪流域的石板坪至两河口之间。因为这里靠北边山脚下有五六亩地大的一块平地，平地紧挨神农溪河水，人们就从河中引水，把这个坪改造成了一大丘水田，所以人们就把这里叫“大水田”。其实这里风光的精彩处并不在大水田，而是在它对面山崖上的瀑布。很早以前，远近之人都喜欢来大水田观看风景，实际是醉翁之意不在大水田，而在瀑布之间。

这一带是一条长长的峡谷。紧靠大水田上游的一小段叫乱石窖，因为这里满河道都是大小不等的岩石，大的有山民的住房大甚至更大，这些石头很不规则地分布在河道里，天晴时看不到流水，只见石头。只有发洪水时水才会在乱石丛中显现，水特大时还会掩没石头，因此人们就把这里叫做“乱石窖”。名字听起来有点凶险，其实这里并不使人恐惧，相反倒有几分神奇。这些大石头底部经河水冲击，形成了一个个水中空穴，成了各种鱼的天然理想聚居之所。早年这里边藏有无数的大鱼，还有娃娃鱼、鲤鱼、草鱼、鲢鱼、羊鱼等等，就连一些一般不长成大鱼的鱼，在这里也出奇大。比如名字叫黄骨头的鱼，在别的地方一般都只有两三寸长，但在这里却可长到一尺多长。还有一些珍稀鱼种，如白鳝[1]，这里时有出现，这是一种其他地方一般都见不到的鱼种。这里简直就像一个鱼的天然博物馆，别处难以见到或根本见不到的鱼，在这里都能见到。

紧挨着乱石窖的大水田，因为有条水渠从河中引水，很多时候人们在水田中就能捡到鱼，特别是雨过天晴，水田中一般都有鱼等着人去取。所以人们都说，大水田是一举两得，既能收稻谷，又能收鱼。后来有的人干脆在水渠中放置一个竹篓，鱼从水渠游来直接进入竹篓。竹篓口部呈瓶颈状，编制时专门留有倒向的竹篾针刺，鱼只能进不能出。到一定时候只需将竹篓提回家，里面总有很多大小不等的鲜活的鱼。人们不需下河，不必撒网，就可轻轻松松坐收渔利，大自然总是这样无私向人类奉献。人类生命一方面要以大自然动植物为源泉，这是理所当然的，但是另一方面人类又要懂得敬畏自然，敬畏生命。“如果人思考他的生命及其与整个世界生命关系的奥秘，那么就能采取敬畏生命的立场，无论是对自己的生命还是他所接触的所有生命。他在对世界和人生的伦理肯定中会证实这一切。虽然，从任何角度看，他的生存要比仅仅为自己活着困难，但却更丰富、美好和幸运，即从得过且过升华为真正的生命体验。”[2] 如果人类只是一味向大自然索取、掠夺，而不懂得敬畏大自然和其他生命，那么人类就成了大自然诸物种中的暴君。

大水田的河对岸是一挂瀑布。这里实际上叫鸭子溪湾，不知这名称怎么得来的，其实这里溪流形状也并不像鸭子。河对岸山石壁立千尺，山崖上面叫黑槽，由于山势陡峭，早期是一个没有人烟的地方，虽然范围不算很大，但基本算是原始森林。由于地盘不大，大型食肉动物难于栖身，这里就成了小型食草动物的乐园，獐麂兔鹿、狐蛙蛇鼠、野猪山羊，应有尽有。特别让人瞩目的是，这里长期出没一大群金丝猴，更是让从鸭子溪湾连接到崖上黑槽一带生龙活虎，简直就像一个天然动物园。从黑槽流出一股清泉，由于这里连接神农溪河谷的一段是笔陡的石崖，有近十丈高，清泉从悬崖顶部直冲河底，这就是美丽壮观的大水田瀑布。如果说“飞流直下三千尺”的庐山瀑布是身材魁梧的男子汉，那么，大水田瀑布就应该是小巧玲珑、眉清目秀的小家碧玉，别有一番风情。天晴时瀑布泉水紧贴着石壁往下漫流，三尺见宽，远看像是一个水帘垂挂在石壁之上，两边湿润的岩壁上长着一层浅浅的青苔，犹如水帘两边镶上去的绿色嵌边。瀑布水流轻缓，只是哗哗啦啦轻唱，缓歌曼舞，犹如“风吹仙袂飘飘举，犹似霓裳羽衣舞”的仙子。可是一到发大洪水，就完全变了一副模样，水流冲出一丈有余，轰隆作响，一改平日的温柔，变得张牙舞爪，万马奔腾，像是在与浊浪滚滚的神农溪比武。冲进神农溪中，更是发出巨响，如同雷声连连响起，又如同山崩地裂，震耳欲聋，让人听之见之都胆战心惊。过路之人，胆大的会远远驻足观看，大发感慨，胆小的会快步如飞，赶快逃离险境，似乎走慢了就会大难临头。每到这时，瀑布的水花雨雾还会飞溅到河对岸的大水田来，如果有人站立大水田中，就会觉得像是大雨倾盆，不要一袋烟功夫就会浑身湿透，眼睛都睁不开。人们编了一顺口溜：“瀑布一声吼，大地也发抖。人过吓破胆，蛟龙也发愁”。

然而瀑布最绝妙最让人感觉神奇无比的，是它处于大洪水与天晴小清泉之间的情状。每当洪水过后，浊流退去，但还没有恢复晴天的状态时，是最让人啧啧叫绝的妩媚风貌。由于流量大而劲道足，水流在悬崖口分成两股，一股仍如晴天时贴着石壁流下，一股却冲出数尺远，从悬崖顶悬空冲下，上端大约丈许是一根水柱，逐渐往下却四散开来，越飘越散，到与河水连接时，完全变成了水雾，近观或深入其中如同春雨霏霏，远看就像渔人撒开的一张长而大的渔网自黑槽直接延伸到河底。它与尼亚加拉大瀑布风格不同，尼亚加拉瀑布是一年四季都整体成排地悬空飞溅，气势恢宏，而大水田瀑布则只是单独的一股。最让人可惜的是，这股“喷泉”总是维持不了多长时间，少则一两小时，多则半天光景，只是昙花一现，恍如神仙下凡只在云雾中偶露真容。所以过往行人目睹大水田瀑布的人有千千万万，但看到“喷泉”的人却寥寥无几，绝大多数人都无缘一饱眼福。并且，“喷泉”也并不是每次洪水过后都会出现，很多时候都是由洪流直接变换为清泉细流。有时候感觉它正要形成，但它却隐身而去，不露痕迹，好像在与人们捉迷藏，让人捉摸不透。有许多人冒着大雨前来大水田等待一饱眼福，见不到“喷泉”，遗憾不已，但恰恰是这种想见而不得见，不想见又不期而遇的若即若离情状，使“喷泉”更增加了神奇韵味。恰恰它越是这样躲躲闪闪，不轻易露出真容，就越能显示出它的神奇和美妙。品味美感的真谛，遗憾也是一种美，美中有遗憾才更美，没有遗憾反而遗憾了。罗尔斯顿在谈到自然的审美价值时说：“有的时候，一些偶然的不完善反会增加美感”，真可谓审美体验的真理。维纳斯的断臂不知为她增加了多少美的蕴含。

人们都说大自然给人的赐予是无私而又大放的，其实大自然有时候也是吝啬小气不过的。它似乎在大声向人们宣布：该你得到的自然会给你，即使你没有求取；不该给你的，你也分文别想得到，哪怕你虔诚跪拜，香烟袅绕。如果本不该得到硬要得到，这就属于非分之想，人的非分之想太多太浓，收获的只能是灾难。但不管怎么说，大水田瀑布是美妙无比的，是大自然神工鬼斧的杰作。黑瑛记述了九寨沟风景后议论道：“这种境界是一种什么境界？是某种超俗的美在对人的心灵进行着洗涤与升华？还是某种神秘的美在实现着人与神之间的心灵交会？当然谁也不相信真的有神仙，但此时此境却会使你深信在形神际会交融的冥冥深处确有一个神仙存在。这个仙境当然也不是只有几个仙人在那里优哉游哉的蓬瀛仙岛，而是一种超俗的美、神秘之美在人的心灵中幻化出的境界，这个仙境中的主人或如云龙，或如雾豹，但终归是造物者——大自然的身影，这里也有你被美所升华了的心灵在这个身影上的映照。”[3] 这段议论虽是作者针对九寨沟风景而言的，但用这段话来说明大水田瀑布的妙处，也再合适不过。

现在人们开发神农溪旅游景点，旅游部门首先把原大水田改造成了观景台，紧接着还在这里建造了一栋栋一排排的楼堂馆所，还塑造了一些人工景物。原先那个“大水田”已经不复存在，弄得这里洞户莲房，廊腰缦回，人来人往，车水马龙。瀑布下边掉落下一块四四方方整整齐齐的大石头，开发者在上面凿刻几个图案，染了颜色，远看像是一颗麻将骰子，人们就说这是世界上最大的“骰子”。远近之人纷纷慕名前来瞻仰大水田瀑布，但一般都见不到它最神奇的瞬间，在心中留下一种遗憾美。好在只把它当普通瀑布观赏，它也不失英姿绰约的风韵。

注释与参考文献

［1］据研究说：白鳝鱼营养丰富，味道鲜美，少刺多肉，并具有清凉解暑、滋补强身的多种作用。其肉、骨、血、鳔等都可以入药。对治疗肺结核经久不愈而造成的身体虚弱，结核发热，赤白带下，风湿，骨痛，体虚等症有特殊功效。李时珍认为：“鳗鲡所主诸病，其功专在杀虫去风”。

［2］［法］阿尔贝特·史怀泽著，［德］汉斯·瓦尔特·贝尔编，陈泽环译，《敬畏生命》，上海：上海社会科学院出版社，1996 年，130 页

［3］黑瑛，《谁解造物心》，载《当代散文鉴赏》，乌鲁木齐：新疆人民出版社，2003 年，332 页

张雄南与狗熊

大水田对面的山叫黑槽，翻过黑槽的几座山梁，越过几条小沟再往上是一座大高山，顶上是一个高山平原，人们称之为“牦牛坪”，据说是因为很早以前这里有牦牛而得名。这里虽然地势平坦，土地肥沃，但由于属于高山地区，所以只有稀稀落落十几户人家，互助合作化时是一个互助组，公社化时期是一个生产小队。牦牛坪属老高山地带，比神农架海拔差不了多少，往往是山下气温刚刚转凉，这里就已经是白雪皑皑。与山下其他地方相隔好几十公里远，与世隔绝，仅仅是到公社合作社买点东西，一个来回起码要一天时间。牦牛坪靠西边连接着老虎山原始森林，所以早期常有老虎、豹子、柴狗和狗熊到牦牛坪伤害人畜，这是早期这一带人长期难以医治的心病。这里的农户收获粮食，完全是虎口夺食，异常艰难，并且家养的家禽，也随时都有落入虎口的危险。但是这里的人又都不愿意搬走，原因是这里人少土地多，宽敞自在，土地肥沃，不像山下那些人口稠密的地方，往往会为了一丁点田边地角大打出手。只要愿意种地，有的是。吃水只需在房前屋后水井去舀，烧柴只需到山墙边挥刀就砍，省力省时，举手之劳。

张雄南就居住在这里。由于偏远，离这里最近的小学也有几十公里路，张雄南长到10岁时他父亲才送他上学，但这时他已经玩成了野性，根本不想上学。他父亲几次辛辛苦苦送他下山上学，每次都是他父亲前脚走，他就偷偷从学校逃跑，又不敢回家，就溜到一些放牛场上与放牛娃一起玩儿，天黑才回家，他父母还以为他在老老实实上学。后来他父亲知道了，认为他朽木不可雕，从此不再谈起他上学的事。所以他一直斗大的字都认不得一升，连自己的名字也不会写，毫无心计，人们背地里都说他是四肢发达，头脑简单，是个马大哈。张雄南块头大，从小就是一个天不怕地不怕的人，动不动就和别人打架，他父亲没少揍他。渐渐长大，长得人高马大，身大力不亏，打架总是赢多负少，这就更助长了他的霸气，成了牦牛坪一带的恶少，任何人都不敢惹他，只好畏而远之。他简直把牦牛坪当成了自己的天下，在这里称王称霸，一手遮天。他在家闲着无聊，常常下山到合作社买东西，很多时候总说东西太贵，与售货员争得脸红脖子粗，还动不动就想动手打人。可是这里的人并不像牦牛坪的人都怕他，往往群起而攻之，他力气再大别人也不怕，并且人们总是说他没文化，太野蛮，他毫无办法，只好灰溜溜地回到牦牛坪。

这一带常有野兽出没，豹子咬死牛羊，野猪偷袭庄稼，但是最多是狗熊，其他野兽都只是偶尔露面，狗熊似乎毫不惧怕这里的人，是这里的常客。张雄南与人打架没有了对手，只好把他的注意力集中到野兽身上，特别喜欢打猎，虽然真正打到的东西并不多，但他就是着迷。狗熊是凶恶的东西，别人都不敢打，张雄南却不怕，常向别人吹嘘：只打麂子豪猪有什么意思，就是要打大的才过瘾！那些不敢打熊的人，发现哪里有熊就告诉他，他一听说有熊，立马就来了劲，抓着枪就去了。常常单枪匹马，他虽然号称不怕熊，但心里还是有些发虚，每次都是隔很远开枪，而且土铳不像步枪那样有准星，不能瞄准，所以总是打不着。有好几次都打伤了熊，但熊受伤后还是逃跑了，有的人挖苦他，开玩笑说：你又给熊敬了一只烟。这样一来二去他与熊接触多了，更加不怕熊了，但是多次都让熊跑掉总不甘心。有一次有个人看到一只半大小熊，赶紧喊张雄南，他见是一只小熊，硬是摸到离熊不远处才开火，结果枪一响，小熊跑了几步就倒下了。这一下他更是趾高气扬，觉得自己终于是打熊高手了。

就在他打小熊没几天，可能是熊妈妈出于报复，晚上捣毁了小熊丧命之地一家人的一块包谷地，似乎根本没吃，只是把包谷摁倒将包谷坨抓得到处都是，一片狼藉。第二天一清早他听说了，邀约几个人一起去打熊。一听说打熊，有几个人害怕，有点犹豫，他却说：怕什么，有我呢！好像自己比熊还厉害，比老虎还老虎。几个人一到包谷地边上就大吼大叫，谁知熊就在离他们不远的林子里，一听到吼声沉不住气一下子就窜出来，其他人一见到熊就不要命逃跑，张雄南为了显示自己不怕熊，举枪就开火，忙而无计，没有打中。张雄南自己的枪空了，随手从另一个人手中抓过枪又打，但是周围有人又不敢随便乱打，比划了好一会才又打了一枪，这下熊可能受了轻伤，又加上吼声不断，熊已经被惹恼了。其他人都已跑远，熊冲着张雄南就来了，张雄南根本来不及装火药，只好拖着空枪抱头鼠窜。但是没跑几步他突然想到平时听别人说，熊追来了只要往地下一躺装死，熊就不咬了。本来凭着张雄南高大的身材，往安全地方跑完全可以逃脱，但是张雄南却懒得跑，就往地上一躺装死。谁知这只熊不吃这一套，跑去照张雄南脸上就是一“巴掌”，其他逃跑的人一见这人命关天场面，都在老远朝天乱放抢、大吼大叫，熊被吓得不敢恋战，丢下张雄南就拼命往山林逃跑去。熊跑远了，其他人才跑来把张雄南扶起来，并急忙扶着他回家医治。他父亲请了当地一个著名的草药医生给他医治，经过一个多月时间总算治好了，但是右脸也完全变了形，说起话来嘴巴总是一歪一歪的。与他一起打熊的那几个人觉得心里过不去总是安慰他，都说他是不幸中的万幸，总算熊口脱险，捡了一条命。有的还宽他的心说：大难不死，必有后福，你虽然这次吃了点苦，但今后一定会大富大贵。

神农溪一带早年被熊、豹子、野猪等咬伤抓伤的人很多，但没有一个是野兽主动伤人的，都是人首先攻击野兽，野兽被逼急了才反伤害造成的人受伤。

神农溪一带有人说，熊和野猪都是直眼睛，如果它们追咬人，只要往旁边闪开一步，它就会直冲过去，并不会伤着人。但是长期以来，人们对这些说法将信将疑。并没有人像张雄南那样大胆实验，到底那些说法是真还是假，不管是“装死”还是“直眼睛”的说法都得不到证实。自从张雄南以身试法以后，人们终于明白，那些说法原来只是人们胡乱编造的鬼话。所以张雄南虽然上了个大当，但总算闹明白了一个人们心里悬而未决的疑问，也算是坏事变好事。从那以后，就没有任何人再上当，算是张雄南用血的教训换来了人与动物交往的一条难得的经验教训。

母猪洞沟的变迁

石板坪与大水田之间靠东北面有一条山沟，沟内有一股长流水流出，因为沟内有一个山洞，人们称之为“母猪洞”，所以连带把这条沟也叫做“母猪洞沟”。母猪洞沟从与老高山桐木园交界处的池口垭一带发源，流经乌龟石、关口、天大山、母猪洞等诸处，在一个叫龙潭坪的地方注入神农溪，是神农溪的一条小支流。母猪洞沟可真算得上是“小地方大世界”，沧海桑田，人生百态，都可以在沟内有所感知。

在母猪洞山上的一个叫杜鲁坪的地方，有一个不广为人知，样子并不很像海螺的石海螺。但这个石海螺却极不寻常，非常神奇，吹它，在吹的地方并不响，而是在下边山沟里发出巨大响声。响声也很特别，并不像吹唢呐、竹箫发出的声音，而是嗡嗡闷响，穿透力奇大，像是远处听洪亮的黄牛叫声，整个母猪洞沟全能清晰听到。这里山高人稀，一年四季也难得见到几个外地之人，这里的人也难得走出沟外一次，基本是与世隔绝。原沿渡河供销社干部周宗国，年轻时，他有一个家住杜鲁坪的朋友徐显仁结婚，他去祝贺。第二天早上周宗国准备回家，他的另一个朋友挽留他说：“你别忙走，我带你去看一个好东西！”他将周宗国带到石海螺处叫周宗国吹，周一吹，果如其言。按照科学观点，这种现象应该不难理解，但是长期以来人们并不能对此做出解释，而是用神秘观点说明。最多的一种说法是，当年薛刚带兵往大九湖去躲避，追兵甚急，他便弃两河口的大路而绕道从母猪洞沟前进，由于走得慌慌忙忙，结果有个号兵的一只牛角军号掉落山下，当时顾不得捡起。这里是荒山野岭，没有人发现这只军号，后来垮山将牛角军号埋入地下，年长日久，军号就变成了一只石海螺。后来有的人还给这个传说写续篇，说母猪洞时有强盗抢劫，只要有谁吹响石海螺，强盗就会立刻昏厥跌倒，人事不省，而不做强盗的人听了又没有任何反应。虽然没有任何人见到强盗晕倒过，但人们却相信这是千真万确的，果然，强盗们做贼心虚，因为这个说法就有所收敛，抢劫行为渐渐少了。

石海螺下边不很远处就是母猪洞。母猪洞原先只是出水洞，看不到进水孔，人们不知道洞中的水从何而来，也不知道究竟有多深多大，显得很神秘。后来这里多次垮山，山体破裂，母猪洞成了一个穿洞，大约在离出水洞几公里远的上边山上可清晰看到有水注入。整个山洞面积不很大也不深邃，它与其他山洞不同的地方是，洞分两层，上层是一个干洞，下层是流水洞，常年有一大股水流出。来到上层干洞之中，下有流水哗哗，如同身处多层航船的上层一样。水流与其他溶洞的水没有什么两样，夏天，很远就感觉到悠悠凉气，喝上一口，清凉异常，浑身也觉得顿生凉爽；冬天，水面还冒着微弱的热蒸汽，把手伸入水中，并不觉得冷，反而是温热的。按理说，水只从洞中流过了一段不长的距离，怎么会变得冬暖夏凉呢？人们一直找不到答案。两层洞都是洞顶高的地方人能站直行走，矮的地方只能匍匐前进。据老人们讲，在母猪洞还没有成为穿洞的时候，曾经有胆大的青年进入过洞中，走了大约几里路，也没有走到尽头，但是却在洞中听到了鸡鸣狗叫的声音。这就证实了这个洞并不很深，离地表层很接近。

解放以前母猪洞内确实经常隐藏着坏人，在这一带拦路抢劫，杀人越货，遇到有姿色的妇女路过，他们也会抢入洞中奸淫，如遇反抗，他们就将其杀害于洞中。直到全国解放的前后，这一带的人户都不多，很荒野，所以人们对母猪洞谈虎色变，将其当作凶险阴森处所。就是大白天，从此路过也都是胆战心惊，一般都是邀约三五成群才敢从此经过。就是解放以后很长时间，人们也仍然对其敬而远之，即使有不相信妖魔鬼怪存在的人，从此路过也心里发虚。然而母猪洞不仅被坏人利用来做坏事，也造福于人。旧社会人们在此躲兵躲夫，成了山民的保护伞，有很多人会在里边一躲就是好几天。全国解放以后直到现在，由于长期反对破除迷信，人们的鬼神思想渐渐淡出，夏天一到，很多人跑到里边乘凉，有的晚上也到里边睡觉。有些酿酒的人将所酿的各种酒成批送到洞内，在洞内放上三年五载，酒味更纯更香，原本是这里普普通通的包谷老烧，经此洞藏，就变成了五年、七年、十年、二十年不等的陈酿高档商品，给酒商们创造了十分可观的经济价值。人们这才闹明白，原来这山洞并不是鬼怪出没之所，而是一大宝地。

整个母猪洞沟从龙潭坪一直到云峰寺上边山顶上，早年常有大小不等的山体垮塌，给人们带来灾难。就在全国解放前不久，云峰寺不远处的几家（有一家的家主叫陈兰芝，是个端公，其他已不知名姓）居住的一座山整体垮塌到山下好几百米远的地方。让人感到神奇不解的是，这几家的房屋和人员都完好无损。虽然当时这几家人都惊慌失措，呼天号地，可是垮下来以后几家人都安然无恙，不仅所有人员没有受伤，连房屋也没有一点损坏，一切都与垮塌之前一模一样，只是屋后山林变成了笔陡的坡。所以垮塌的几家人仍然就地居住，并没有搬走。但是，过路之人只要走到这一带都是提心吊胆，生怕遇到垮山，一般来到这里都是跑步前进，有时听到别的什么类似垮山声响，也吓得魂不附体。

由于这里经常垮山，于是神话传说就应运而生。远近之人有个说法，说这座山中有一个神秘的穿山甲，它隔三差五就在山中乱拱，往南拱，南边的山就垮，往北拱，北边的山就塌。虽然任何人也没有见到过这只穿山甲，但人们讲述起来却活灵活现，有些人还说亲眼看到过，比一般的穿山甲要大好几倍，有黄牛牛犊那么大。这里的人好几次组织人力钻山打洞寻找这只穿山甲，想一举除掉它，闹得沸沸扬扬，但是每一次都是干打雷不下雨，连穿山甲的影子都没见到过，总是无功而返。后来人们想到了这里的一个人，即住在上边山上的那个端公陈兰芝，就几次派人去找他，想凭他的法力来制服这只可恨的穿山甲。陈兰芝开始并没答应，说这只穿山甲是神物，就是法力也奈何它不得，以此推脱。可是人们觉得陈兰芝是在故意推辞，仍然一次又一次去请求陈兰芝，实在被纠缠得没办法，陈兰芝只好答应试一试。人们搭起高高的祭坛，陈兰芝登坛作法，装神弄鬼，在祭坛上面上蹿下跳，口中念念有词，哼哼唱唱，手脚乱舞，让人觉得他好像真的有神力附体。但是结束时他不敢肯定有什么结果，只好说山神爷答应想办法，这话听起来就好像山神爷“研究研究”似的！几年之后，山还是照样垮塌，人们大失所望。于是风言风语就出来了，说陈兰芝这个端公是假的，根本请不动神仙，他平时经常给别人跳神作法都是骗人的。有的还说陈兰芝与穿山甲这些神怪是一路货，他不会真心制服穿山甲，他家曾经垮下山来完好无损，就是穿山甲在保护他。弄得陈兰芝威风扫地，无法向人们交代。后来这里稍微安静了点，该垮塌的山已经跨过了，剩下的都较稳固，没有像原先那样经常垮塌，人们也渐渐忘记了那只穿山甲。

这里最大一次山垮塌是在清朝末年，一次大暴雨一直下了好几天，母猪洞沟里发大洪水，从云峰寺一带垮下半壁大山，连带这一带的农田庄稼一齐随同洪水轰轰隆隆被卷到了神农溪河边，在河边形成了一个堰塞湖。人们说这是走蛟，是母猪洞沟里一条巨蟒修行期已到，要借助洪水进入大海。洪峰过后，这里成了一个大坪，靠山边还有一个大深潭，人们认为这个大坪和深潭是蛟龙搬家造成的，就把这里叫做“龙潭坪”。因为后来母猪洞沟常年有泥水冲击，带来的泥沙已经将水潭填平，早已经只见坪不见潭。

人们对龙潭坪感到神秘神奇，随之就出现了一个传说。说古时候这里人家都很贫困，买不起家具用品，谁家有个红白喜事需要很多锅碗瓢盆，只要带上几炷香到龙潭坪烧香磕头，然后转过身来，坪里就会出来一位貌若天仙的美女，给你送上你需要的全部用具。用完后，带上借来的锅碗瓢盆和几炷香，仍然磕几个头，转过身，这位美女又会把东西收回。虽然人们没有真的见过仙女，但这样口口相传，说的人多了，大家都相信这是真的。后来很多人带着香烛去叩拜求助，并没有如愿，于是人们又有了新的说辞。说这里曾经有个光棍，游手好闲，好吃懒做，三十几岁了还没有成家，他听说了这里有这么一个美女，癞蛤蟆想吃天鹅肉，就心生歹意，想将这个美女娶回家做老婆，也想上演一出天仙配。有一天他也带着几炷香来到这里，烧香磕头，转过身子，当美女出现在他背后时，他猛一转身将仙女一把抱住。这仙女哪能受如此轻薄，怒不可遏，用力一掌打来，这光棍便重重地倒在地上，昏了过去，等他醒来，这里什么都没有。从此以后，人们再也没有看到过这位仙女，不管你叩多少头，烧多少香，她也不再现身，任何人也借不到所需要的东西了。

龙潭坪仙女的传说，人们只从话语表层推究是有还是无，其实这个传说是一个象征，它要说明的真正内涵，是人类与大自然的一种生态关系。人类自从诞生以来，就要在诸多方面依赖自然，接受自然的赐予，就像祈求那个仙女给人们无偿借东西一样，但是自然的赐予是有限度的。所以，人类在向自然索取时，只能适可而止，千万不可贪心。如果心存非分之想，去伤害破坏自然之物，造成生态系统的失衡，这时大自然不仅不会再给我们赐予，而且还会对我们进行惩罚，比如我们对许多自然物种竭泽而渔、过度开发等等都是如此。

母猪洞沟山体垮塌原因可能很复杂，早期是当年的造山运动留下的后患，当年这一带山体变形形成的山峰并不稳固，后来经常年的日晒雨淋，那些尚没有稳固的山体松散变形而垮塌。这一带的山头田间早期到处都能捡到一些大小不等的贝壳，这就足以看出当年造山运动的痕迹。但是后来有许多山体垮塌，部分是由于人们破坏了山上植被，造成山体裸露，一遇大雨，地表水流过速就带来山体垮塌。

袖珍山寨石板坪

从两河口到链子岩之间，在靠北边的山脚下有一块长型平地，因为平地朝西边有很多大而薄的石板，一个挨一个，这里的人将其当了晒席或者晒台，在上面晒包谷、黄豆。早期这里有红白喜事或节假日要搭台唱戏，人们不愿劳神费力，就选择大的石板作为戏台，一来二去人们就都把这一带叫“石板坪”。

这里两山隔河夹峙，相距不到一里远，神农溪从两山之间流过。有意思的是，这里上游是乱石窖，是一片乱石丛，河水左冲右突从乱石丛中流出；下游是险峻恶劣的链子岩，是远近闻名的凶险之地。唯独这中间一段地势平坦，水流缓慢，碧波莹莹，与上下险峻之景迥然有别，给人带来了几分安全感，几分敞亮与明丽，来往的人都是刚刚走过了险峻陡峭的路程，来到这里，总算有个喘气的地方。

因为这里是交通要道，所以人们选择石板坪居住的还不在少数，使这里自然成为一个袖珍式的山寨。但是因为这个坪不大，周围都是陡峭的石山，无法大兴土木，所以长期以来也总是只有十来户人家，不曾增加，也没有减少，就这样长期保持原状。有的一家兄弟几个，长大后要成家立业，要分家，这里已经没有发展空间，就只好想办法到别处去另谋出路。由于较平的地方都修了房子，耕地严重不足，山上虽然有的地方不是石山，但却是陡峭如挂，别说种庄稼，就连人畜行走也立脚不稳。而且都是油砂土地，人不去挖它也时时往山脚滑梭不停。有极少稍微平一点的地方，也不能种庄稼，这种油砂地极不耐旱，别说无法收获粮食，种子下土后根本就无法发芽生出来，人们都试过多次，种了也白种。人们形容说：“石板坪上一面坡，打雷石头滚下河。一股凉风轻轻吹，砂土不停往下梭。”但是，人们要生存，这里的人还是想出了办法。

河对岸山上倒是有些平地，但不能住人，因为没有水源，如果在此落户，就需跑几里路远到神农溪来取水，一去一来需要几个小时，如果家里人多，就非要一个专人背水或挑水，才能保证一家人的用水。这里两山距离近，住在坪里的人在没有别的办法可想的情况下，就自动凑钱修桥，不知早在哪朝哪代这里就修起了一道铁索桥。虽然有了桥，但是桥又窄又小，三根铁索上面放了一些木板，然后再用绳索将木板捆绑于铁链之上，就算大功告成。这桥只能单人单行通过，因为铁索不粗，承重力太小，如果几个人同时踏上桥面，很可能就会桥断身亡。而且走在上面，上下颠簸，左右摇摆，吱嘎吱嘎直响，如同荡秋千，如果是心脏不怎么健康的人根本不敢上桥。要往山上运送肥料，或收割粮食时背着粮食走过，非得要十分小心，稍有不慎就会被甩下河去。所以神农溪不涨水的时候，人们不从桥上走，而是从桥下蹚水而过，发大水时才从桥上走。但毕竟有了桥，坪里人家都可到对面山上种粮种菜种瓜果，虽然山上可供耕种的土地也并不很多，但必然大大缓解了石板坪缺少耕地的困难。长期以来，石板坪的人就是这样艰难地维持着生计。如今人们把这座铁索桥当作石板坪一带一道靓丽的风景，到这来旅游的、拍电视剧的、考察的，总会驻足观光，拍照留念。殊不知修建它的初衷并不在风景，而是为了解决河两岸的交通问题，使人们不管天晴下雨往来再也不愁，是石板坪人们的生命桥。

别看石板坪这地方小，可各种树木却不嫌弃这里，在这里安闲自在地生长着。早先这里生长许多药柏树，每根不是很粗壮，但坪里到处都有，好几户人家的房子都是以这些树为支撑建造的。还有榆树，根系发达，长得粗壮伟岸，只是数量少了点儿，整个坪里也就四五棵，但都是人们离不开的。每到夏天，人们总是不约而同到树下乘凉休闲，有的人吃饭时不在家里吃，添一碗饭夹上点菜，远远地跑到树下边吃边与别人聊家常。山脚边还长有一根柏枝树，这树与众不同，有四五个人牵围粗，枝繁叶茂，如一把天然大伞，来往行人与坪里的人更是天天有人光顾树下。有时石板坪有什么大事也聚集这里商量议论，似乎这树是专门为当地人服务一样，它给石板坪人们“建造”了一个天然的祠堂。

但是，人们一方面把这些树当成了朋友一样友好，一方面又无视它们的存在，1958 年大办食堂，后来又在石板坪修公路，这些与人们朝夕相处的树，被一次又一次、一棵又一棵连根拔出。从此以后，石板坪这个绿树成荫的袖珍寨子成了一个无遮无拦的裸体山寨。似乎树们本就不应该生长在这里，也好像它们不应该在大自然中存在一样。人们根本不明白，树木与人类一样，都有在大自然中生存的权利。“我们与其他生命形式唯一的家园是地球。这是一个科学事实，也是指导我们建立与自然的伦理关系的历史起点和逻辑前提。地球母亲不仅生养我们，而且生养万物。我们的生存与自然的生存密不可分。然而，以往我们在这个家园中进行的农业、工业开发活动，重视自然的人类生态价值，忽视或不顾自然的非人类生态价值，结果在获得人类利益的同时，破坏了人与自然的生态共同利益，导致大自然的报复。为了恢复自然，维护人与自然的生态共同利益，有必要明确自然的权利——地球母亲的权利。”[1] 然而，当人们明白这些道理时，自然生态早已严重破坏，一旦破坏，恢复起来就不是毁灭时那么容易。一棵长成两人牵围的树，一般都需要上百年的历史，有的甚至更长，要四五代人的生长期才能完成。过去人们说“十年树木百年树人”，这个说法现在看来并没有道理，论生长速度部分树木可能比人快，可是论寿命，人活到一百岁的极少，而树木却都可以生存到几百上千年。

不过，石板坪能稍微给人以安慰的是，有两棵幸免于难。这两棵树都是一年之内两次发芽，春天与别的树一起发芽一次，到了九十月间，又会抽芽一次，所以当地人就把它叫“重阳树”，现在人们还给它们起名叫“夫妻树”。起名夫妻树也有原因，因为这两棵树，虽然都是重阳树，但两棵树又有一个不同之处，有一棵开花结果，有一棵只开花不结果，的确像是一雄一雌。大自然的事物真是奇妙。这两棵树生长的位置很特殊，它们似乎有意避开了房屋稠密的坪里，而是生长在大坪坎根下神农溪河水边上，离河水只有几尺远，有一半根系都钻入神农溪河水底下的泥沙或石缝之中。发洪水时，它有丈把高一截要被河水淹没，不过长期以来河水并没有伤害它们，一直完好无损，连树皮也没有丝毫破损。现在两棵树都已经有三人牵围那么粗，没有什么旁枝，只长主干，主干上偶尔长出一些细如笔杆的小枝，而且到一定时候又自动掉落。主干现在已经有二十几米高，如同两根柱子一样，过往行人无不称奇。两棵树紧紧相挨，只隔两三尺远，默默矗立，像是随时都在窃窃私语，形同父子或母女，更像是一对形影不离的夫妻。

几次砍树风波没有砍掉这两棵树，也是有原因的，一是人们认为重阳树的质地不很坚硬，木材价值不高，砍树的人当然就把目光投向了别的树；另一原因是人们认为这两棵树很神秘，都不敢对它们下手，当地风俗认为损害了是要遭报应的。

但是，我们不得不为这对夫妻树担忧，它到底还能不能长期健壮地生长下去呢？“树木是植物的典型代表，树木的利益能反映植物的利益。树木是以群落的形式存在，单株树在荒野中是很难存活的。树木的利益主要指维持生存必须被满足的物质养分需要和生态条件需要。树木所需的特定的生存条件通常决定了它的种类。”[2] 原先与这两棵树一起生长的那些药柏树、榆树、柏枝树等等，还有它周围的其他花草荆棘，都被砍伐，它们现在孤零零地站立在这里，又像两个孤独老人。它们失去了生存的条件，短期之内也许看不出来它们有什么问题，时间一长，就很难说了。说不定它们坚持到一定的时候，因为失去生存条件而再也无法支撑，就会枯死，辞别石板坪而去。同时，树木与野生动物一样，生存环境在荒野，原先夫妻树是生活在荒野或者半荒野的环境中，现在石板坪一带越来越成为闹市区，供树木生长的环境越来越少，这也会严重影响它继续存活，不得不让人为之担心。“在各种不同的生态景观中，与这些环境一起演化着的不同生物有机体，往往都存在着通过竞争来求得生存的关系，但是这种竞争是发生在广泛的合作背景之下的，因此，动物之间的竞争通常导致的是多样性而不是灭绝。在植物中，并不是单一的优势物种取得生存权，高大的乔木之下也生长着矮小的灌木和更低的草类植物，它们和谐地共处，充分地利用环境提供的生存条件。”[3] 多种植物共生，相互之间提供生命元素，看起来好像各自都只是为自己存在着，其实同时也都为他物提供了支持与保护。

虽然石板坪不宽敞，但是也仍然有外乡人加入到这里，坪中是没有地方修房了，但在夫妻树周围也不断有新的建筑物拔地而起，住户越来越多，煤炭的硫磺烟、油烟不停熏染，更重要的是这里如今到处都在搞开发，公路一次次加宽对夫妻树也会构成严重威胁。人潮涌动，不知道树木能不能把人的汗气、酒气和碳酸气作为生命元素，如果可以的话，夫妻树可能会越来越肥壮。

夫妻树的幸运，也是整个石板坪这个袖珍山寨的幸运，有了这对夫妻树，石板坪增色不少。同时它们的不幸也会是石板坪人们的不幸，如果完全没有了树木植被，人们仅是生活在水与岩石之中，恐怕也会是一种煎熬。果真如此，整个石板坪就会完全变成一块炙烤生命的“铁板烧”。但愿夫妻树“生生世世，永为夫妻”，万古长青，与神农溪一起讲述历史。

注释与参考文献

［1］［2］余谋昌、王耀先主编，《环境伦理学》，北京：高等教育出版社，2004 年，172/185 页

［3］章海荣编著，《生态伦理与生态美学》，上海：复旦大学出版社，2005 年，356 页

悲欢链子岩

神农溪所到之处，处处是美不胜收的佳境名胜，让人们步行或船游其间目不暇接，步步惊喜。神农溪及沿途景象，就像一条玉带上面串满了无以计数的珍珠。在接近沿渡河镇政府所在地的罐子口有一个地方，叫链子岩。罐子口是一个瓶颈状峡口，里外相隔不足半里路，但里外却是两重天，之外是开阔敞亮的沿渡河，一直都是热闹繁华之地；之内却是悬崖峭壁的链子岩，暗淡阴沉，幽静森森。

链子岩可不是一般的岩石、岩山，有着极不平凡的记忆。这里两山对峙，河水从狭窄的山间流过，约两公里长。两岸山崖高耸入云，陡峭险峻，人们难以攀爬，两岸山峰相距不过一华里，形成了一处绝境，是著名的一线天。特别是靠东北面的山接近河水约四五百米高，全是平滑光溜的岩石，上面寸草不生，“猿猱欲度愁攀援”。但恰恰这里自古是交通要道，长峰（罐子口以内的区域一起叫长峰）里面十里八乡的人要到沿渡河或县城去都必须从这里经过。神农溪在上游离这里约两公里处的两河口已经有三条主要支流汇总，所以这里水深浪急。晴天时节，人们勉强可以顺着河边一次次蹚浅水通过链子岩，但是也仍然不知有多少人落入激流之中，一旦落入水中便会被急流冲走，连尸首都无法找到。一到雨天，河水暴涨，浊浪滚滚，汹涌澎湃，更是只有望洋兴叹，任你有通天的本事也无法通过。就连住在此处不远的一些水上高手，平时可随意在河两岸往返，如履平地，但是，一到涨水，他们也不敢靠近河水一步。

人们要经过链子岩，唯一的办法是绕道从北边万丈悬崖之上翻越。这是一条羊肠小道，草木丛生，曲折回环，阴湿油滑，一不小心就会失足掉进汹涌的河水之中。奇怪的是，就在悬崖顶上一块不足一亩的平地上早年还住着一户人家，有些绕道的人走到这里天色已晚，没有办法继续赶路，只好就在这家借宿。50年代末至60年代初三年自然灾害，三个多月不见一滴甘露，农田大面积颗粒无收，各家以往的存粮也已经被1958年大办食堂用空，颗粒不留。人们只好挖野菜、吃树叶树皮度日。

神农溪乃至整个巴东长期流传一件十分惊人的事。三年自然灾害期间，链子岩一带经常有人失踪，县公安局接到多起报案。开始人们以为是有的人在涨水时不愿意绕山走小路，硬从河道通过溺水而亡，后来接到报案多了，才引起了公安部门的重视，派人到链子岩一带走访调查。获知有好几个人并没有从河里走，而是绕小路时失踪的，都觉得悬崖上面那家人有嫌疑。于是到这一带查访，有几个干警还装扮成过路人深入到这户人家里观察，但几次查勘都没有发现任何蛛丝马迹，但又没有别的任何线索。县公安局有个姓朱的民警，向来胆大心细，足智多谋，也是与这家人多次接触的民警之一，办案经验丰富，觉得这案子不下一番功夫肯定是破不了。他主动请求化装成一个农民，但是他却是个白面书生，只好往脸上摸了一些煤灰，暗藏短枪，肩扛一袋大米，一日晚上到这家借宿。睡到半夜时，这家父子俩，一个拿着斧头，一个拿着砍柴刀，打着火把，直接冲到朱民警房间，正准备动手，没等他们反应过来，朱民警的枪已经响了。冲在前边的那个人是这家人的户主，被朱警官打伤了右手，斧头掉落地上，父子俩登时都吓傻了。外边埋伏的公安人员听到枪声一拥而上，将这父子二人逮个正着。经审问，发现这家人作案十分残忍，既谋财也害命，并且每次都是将杀害的人吃掉，骨头都丢到水沟里和半崖等处的水塘里去了，所以他们连续作案，并没有人发现。

这起惊天命案破获以后，一时间在整个县里及其周边地区传得沸沸扬扬，致使人们一提起链子岩都毛骨悚然，把链子岩都当了恶魔，后来有几个干部出面制止，人们才慢慢不再议论，按道理讲，这是三年自然灾害的特殊时期，即便如此，也没有任何人为这一家人开脱，都认为这家人太残忍，最后落入法网是罪有应得。

但是，链子岩不光曾经存在自然的、人的凶险与邪恶，在平常岁月，它也存在和产生许多美好，其风景如画，鱼儿成群，也给人留下了许多美好回忆。

链子岩下游紧挨着沿渡河镇，这里是巴东县江北第一大镇，车水马龙，热闹非常，号称“小武汉”。上游与石板坪接壤，石板坪有难得的一块长型平地，因为是交通要道，农户稠密，人丁兴旺。链子岩夹在这两处热闹之地中间，与上下两地形成鲜明对比，一动一静，一张一弛，这是大自然有意安排的抑扬顿挫、起伏跌宕之美。让人在低吟浅唱之后又陡然间高亢激昂、心惊魄动一番，不断调节情绪的互相转换。整个链子岩虽是一道峡谷，但河道却比较平缓，水流婉转，早年河中游鱼成群，龟掀波浪，蛇鳝涌动，麟甲曜日，只需随便撒一网，就会有收获，一到夏天，沿渡河与石板坪的人都喜欢进入链子岩捕鱼捉虾，一般都会满载而归，绝无空手而回的。在这种渔舟唱晚的惬意之中，人们自然会把悬崖之上曾经的谋财害命的事忘记得一干二净，仿佛这里从来没有过丑恶。

石板坪紧靠链子岩不远的汪姓一家，堪称渔业世家，有兄弟二人，从小两人经常玩耍在这一带河水之中，练就了一身水上绝技，他们专找深水出入，来去如风，人们称他们兄弟俩为“水上蚤”。据他们自己说，他们抓鱼有一系列原则：小鱼不抓，大鱼下叉，有时候抓住特大的鱼，就两个人抬着回家。他们家常年是：鲜鱼不断，干鱼泛滥，面条当菜，鱼肉当饭。汪老二成人了在沿渡河邻近的红沙沟找了一个媳妇，红沙沟的女孩都心高气傲，绝不轻易嫁人，据说这媳妇就是就是看中了这里山清水秀、鱼鲜成堆。当然更是看上了汪老二水上功夫了得，又有文化，所以山沟里才引来凤凰。那时候的人并不怎么破坏生态环境，他们一面向大自然索取，一面又有许多民俗禁忌保护自然生态，那一带常年捕鱼的人有一系列忌讳，如大肚子鱼不抓，小鱼不抓，乌龟不抓，娃娃鱼不抓，交配时不抓，产子时不抓等等，捕猎其他野兽也是一样的原则。这样，这里山水相映，鱼兽一家，人兽相怜，鱼人互恋，真个是“侣鱼虾而友麋鹿”，亲密祥和，其乐融融。“虽然人类在自然进化中、在生命层次序列和生命组织序列中处于最高的位置，人与其他生物有本质区别；但是，这种差别并不像人们所想象的那么大。而且，任何其他生物共同存在于同一个地球家园里，是生存的伙伴和朋友，我们要给予生命和自然界以适当的尊重。”[1] 但这种人类与自然的和谐状态仅限于早期，在现代，它仅仅是少数人的一种理想和年长一辈人的回忆。虽然不能说现在完全见不到鱼人和谐的情景，但毕竟不多见。好在如今生态伦理科学思想逐步深入人心，相信不久我们的生态环境就会出现许多理想状态。

60 年代初期，政府为了解决链子岩的交通问题，下大决心在离河水约两丈高的悬崖中间修路，人声鼎沸，锤声叮当，硬在悬崖上凿开了一条通道，不仅人行畅通，骡马牛羊也可以轻步如飞。后来修公路，在原人行道上加深加宽，炮声隆隆，飞沙走石，往日威风凛凛如狼似虎的链子岩，如今在炸药面前遍体鳞伤，粉身碎骨。修路的确是一件造福人类的大好事，人人拍手称快。但是，链子岩是连接在一起的整座石山，炸药一炸，上面的岩石随之受损，经常塌方，房屋大的石块常常落到公路上，每到这种时候，又要组织人力物力再次爆破，才能清除塌方。这样常垮常爆破，常爆破常垮，反反复复，没完没了，直到今天，也还常有垮山落石的事故发生，成了一个长期的隐患。这都只怪当时技术落后，要是现在，可以采用穿山打隧道，既省时省力，还安全得多，不会留下任何隐患。“人类在地球上大规模变革自然只是工业革命以来的200年左右的事，但是人类不断地变革技术，获取了史无前例的财富，也酿成了前所未有的生态危机。在这正反两方面的铁的事实面前，我们不应该指责科学技术，而应该检讨我们运用科学技术的人在指导思想上的失误。我们不应该怀有征服自然的心境，我们和科学技术都在自然之中，不是我们选择自然而是自然选择我们。我们使用科学技术不能仅凭我们的一厢情愿，其后果还要经过地球生物圈完整的结构关系的检验。因此，我们使用科学技术时应对地球生物圈完整的结构关系报以尊重的态度。”[2]可是在当时的情况之下指责使用科学技术的人也似乎说不通，因为使用科学技术的人也只能在现有的科学技术水平条件之下活动，很难超越。应该还是当时科学技术本身没有达到相应高度，才留下了后遗症。这是时代给人类带来的局限，既不怪科学技术本身，也不能怪使用技术的人。

自从公路修通以后，这里的行人成十倍百倍增加，人头攒动，车马如梭。公路给这里送来了文明，人们的物质生活水平因此大大提高，这是任何人都否认不了的事实。但是，公路给人们带来文明的同时，也带来了新的歪风邪气，这也是事实。仅看捕鱼一项，人们开着车，带上电机，整箱整箱捕获，可并不是为了尝鲜，却是为了经济效益。大鱼小鱼一起抓，昼夜不息，晴雨不择。过去娃娃鱼从没有人动，现在反而备受青睐。现在旅游的人到了这里，想在河里找条鱼影拍张照片都办不到。神农溪这个国家五A级风景名胜区，如今整条河恐怕也见不到几条鱼。两岸山林中，獐麂兔鹿，野猪猴群也无影无踪。整个神农溪两岸地区生态圈中的各个物种，如今仅仅只剩下了人，成了名副其实的“人类中心”。恩格斯早就告诫我们：“如果说人靠科学和创造天才征服自然力，那么自然也对人进行报复，按他利用自然力的程度使他服从一种真正的专制，而不管社会组织怎样。”[3]这说明，生态伦理科学仅仅只是停留在专家学者的专著中是绝对不够的，它必须变成法律、法规、政策、教育手段等等实际行动才有用。更重要是要使人们普遍懂得生态伦理科学，并把它落实到自己的行动中去。本来这方面早已经有法律条文，但太软，没有别的法律那样的威严性和强度，让一些人大有空子可钻。说到这方面的教育，问题更加严重，本来据说学校早就开设生态伦理学课程，但那只是一些统计数据而已，实际上绝大多数学校的师生对生态伦理科学简直闻所未闻，最多有个别人知道传统的生态学这个名称就算是很有见识了。

生态环境严重破坏，当然不能全怪修公路，只能谴责那些捕鱼人，不懂生态科学，毫无生态保护意识。人们为了谋取一块两块或更多的钱，可以不惜毁灭掉大片绿色植被、大片水域、大群生物体。他们根本不懂得，现在疯狂破坏了生态环境，实际上已经成了明天的罪人。美国著名生态伦理学家巴里·康芒纳做了一个精妙的比方，把自然生态系统比喻为一只手表，而把不懂生态伦理科学的人们比喻为不懂钟表技艺的人。说我们人类对生态系统所给与的一切行为，就如同一个不懂得钟表技艺的人乱修钟表一样，只会对钟表造成伤害。事实上，社会上使用钟表的人很多，但“钟表匠”却极少，大量的都是门外汉。

注释与参考文献

[1][2]余谋昌、王耀先主编，《环境伦理学》，北京：高等教育出版社，2004年，141/182页

[3]《马克思恩格斯选集》(第3卷)，北京：人民出版社，1972年，552页

第五部　东去大江

罐子口三洞天

在沿渡河与链子岩之间就是著名的罐子口，罐子口自古是一处雄关险峻之地，人称巴东江北的“山海关”。这里地形十分奇特，两座耸天险峻的高山紧锁，远看像一个瓶颈，近看恰如两扇巨大的天然大山门赫然矗立，犹如一道庞大的水闸。两山之间仅仅露出一条窄缝，神农溪就从缝中夺路而出，轰然中开，奔腾宣泄，气势恢宏，就是平时不发洪水时节，它也是浪涛汹涌，“卷起千堆雪”。巴东江北平阳坝区、官渡口区和沿渡河区的一部分全在罐子口以外，而沿渡河区有九个公社处在罐子口以内。这里是自巴东通往神农架的必经之路，没通公路之前，里外是两重天，外面是平阳坝、沿渡河、官渡口等开阔热闹的地方，里面是沿渡河区的石板坪、两河口、万碑、泉口、东圩口、堆子、石磨、下谷、板桥等九个公社（这九个公社一起称为长峰），全是荒山野岭，与神农架接壤。沿渡河之外的人一向视长峰里面为荒野落后的“夹皮沟”。原先罐子口不仅阻隔长峰里外大片天地，也阻隔红沙沟与沿渡河上码头两地，两山之间只能隔河相望，虽然近在咫尺，但却关河阻绝，两地之人“鸡犬之声相闻，民至老死不相往来”，两地往来均需绕沿渡河三镇转一个大圆圈。现在两山之间架起了一座公路桥，将沿渡河镇原先的上码头上面那座山与红沙沟连接起来，像是给“大闸门”做了一道横梁，使罐子口旧貌换新颜，出现了崭新气象。大桥之上人来人往，车辆来回穿梭，使罐子口成了热闹之地。

罐子口这道“大闸门”本就显得与众不同，让人或者望而生畏，或者感觉奇妙无比。然而罐子口的风光不仅止于此，还有三个奇异的溶洞和出水洞，错落有致分布于链子岩之上与神农溪河道两岸，一起构成了罐子口奇观。

在紧靠罐子口不足一公里的链子岩半崖上，有一个溶洞，距脚下巴神（巴东到神农架）公路垂直高度约 100 米，但地势陡峭，岩壁纵横。如果没有能攀爬绝壁的绝技，根本无法抵达洞中，虽然脚下现在的公路在早期就有一条人行大路，但洞中却少有人能涉足，人们都只能站立大路上仰视远眺。可望而不可及。现在人们开发旅游项目，从公路边到洞口架设了云梯，凿出了石级直达其上，人们这才可以进入洞中一探究竟。洞口高约 5 米，进洞向北斜下至洞底 200 余米，这高度应该与神农溪河道处于一个水平线了，虽然洞底已探到神农溪水边，但由于坚硬的石壁，石洞并没有与神农溪直接连起来。相传此洞为中华民族的祖先——神农氏沿着神农溪溯源而上，直到神农架，沿途搭架采集草药，曾经居住过的洞穴遗址。

此洞是典型的石灰岩地貌，洞内不像其他溶洞处处都要侧身或攀爬才能艰难往前行走，而是到处都可如履平地。洞内空间高大空旷，空气新鲜，温度适宜，冬不结冰，夏无酷热，随时都让人感觉神清气爽，涉足洞中的人无不啧啧称赞：到底是神仙居住过的地方！洞顶满是倒垂的石屏石幔，这里的洞顶，一处与另一处不同，自然天成又花样翻新；洞壁间到处布满石笋、石柱、石花等等，琳琅满目，姿态各异，见之让人觉得新奇无比，赏心悦目。进到洞中，没有一处与外面世界相同，完全是到了另一个世界，真正是世外桃源。地面有成块成片又高低错落的浅水池，一眼望去，好一派层层梯田绕山转景象，谁说修梯田是我们一大创举，这些层叠错落的浅水池是大自然巧手早在亿万年之前已经绘制出的蓝图，我们也许只是对大自然的模仿吧。人类许多科学技术发明，都是对大自然诸物种的仿照，据余谋昌、王耀先主编的《环境伦理学》一书提供：

自然生物的许多能力都是人类所不具备的。2003 年对伊拉克的战争中，美国空间和海上战争系统研究中心，有 75 只海豚、20 只海狮接受训练，其中有 4 只参加战争，寻找水雷和其他爆炸物，有 1400 条军犬上战场，有 2000 只猴子供探雷之用，有 43 只鸡和 41 只鸭子随军作战，称为“化学品辨认禽装置”。

仿生学，通过研究生物的结构、功能及其作用机理，模拟它们的这些机理，制造出新的更好的机器和仪器。青蛙眼睛有四种神经纤维，因而有四种信息图像识别功能，科学家模拟蛙眼，设计了侦查雷达——蛙眼电子模型；模仿鲎鱼有 2 个单眼和 2 个复眼相互抑制的功能，设计了电视摄影机；通过利用电击研究生物反映，开发了新的电生理研究，促使了电池的发明；从对蝙蝠超声定位的研究，设计了超声波定位器等等。

日本三菱重工企业开发出一种新型机器人——八足机器人。它模仿了章鱼、蜘蛛和尺蠖虫三种动物，取名为“章鱼”。它有八只章鱼触角似的机器足，用这八只脚站立起来，样子像一只大蜘蛛；身上有 72 个灵活的球形关节，每个球形关节是一个协调球，内部装置有具通信功能的控制板、超声波电动机和减速器，每个球上有 4 个接触传感器，能感知地面的情况和高低差别，通过球型关节，它能像尺蠖虫那样一起一伏地前进，又能直立起来像虫子那样行走移动。[1] 我们需要明白的是，科学技术并不是臆想出来的，而是人类生活于大自然之中，受到自然的启示，才有了人类的发明创造。人类思想意识是物质世界在头脑中的反映，是先有了物质世界后才有人意识的，而不是先有了意识才有物质世界，这是哲学老话题了。

洞中还有几处较深的水池，池中之水透明见底，又不停流动，所以纤尘不染，人们说这就是当年神农氏的洗药池。大自然给洗药池还设计了一系列配套设施，在洗药池周边建造了“晾药台”“制药处”“练丹房”等等，一应俱全，形象逼真。传说洞内有神农氏留下的诸多遗迹，这应该是人们为了神农氏的功德和对他的纪念而流传的说法，但没有史书记载。但是当你来到洞中，看了这些“建筑”，总让人感觉，神农氏当年在这一带采药和在神农洞逗留并不是传闻，而是真有其事。关于神农氏采草药、炼神丹到处都有传闻，连神农洞这个名称也有多处，如黄果树、随州市、香溪源头等地，但当地人们都相信，只有沿渡河神农洞才是真的。

洞内有圣境，洞外有奇观，里外匹配，相得益彰。在神农洞所处的山岩下，神农溪河两岸各有一个神奇的出水洞，靠东边的叫“公洞”，西岸的叫“母洞”。人们这样称呼这两个神秘的石洞，是有原因的。

“公洞”洞口雄壮伟岸，洞口阔大威猛，神采奕奕，不管天晴下雨，一年四季没有变化，傲视着人世沧海桑田；看起来，总向人们昭示着一种不可侵犯的威严，像一只张口怒吼的雄狮。从外面看，“公洞”口大空阔，深不见底，稍觉光线暗淡，显得神秘莫测，不知到底有多深多宽。洞内流出一大股泉水，亘古如斯，绵绵不绝，虽然哗哗有声，但却并不咆哮轻狂，与整个山洞的气势风貌保持了高度统一，显得严肃持重，让人总感觉它有一种阳刚之气和伟岸之美。

“母洞”又是另一种姿态，它处在“公洞”河对岸的一座高岩脚下，这里地势低凹，洞口微小，犹如大家闺秀笑不露齿，不张不扬。神农溪一发大水就会将其淹没遮蔽，洪水一退它便依然如故，这地势本身就决定了它的低调温柔。不过它也确实从不张扬，静若处子，一副与世无争的样子，是中国传统女性娴静性格的生动写照。让人不可思议的是，它流出的泉水虽然不大，看起来并不显得壮观，但却与任何洞泉不同，天晴时流出的是浑水，而下雨天流出的又是清泉，从古至今都是如此。当地人百思不得其解，时时叩问这眼泉水为何要与天时及江河湖海反其道而行之？怎么要如此与众不同？莫不是在故意忸怩作态吧！疑问归疑问，人们仍然将其视为一宝，早先在没有天气预报的情况之下，它可是这一带天气的晴雨表，人们要预知天气如何，就都去察看“母洞神水”。如果是浑水，就知道晴天还要继续，反之亦然。不管天晴下雨，也不管白天黑夜，“母洞”任劳任怨播报着准确无误的“天气预报”，为当地人们的生活默默奉献。“公洞”和“母洞”隔河相望，若即若离，相映成趣。中间有滔滔奔涌的神农溪相隔，就如同牛郎织女总是各处在银河两边，却总也没见鹊桥浮现一样。

大自然是奇妙的，让人置身其中不时产生许多新奇、惊喜或者不解，虽然聪明的人类可以利用科学技术不断解开大自然的奥秘，但这总是有限的，仅仅只是冰山一角。从审美学角度说，这正是大自然的神秘美，博大而深邃的美。“生态美是天地之大美、自然之大美，也是人与生态环境和睦相处之大美。人对这种大美的体验，必须由主体参与到生物多样性的繁荣及和谐的情境中去，和生命整体打成一片，同呼吸共命运、与天地万物融为一体，以达到天人合一的崇高境界。”[2] 大自然既让人类对它有一种亲近感，同时又让人有一种陌生感，其实这正是人们感觉到的大自然的一种神奇美，一种与一般的美大不相同的美妙。

后来修巴神公路，要打开罐子口这道天然屏障，不知耗费了多少人力、物力和财力，终于艰难地在链子岩这座板壁岩上凿出了一条通道。链子岩高耸云天，要打通它，在当时只能开山放炮，炮声一响，土块石头满天飞，如雨点般往岩下神农溪河谷倾泻，往日精神抖擞的“公洞”被铺天盖地的土石层层叠压，终于隐身不见，如今很少有人知道这里还有一个奇妙的“公洞”。公路修好了，这可是巴东至神农架的大动脉，它能开启无限众多人的生存门路，搞活经济；还打开了这里人们的心灵，让人们的心思也像公路贯通东西南北一样开始活跃起来。“生态系统发展的原理，对于人类与自然的关系，有重要的影响：生态系统发展的对策是获得‘最大的保护’，即力图达到对复杂生物量结构的最大支持；人类的目的则是‘最大的生产量’，即力图获得最高可能的产量。这两者是常常发生矛盾的。”[3] 现在人们都在思考，当时究竟有没有两全其美的办法呢？即公路照修不误，同时又采取得力措施保护好这里的环境。现代生态科学的理念是，我们的开发建设，应该在不损害自然生态的基础上进行。那么现在可否将“公洞”清理出来呢？虽然也有不小难度，没有了“公洞”，罐子口因此黯然失色，岂不悲哉，再者，“母洞”也不能永远那样孤单下去啊！“造化钟神秀，阴阳割分晓”，大自然中的景象都是阴阳协调的，即使有某些局部失调，它也会在长期的演化中自动调整过来。我们建设开发，往往忽视了对自然的保护，造成了它的不协调，这既是对大自然的损伤，同时也会给我们带来许多缺失。

现在将“公洞”清理出来的必要性，不光是为了恢复罐子口的景观看点，更重要的是修复罐子口的生态。“公洞”被埋得非常严实，原先畅流无阻的水不能正常流出，下大雨时却从上边不远处一个原先没有水流的洞里冒了出来，而恰恰这个洞在公路之上，一旦有洪水，公路上就平地起水三尺，四处流散，弄得公路倒像是一条河，造成交通混乱和灾难，从这里经过的人们多有怨言。在这种情况之下，人们在山洞与公路之间修筑了一道拦水墙，其实只要将“公洞”清理出来，使它恢复往日的畅通无阻，公路水患就能从根本上消除。对于出水洞这样的自然物，有时候也许可以局部调理它，但如果想从根本上堵塞它，只能带来灾难。如今我们除了要保护好尚没有被破坏的自然环境，还有一个十分繁重的任务：对已经被我们破坏了的自然进行修复，即使是有不少困难，也得知难而进。只要我们有修补大自然创伤的决心和干劲，就没有办不好的事情。更何况，现在我们的科学技术有了长足发展，修补创伤的能力更强，我们坚信，“公洞”一定会在不久的某一天重见天日，使罐子口既能恢复以往的阴阳协调局面，又能更加美好。

注释与参考文献

[1] 余谋昌、王耀先主编,《环境伦理学》，北京：高等教育出版社，2004年，213页

[2] 章海荣编著,《生态伦理与生态美学》，上海：复旦大学出版社，2005年，353页

[3] E·奥德姆著,《生态学基础》，北京：人民教育出版社，1981年，261页

神农溪边“小武汉”

“小武汉”是以往人们喻指的沿渡河镇政府所在地，是三峡库区蓄水沿神农溪推积到巴东江北的终点站。

沿渡河原属巴东县长江北边三个区之一，是巴东县最北边的一个区，现为沿渡河镇，地处国际旅游风景区神农溪中游。东南边连接溪丘湾镇（原平阳坝区），西南面邻近官渡口镇（原官渡口区），西接重庆市巫山县，北通神农架林区，属于交通要道，四通八达。沿渡河镇，历史悠久而又文化底蕴丰厚，春秋时期为楚国治地，解放前属宜昌府管辖，大约是全国解放时划归当时的恩施地区管辖。

沿渡河历来被人们以“川鄂咽喉”“神农明珠”和“小武汉”相称，当然这都是对其的誉美之词。神农溪从这里穿镇而过，西南边又有一条小溪——红沙沟到这里汇入神农溪之中，两条水将沿渡河集镇分割成三块。又由于这里历来是一个水码头，人们就分别将三块地域称为上码头、中码头、下码头，总体看恰似一个缩小了的武汉市，所谓“小武汉”之称即源出于此。

现在很多人将沿渡河与神农溪等同，称“神农溪即沿渡河”，这是人们不了解情况，仅从字面上含糊地认为“溪”即“河”，所以将二者作为同一概念，其实从字面上讲，“溪”也并不等于“河”。《尔雅·释天第十二》解释：“水：注川曰溪，注溪曰谷，注谷曰沟，注沟曰浍，注浍曰渎。”这里讲的“川”，即我们现在说的“河”，指大水道，“溪”指小水沟。严格意义上的沿渡河，仅只是现在的沿渡河镇政府所在地，它只是神农溪流经的一个地方，是神农溪流域中最大的一个集镇。

罐子口里边的神农溪河道，到处都是深沟险滩，河水总是张牙舞爪。一过罐子口，它陡然变得温婉柔顺，眉清目秀，含情脉脉，多情而又害羞。并且似乎是故弄身姿，在这里两摆身影，摇曳娇态，形成一个大写的S形，又像一个不太规则的“之”字，三个码头自然成了“之”拐中的大花瓶或者绣球，纵观整个集镇，可谓风姿绰约。人们在三个码头之间或者修建石拱桥，或者摆放渡船，将三个码头连在一起。白天南来北往的行人，或者三五成群走过石拱桥，或者一群一伙拉纤摆渡，熙熙攘攘，涉水渡河。河中鱼群似乎也不甘示弱，成群结队，或跃出水面或水中游弋。河水之中不时有人捕鱼撒网，挑水浣衣，你唱我答，相互嘻戏，笑语连连。一到晚上，烛光闪闪，一片温馨祥和，整个沿渡河就如同一个姿态优美的睡美人。早期的人们，并不破坏自然，他们打渔，但不赶尽杀绝，他们洗衣，但从不污染水质。“人与自然的关系实质上并不纯是自然形态的。在人类生活的世界里，人和自然都烙上了人类活动的、文化的印迹；同时，人类所创造的社会文化体系也成为人的另一生活环境，即文化环境。作为人类生活中特有的生活要素，文化环境与自然环境一起，构成了人类生态环境的整体世界。……实际上，在具体的人类生活中，人与他所处的自然环境和文化环境之间往往呈现着彼此联系又相互制约的状态。一方面，自然环境影响着文化环境的建构。生活在海边的、内陆的、高原的、热带雨林的人类群体，由于处于不同的自然环境，因而他们所建构的文化环境也必然各具特色。反过来说，文化环境也深刻地影响着自然环境的营造。不同的文化传统、制度、习俗、趣尚，也形成着不同的人与自然关系。比如文化传统很不一样的中国与西方在对待自然的态度和方式上就迥然有异。”[1] 自从人类在地球上诞生的那一天开始，大自然就不可避免地要接受人类对它的影响和作用，人类非常本分地顺时而动，循天而行，这时的大自然生态环境和谐美满，人类与大自然总是可以获得双赢，相生以繁，生生不息，这从往日的沿渡河镇就可以得到充分印证。

当然，并不是说这时的人类全然是无忧无虑，大自然给人们也带来诸多不如意。我们常常说要适应环境，但这个适应并不轻松，是很艰苦的一个过程。比如沿渡河，历来是水陆马头，南来北往的人都集中到这里，热闹非常，但这个水陆码头维持得十分艰难。

从沿渡河到巴东县城，70 年代初期以前不通公路，交通极为不便，只能是徒步走山路。走陆路需经过罗坪、白杨坪、八宝山、平阳坝、曾家岭、两河口、东壤口等地才最后到达。其中高山峻岭、峡沟险滩，一个单边行程就得足足一天，如果背轻挑重就得好几天。遇到雨天，关山阻隔，河水挡道，还得在半路上住旅店等上一天几天。其中有两段陡峭而漫长的山路，一是从巴东附近的两河口到曾家岭，山大坡陡，全长约 15 公里，要从沟底直爬到山顶。一是从平阳坝到白杨坪，其间要经过让人谈虎色变的八宝山，八宝山可是地不如名，没有任何宝贝，有的只是嶙峋的怪石和挂起来的山坡。要从平阳坝河底直上到八宝山山顶，直线行走绝对不可能，人们行走时就将山路左拐右盘，踏成了“之”字拐，真真实实是“这里的山路十八弯”。即使是空手前行，仅能够走到五分之一就会汗流浃背，如果背轻拿重，只能是一步三声喘，三步两打杵。汗珠不断线，如同水浇土。沿渡河与巴东县城之间的货物往来，早年只能靠人背托，货物运输量巨大，所以这一路常年不断都有人背着货物来来往往，其中有许多人专门以此为生，人们称这些人叫“背老二”“背脚子”，他们都是一些没有什么别的挣钱门路的人。如果遇到下雨天，他们基本挣不了什么钱，因为中途住旅店多了，就会入不敷出。“背老二”自己说：“天晴有钱用，下雨钻岩洞”，意思是遇到下雨天，没钱住旅店，只能到路边岩洞躲避甚至过夜。

陆路行走与运输艰难，人们就想办法开辟沿渡河至巴东的水路，即由神农溪船行往返。但是，说是坐船，听起来潇洒，走起来却是苦不堪言，艰难尴尬。船是出了名的“豌豆角”，就是古代文人们说的“一叶扁舟”。在文学作品中读到这样的词语觉得很有诗意，但看到实物却甚觉寒碜。船身窄小轻飘，载不了多少人与货，稍微重一点就会沿途搁浅，根本无法行驶，全靠船工拖着走。拖船的人大都是沿渡河运输社拿固定工资的，人们称他们叫“桡夫子”，与走陆路的“背老二”遥相呼应，仅是名字不同而已。神农溪从沿渡河到巴东的一段水路，虽然比上游平缓，但也仍然浪陡滩急，峡谷遍布。下水稍微容易一点，但却风险巨大，稍不注意，船就会撞到岸边石壁，或被巨浪回水掀翻，船毁人亡。自古以来，不知有多少“桡夫子”丧生龙船河谷。上水更加艰难，除了接近巴东县城那一小段是长江水域以外，一进入神农溪，全凭“桡夫子”拉着走。一条船一般要四五个“桡夫子”，他们排成一排，个个肩挎纤绳，在乱石丛中匍匐前进，面贴着地，手抓鹅卵石，喊着号子一步步移动。最难堪的是，不管顺水逆水，他们都要随时下到河水之中护船拖船，如果穿衣裤，会把身上磨破皮，所以“桡夫子”都是全身赤裸，一丝不挂。整日日晒水泡，皮肤全是古铜色，像是一些原始的印第安人。下水船只需半天时间就可到达巴东，有很多人为了赶时间就会乘船，但是女孩是不能坐船的，就是成年女性一般也不坐船，有不多的几个成年女性为了赶时间也偶尔坐水船，但一上船就用草帽或雨伞挡住视线。

现在有很多人觉得“桡夫子”不文明，太原始落后，这都是属于不了解情况，不懂得船工们的生活。如果穿衣服拉船磨破了皮肤，时时在水中泡着会浮肿腐烂，难以医治。这是人们为了生存适应自然环境的表现，是特殊人群生存的特有方式。其实不管是从事什么行当的人，都必须以特有的行业方式贴近自然。“与其他物种一样，人类也是在复杂而相互依赖的生态系统中进化出来的。我们的特征以及包含在我们的基因中的进化机制，都是我们不断适应环境的产物。我们将来能够选择的进化方式，也取决于我们现有的基因与未来环境的相互影响。达尔文的生物学理论告诉我们，人类是一个不断进化的动物。生态学也告诉我们，进化完全是在一个复杂的令人难以置信的、相互联系的有机系统中进行的。”[2]我们每一个人的祖先，都有许多让我们现代人不堪的原始行为和生活方式，同样，我们现在的许多行为和生活方式，也会被我们的后代认为原始落后，也会让他们不堪。这是生物进化过程中一个最简单不过的道理。

70年代后期，公路全线贯通，沿渡河里里外外大小公路四通八达，人们再也不用为交通犯愁，古老的沿渡河迎来了现代文明，产生了天翻地覆的变化。原先的“背老二”和“桡夫子”连带着这两种行当都随着历史前进的步伐沉入了往日的回忆之中，“背老二”的声声喘气，“桡夫子”的悠扬号子之声，都被喇叭声声和发动机的轰鸣之声所代替。公路必须从罐子口经过，否则，罐子口里边的十里八乡就不能享受现代文明，但是，人们都说，罐子口这样的奇特景观应该保留，于是公路只好靠北边稍微推进一点，终于把罐子口北边的一个小山包保留下来，另外开了一个缺口。但是作为一道景观，总觉得成了一个像是残缺不全的跛脚人，让人不无遗憾。近几年旅游部门为了美化景点，把修公路时凿开的那个山垭上边用一个水泥建筑连接起来，还在建筑物上塑造了当年裸体拉纤的几个桡夫子正拉着船的形象。让人们进出罐子口，抬头看看塑像，就可勾起当年桡夫子生活的回忆，或者引起人们对人生和世事的无限感慨。

2000年，随着三峡大坝蓄水到175米，沿渡河美丽的三个码头，一起被淹没水底。沿渡河人民用国家给的移民款，在原先下码头背后的山上重新建起了新的沿渡河镇，确实是旧貌换新颜。新镇的建设可能是当时赶时间来不及细致规划，这个新镇，似乎是毫无规律，房屋挤挤挨挨，全集中在原先下码头上边山坡的一处，人满为患，推拥不开。一到逢年过节，这里就成了一锅粥，人声鼎沸，嘈杂一片，完全不见了往日三个码头均匀搭配，错落有致，既热闹而又有条不紊的韵味。后来人们又在原先上码头上边山上沿公路修了不少房屋，使沿渡河新镇围绕蓄水区域形成了一个圆圈。有的地方房子多，有的地方只有一线，当蓄水到达沿渡河时，沿渡河镇就像一个围绕在大湖泊周边的呼啦圈，但又有粗有细，很不均匀，看起来又像是孙悟空头上的紧箍咒。这就是沿渡河新镇的整体风貌，远看倒也确有与众不同的特殊韵味。我们相信，沿渡河镇一定会随着时间的推移，展露出有严密规划，搭配更加合理，比原先那个"小武汉"有更加美丽动人的风采。

注释与参考文献

[1] 章海荣编著,《生态伦理与生态美学》，上海：复旦大学出版社，2005年，350页

[2] 余谋昌、王耀先主编,《环境伦理学》，北京：高等教育出版社，2004年，56页

红沙沟的红沙

神农溪流经沿渡河时，有另一条小河——红沙沟汇入其中。红沙沟发源于与重庆市巫山县接壤的界河乡，与神农溪比并不显眼，却是一条独具特色的河。别看它平时悄无声息，一到大雨天却是浊浪滚滚，咆哮奔腾，那样子似乎想与神农溪一比高下，狰狞狂躁。然而红沙沟的独特，并不在它的流水，而在于它两岸的土质、景观和人文氛围。

红沙沟并不仅仅指这条水流，还包括小河两岸广大地区的山岭与农田，即这条小沟两岸的一大片地方都叫红沙沟。这一带绿树成荫，山清水秀，四季景色怡人，任何人到了这里，都觉得这里的山水与别处大不一样，山格外清秀，水格外清澈，真是别有洞天，另有韵味。给人的感觉，完全是“忽逢桃花林，夹岸数百步，中无杂树，芳草鲜美，落英缤纷”，让人一入其间便会有“不知有汉，无论魏晋”的感觉，进入了一个温柔敦厚之乡、富庶繁荣之地。

两岸的土质与其他任何地方迥然有异，全是暗红色，像是经过砖窑大火烧过一样，这便是整个这一带叫红沙沟的缘由。但它并不仅仅只有颜色外观上的特别，关键还在它的质地内涵美妙。这种红沙质土壤，松软而不容易板结，易于耕种，而且又肥沃异常，似乎整个土壤本身就是肥料，这是红沙沟最奇特、最神异的地方。整个这一带虽然都属于山地，但却坡度极小，平缓舒坦，胜似平原，人们称之为“漫阳坡”。这种小坡度农田，既可保墒耐旱，又不会淤水成涝，旱涝保收。人们耕作不需费多大功夫，似乎只要将种子撒到地里就会有收成。农田之中，一年四季都是麦浪滚滚，玉米如林，一片丰收景象，这就是这种红沙土的神奇之处。这里粮食品种众多，水稻玉米、土豆红苕、豌豆高粱、小麦大麦等等，应有尽有。这里的人们，得天独厚，家家粮油囤积，户户猪羊满圈，是整个沿渡河地区最富裕的地方，人称“沿渡河的粮仓”。

这种红沙土质不仅适合种粮食，其他旱地作物和植被树木也都一样丰富茂盛，果树林木、百草花卉等，种什么都茁壮成长。人们在种粮食作物的同时广泛栽种各种果树，如橘子、柚子、桃子、李子、苹果、香梨、板栗等等，还有南瓜、冬瓜、香瓜等，每家每户的堂前屋后都是成排成块的果树，“桃李罗堂前，榆柳荫后檐”。只要一走进红沙沟，到处瓜果飘香，满山鲜果垂挂，让人羡慕不已。

红沙沟下游一带与沿渡河镇政府所在地相连，交通方便，人们卖粮卖水果，一天可以到沿渡河大街小巷跑十几个来回，只嫌果树结得慢，不愁东西销不出。有时候，水果销售商自己派人到各家各户收购，农民只需坐在家里收钱。在这里，人与自然之间的关系已经达到了高度和谐与互渗，相互依存，互生互繁。“生物以自身的机体与环境发生关系，适应环境、改造环境，创造先前环境没有的物质，刺激了环境的发展，同时也有利于其它生物的发展，这是生物与环境的‘协同方式’。”[1] 以往人们把这种地方称为风水宝地，似乎只看到了自然对人类生存的有利一面，但实际上这种风水宝地意识又有力促进了人类反作用于自然的无形好处。既然人们认为是风水宝地，自然就会把这里倍加珍惜，也就增强了人们的生态保护意识。生态保护得好，自然环境对人类的养育又会更加优越。这就形成了一种良性循环，你催生我，我催生你，物我相互促进，达到生命共同体的整体繁荣。事实上，红沙沟的人们因为物质环境优越，水土独特，空气新鲜，确实显得格外精神。

自古人们都认为红沙沟是美人窝，是巴东乃至湖北的“苏杭”。实际上，这种说法并不是空穴来风，这里确实盛产美女（当然也盛产美男）。这里的女子皮肤白皙，浓眉大眼，水色灵秀，身材苗条，个个如同水蜜桃，确属“窈窕淑女，君子好逑”。远近男子都把在红沙沟找到媳妇当做一种无比荣耀与骄傲，听说谁找了一个红沙沟的媳妇，人们就会认为这是正宗美人。传说一个在沿渡河区政府工作的男孩子，其貌不扬，但心气高傲，二十七八了还没成家，别人问他要找一个什么样的人，他回答说：非红沙沟的女子不娶。正因为这种状况，这里的女孩子身价极高，本乡本土的男人被她们视如草芥，一般都看好机关单位的优秀男人。红沙沟的男孩子也并不愁，他们都会在外乡找到漂亮娴淑的媳妇，外乡的女孩子视红沙沟为福窝窝，一听说对方是红沙沟的，都趋之若鹜。这里男女的婚姻大事，从来无人犯愁，“男大当婚女大当嫁”在这里有了另一种诠释，即“水到自然成”，根本不需要费什么周折。红沙沟这个美人窝，自是红沙沟人的骄傲。

古语云：“一方水土养一方人”，这几乎是一句生态哲理。“根据生态学的场本体论，也可以把人对生态景观的审美体验看成是生态圈在进化过程中创造出来的、为进一步完善地球生态系统之美的信息交往功能。生态美的体验内在于生态系统之中，是人通过与生态过程亲密地融合而体验到的，它不能与培养它的母体严格地区分开来。河流、雨林、旷野、冰川和所有生命种群，作为体验者的我的一部分。我与生命圈的整个生命相连，我与所有的生命浩然同流，我沉浸于自然之中并充实着振奋的生命力，欣然享受生命创造之美的无穷喜乐。”[2] 人类在与其他生态种群共同创造的和谐大自然中，享受着系统所创造的一切，红沙沟这个优美丰裕的生态环境，提供给所有生命的滋养更加丰厚，这就是人们常说的钟灵毓秀。

红沙沟自古繁荣富庶，人们不仅选择在这里居住，也在此驻军，企望从此地吸取大自然之灵气，以求发达昌盛。红沙沟朝巫山方向有个叫陈家坡的地方，就是当年刘国公驻军之地。刘国公即刘体纯，是明末农民起义军将领，李自成的部将，曾任明大顺军右营右标果毅将军。李自成死后，各路英雄分成两大部分坚持抗清，分别由郝摇旗、刘体纯、李过、高一功等率领。1646 年 9 月前后，有两路人马先后在湖南、湖北与南明湖广总督何腾蛟、湖北巡抚堵胤锡等取得了联系，与南明政权联合抗清。于明永历二年，即清顺治五年（1647 年），刘体纯接受南明永历政权赐封为皖国公，这就是人们称他为“国公”的来由。但实际上这时他已经人困马乏，兵少将寡，只好与另一路人马马腾云部合并一起，转移驻扎到沿渡河红沙沟的陈家坡。陈家坡的校场坝就是当年他们练兵驻扎的场所，这里至今仍然叫“校场坝”，据说直到全国解放的前后这里还有“城墙”遗迹（实际上不是城墙，而是战壕屏障的遗迹）。他们在这里屯兵驻守，招兵买马，操练兵丁，扩充势力，一直坚持了四年之久，功夫不负有心人，果然他们在这里起死回生，重新壮大了队伍。非常有意思的是，就在校场坝上边不远处的山上，天然生有两个如同人形的石头，高的一个如同一个威严挺立的将军，矮的一个好像是将军的卫士。自从刘体纯在这里驻军后，人们这才恍然大悟，难怪刘体纯到这里驻军，原来这里天生就是驻军习武的所在，好像是上天早就安排好了似的。世界上的事情总是有许多巧合存在，也怪不得人们产生丰富的联想。刘体纯在这里多次与清军交战，打得清军人仰马翻，丢盔卸甲，但是他们不想让这里的老百姓遭受兵祸灾难。于是在 1651 年底，刘体纯将队伍拉出，与贺珍、袁宗第、塔天宝、李来亨、郝摇旗等人率领的明大顺军余部，先后转移到川东地区，与当地抗清武装相结合，组成了著名的“夔东十三家”。刘体纯这时鸟枪换炮，成了威名赫赫的“夔东十三家”的顶梁柱。

这时他们的队伍已经发展到16个营的兵力，多路英雄汇聚，不能群龙无首，于是众人推举刘体纯、王光兴主持军务。他们划分防区，分据川东、鄂西诸山中，边务农边练兵，与当地老百姓建立了深厚友谊，常出奇兵袭击南下清军。威名赫赫，战功卓著，在川、鄂、湘地区纵横驰骋，令清廷清剿军特别是川军闻风丧胆，致使清廷下诏书招降刘体纯。顺治十八年八月初九日，清廷特地发布一道诏书招降刘体纯、郝摇旗等义军首领，诏书中说：“兹特开一面，赦其既往之辜，予以功名之径，刘二虎等果能悔罪投诚，真心向化，即赦其前罪，优加升赏”云云。次年，又颁发了同一内容的谕旨。在康熙元年，陕西总督白如梅又有《招抚刘体纯等书》《回贺道宁书》等等。但刘体纯始终不为所动，一直坚持抗清，最后终因寡不敌众，兵败自缢而死。在沿渡河茅芋坪村的一处悬崖绝壁上有一个山洞，据说这是刘体纯最后的退守之地，至今洞口上方赫然存留着“刘国公之居”几个大字，以表示这一带的人对刘国公永远的纪念。

刘体纯与清军的对抗，我们现在无法评价其对错与否，但他的气节与英勇不屈的精神是感人的，所以红沙沟乃至整个巴东至今都盛赞“刘国公”，对他崇敬有加。现在还仍然有很多人到校场坝山上去观光祭拜将军石，在心中表达对刘国公的敬意，人们把将军石当成了刘国公的象征。另外，许多人把将军石又称之为“夫妻石”。很多红沙沟的人都举行专门仪式祭拜“夫妻石”，以求获得保佑，或长命百岁，或福禄双全，或多种福佑兼而有之。

注释与参考文献

[1] 余谋昌、王耀先主编，《环境伦理学》，北京：高等教育出版社，2004年，234页

[2] 章海荣编著，《生态伦理与生态美学》，上海：复旦大学出版社，2005年，352页

别捅马蜂窝

“别捅马蜂窝”这是流传很广的一句俗语，而这句俗语一般都不是用的本义，而用的是比喻意义，告诫人们不要轻易去惹那些比较凶悍的群体，免得反受其祸。

这句俗语的本义不被常用，也许是人们对生态环境的认识水平问题。比如对于蝉，早期人们只看到了它外表高洁，不了解它有害的一面；相反，对马蜂，人们又只看到了它有害的一面，没了解它有益的一面。所谓马蜂有害是指它蜇人，而且被蜇之人疼痛难忍甚至丧命。杨家坝对面山上有个人，有一次到山里砍柴，看到树上有个很大的马蜂窝，他正事不做，放弃砍柴，埋伏到一丛竹叶中，认为我藏身这么隐秘，马蜂绝对发现不了。找了几个石头打蜂包，刚打几下，马蜂很快就找到了他，向他发起了反攻，他丢下刀就跑，回家后还找了一些药敷在伤口上，但就在当天晚上一睡不醒，不幸死亡。他死后人们看他的伤，发现马蜂正好蜇在他后颈窝的穴位处。按当地人的说法，这恰恰是个死穴。马蜂究竟是怎么发现攻击者的，很多人都不理解，按当地人的说法，他阳寿已到，命该如此。按照实证科学的解释有几种说法：一是马蜂有特别强的识别风向的能力，有谁丢石子或别的什么东西砸它，它就会逆风跟踪找到攻击之源；一是有的研究者说，马蜂的嗅觉器官特别灵敏，它会在很远的距离嗅出汗气异味，有谁攻击它，它会很快找到目标。这些研究和说法各有道理，但马蜂能准确找到攻击它的人却是事实。我们不要以为人以外的生物都不如人类，实际上我们在许多方面都远远不如它们。

马蜂蜇人事件在神农溪一带层出不穷，所以人们将马蜂当了凶恶的东西，想尽一切办法对付它们。其实这其中有很大的误会因素，马蜂一般是不主动伤人的，你不损坏它的利益，不伤害它的生存权利，它绝对不会攻击你，当它遇到自己的生存权利受到威胁时才发起攻击。绝大多数被马蜂螫伤的人，都是事先主动向马蜂发起挑战，才被蜇的。是我们侵犯了马蜂的生存利益，理亏在先，它只是防卫，是被动的。按照法律术语，它蜇人致死，这叫做“防卫过当”，是要负法律责任的。但是，非人类物种不是法律道德主体，它们只知道要反抗，至于如何把握反抗尺度，反抗会造成什么后果，它们并不知道，它们脑子里没有“防卫过当”这个概念，只有人类才有这些概念和意识。所以我们人类不要随意去招惹它们，别捅马蜂窝，保持一种物种相互之间相安无事的生存状态，因为只有人才有理性思维，才有逻辑推理能力。如果你明明知道它要报复而去进攻它们，这是你蛮横无理；如果你根本就不知道它要报复，这又是你不懂生态科学，是愚昧。不管是哪种情况都属于咎由自取，就如同我们拼命污染水质，同时我们自己又因为饮水中毒而亡完全是一码事。责任在谁呢？在你自己。

马蜂在生态系统中是有重要价值的，食用、药用、科研等价值都是现在公认的。仅就它在农业上的作用就可窥其一斑，据报道：“中国河南、山西，云南等省采取人工辅助马蜂越冬以及人工辅助建巢和迁巢的方法，利用马蜂防治棉花害虫，甚有效果，而且比较经济。在秋后捕捉雌蜂放入笼内，将笼安置在避风场所，任其抱团，到来年春季，将这些雌蜂放入田间，任其在田间周围自然筑巢。也可以在大蜂棚内提供食物、饮水和建筑材料，令其在棚内建巢。在需要时，把巢移至田间，每亩3—5巢，有蜂100余头，即能基本控制鳞翅目害虫的危害。由于马蜂有归巢习性，所以放蜂一次长期有效。其食性广，可防治多种农林害虫。”

既然马蜂有如此众多作用，它又不主动对别的物种（包括人类）造成伤害，我们为什么要去伤害它们呢？我们伤害了它们，等到它报复时，我们又来追究它的行为过当，这是不是我们太不讲理呢？我们对自己的行为也该反省一下吧！

“别捅马蜂窝”是一个象征和隐喻，但喻指的不仅是叫人们不要招惹恶人，更是告诫我们不能乱捅自然生态系统这个“马蜂窝”。如我们的过度开发、过度放牧、随意捕杀、污染水质等等，这些行为实际也就是在“捅马蜂窝”。如果我们尊重它，保护好它，让它健康存在和运转，它会给我们带来无限好处；如果我们乱捅它，肆意蹂躏它践踏它，它也会像马蜂一样报复我们。如果我们不明白这个生态伦理的道理，招致了它的报复，到那时候，我们照样又不会懂得这是我们的行为不当造成的，又去反报复，这就会带来更大的灾难。形成一种恶性循环，没完没了，两败俱伤，如果各物种之间都这样相互攻击、残杀直至灭亡，最后整个世界就随之毁灭。

罗溪轶事

从沿渡河顺水下行不远就到了小河口，在这里神农溪又满怀深情地接纳了从罗溪坝流出的一条小河——罗溪。神农溪的多条源头，本来都只是纤纤细流，可是一路它以博大的胸怀兼容并蓄，汇聚了无数溪流，从而使自己一步一步逐渐壮大，最后变成了烟波浩渺、雄浑宽广的滔滔大河，充分显示了“河海不择细流，故能就其深”的生态定律。条条小溪汇聚成长江大河，河水又与土地、植物、动物与人汇聚成一条自然生态大河，它是美妙无比，生机无限的自然长河。

罗溪，在众多河水溪流之中，仅为“寄蜉蝣于天地，渺沧海之一粟”，名不见经传，就是查找神农溪沿途景点推介，它也榜上无名。但是，它与众溪流比较，却也有别的溪流所不具备的独特奇妙之处。虽然神农溪如果没有它也可能仍然还是神农溪，似乎无足轻重，但有了它，却多了一份力量，多了一份活力。

罗溪的源头在与重庆巫山交界的界河乡（现在是沿渡河镇的一个村）一带大山之中，这里紧挨枫木公社（现在也是沿渡河镇的一个村）——枫木村。正源头是一块“漫阳坡”农田，出水孔上边是十分对称的两座小土梁，土梁上下都是连接的，只有中间一段分开，如同一只“豌豆角”小船。其上没有高大的树木，只是到了季节就有稀疏的玉米红苕分布其上。就在两座山梁下边将要合拢的地方，流出一股清泉，远看近看都酷似女子要害部位，这是大自然的杰作，所以当地人给它取名叫“美女晒羞”。这比湖南资水河边的羞女山、广东韶关丹霞山的阴元石、江西龙虎山的阴元石等都更加栩栩如生，惟妙惟肖，令人叹为观止。有些人责怪说：怎么取了这样一个不雅的名字？实际上，山梁石壁，亿万年来本来就是那个样子存在在那里，人们给它取名也只是依照它的自然生态样貌而为，考虑的是自然贴切，生动逼真。当代知名作家、编辑叶梦先生在他的散文名篇《羞女山》中详尽描述了湖南资水河岸山上的羞女山以后有一段生态伦理的至诚议论，兹引录如左以答之。

“也许，会有人抱怨她仰天八叉地躺在那里，未免不成体统，未免不像一个闺阁，未免太不知羞。但她为什么要知羞呢？那是一个洪荒太古的年代，天刚刚补好。人，还没有呢！是她创造出了人类，她是一个博大宽宏的母亲。她裸着身子睡了，怎么会想到要害羞呢？她又怎么会想到：在她捏出的小泥人繁衍的人群里，会有那么一班道学家，居然忌讳她裸着身子，居然还嫌她的睡姿不合乎《女儿经》的规范。那些人不仅忌讳这个实实在在存在着的酷似人形的山，还忌讳着仓颉所造的那个‘羞’字。他们认为，裸着的人体是神秘的，更何况这光天化日之下毫不遮饰的羞女！……难怪羞女山多少年来‘养在深闺人未识’，原来全是这班道学家捣的鬼哟！”[1]

大自然先于人类亿万年之久就已经形成，人只是自然进化之工的成果之一，是大自然造就养育了人类，并不是人类创造了自然。我们的所思所为都得顺天应时，遵循自然规律而动，决不可任性地违拗自然规律，即使是简单地取个名字也得如此。自然创造的每一件作品都是大自然的智慧。

就在“美女晒羞”不远处，有一座远近闻名的圣地——仙风观。据说有一个道教大神，当地人称其为“祖师爷”。祖师爷当年准备从平阳坝到沿渡河对面山坡上安营扎寨，结果在平阳坝对面一座大山上一脚踩偏了大山，本想下一脚要踏到沿渡河对面，因为身体偏斜，却一脚踩到了仙风观这里。他想既然已经在此着地，这说明是天意安排，只好就在仙风观停下，就地大兴土木，建造宫观，因此这里从此就有了一座名扬四方的道观。后来人们在沿渡河对面山上“祖师爷”曾经准备落脚的地方也修了一座道观，这里人口稠密，本应香火更加旺盛，可是因为高人没能到达这里落脚，却一直兴旺不起来，冷冷清清，少有香火。而仙风观虽然远离市镇，地处荒芜，因有“真神”在此，一直以来信众如云，车水马龙，一年四季一天到晚都是香火不断，青烟缭绕。并不比中国道教四大名山湖北武当山、四川青城山、江西龙虎山与安徽齐云山差多少。看来“山不在高，有仙则灵”的说法，确实是一语道破天机。有意思的是，仙风观与“美女晒羞”一衣带水，紧相比邻，相映成趣。按照一些平庸之人的所谓高洁想法，高道神仙应该都是一些不食人间烟火的天界圣洁之士，这里明明有“美女晒羞”，就应该避而远之，绝不可以选择这种地方为立身之地，可是这位“祖师爷”却偏偏看中了这里。这似乎在向人们昭示一个天地造化的奥秘：就是神仙，也离不开大地母亲。看来，神仙也并不是不食人间烟火的。

“美女晒羞”清泉流出以后，与周围小沟的流水汇聚在一起，形成了罗溪的源头之一，再向下流到罗溪坝。罗溪坝西与重庆巫山相通，东与沿渡河相连，南通巴东县城，北靠神农架，自古是川鄂通道，交通枢纽，常年人来人往，络绎不绝，自然形成一个小镇。人们依据地势和水流梯级将其分为上坝、中坝、下坝，所以这里叫“罗溪坝”。罗溪在这里与另一条水会合后穿镇而过，汩汩流淌，清流泛波，给小镇带来了无限生机。

罗溪坝两边是山坡，中间沿河两岸一马平川，人们在两边依山傍水建造了众多房屋，洞户连房，高低错落，合理分布，一片繁荣。由于有罗溪清泉浇灌孕育，又有平地肥沃土地供给，人民生活富庶，家家兴旺发达。就连两边山坡之上，也是人丁兴旺，牛羊成群。金秋十月，桔柚芬芳，金灿灿的丰收景象更让人耳目一新，流连忘返。入冬，四周山岭白雪皑皑，银装素裹；坝上晨雾茫茫，民居若隐若现，一派宛若仙居的美好景象。从罗溪坝的繁荣，可以充分体味到自然造化之工与人类的创造力有机结合而显示的协同进化发展的结果。生态伦理科学的协同进化观点认为：“尊重物种间、物种与环境间、生物与生态系统间的内在协同和进化方向，在整体生态系统稳态波动范围内，修补系统内部各个组成部分的人为创伤，促进生态朝着既益于生态又益于人类的方向发展。为此，人与自然的进化实质上是共同创造，协同进化。人类环境道德代理者行使代理职责：既为人类服务，也为自然服务。因此，人与自然协同进化的环境伦理，其动机和结果、目的和手段是融会一致的：自然是人类的一部分，人类是自然的一部分，协同进化，共存共荣。”[2] 早期人类都是很质朴本分的，他们反而懂得人类既要依靠利用自然，又要尊重护卫自然，在人类这样的平和心态之下，自然与人类各自都受益多多，从而获得了各自的演化发展。早年罗溪坝的生态环境就处在这样一种和谐共荣的境界之中。罗溪流经罗溪坝全境，被罗溪坝人们利用却并没有被污染，仍然一如它的源头那样清澈纯净，就这样一直保持原生态畅流到小河口汇入神农溪之中。直到如今，这里的人们仍然对往日罗溪坝的故事留恋不舍，追忆那美好的岁月。

注释与参考文献

[1] 叶梦，《羞女山》，载朱士钊编《当代散文鉴赏》，乌鲁木齐：新疆人民出版社，2003年，607页

[2] 余谋昌、王耀先编著，《环境伦理学》，北京：高等教育出版社，2004年，235页

雅鹊子“说话”

“雅鹊子”是神农溪一带的土语，指的是喜鹊。神农溪一带人的语言有个特点，即喜欢在一些人名、物名后边加上后缀语“子”，一般来说，在人名后面加表示这人是小孩，在物名后边加也表示这物品是小东西（小事物）。但这并不尽然，有时候也并不表示小，这里的人把喜鹊、乌鸦分别叫做“雅鹊子”“老鸹子”，就没有小的意思，因为在整个鸟类中比较，它们的体形并不小。

喜鹊在神农溪一带人们的心目中可是一种吉祥、高贵、喜庆的神圣飞禽，它的地位在所有飞禽之上，男女老幼都对其另眼相看，敬畏有加。如果有谁早上起来正好遇上喜鹊在房前屋后鸣叫，这人一定会心花怒放，觉得这绝对是一个好兆头，整天都会心情舒畅，总相信这天会有稀客临门，或者有财神驾到。所以这里的人可以伤害其他鸟，而绝不会伤害喜鹊。如果谁打了喜鹊，就会受到所有人责怪，更会一直被人瞧不起，鄙视他。如果遇到喜鹊不幸而死亡，人们还会将其慎重安葬。神农溪一带的薅草锣鼓歌词中，很多人都喜欢唱“雅鹊子说话喳喳喳，两口子说话哈哈哈”这么两句，用起兴手法喻指夫妻关系的和谐与美满。从歌词中就足以看出神农溪人是多么喜欢喜鹊。

其实，中国民间都广为将喜鹊作为吉祥的象征。传说喜鹊原是天宫的一位神仙，叫鹊儿，专为别人做好事。每年农历七月初七，牛郎织女过天河相会，鹊儿就为之搭桥，因此人们就称此为“鹊桥会”。有一年牛郎织女相会时，牛郎对织女说，玉帝派了金牛星下凡，给人间荒山土坡都撒了草籽，大地因此处处绿茵青葱。但是金牛星忘记了带上花木种子，人间只有草而没有花朵，这是一件非常遗憾的事。牛郎说这话恰巧被鹊儿听到了，就把这事告诉了王母娘娘。王母娘娘听了鹊儿的话，心想，你玉帝派金牛星给人间撒草籽，惠及人类，落了个好名声。我也要给人类办好事，于是就让百花仙子给人间送些花种，想借此也得一个好名声。可是王母娘娘舍不得她最心爱的冬梅，再三叮嘱百花仙子：把百花种子都撒向人间，只保留梅花种子！自此以后，大地上从春到秋，百花盛开，惟独冬天没有花，美中不足。鹊儿见此情况，觉得好事做到底，就偷偷拿了天宫的一株梅树苗，派另一个差鸟衔到人间。从此大地上就有了梅花，因为梅花是腊月开花，所以人们称之为“冬梅”或“腊梅”。

传说虽然当不得真，但它却反映了人们对喜鹊喜爱的真实情感。人们对喜鹊的这份情感不是没有道理的，喜鹊确实有许多让人喜爱的品行。

喜鹊是益鸟。喜鹊是杂食性禽类，它的食物组成随季节和环境变化而变化，夏季主要以昆虫等动物性食物为食，其他季节则主要以植物果实和种子为食。常见食物种类有蝗虫、蚱蜢、金龟子、象甲、甲虫、蠡斯、地老虎、松毛虫、蟒象、蚂蚁、蝇、蛇等鳞翅目、鞘翅目、直翅目、膜翅目等昆虫和幼虫，此外也吃雏鸟和鸟卵。这些昆虫大都是害虫，喜鹊大量啄食，对庄稼有重要的保护作用。神农溪一带人们早期可能也感知到，喜鹊是庄稼的保护神，农人们当然会把它当做益友。虽然喜鹊也啄食玉米、黄豆、豌豆等粮食作物以及其种子，但比起它所带来的益处，这就不值一提了。我们不能太贪心，不能只要求这些鸟禽对人奉献，而人却不对它们有任何回赠。

喜鹊雌雄相互忠诚，相互协作，尽忠职守。觅食时雌雄鸟实行分工合作，常常是一鸟啄食，一鸟负责站岗放哨。如果雄鸟在地上找食，雌鸟就站在高处守望，雌鸟取食则雄鸟守望。如发现异常动静或危险时，守望的鸟就发出惊叫声，提醒觅食鸟，于是双双一同飞走。喜鹊飞翔能力极强，又能持久，一飞就是好几座山岭，中途没有任何停歇。飞行时姿势优美，与别的鸟不一般，整个身体和尾巴形成一条直线，尾巴稍微张开，两翅缓慢地鼓动着，可见双翅端部洁白无瑕的羽毛，十分美观悦目。另外在飞行中可见背部的白色羽毛形成一个V字形。

喜鹊勤劳智慧。喜鹊筑巢，要经历一个长久的过程，据研究者称，仅从开始衔枝到初步建成巢的外形就要两个多月，再加上内部工程全部结束，一般都约需要4个月左右时间。喜鹊的巢，从外部看，只见枝条纵横，似乎很是粗糙，甚至有点乱七八糟的感觉。其实它的结构非常复杂、精细、讲究。整个巢穴呈直立的椭圆形，大的高约80厘米，横围直径也有60厘米左右，一人难以合抱。在巢侧面精心留有一个圆孔，刚刚适合它们自己自由出入。门口上部构筑有很厚的树条枝丫，一般可达30厘米左右，枝条排列甚是紧密，就是遇到大雨倾盆，巢内也很不容易进水。内空顶部一般都搭着一根或几根粗如拇指的横梁，这是巢顶的坚固支架，如同人居房屋的屋梁。巢底部明显要比顶部薄得多，厚约20厘米左右，这说明它们清楚地知道，底部只要能承受得住即可，不必要太厚。一般分为四层：最外层由杨、柳等枝条组成，枝干比顶部的枝条细，长短不一，参差不齐，但非常牢靠，如果想从中抽出一根都很难。第二层大多是柳枝之类的柔枝细条，盘旋着绕成一个球形箩筐状，置于巢的下半部。第三层工序最为奇特，用泥巴涂在“筐”内，恰似一个

“泥碗”或“泥钵”，壁上一般还留有深深的爪痕，显然这是用脚趾将泥巴一点一点涂上去的。最里面的一层，是一些贴身的铺垫物，诸如芦花、棉絮、兽毛和鸟的细绒毛等等，叠压成厚厚一层，不仅柔软，而且富有弹性。从鹊巢可以充分看出，喜鹊不仅勤劳，而且智慧，鹊巢不仅使用起来舒适安逸，而且坚固耐久。有许多鹊巢，头一年搭建，第二第三年还可继续使用。

喜鹊甘愿为人做嫁衣，品格高尚。动物学家观察，有些不善筑巢或根本不愿筑巢的懒鸟，如杜鹃、红脚隼等，它们常喜欢强占其它鸟类的巢穴产卵育雏，窃取别人的劳动成果。由于鹊巢一般都筑在高大的树顶，又高又大，目标显眼，因此那些不自筑巢的鸟，特别是红脚隼，凭它们的强悍，最喜欢侵占鹊巢。不过很多都是头一年的旧巢，遇到这种情况，喜鹊一般都不会与之争长论短，就决定放弃旧巢又另外去建造新的巢，大大方便了那些懒鸟，使它们也能安居乐业。这看起来好像是喜鹊懦弱，甘愿被欺负，其实并不是这样。相反，喜鹊有时也很凶悍，它们根本不畏惧猛禽，一旦有猛禽侵犯它们，它们就会群起而攻之，驱赶进入其领地的鸟包括猛禽，而且还经常围攻欺负其他鸟儿。这看起来是很矛盾的，既然喜鹊如此强悍，为什么又总是甘愿让巢，目前尚不见鸟类学家们的研究结论，但是，喜鹊甘愿让巢这是事实。

现在喜鹊已被列入《世界自然保护联盟》（IUCN）2012年濒危物种红色名录 ver 3.1——低危（LC）。在中国也被列入中国国家林业局2000年8月1日发布的《国家保护的有益的或者有重要经济、科学研究价值的陆生野生动物名录》。

喜鹊与人类十分友好，总是愿意与人类保持近距离活动。喜鹊是适应能力比较强的鸟，在山区、平原都有栖息，无论是荒野、农田、郊区、城市、公园和花园都能看到它们的身影。鸟类学家经广泛研究，发现了一个有规律性的现象，即凡是人类居住密集的地方，喜鹊也就越多，活动也越频繁；而在人迹罕至的密林之中，就很难见到它们的身影。而且总喜欢把巢筑在民宅旁的大树上，在居民点附近活动。这其中的原因，现在只知道一点，就是人们都很喜爱它们，什么时候都不伤害它们，所以它们愿意与人接近。但是这是不是最根本原因，很难断言，说不定还有我们不能揭示的秘密。利奥波德在《雁归来》中写道："假如我能听懂大雁每日玉米地之行前后喧嚣的争论，我可能很快就能明白雁群偏爱大草原的原因了。可惜我听不懂，不过我也很满意自己能保有这个秘密。如果我们真对大雁的一切了如指掌，这个世界该是多么的无聊！"[1] 大自然是博大丰富且神秘的，人类永远不可能对其一切都了如指掌，这是很正常的。自然生态中各个物种之间，虽然是处在一个大的整体的系统之中，有着千丝万楼的联系，不可分割，有谁想分割也分割不了，这是自然造化在亿万年之前都已经安排好了的。但是，这不等于说各个物种之间就没有区别，相反，区别也是显著而且不可从根本上改变的，人就是人，动物就是动物，植物就是植物，它们互不相混，各有自己的特殊性。而且，相互之间还是矛盾的，并且有许多矛盾还是不可调和的。相互之间的联系性发展着各个物种，矛盾性也发展着各个物种，相互联系随时产生矛盾，相互矛盾又可促成更多联系。这种矛盾与联系就是生态共同体的生命活力，靠着这种活力，大地共同体就绵绵不绝延续着，发展着，永远也不停歇。

喜鹊与人类保持了一种十分亲密友好的关系，所以自古以来受到人们的欢迎。《禽经》中说："人闻其声而喜"。宋代欧阳修赋诗赞道："鲜鲜毛羽耀明辉，红粉墙头绿树林；日暖风轻言语软，应将喜报主人知。"齐白石有《喜鹊登梅》、徐悲鸿有《红眉喜鹊》、朱宣咸中国画有《喜鹊闹梅》、（俄）赫尔岑《偷东西的喜鹊》等，都对喜鹊与人类的可贵友益给予了热情描绘。可惜的是，我们与自然中保持友好关系的物种太少，要是我们能够与绝大多数甚至所有物种都能建立与喜鹊一样的和谐关系，这世界该是多么美好。

喜鹊是生命力十分顽强的物种，据研究，喜鹊是不接近物种生存的脆弱濒危临界值标准（分布区域或活动范围小于 20000 平方公里，栖息地质量，种群规模，分布区域碎片化）的物种，种群数量趋势非常稳定，因此被评价为无生存危机的物种。但是从 21 世纪的近 20 多年来，由于大量使用农药和化肥以及环境污染等因素，致使喜鹊的种群数量急剧减少，不少地方已难以见到了。神农溪一带，原先到处可见喜鹊，现在乌鸦还可在偏僻山村偶尔见到，但喜鹊基本绝迹。连喜鹊这样生命力顽强的物种都遭到毁灭性破坏，可见我们的农药、鼠药、化肥、除草剂等的威力之巨大，要到什么时候才会没有农药、化肥、鼠药、除草剂这些东西而代之以别的无公害的东西呢？我们在热切盼望着。

注释与参考文献

[1][美]奥尔多·利奥波德著，彭俊译，《沙乡年鉴》，成都：四川文艺出版社，2015 年，21 页

千年古镇——罗坪

罗坪现属沿渡河镇一个村，原属沿渡河区一个公社。罗坪历史悠久，文化积淀丰厚。据老版巴东县志记载，这里在魏晋南北朝时期就是一个小镇。现代考古在这里发现了“罗坪遗址”，其遗址地层有东周、汉、六朝、明、清等历史时期的堆积；遗迹有水井、灰坑、灰沟、建筑、窑等；遗物有陶质瓦类、器皿、石质工具等。并出土了铜、瓷、玉、铁、陶等不同质地的器物200余件（消息来源于恩施日报）。这说明巴东县志所记不虚。罗坪与背后山坡接壤处有个地方叫马饮水，本来原先叫“马刨水”，后来人们觉得不好理解就改了。这里还有一个岩石叫拴马桩，这有一段传说。“拴马桩是神农炎帝采药将马栓于石柱而得名。由此传颂出一段传说。有一次，神农炎帝采药到此，将所骑之马拴于此桩，因采药时间过长，拴于此处的神马，欲饮溪水，挣脱缰绳，纵身飞奔到对面山坡，用双蹄刨出泉水饱饮，尔后升天，留下此泉，造福于百姓。每逢过年人们纷纷采用简朴的祭祀——挂红，以示饮水思源之意。”（摘自《导游恩施》2012版）

三峡库区蓄水之前，罗坪是历代绵延一千多年的集镇。

罗坪紧靠神农溪，这里是深山丛林之中难得见到的一块几千亩之大的小平原，三面环山，一面临水。由于地理位置特殊，这里绿树成荫，清荣峻茂，农田里稻浪滚动，玉米如林，大堤之外有神农溪暗送秋波，清流哗哗。虽然难比“三秋桂子，十里荷花”的钱塘，却也有山清水秀，诗情画意，繁荣昌盛的风貌。坪内屋舍俨然，成排成行，炊烟袅袅，人们安居落业，人欢马唱，一派欣欣向荣。这是大自然给人类的赐予，人们在这样一个优越的环境里生存繁衍，衣食无忧，当然就可优哉游哉。“从存在论角度来说，人与自然不仅具有同质同构的静态联系，而且具有彼此互动的相互生成、彼此共在的动态关系；在整个自然生态系统中，自然选择与实践选择共同创生着人与自然‘应然生成’的双重价值过程。”[1] 当然，人类拥有了美好自然，还得依照自然法则，养备而动时，且要尊重它，保护它，使之永续性存在，否则，就会失去它，失去它，也就失去了自己。马克思说：“被抽象地理解的，自为的，被确定为与人分隔开来的自然界，对人来说也是无。”[2] 马克思这里说得再清楚不过，人类一旦失去自然依托，就会一无所有，什么都不是。早期的罗坪人，都为居住罗坪而有一种优越感，正因为有这种优越感，所以都非常珍惜这得来不易的美好聚居之地，这就自然而然生成了生态环境保护意识。罗坪这样一个千年古镇，历来人口稠密，直到50年代中期以前，罗坪生态环境都保护完好，水丰草茂，林木青青，既有人口喧嚣的热热闹闹，牛肥马壮的生龙活虎，也有莺飞燕舞的清幽美好。三面都靠着坡度并不十分大的山岭，既有原生态自然的美妙与优越，又有人力自然的丰厚积淀，二者相互支撑，相互促进，达到了完美结合，所以这里一直以来都人丁兴旺，优美无比。

坪中人口众多，田土有限，只能保证全镇人畜口粮饲料，坪中没有支柱性经济产业，于是镇上人们就向镇外开辟生财之道，宣称：坪内有余粮，坪外有钱箱。吃饭靠种地，穿衣靠四方。在巴东至沿渡河与罗坪的公路没有开通之前，这里货物运输主要靠神农溪水路来往，用的是出了名的“豌豆角”小木船，神农溪河道里到处可见上下穿梭的“豌豆角”，一条小木船上至少要四五个人维持。罗坪镇上的青壮年男人大都到船上当“桡夫子”，人们称罗坪为“桡夫子之乡”，“桡夫子”们工酬虽然赶不上在大海中航行的水手的高收入，但也能细水长流，月月都有进账。女人们在家种地喂猪带孩子，男人们在河道里号子声声拉纤挣钱，所以小镇上家家户户小日子都过得红红火火，幸福美满。让山上人家羡慕不已，只恨早到罗坪的人把坪中土地全部占有，自己没有办法进入其中。

年纪偏大不能拉纤而又有文化的男人和一些稍有文化的妇女，往往拉帮结伙成立堂戏[3]班子和皮影戏班子，常常到十里八乡演出。这既丰富了自身和别人的文化生活，戏班子又可得到一份收入，一举两得。农闲时候与逢年过节、红白喜事、修屋造房落成竣工等等，都得要请来戏班子唱戏，是这一带长期以来的习惯，有时候几个戏班子还忙得不可开交，天天有人请，夜夜要登场。神农溪一带的人似乎天生就好这一出。

罗坪人们有许多幸福与欢乐，但也有烦恼。神农溪从门前流过，给罗坪带来了繁荣、银子与惬意，可是一到夏水襄陵，上游暴雨倾盆之时，河水就会给罗坪带来洪灾，罗坪的父老乡亲虽然在河边修筑了一道堤坝，但总是很难抵挡肆虐猖獗的洪峰。它或者超越堤坝，或者冲毁堤坝疯狂涤荡着罗坪，冲毁农田庄稼，或推翻房屋，给罗坪人民以严重威胁与损害，人们除了每年都在增补堤坝以外，别无他法。早期罗坪人本分善良，想到的唯一办法，就是虔诚祭拜上苍，祈求保护。罗坪下方一座石山伸出的一个山尖，一直伸向河谷之中，恰似一个鸭子的长嘴探入河中在饮水，挡住了河水，遏制了河水的奔腾咆哮，河水只好绕道而行，人们称小山尖为“鸭子嘴”。人们都觉得，大山仅只是伸出一个嘴尖就能控制水势，何其壮哉！从此得到启示，他们就在鸭子嘴上面建起了一座寺庙——龙王庙，常年香火不断，香烟飘散，殷勤祭拜。人们将寺庙称为

"龙王庙"，似乎是祭拜龙王爷的，但实际上更是敬奉山神爷的，祈求山神爷多给河水一些阻挠，不让它泛滥成灾，保一方平安。这种祈求上苍的行为，当然是早期人们无法抵抗自然灾害而采取的措施，是没有办法的办法，最多只是给人们心理带来一点安慰而已。直到解放以后，各级政府给罗坪人民辅助，投入大量人力财力加高加固罗坪堤坝，这才基本防止了水患。

70年代后期，巴东至沿渡河的公路修通，"桡夫子"只好退出历史舞台。许多"桡夫子"悲悲戚戚，将心爱的"豌豆角"搬回家中当粮仓，或者搁置在墙边楼角，时不时去摸摸凉、滑、硬的船帮摇头叹气，心酸地回忆着昨日的风光。

但是，天无绝人之路，没过几年，神农溪旅游业大兴，原本金盆洗手的"桡夫子"又起死回生，"豌豆角"也与"桡夫子"一样又喜缝第二春。只是由原先运货改为载人，"桡夫子"的工钱比原先翻了一番还转一个弯，"桡夫子"做梦也没想到，时来运转，遇到了拉纤事业的黄金期。现在坐船的人男女老少都有，"桡夫子"们不能再赤身裸体，无论如何都要时时穿上短裤遮羞。刚开始，他们没有估计到这一点，仍然裸体拉纤，结果被游客告状，旅游胜地，怎么如此原始缺乏文明，闹起了几次小小风波，引起了旅游部门的关注，严词训诫禁止裸体拉纤。但这只是一个小小插曲，丝毫没有影响桡夫子们拉纤挣钱，生意照样一如既往红火。

这时不仅"桡夫子"收入大增，而且连他们的家属也可以跟着一起去挣钱。他们投游客之所好，在神农溪河边捡拾一些五光十色的石头，用车床做一些木头小人儿、棒棒捶捶、盘盘碟碟，用各色花布做一些衣兜、小包，有的用五色线织成西南卡普等等。就在神农溪河边随便找一个地方摆一个小地摊，招来游客，大量兜售。游客们新鲜好奇，花钱不多，又有纪念意义，争相抢购，一天下来，摊主们总能挣上一百几百，比她们的男人扯着嗓子喊号子辛辛苦苦拉纤挣的还多。人们歪打正着，如同一下子发现了新大陆，天赐良机，有些“桡夫子”干脆改弦更张，不拉纤了，加入到女人们的行列之中，租下门面，专营手工艺品。好多人做出了门道，生意火爆，发了大财，让人好不眼红。有一些小时候学过画画、习过书法的人，这时派上了大用场，他们在捡来的石头上刻画一些花纹、山水、简笔人物、花花草草，或者在上面写上一字几字，能使这些石头价值倍增。没有一技之长的，也有门路，把当地一些土特产，如瓜子、花生、核桃、苞谷花、苞谷糖，烤红苕、烧包谷坨等等，统统搬到河边。民以食为天，吃的东西也大受欢迎，比手工艺品市场还要火，收入不菲。钱的魅力永远是无穷的，连许多退休的机关干部也纷纷下河，或者亲操牛刀，或者与别人合伙，机关干部到底见多识广，心眼活跃，他们迭出新招，花样翻新，生意备受青睐，一月下来，挣的比退休金还多出好几倍。

但是好景不长，神农溪河边红火了十多年，三峡大坝修成一蓄水，神农溪下半截河谷全都被淹，“豌豆角”再一次被淘汰。代之而起的是旅游大客轮，直接从巴东就到了沿渡河，快去快来，一天要跑好几个来回，一般都不在河边停靠，没有给“豌豆角”留下任何机会，也断了河边地摊的所有财路。整个罗坪几千亩平地全部被江水吞噬，这个千年古镇一夜之间变成了一片水乡泽国，小镇上的人都搬到鸭子嘴上边山上，重打锣鼓新开张。政府花大力气帮助移民开辟生存门路，比如转换方式仍然大力发展旅游事业，人们可以开饭庄、酒店，当导游什么的，但现在罗坪一带已经不是旅游重点站，门前冷落车马稀。

但是事情总是变化的，人是活的，办法一定会有，转型期间的这种尴尬是很自然的。时间一长，一旦人们摸准了江水潮起潮落的规律，就会生出许多新的更优越的生存门道，政府部门一直都非常关注移民的生活状况，给他们出政策，帮他们想门路。据报载，现在已经有不少人走上了崭新的致富路，比以往仅仅守住一个罗坪有了更多的发展机遇。三峡库区蓄水已成事实，我们必须得面对事实，正确对待，重新规划生活。失去过去不见得全是坏事，它只会促使我们告别昨天，决不能阻碍我们的明天，罗坪即将迎来是更加美好的明天。

注释与参考文献

[1] 崔永和等著，《走向后现代的环境伦理》，北京：人民出版社，2011年，11页

[2]《马克思恩格斯全集》(3卷)，北京：人民出版社，2002年版，335页

[3] 堂戏，又称为花鼓戏、稿荐戏，演堂戏又称“踩堂戏”，因为旧时“踩堂戏”多以居民堂屋为演出场所而得名。堂戏是巴东土生土长的小戏种，但它小则小，却也榜上有名，属全国380多个地方正宗戏曲名录之一，与南剧、傩戏、灯戏、柳子戏被誉称为恩施州民族文艺“五朵金花”。

豌豆巴角

“豌豆巴角”是神农溪一带人们模拟布谷鸟叫声的土语。

人们喜欢布谷鸟，管你是诗人还是农人、政治家还是市民、老人还是小孩，没有不喜爱的。能这样广泛受到欢迎的鸟，布谷鸟不排第一也得排第二，连有些文学杂志也取名叫《布谷鸟》。一般都认为，布谷鸟也就是杜鹃鸟。

但是对它的叫声的解释却是五花八门，因人而异、因地而异、因时而异。有的把它释为“光棍托锄”，有的释成“你在哪里”，还有“我喝香油”“你吃石头”等等。各类人士中最喜欢布谷鸟的要数农人，而同样是农人，对它叫声的解释又不相同，一般农人译为“播谷播谷”，神农溪一带的农人却将其翻译成“豌豆巴角”。这原因似乎并不费解，因为神农溪一带特别是上游地区多为山地，稻田很少，农事活动主要集中在玉米、小麦、大麦、大豌豆、小豌豆等。大、小豌豆下种以后当然总希望它早长、多长豆角，“饥者歌其食，劳者歌其事”。各种不同的解释，这是人文现象了，不关布谷鸟所鸣本义。不过它的本义，恐怕我们永远也不可能真正解释出来吧。

陆游有诗曰：“时令过清明，朝朝布谷鸣。但令春促驾，那为国催耕。红紫花枝尽，青黄麦穗成。从今可无谓，倾耳舜弦声。”

南宋词人朱希真的“杜鹃叫得春归去，吻边啼血苟犹存。”这些诗句都是反映杜鹃为催人耕种而啼得唇裂流血的认真精神。杜鹃彻夜不停地啼鸣激起了人们的多种情思，加上杜鹃的口腔上皮和舌头都是红色，古人误认为它啼得满嘴流血，因而引出许多关于“杜鹃啼血”“啼血深怨”的传说和诗篇。布谷鸟又是著名的嗜食松树松毛虫的大敌。松毛虫是许多鸟不喜欢吃的害虫，而杜鹃却偏喜欢其美味。有人观察过，一只杜鹃每小时能捕食100多条毛虫。另外，杜鹃也啄食其他农林害虫，所以人们称它们是“森林卫士”。既是森林的卫士，它也就自然是庄稼的守护神，农人的益友，所以一直以来都受到普遍的关注与喜爱。

布谷鸟的叫声很有特点以及它们“森林卫士”的特性，都是它们对大自然生态系统的特有贡献。然而它还有一种更特殊的生物属性，就是布谷鸟准备产蛋了但它却不会自己筑巢，也许是它们偷懒不愿自己动手。它们一般都会借巢生蛋，到处寻找像知更鸟、刺嘴莺等那些比它们小的鸟类的巢，偷偷移走原来那窝蛋中的一个几个，再用自己的蛋来取而代之，狸猫换太子。而且很不容易被别的鸟发现，因为从体形来看，它的蛋相对偏小而且蛋上的斑纹同它混入的其他鸟的蛋非常相似，其他鸟很难分辨出来，所以它们就容易蒙混过关，别的鸟就会将它们的蛋代为孵化出来并替它养大。这种特性按照人类的观点是不可取的，属于损人利己、剥削别人劳动成果的行为。但是对此我们不能把人的观点强加给鸟类，兴许它们之间自有默契也说不定，一个愿打一个愿挨，你情我愿，我们人类作为旁观者并不清楚。再说，生态系统中非人类各个生物种，都只是在为自己生存，它们不是道德主体，也许可以说，它们的道德观念与人类不同，只是我们不懂得罢了。如此说来它的行为不存在高尚与否，不管它们采取什么措施，自己生存下来了就是生命的成功。

好在神农溪一带的人们在这一点上确也没有追究布谷鸟的行为

（当然是因为不知道），对此是忽略不计，自古以来对布谷鸟的整体行为都充分肯定。大自然中各物种的生存都得以牺牲他物种的利益甚至生命为代价，这是自然进化的安排，是很自然的事。所以我们不要因为一物种在生存过程中损害了他者利益就否定它，它在损害别的物种的利益，同时也有别的物种在损害它的利益甚至生命，大自然生态系统正是在这种损害与被损害之中运行。同时，损害与被损害还会带来各个物种的利益，即相互激励，相互完善，否则，各生命物种要求得发展就不可能。

桡夫子之家

“桡夫子之家”指叶子坝，是神农溪下游流经的一个地方。

从罗坪往下穿过几个峡谷窄滩就到了叶子坝，叶子坝位于沿渡河与西壤口正中间，以这里为界，上游直到罐子口叫神农峡，下游到巴东县城对岸的西壤口为龙船河。叶子坝，又名“落叶潭”，这是由于神农峡到此结束，河水把这里冲出一个深而长的大潭，从上游漂来的树叶，常年大片大片地漂浮在潭面上，所以人们称之为“落叶潭”。神农溪到这里河面陡然变宽，落叶潭山上地势也比较宽阔，还有一些平地，有许多土家山民来此安家落户，形成了一个土家寨子，人们继续根据落叶潭的名称引申，把整个这一带叫“叶子坝”。

这个寨子原居住有几十户土家族人，分布并不十分均匀，人们都是依山势搭建房屋，连竹建楼，连树建屋，连岩建屋。外观很简陋，屋顶有的用茅草、有的用树皮、有的用薄石板为盖，也有用瓦的，各不相同，因人而异。墙体有的是土墙，有的是石头砌成，有的是木板竹条镶成等等。这里离河水近，湿度较大，所以早期房屋建筑格局基本以吊脚楼为主，通风采光良好，住着舒适安逸。虽然外貌不算洋气阔绰，但是屋内却宽敞明亮，来十个八个客人也并不拥挤，几乎家家都有比较讲究的客房。一般家中都有宽敞的火塘，一年四季不断火，夏天做饭煮猪食，冬天一家人围着烤火吃饭。有客人时，吃饭都在堂屋里，堂屋一般都不放别的大宗东西，一张大方桌摆放在中央，四条板凳圈围，客人们坐着吃饭既舒适又讲究。过去神农溪水路繁忙，从巴东到沿渡河的上水船一般要走两天，第一天都在这里住宿，“桡夫子”是这里的常客，还有一些乘船的客人也来投宿。这里的人们憨厚淳朴，尚义好客，只要有人住宿，都来者不拒，好茶好饭热情招待。家家都殷实富厚，土腊肉、包谷酒、合渣面饭、干豆腐、腌菜、鲊广椒有的是，管够，美味可口，价格公道便宜。“桡夫子”们风里来水里走，晚上在这里几杯包谷老烧下肚，舒服得做梦都笑醒，都说这里是他们的第二个家。实际上他们之间也确实亲密如同一家，有的“桡夫子”开玩笑说，除了老婆，其他都可以共用。

楼外芭蕉簇拥，竹林片片，水声哗哗，虫声唧唧，清新凉爽，是难得的一片净土。别看这里处在深山峡谷之中，似乎荒芜凄清，实际却是优雅别致，是适合人类以及一切生命生存繁衍的好地方。所以这里虽然前不巴村后不着店，方圆几十里都没有人家，只见山挨着山，水连着水，但是山民们却在这里有滋有味住着，从来没有谁想要搬出迁往别处，对这里有着浓浓的依恋之情。

整个叶子坝一带，除了土家寨子是比较平缓一点的地方外，其余沿河两岸都是群山高耸，有的山峰高出天半，一直连接着下游的鹦鹉峡。土家寨子里面的住户一年四季都不需要到山上砍柴，这里上游河道陡峭，水势急促，到这里河道平缓，下雨发大水，随水飘来的树枝木棍多的是，都拥挤在两岸水边，人们称之为“浪渣”。就是不发大水也随时都有，山民们要烧柴，只需到河岸边捡拾，一个早功就可捡回好几挑。寨子里的每家每户屋边墙角，到处都堆满了这种“浪渣”。“浪渣”大到土碗甚至更粗的树干，小到指头粗细的枝丫细棍都有，而且被水冲刷过，都去了皮，易于燃烧。有许多较粗又成形的树干，还可当做建房搭棚的建筑材料。自家用不完，有些山民就将其扎成木排，顺水放到西壤口或巴东县城卖掉，顺便买回家用的盐巴、煤油、布料等，也算是叶子坝人的一项经济来源。不过这里的人要买东西，一般都不需亲自前往，只需随便给哪个桡夫子说一声，第二天桡夫子回转时一准办到。只是人们图新鲜，长期在此觉得闷得慌，有时候想出外转转，看看外面的世界，就会自己乘着桡夫子的免费船到巴东县城去看看热闹。

叶子坝的北岸原有一座清朝乾隆年间修建的龙王庙。这里河道变宽，神农溪发大水时洪涛汹涌，泥沙俱下，冲毁大片农田，给人畜都带来巨大威胁。又加上洪涛发出雷鸣般的响声，轰隆咆哮，推起屋脊高的水坎，像是惊天怪兽张开的血盆大口，见之使人胆战心惊。特别是洪涛之中往往还挟带着从上游被冲毁房屋的木料家具、猪羊牛马，更让人不寒而栗。人们当时没有任何办法防止水患，只好在此修建一座龙王庙，男女老少经常虔诚地向龙王爷跪地祷告，祈求它保护叶子坝平安无事。

龙王庙不只是叶子坝人的，也是“桡夫子”们的，由于神农溪水险滩急，几乎每年都有船毁人亡的事故发生，这是“桡夫子”一块最大的心病。他们虽然个个都是水上高手，但是面对天老爷发怒，他们没有别的办法禁绝事故发生，只有祭拜龙王爷求龙王爷保佑平安。他们每次一到，虽然劳累疲惫，茶不喝，烟不抽，第一件事就是进庙上香，首先得把龙王爷安顿好了再来打点自己的吃饭住宿事宜。以为这样就可平安无事，可是有的人祭拜了龙王爷没过几天就出事了，但是别的人并不因此认为龙王爷不灵，而是责怪这人祭拜时有可能心不诚。“个人间的感情，和‘死亡’这一事实的存在——死亡是人生一切事件中最有破坏性和组性的一桩——恐怕就是宗教信仰的源泉。这里我们又须知道：在朴素的人类心理上，或者说在生理上，有一种自然的对于死亡的反对。觉得死原不是真的，或以为人还有一个灵魂，而这灵魂是永生的等，都是由于一种否认个人毁灭的深刻需要而产生的。”[1]“桡夫子”再是技术高超，任你多么小心谨慎，都总是有人不可避免被河水吞噬，但他们又不能因此作罢，仍然要对死亡这个人生最大的威胁进行挑战，在早期，只好求助于上苍。这就是所有寺庙道观在当时总是香火旺盛的根本原因。

这种看似人们用神秘观点与自然交往的现象，我们不能仅从神秘观点看待，应该从人与自然的深层哲理来理解。看起来是人皈依神灵，实际上是人类皈依大自然，是人类从大自然之中获取精神食粮的实例。“作为生命的繁荣特征以及生命与环境和谐关系的体现，是以生命之间的相互依存、相互支持、不断创造、共同维护和改善环境为基础的。生命进化的层次越高，生命的多样性（物种、遗传及生态景观的多样性）越发达，生命之间的关系也就越复杂，生态环境也就越美。我们把生命物种的共同生存的环境相互支持和协同进化的关系称之为‘亲和性’。”[2]乍看起来，人类在某些时候超越了自然，是人类的高明，是人类的智慧、科技高出大自然其他物种的表现，是人类这个天之骄子优越于自然物种，但实际上这并不是好事，而是人类的悲哀，是悲剧的开始。因为人类一旦脱离了大自然，就失去了物质生活的依凭，也失去了精神生活的源泉，就无法在社会实践中感知物质生活和精神生活的启示与启发，人类再也无法在宇宙中找到延续和提高的潜力和动力，只好停滞不前，停滞不前就等于生命活力的完结。

叶子坝是美丽的，让人流连忘返，遗憾的是，三峡库区一蓄水，这里的一草一木，山山水水，民居庙宇，统统沉入水底。这里的原住山民，都已经弃叶子坝而去，据说大多都搬迁到了荆州平原，开始了新的生活。如今“桡夫子”已经退出了历史舞台。

实际上神农溪生态的严重破坏早已存在，仅就电站一项而言就触目惊心。网上有文章统计说，神农溪流域共有电站7座，但实际情况并不是这样，这个统计数字还不足实际电站数目的一半。经实地考察，神农溪流域电站何其多：主源板桥河有平堑电站、夹槽电站、板桥河电站、百链岩电站（这里实际有两个电站）；石柱河有响水河电站、石柱河电站；虎岩河有两条线路，一边是文家河电站、蔡家河电站（这里也是两个）、虎岩河电站，另一条是三龙洞电站、坛口电站。中下游有杨家坝电站、两河口电站，原先平阳河的上坝还有一个电站（现已废弃）。就连平阳河的源头之一——小龙河至今也还有一个小型电站。一起是16个之多，这还不是精确统计，据说还有一些漏掉的。一条长度仅为100多公里的河流竟有这么多电站，这数字实在是太惊人。这其中许多电站是修了就废，废了又修，反反复复，至于修电站对生态环境的破坏，更是无人问津。一条河流中，一个电站接着一个电站，每个电站都要修水渠筑水坝，河流中一段一段干涸断流，整个河流实际都处于断流状态，鱼还能生存吗？两岸植被还能生长吗？水被一次又一次污染还能饮用吗？也许有人会说：我们现在不是生活得很好吗？这实际上就是当年被扁鹊诊断为“你病在骨髓”的人自己却不以为然态度的新版。

叶子坝虽然没有在这里修电站，但它早已被上游无数电站连累，再加上上游各地毫无限制地在河道里挖沙，早已经只有青山而无绿水，水质被严重污染。叶子坝早年的青山绿水，后来完全变了样，只有秃山浑水，原先用水只需到河里舀，后来只能到处寻找幸存的山泉为饮。叶子坝当年住的人并不多，但后来四周都被人逐年侵蚀，植被也遭到严重损毁，使这里水患时发。况且，实际上叶子坝最终也是被三峡电站修起所淹没。2017年10月18日，习近平同志所作的十九大报告中指出：“提高污染排放标准，强化排污者责任，健全环保信用评价、信息强制性披露、严惩重罚等制度。”看来中央对全国生态破坏问题已经有了足够重视，我们相信那些毫无计划的开发行为会得到根本控制，如果有谁仍然还要肆意妄为，那么，“严惩重罚”就一定会落到谁身上。生态保护法律现在确实应该挺直腰杆强硬起来，仍然还是那样软绵绵的，还能叫法律吗？

注释与参考文献

［1］［英］马林诺夫斯基著，费孝通译，《文化论》，北京：中国民间文艺出版社，1987 年，76 页

［2］章海荣编著，《生态伦理学与生态美学》，上海：复旦大学出版社，2005 年 3 月第一版，351 页

红色洞府

“红色洞府”是人们对万仙洞的誉称，它是神农溪下游最大的支流平阳河的源头之一，位于平阳坝靠东北部山上与兴山县交界处的小龙乡徐家湾村仙女山悬崖之上。小龙乡范围很大，上至万山丛岭的仙女山，下至平阳坝东北侧的山林，原先是平阳坝区的一个公社，现在是溪丘湾镇一个村，它其实是堰塘坪、后村、西沟和沿渡溪四个村的总称。因为这里处于神农架山脉和小神农架的余脉，所以称为小龙（农）。这里进出到溪丘湾、平阳坝都很不方便，山高人稀，从古至今都是一片荒山野岭。

万仙洞形势极为险要，两边悬崖对峙，中间一条小溪流出，洞口在仙女山悬崖顶部，要进入洞中，必须沿小龙河奋力攀爬几十里悬崖峭壁，到得洞口，还需搭木梯爬行 20 余步远才能到达。洞内原先建有谭弩公祠堂，后来没有人经管，逐步废弃，只留下一些断垣残壁。朝里边走离洞口一里路左右处可通光线，也较宽阔宏大，整个洞中可容纳近万人。洞内分左右两边自然隔开，两边都可住人，中间还可留出夹道通行。再深入到里边，深不见底，光线暗淡，必须日夜点灯照明。但洞内有地下河，不缺水，驻扎难民或军队饮水都不成问题，因此虽然进洞艰难，但也时有人出入。洞门口有一个大平坝，可容四五百人活动，但是在远处根本看不出有平地。洞口对面是悬崖，如果在洞内驻军，敌对一方根本无法对其侵扰和威胁。整个万仙洞周围都地势险要，山岭陡峭，古木苍苍，怪石嶙峋，方圆百十里不见人烟，人迹不至，一般都只有猛禽在此出入。在一般人眼里，山洞中是神仙和魔鬼的世界。考古学家、古生物学家裴文中在他的散文《山洞的探查和诗人的幻想》中说："山洞里边首先是黑暗，其次是潮湿，而且崎岖不平，位置又远在深山，与世隔绝。于是善于想象的诗人和小说家便把它幻想成为神仙的洞府。神仙在那里修真养性，与尘世不相往来，年长日久，'羽化而登仙'。还有人们想象中丑恶的妖怪，也以山洞为巢穴，它们在洞里苦修苦炼，千百年后，有了道行，再到人间兴妖作怪，祸害一方。"这都是人们的臆测想象，因为比较深的山洞中一般都比较黑暗，人进入其中感觉到阴森怪异，所以人们就展开想像设想出很多故事。实际上并不是这样，大自然中的山洞都是实实在在的处所，绝不是虚无缥缈的东西，是提供给生命物种做实际用场的，或作为安身之所，或作为征战依凭等等，不知为众生灵提供了多少方便。直到现在各地的山洞也仍然为人类以及一切生命提供服务，如遮阳庇荫、旅游观光、洞藏纯化酿酒或其他物品、科学研究等等。我们不仅不能轻视这些山洞，相反还应心存感激之情，而且还应该对它们提供各种保护，让它们更好服务于大自然生态系统的各种生命。

战争时期万仙洞经常驻扎各种各样的军队。据1931年5月26日国民党《中央日报》报道："查该洞极为险要，洞内复搭有刁（吊）梯，尤极坚固，其中囤积粮食甚多，黄匪（指红军黄大鹏部）以有险可守，且无绝粮之虞，故能安然在该洞盘踞多年，培植充分实力。"在第二次国内革命战争时期，这一带是鄂西第一个县人民委员会所在地。第一支人民武装力量的创建人黄大鹏，巴归兴第一任县委书记张华甫，临时主席宋一陶等曾在这里进行过轰轰烈烈的革命斗争。据资料记载，当时这一带有5000多人直接投入革命活动，在册的革命烈士就有120余人。现在的甘家坪村就是“中共巴归兴县委”“巴归兴县苏维埃政府”“红军49师师部”三个革命遗址所在地。红49师师长黄大鹏等革命先烈长期在万仙洞一带战斗，写下了可歌可泣的光辉篇章。

“1931年春，贺龙率领红三军东下，开辟荆（门）当（阳）远（安）根据地。在路经巴（东）兴（山）（秭）归根据地时，留下一百多名伤病员就地护理。县委为了避免敌人围剿锋芒，将小龙之伤病员移到红三军教导第二师后方留守处——万仙洞治疗。留守处共有260多人，由留守处主任谭炳武、医院院长刘仲芳，修械所所长段金山，特务长王载元组成临时党支部，统一领导，一边做护理工作一边做支前工作。

红三军离开苏区后，国民党‘长江上游剿共指挥部’总指挥刘湘部司令官王陵基派‘张、包、王三团来巴，……破万仙洞匪巢。’（民国续修《巴东县志》）。……4月25日敌川军3个团并勾结地方团防共七八千人，第三次围剿苏区，进犯县委和县政府机关驻地——小龙和万仙洞。在围剿的策划和部署下，从5月13日起，一场围剿和反围剿的血腥战斗打响。黄大鹏率领部队奋力反击敌人，不幸被敌截为两部，一部分在贾家坡，一部分在黄家山。敌人以重兵围攻万仙洞，并在洞口对面松树岭设下指挥所，以重机枪、迫击炮、山炮猛烈轰击和扫射洞口，于是炮火连天，硝烟弥漫，震动山寨，削地数寸。留守处处境非常艰苦，在这生死攸关的时刻，党支部召开紧急会议，反复讨论，最后决定：由王载元统一指挥，将60名轻伤员编为3个班，共30条枪。两个班守洞口，一个班守溜槽，当敌人爬岩时，先擂石头，后射击，敌人伤亡很大，红军无一伤亡。

第二天拂晓，敌人又向万仙洞发动疯狂进攻，炮火比头天更加猛烈，不仅在梯子口、漂口两处猛攻，而且在仙女山顶如崩山似的向洞口擂下大石头，火力重点集中猛射梯子口，大批敌人已经爬上吊梯直逼洞口。红军留守处将士英勇反击，杀得敌人尸首成堆，血流山沟。这天炮火直打到天黑，终于击退了敌人的疯狂进攻，红军战士不幸牺牲两名。坚持了两天两夜后，黄大鹏派人深夜爬上万仙洞，送去了猪肉和一些粮食，并写信慰问说：'要沉着，要坚持，要有共产党员的革命英雄气概。'党支部抓紧时机，召开了全体指战员会议，鼓舞士气，进行临战动员。大家表示人在阵地在，为革命视死如归，与敌人血战到底。

第三、四天，分别打退了敌人的疯狂进攻。第五天敌人在洞口上方扎了几十捆稻草，草内包装有石头，淋上煤油，点燃往洞口擂下，妄图以火进攻，可是当天风大，且风向有利洞内防守，红军因而无损。

敌人看强攻不行，又企图以政治攻势来瓦解红军战士。三县剿共联防总指挥长皮秋宾派人给黄大鹏送去劝降信，说：'……当初，一般青年见政府腐败，铤而走险，至今你们已经势如骑虎，不能下背，何去何从，应从速抉择。……共产党的多数优秀分子，当知呈请上方，保荐录用……'（《宜昌地区文史资料汇编》），敌张杰部也向洞口喊话说：'只要投降国军，是不会亏待你们的，可以不杀，是什么官，还是什么官。'并提出：双方派代表谈判，和平解决。当天，洞内召开党支部会研究对策，决定将计就计，就借谈判之机毁掉洞外岩下之木梯，切断敌强攻路线。夜晚，王载元抱着3床被子向敌人喊话，同意谈判，停止射击。王载元抓紧时机下到梯子口，很敏捷地将木梯淋上煤油点上火，然后安全返回洞中。刹时火光冲天，敌人知道上当，又向洞内猛烈射击，直到第二天天亮方休。围攻与反围攻的战斗，一天天僵持着，留守处伤亡过半，反击力量越来越薄弱。

敌人遭到多次挫折后，绞尽脑汁，想尽办法，最后采取打铁爪子的办法，同时抓紧训练爬岩尖兵。到战斗的第18天，敌人30名短枪手，在炮火的掩护下，用勾爪子爬上悬岩，直逼洞口，守卫在洞口的王连长和班长牺牲。敌人不断增援，激战数小时后，终因弹尽援绝，寡不敌众，洞口全部被敌人占领。除留守处主任谭炳武和战士龚发金二人跳岩幸存和十几名妇女儿童被释放外，其余200余名红军指战员都壮烈牺牲。

这次战斗，红三军教导第二师留守处在万仙洞与强大的敌人激战18昼夜，牺牲惨重。但是从全局看，苏区军民团结奋战，牵制住敌人3个团的兵力，保证了红三军顺利北上。以局部的牺牲换取了全局的胜利，它将以光辉的篇章永远载入革命的史册，流芳百世，彪炳千秋。”[1]

万仙洞及巴归兴一带英雄辈出，黄大鹏的爱人朱先彩也是一位著名的女英雄，黄大鹏牺牲后，她仍然坚持斗争，不幸落入敌手，最后为革命事业献身。

朱先彩，溪丘湾区葛藤坪村人。1928年参加革命，同年加入中国共产党，为巴东最早女党员之一。1928年初，黄大鹏商得朱同意，在他们结婚之时，邀约巴东、秭归和兴山部分共产党员，借祝贺之机，秘密贯彻中共湖北省委秋收暴动计划。经朱精心安排、细心掩护，使密会顺利进行，制定出了巴东暴动的具体规划。

1931年12月，黄大鹏在二塘垭牺牲。噩耗传来，朱先彩悲愤交加，革命意志更坚，加倍努力地做发动群众的工作，在红军主力转移东下洪湖后，敌保安团穷凶恶极，四处抓人。朱先彩携子藏于农家不成，不幸被捉。保安团中队长张嗣臣见朱聪明能干，欲逼朱为妾。朱怒不可遏指张大骂，坚贞不从，1932年10月被杀于罗溪坝。[2]

还有巴归兴县革命委员会主席高云锦与他的儿子高光烈父子俩，是一对父子革命英雄。高云锦在万仙洞以及整个巴归兴一带出生入死，与敌人展开殊死搏斗，最后在与兴山保卫团罗宗泽拼杀中，由于身染重病，无法继续与敌搏斗但又誓死不做俘虏而自缢就义。其子高光烈年仅 15 岁，继承父亲遗志坚持与敌斗争，在一次送重要情报的途中，巧妙与敌人周旋，最后把敌人带入我军伏击圈后，自己跳崖壮烈牺牲。

无数革命英雄的事迹，在神农溪一带乃至整个恩施州及更广大的地方，一直被后人传颂，鼓舞了无数革命后代。万仙洞原本是荒野之地，但是它在战争时期被革命英雄的热血染红，成了一块红色革命圣地，人们誉称为“红色洞府”。为纪念 1931 年在万仙洞惨案中牺牲的 200 多位革命烈士和 1949 年在白湾战斗中牺牲的 8 位革命烈士，弘扬革命英雄主义精神，全国解放以后，巴东县委、县政府专门在万仙洞的山对面一个叫天池岭半山腰一个坪里树立革命烈士纪念碑。意在让后人缅怀先烈，激励人民永远牢记当年在万仙洞一带浴血奋战的无数革命先烈的英雄事迹，发扬光荣的革命传统。

注释与参考文献

[1] 材料来源：恩施新闻网，题目：《万仙洞惨案遗址》，巴东县老促会赵世华提供，网站信箱：esrbweb@gmail.com，（引用时内容有删改）。

[2] 参见《巴东县志》编纂委员会编著，《巴东县志》，武汉：湖北科学技术出版社，1993 年 10 月，574—575 页

平阳人民锁蛟龙

在叶子坝不远处的坑子这里有平阳河加入神农溪，平阳河因流经平阳坝而得名。它的源头主要是两处，一处是溪丘湾小龙乡上游的沿渡溪与沿渡河桐木园乡两地的众多溪流；一处是万仙洞及其以上沿渡溪中的小溪（小龙乡与万仙洞本来相隔不很遥远，但是中间却隔着一座大山）。两股水流到平阳坝西北侧的山脚边会合到一起，再往下穿过绵竹峡到叶子坝不远处的月明垭乡坑子在这里注入神农溪，这就是平阳河。

平阳坝原属巴东县江北的一个区，后改为溪丘湾镇，政府所在地也随之转移到溪丘湾。这个区镇范围较大，从巴东县城长江对岸的两河口一直延伸到与沿渡河区交界的宋家垭。但是真正的平阳坝是指原平阳坝区政府所在地，这里是万亩平原，一眼望不到边，是整个巴东县少有的一个山中平原，四周山岭相围。坪中大多为水田，紧挨平地四周山地，虽然不像正坪中那样平整，但也都是一些漫阳坡旱地，远处看它与平地连成一片，使平原更加阔大。整个平地分为彼此界限并不十分分明的上坝、中坝、下坝三大块。坪中水源丰富，土地肥沃，人口稠密，是巴东著名的产粮区和富裕之地。随便站在四周哪一处山顶看平阳坝，都是一个非常宽阔的盆地，四周青山掩映，碧山蓝天，坪中稻浪滚滚，或者麦浪推波，是名副其实的富足粮仓。原先巴泉公路（巴东县城至泉口公社）[1]穿坪而过，是巴东至神农架的必经之路，这里因为交通方便，所以一直以来富庶繁荣。坪的中央是一个集镇，炊烟缭绕，车水马龙，热闹非常。上有小龙乡、仙女山、八仙池、天池岭等莽莽大山一直俯身其中，山中芳草萋萋，林木葱茏，百鸟鸣唱，与坪中人欢马叫，牛羊成群相互呼应，整个平阳坝一派生机盎然。

下坝接近绵竹峡的沟口处，像一口大铁锅的锅底，沟口十分狭窄，稍远根本看不出这里是平阳河的出口处，只见郁郁葱葱，青山环绕。早先平阳河在这里受山所阻，形成了一个大潭，沟口两山紧靠，相隔不足半里，像一个"漏斗"，平阳河水就从"漏斗"进入绵竹峡。后来可能是怕引起水患，人们将沟口炸宽了，潭水就自然消失。原先巴泉公路就由"漏斗"处通过，沟口修了一座水泥公路桥，将两山连接起来。三峡大坝蓄水，江水一直涨到平阳坝，不仅把绵竹峡淹没了半截，还淹没了平阳坝下坝1000多亩农田，公路也只好改道由上面山上通过。前几年宜万高速公路建成，巴泉公路改道，避开平阳坝由巴东县城对面的太极头直通溪丘湾进入高速路，平阳坝的红火才稍有降温。但现在郑万铁路即将贯通，在平阳坝设有巴东站，平阳坝又将恢复以往的繁荣。因为这里交通越来越方便，整个平阳坝也越来越繁荣，所以据说巴东县城有可能迁移到平阳坝，果真如此，平阳坝将会迎来翻天覆地的大发展，万亩平原将被高楼大厦之类现代化建筑所代替，变成一个新兴城市。

平阳河从平阳坝西北侧山边贴坪而过，既丰富了平阳坝水源，增加了湿地面积，又增添了无限风光与生命活力。平阳河是神农溪下游最大的一条支流，平时只是低声细语哗哗流淌，是平阳人民的至亲好友，人们可以随意在里面打渔摸虾、浣衣洗浴，相互柔情蜜意。平阳坝一直以来富庶繁荣，除了地势平坦，土地肥沃以外，平阳河也为之增色不少。

但是任何河流都有两面性，它既有它温顺柔美的一面，也有引起水患的一面。

平阳河发怒时却换了一副面孔，气势凶猛，咆哮不已，特别是从50年代中期开始直到70年代中期，两岸自然生态破坏严重，树木砍伐殆尽，植被严重破坏，平阳河这时更加疯狂。四周山沟原先仅是一些涓涓细流，这时也变得面目狰狞，纷纷涌入平阳河中助纣为虐。平阳河经常洪水患难，河水冲毁大片大片农田，吞噬生灵，淹没面积广大的平阳坝，平阳人民不得安宁。本来早就修了河堤，但因为财力物力严重缺乏，河堤单薄得如同家庭修建的牛栏猪舍的半截石砌矮墙，人们调侃说“麻雀都不能在上面打水”。洪峰一来，堤坝立刻就成了开水锅里的水饺，横一截，竖一截，随着洪水飘荡而去。大片农田照样被无情洗涤扫荡，仍然是一片水乡泽国。洪水过后，一片茫茫黄沙淤泥，如同黄土高原的风沙之地。后来，人们干脆河堤也不筑了，放弃了沿河一带大片农田，向平阳河这条巨型蛟龙让步，整个下坝几乎都成了平阳河的天下。但是河水并不因此就停止祸患，反而似乎一次比一次大，一次比一次猛，每次都要开辟新的战场，就这样蚕食平阳坝。万亩平原肥沃的土地简直成了一片被饿蚕吞噬的桑叶，年复一年一步步萎缩，灾害连连，人们唉声叹气，一筹莫展。

但同时平阳河也是一条英雄的河，一条造就英雄的河。大自然不仅给人类带来麻烦和灾害，同时也成就人类的英雄事迹和智慧。70年代后期，全国劳动模范，中国共产党第九、第十、第十一届人大代表，第十一届中央候补委员张植弟，时任巴东县委书记。当他看到满目疮痍的平阳坝时，气愤、焦急、悲悯一起涌向心头，痛心不已，“把栏杆拍遍，无人会、登临意”！经过多方面思考，咨询各有关部门和相关人员，再组织县委、县政府一班人多次商讨对策，最后终于决定，彻底治理平阳河水患，一场轰轰烈烈与恶水拼搏的战斗打响。被困的平阳人民盼星星盼月亮，终于有了出头之日，听说要治理平阳河，个个摩拳擦掌。一时间，平阳坝人潮涌动，各路大军来往穿梭，热火朝天，河道里人头攒动，抬石头的、运砂浆的、挑泥沙的，一片繁忙。张植弟几乎每天都亲自到现场主持带领平阳坝人们，在平阳坝沿河筑堤坝。

张植弟虽然当时已经是县委书记，在带领平阳坝人民治理水患时，仍然还是当年在泉口工作时的做派，决不当甩手干部，天天与民工一道在工地上抬石头、抡锄头，身先士卒。任何人在现场遇见他，绝不会相信他就是巴东县的县委书记。平阳人民个个感动不已，都说，老天有眼，当年的大禹又来到了人间！经平阳人民一年多时间的艰苦努力，终于在平阳河岸边筑起了一条巨型长堤，长堤像一道钢铁长城，威风凛凛，向一直以来为患平阳坝的恶水狂涛挑战。长堤竣工后，《恩施日报》以专版刊载了一篇长篇通讯——《平阳人民锁蛟龙》。张植弟率领人们治山治水的英雄事迹永远不可磨灭，他领导泉口人民改变一穷二白面貌，修了几千亩梯田，发动率领平阳人民“锁蛟龙”，是治理穷山恶水，是造福一方百姓，造福子孙后代，巴东特别是泉口和平阳坝人民永远记着他。

到现在，平阳坝长堤已历时几十年，各段都有不同程度损毁，如果不采取得力措施修复，意味着平阳人民又要回到以往的灾难岁月，事实上，水患也早已经重新开始，给平阳人民带来了新的灾难。在这种严峻时刻，巴东县委、县政府与相关部门又正在对其进行新的治理，修复旧堤，增加新的设施。据报道称：

“（2016 年）11 月 13 日，在巴东县溪丘湾乡平阳坝河堤‘龙王嘴’段，工程车正在转运石料，平阳坝河堤二期治理正式开工。据了解，平阳坝河堤已运行 30 多年。近 10 年来，河堤损毁严重，对两岸农田的保护功能逐渐削弱，给当地人民群众生产生活带来极大影响。经县水利部门积极争取，平阳坝河堤治理工程被列入全国中小河流治理计划。治理工程分两期进行，去年7月启动了一期治理工程，已全面完工。当前启动的二期治理工程，一段为‘凤凰山’至‘龙王嘴’段，长2.4公里。另一段为夹板溪支流，长800米。重点对河道进行疏浚，损坏河堤拆除重建，较好河堤段进行钢筋混凝土加固等措施，投资2650万元。工程建成后，可保护沿岸人口1.15万人，农田0.72万亩。”[2] 只是我们的治理要标本兼治，一方面堵截洪峰，另一方面还要治理它的源头，要恢复水流源头一带的自然荒野状态，防止水土流失，这样洪灾自然就会减少。只有双管齐下，才是一劳永逸的。如果只是堵截，完全是头疼医头脚疼医脚，就很难从根本上解决问题。过去人们认识不到洪水泛滥其根源是在水的源头，只是修坝筑堤拦截洪水，所以很难根治水患，说不定还会越治越“泛滥”。如今人们生态意识增强，逐步认识到洪灾首先是源头生态破坏严重造成的恶果，所以在治理时一般都有科学部署，首先就从源头开始根治。

平阳河在平阳坝猖獗了亿万年，如今被长堤挟持、挤压，如同一条桀骜不驯的恶龙被铁链牢牢套住，收敛了狰狞邪恶的面孔，再也不敢乱说乱动，乖乖地低头无语向绵竹峡流去。一进峡谷，它的蛟龙本性似乎又想复现，随时都准备狂奔乱舞。不过在这里它的对手是绵竹峡，绵竹峡可不是区区一条平阳河征服得了的。这是大自然运行的规律本身形成的一种力量，自然进化生成了亿万种物质种类，而同时又对这些物质有一种莫大的控制机制，一般情况之下，它不会让某个物种泛滥成灾，总是利用另外的物种或物质对其进行限制调控，使各物种之间协调平衡。或者以山治水，或者以水治山等等。虽然这不是绝对的，有些时候也会出现物种之间的倾斜，在局部形成某种灾难，但是从总体上说基本上是和谐平衡的。所以我们对某些灾难的治理，也必须依据自然的规律进行，不能凭人的臆想行动，否则，我们的治理会带来另外的灾难，越治越乱，造成生态系统更大的创伤。

绵竹峡是龙船河第一大峡谷，只是它并不在神农溪主河道上，而在平阳河支流之中，上起平阳坝下坝，下至月明垭乡的坑子。峡中两岸崖壁高耸入云，景观奇特，以险著称。两岸如刀削斧劈的石崖对峙，高高耸起，威严似有怒色，像是不允许任何人侵犯和讨价还价。岩壁之上洞穴密布，据说是土家先民居住过的遗址，洞穴外的石崖形状奇特，确如断垣残壁一样的古洞穴遗迹。石壁之上到处是石笋、石幔，造型怪异，各有姿态。两岸石壁相连，人迹不至，只有猴群飞禽在上面嘻戏，从下往上极目，甚觉晕眩。两岸之间狭窄如缝，难见天色，如同深不见底的阴沉洞穴。但悬崖上却植被葱茏，青翠而阴翳，鸟声啁啾，花香扑鼻。峡谷中一步一险，一步一景，让人目不暇接，什么"一线天""半边街""仙人伸掌""蟒蛇出洞"等等景观，栩栩如生，令人如同到了另外一个世界。平阳河连连拍打着石崖而过，噼啪哗啦如在狂笑，但它始终对坚固的崖壁奈何不得，时时狂舞却又处处碰壁。人们说这里是"一里十三湾，湾湾滩连潭"。平阳河被两岸崖壁左一拨右一挡，折腾得晕头转向，如蛇鳝爬行在光滑的石板之上，肚腹上的鳞片这时完全无用武之地，弯弯曲曲，难以伸展，比在平阳坝钢铁石堤中更加难堪，完全失掉了往日威风。即使是不发大水，河道里也是滩连着潭，潭连着滩，让平阳河始终没有一个消停的时候。平阳河受尽折磨，摇晃着身姿，好不容易才挤出峡谷，到了坑子河口终于高山流水遇知音，一闪身进入神农溪洪流之中，终于才透一口气。不过等待它的却是更高大、更险峻的鹦鹉峡和龙昌峡，看来它也别想一逞怪姿恶态，还得继续服服帖帖。

如今的平阳河，比以往任何时候都驯顺，在平阳人民锁蛟龙持续不断地治理和绵竹峡大自然训导师对它的继续"调教"的基础上，它就失去了蛟龙本色。时至今日，三峡大坝蓄水，江水将积水推进到平阳坝，以它吞吐万象的雄伟气魄，把龙昌峡、鹦鹉峡、叶子坝和绵竹峡一齐收入囊中。平阳河这才真正长了见识，才明白自己过去仅仅是井底之蛙，不知道天地究竟有多大，与浩瀚无边的长江一比，才知道自己充其量也就是沧海一粟。只能乖乖听其调遣，让它进它就进，叫它退它不敢不退，别说是奔腾咆哮，就连大声喧哗也不敢。不仅彻底被牢牢锁住，而且其身影也被浩渺无垠的长江水淹没，它的雄姿、威风通通都变成了昨日的辉煌和历史记忆。

注释与参考文献

［1］巴东至神农架的公路，最早叫“巴泉公路”，即由巴东通往巴东县沿渡河区泉口公社，因为泉口当年为全省农业学大寨的一面红旗，最早修这条公路是专为解决巴东县城与泉口的交通问题。泉口成为全省红旗以后，省内各地到泉口参观学习的人络绎不绝，但县城到泉口一百多公里山路，交通十分困难，省地县集中力量修建“巴泉公路”。后来在此基础上将公路一直连接到了神农架，后来人们将其改称为“巴神公路”，不过大多数人仍然还叫“巴泉公路”。

［2］消息来源：湖北省水利厅网，2017 年 9 月 8 日，记者：陈开平、张剑南。

船在石罅间

从叶子坝下行往西瀼口，这一段叫龙船河。关于龙船河的地名来历，清光绪六年的《巴东县志》载：“西瀼溪，两岸壁立千寻，有敞艇在石罅间，去水约半里许，望之舷艄可辨。”这里的记载是当史实叙述，但是1993年版《巴东县地名志》却将此当做了传闻和历史传说。“传说一年河水猛涨，一木船漂到此处。洪水退后，船留在半岩上，至今还可隐约看到有船和桡的形状，故称龙船河。”到底是史实还是传说，现在已经很难确知，只能等待现代考古和历史学专家们一探究竟。

如果说神农溪是一条龙，那么龙船河就应该是威武的龙头。神农溪到这里也应该开始总结了，不过不应该是“年终总结”而应该是“年中总结”，它的生命并没有完结，只是告一段落，表示从此将迈向新的征程。当代作家叶梅在《有条河的名字叫龙船河》中说：“久居山野的土家人古来便信奉天人合一，他们与大自然的关系十分亲近，对于生命的来去因此而达观从容，把死亡看作是生命的另一种方式，不过是踏进了生的另一道门槛。因此亲友离去之后，活着的人们不是以悲伤告别，而是载歌载舞欢送其远行。歌者酣畅淋漓地吟唱其生前的事迹，还有古往今来的传说，通宵达旦，多者可达三天三夜。”这一带的人擅长表演跳丧歌舞，不过他们不叫

“跳丧”，叫做跳“撒忧儿嗬”“撒尔嗬”。按一般道理说，死了人是哀痛的事，而这一带的土家人却是又唱又跳，与别处不同。土家人把人生三个大的转变阶段总结为三个字：“哭、闹、跳”。“哭”指女孩子出嫁时的“哭嫁”，从出嫁前的个把月开始就断断续续哭，离开娘家的头天晚上是高潮，直哭到花轿抬出娘家门时止；“闹”说的是这一带的人平时喜欢看或演堂戏，这是流行巴东特别是神农溪一带的一个传统剧种，早期这一带的人特别喜爱；“跳”就指的是跳“撒尔嗬”。

龙船河基本上是两个相连的峡谷，人们将其分别命名为鹦鹉峡与龙昌峡，再加上紧挨长江边的西壤口，三者一起构成了整个龙船河风光。

位处平阳河的绵竹峡以险闻名，这里的鹦鹉峡以奇著称。

人们公认鹦鹉峡是龙船河三个峡中景色最秀丽的一个，两岸植被倒垂，四季长青，密集茂盛。但有的石崖上又没有花草树木而只见光光的崖壁，很多间隔，这不仅不是一种遗憾，反而正显得疏密有致，更加有神韵。如果只有茂密的植被覆盖，或者只有光光的岩壁，都会显得呆板没有生命活力。峡中飞瀑如链，声细如蝉，缓歌曼舞，所在皆是，清幽柔和的声响给峡谷带来了一种生命运作的动感，增加了峡谷的活力。群峰高耸，如从天坠，“欲与天公试比高”，虽然高高耸起，但却秀丽而不险恶，相反让人觉得有一种亲近感。远观高崖之上，大洞小眼，细看方知那是大大小小的溶洞，分布位置高低不一，有圆有方，有浅有深，浅者一览无余，深者不知底细，神秘如同仙居。

整个龙船河中最大的溶洞是燕子阡溶洞，洞口阔大，直径近百米，如喇叭状而微呈扁形，恰如狮子大开口，像是要吞吐神农溪似的。临近可以一睹洞内成千上万的短嘴金丝燕在里面飞舞或者驻足石顶崖壁，把整个洞府搅扰得像一个庞大的蜂窝，燕子阡溶洞也因此而得名。进得洞中，有成块成片的水田模型，个个水田都满溢清泉，一丘接一丘，密密麻麻，高低错落，鳞次栉比，好一块广袤平原的稻田，人们根据其状貌称之为“千丘田”，又叫“万石盆”。外观那样夸张，似乎随时都可吐纳世间万象，“尽吸西江，细斟北斗，万象为宾客”，给人以神秘、畏惧之感。但是洞中面积却并不十分宽广深幽，既没有黑暗幽深的恐惧之所，也没有诡异狰狞的奇形怪状。世间事物都是一个道理，往往最嚣张的并不一定是最强大的，最柔弱的也并不必然就是最渺小的，所以我们任何时候都不要被外表假象所迷惑。

据说曾经有一个端公，见人们对此洞有些畏惧，更是想证明自己的法力无边，自告奋勇进洞作法，以驱逐里面可能存在的妖魔鬼怪。谁知他一进洞就七天七夜没有出来，杳无音信，人们都以为他没能战胜妖魔，而是妖魔战胜了他，都忧心如焚，谁知第七天一过他却安然无事出来了。并声称他消除了洞中一切牛鬼蛇神，幸好自己道法高深，否则就会反为所害。人们都将信将疑，认为他的话可能不可信，因为他出洞时，两手空空，既没有妖也没有怪，没有任何东西能够证明他的话，空口无凭。但有一点，当时有很多人无法理解，七天七夜后他公然能活着出来，他吃什么？且不说他斗妖魔是真是假，就凭他没饿死也就很神奇了。道教发展到后来，端公、道士、仙姑众多，泥沙俱下，有些人装扮成真神给人驱鬼、治病，但他们长期以来不能得到人们的信赖，只好做一些故弄玄虚的事情以赢得信赖声誉。至于那位端公为什么没有饿死，这很好解释，他一定事先有充分准备，于前几日趁人不备偷偷摸摸弄些食物进去，有了食物，当然不会挨饿，水本来就是洞中现存之物，无需他劳神自备。第七天一过他就出来了，一定是食品吃完了。

就在燕子阡溶洞口外不远处，河边不规则地自然堆积起一片乱石丛，从石丛中冒出九股清泉，清澈洁净，饮之清凉可口，令各路矿泉纯净之水都羞于比匹，“六宫粉黛无颜色”。更加绝妙的是这九股泉水还可变换颜色，注入神农溪河水之中后，立刻变成清、白、浊三种各不相同的颜色，久久不与河水混淆成一色，形成一条长近百米的三色彩练，成为鹦鹉峡一带别有洞天的奇观，人们形象地名之为“三色泉”。不管春夏秋冬，也不管阴晴圆缺，三色泉都不变姿色，不改仪态，出污泥而不染，自顾自在神农溪河谷秀甲一方，让人百思不得其解。只能深深感叹：这世界真是太奇妙了！五湖四海的人纷纷慕名前来观瞻，无不啧啧叫绝，或争相捧饮，或罐装珍藏，而后久久站立凝神静思，不忍离去。人们也只有在这种时候才能真正悟出大自然的神奇，拜读它可以，聆听它可以，一饱眼福也可以，这些都可以让人们增长见识，获得裨益，就是不能妄图超越它，因而也就不能损毁它。

鹦鹉峡以下，与鹦鹉峡不怎么分割得开的是龙昌峡，龙昌峡的特色是雄，是神农溪紧靠西壤口的一道景观。

据有人精确计算，龙昌峡全长 5.7 公里，两岸相隔不足 20 米。三峡大坝没有蓄水之前，龙昌峡上半段与鹦鹉峡是神农溪最深的峡谷，两岸高崖遮天蔽日，谷中光线暗淡，真正是“自非亭午夜分，不见曦月”。峡中之水深不可测，黑绿油墨，到处都让人不知底细，船行其间，人人心里都直发虚，总是担心出事，心里总是悬着的。这里除了阴翳就是寂静，像是来到了一个人迹罕至的黯淡又深不见底的山洞之中，总使人悲从中来。“桡夫子”的竹篙这时完全派不上用场，因为再长的竹篙也插不到底，只能改为连连划桨，桡片在小船两边一点一个泡，翻起朵朵水花，小船如同一条小爬虫慢慢往前蠕动。这里水平如镜，前后水域一样，让人总感觉小船好像根本没动，像是仅仅只是在原地轻轻摇晃。桡声咿呀，连连细吟，但是这声音非但没有打破这里的寂静，倒觉得这细吟，听起来有些怕人，这时才能真正体会“鸟鸣山更幽”的自然哲理，也才能真正理解死亡之谷是一种什么样的景观和滋味。

龙昌峡东岸的绝壁之上可见裸露的悬棺，本来峡谷中有这种所在现在应该是奇异景观，但是在这种气氛之中见到，不仅没有丝毫新奇惊喜之感，相反却更加阴森可怕，悬棺孤零零悬挂于半空的石缝之中，更加如同见到了孤魂野鬼，让人总是会倒抽一口凉气。

悬棺是土家族祖先古代巴人的一种葬仪，并说神农溪一带民俗信仰是“高棺为孝”，即先辈死后，安葬的地方越是高峻就越是表示后辈们孝道。据学者们考证，这种风气始自春秋战国时期，由来已久。唐人有《朝野佥载》中说：“五溪父母死……于临江高山半肋凿穴以葬之，弥高者以为孝，既后而不再祭祀。”现在看悬棺可一目了然，而三峡大坝没有蓄水时，悬棺处在高高的悬崖之上，视力好的人才能勉强隐隐约约看出是悬棺，一般人只能看见高崖之上有一处石缝崖洞而已。有的人预备有望远镜才可看清。至于究竟为何要如此悬葬、被葬之人的身份、葬仪手段是什么等，这些都只能永远是个谜。

悬棺葬是人类早期普遍存在的习俗，不仅神农溪，其他如云南、贵州、四川、江西、陕西、广东等大约有10多个省市都有遗址发现。而且不仅中国有，在东南亚和太平洋群岛也有悬棺，为风葬的一种，最早出现在春秋时期，而且并不限于某一种人。经专家们对遗址遗迹研究，只是发现悬棺有一个带规律性的地方，即几乎都集中在面临蜿蜒流淌的小溪大河、背靠峭如斧劈的高山峭崖之上。国内比较有名的几处，如江西龙虎山、福建武夷山、重庆小三峡等悬棺遗址，都属于这种情况，神农溪的悬棺也与此相吻合。至于这一规律说明了什么，都不得而知。因此，“高棺为孝”信仰导致悬棺葬之说，恐怕还有待进一步讨论。悬棺是一种宗教现象这是无疑的。马克思主义对宗教的解释：“宗教是那些还没有获得自己或再度丧失了自己的人的自我意识和自我感觉。但人并不是抽象的栖息在世界以外的东西。人就是人的世界，就是国家、社会。国家、社会产生了宗教，即颠倒了的世界观，因为它们本身就是颠倒了的世界。宗教是这个世界的总的理论，是它的包罗万象的纲领。”[1]可能是生活在“背靠峭如斧劈的高山峭崖”一带的人们，觉得高崖之上既安全又可以长久，人们都是希望祖先有一个安全归宿的，于是就想到悬棺其上，时间一长，多人跟进，就在高崖环境生活的人们中形成了一种习俗。当然这也只是一种推测。

说到千古之谜，龙昌峡还有一桩。在西岸近30公里河段的绝壁之上，断断续续留下了“栈道”遗迹。一排排约30厘米的石孔，或三五个、或十余个不等，相距七八尺，一字型排列。奇怪的是，如果那些石孔是栈道遗迹，同为光滑的石壁，为何又断断续续，有的地方有，有的地方又没有？可见“栈道遗址”一说，首先就值得打个问号，只不过是我们现在人的猜想。还有诸多疑问：究竟是何人所为？何时所为？作何用场？都是一团团迷雾。看来，不仅大自然呈现出许多不解之谜，人类也照样会创造各种谜团，我们有许多在我们自己看来并不经意的举动，就会给后代人留下一个个谜。“生物主体利益远远没有达到人类利益形式的多样性和复杂程度，人类除了作为生物物种的生存利益之外，还有多层次的社会利益。生物也不能像人类主体那样能够自觉地辨识社会成员相互间的利益，并以法律和道德的形式来规范人们追求正当权利的行为，调节个人利益与社会利益的矛盾冲突。”[2]人类的利益追求是复杂的，因人因时因地域不同而不同，如果当事人没有留下任何阐释，对后人来说就成了谜。而这种人为的谜，更加容易误导后人，因为人们总是认为我们自己解释人类的事情，怎么也有个八九不离十，但实际上却往往走上歧途，大谬不然。这么说似乎滑向了历史不可知论，但不管是自然史还是人类史，确实有许多东西是我们不知道的，甚至是永远不可能知道的。对大自然和我们人类祖先创造的许多东西，我们现代人只能提出一连串的追问：

“江畔何人初见月？江月何年初照人？”

注释与参考文献

[1] 马克思,《〈黑格尔哲学批判〉导言》，载《马克思恩格斯选集》(第1卷)，上海：上海人民出版社，1972.2

[2] 林红梅著,《生态伦理学概论》，北京：中央编译出版社，2008年，141页

诗意西壤口

出龙昌峡，则山峰渐低，加之与长江相连，溪水加深，成了与龙昌峡峡谷中迥然不同的景象。这便是美丽的西壤口。西壤口紧邻巫峡东部，处在巴东县城长江对岸，为巴东县西壤口镇镇政府所在地，由于神农溪在此注入长江，是水陆交通要道，历来是一个小镇。这里两江和合，山村水阁，风光秀丽，诗意盎然。

从龙昌峡好不容易出了峡谷，终于可以见到亮光，可以大出一口长气。但是，三峡大坝蓄水回撤以后，上边沿渡河、罗坪、叶子坝等地方都可以部分回复到原有状貌。但是西壤口这一带即使枯水季节，蓄水消退，也仍然不会完全恢复到早先状貌，还是一片茫茫泽国。让人见之，似乎这里的历史与现状，都处在一片烟波浩渺之中。一年四季都是山水相绕，水中有山，山中有水，让人不知该走哪条水道，好不迷茫，“山重水复疑无路”。好不容易从两山之间走出，但走出以后仍然还是置身于山水之间，水湾连着水湾，山峰对这山峰，没完没了。像是人们在崇山峻岭中徒步跋涉，好不容易翻过了一座山，一看前边还是山一样，似乎永远也没有一个尽头。好在人们心里有些底气，深信“桡夫子”们都是些水上高手，同时又都是轻车熟路，再是迷宫鬼道，他们绝对也能左右逢源，进退自如，让人们相信总会有“柳暗花明又一村”的时候。又加之这里与峡中景象大不一样，风景如画，开阔敞亮，让人觉得总算是拨开云雾见青天了。

在两江会合处原有一座中国诗圣杜甫的草堂遗址，据《杜甫年谱》记载，唐大历三年，杜甫曾携妻儿在这里居住过不短的一段时间。据说是明朝时，巴东县府在杜甫原居地方修建了一间草屋，后来被毁。《杜甫年谱》又记载，杜甫在西瀼口的溪水边游玩，曾写了一首《西瀼溪》七律，人们都说这首诗就是描写龙昌峡的，全诗为：

迢迢水出走长蛇，怀抱江村在野牙，
一叶兰舟龙洞府，数间茅屋野人家。
冬来纯绿松杉树，春到间红桃李花。
山下青莲遗故址，时时常有白云遮。

这里山与山之间出现了一些水湾，形成了一种河湖港汊的景色，岸边不远处也间或有了少许民居，时有炊烟。三峡大坝蓄水之前这里就已经是这样的状貌，特别是长江的洪水季节就非常明显，只不过没有现在这样广大。杜甫诗中描写的就是这种情景，并未涉及龙昌峡上段那巍峨壮观的景观，看来杜甫并没有游历整个龙昌峡。或者说，这首诗是写西壤口的，并不是写龙昌峡的，从诗的题目也可明显看出，如果杜甫当年确实是写龙昌峡，他也应该不会以《西壤溪》为题。

西壤口既是巴东官渡口镇政府所在地，也是官渡口镇一个村，在历史上具有重要的战略意义，位处巫峡边沿，江面狭窄，是“入川咽喉”，历代为兵家必争之地。三国时，刘备派猛将张飞镇守于此，筑营垒七百余里，东吴来攻，在兵荒马乱之中张飞没有战死，但却被人害死。刘备因痛失结义兄弟，不听诸葛亮再三劝阻起倾国之兵伐吴以报仇雪恨，但是却被东吴陆逊火烧连营七百余里，差点又把自己的一条命也搭上了，刘备丢盔卸甲，急急如漏网之鱼，逃亡到西壤口以及三峡一带避难。据旧版《巴东县志》记载：“追兵急，备烧栈断道，然后得免”。紧挨这里的巫峡之中至今还有一个地方叫“避兵岩”，据说也是刘备这次失败躲避追兵的地方之一，看来刘备当年在这一带兵败逃难确为史实。

这里历来都是自然地势与人文历史的重要处所。现代考古在西壤口发现了“义种地遗址”，恩施新闻网2007年4月3日载记者谭举先、通讯员黄在满的报道称：“义种地遗址位于巴东县官渡口镇西瀼口村一组，发掘面积2085平方米。义种地的发掘，发现文化遗迹一处，汉魏六朝砖、石室墓葬5座，发现各类文物总计147件。在遗迹中发现纺轮、铁镭等完整的工具和武器。发现一批精美而完整的文物，如瓷质玺、钮为大鲵装饰，实为罕见，瓷马也是少见的，另外一批宋代的完整瓷器都是这次的重要收获。”这说明这里确实历来就是经济、军事要冲，曾经有过繁荣昌盛的历史，也有过兵祸连连的岁月。

直到三峡大坝蓄水，这里虽然与神农溪边的叶子坝、罗坪、沿渡河一起都成了海底世界，但是新的西壤口也有了与原貌不同的新风采、新的诗情画意，翻开了新的一页历史。真正实现了“冬来纯绿松杉树，春到间红桃李花”的让人神往的美好愿望。

神农溪从神农架大山走出，一路风风雨雨而又凯歌阵阵，沿路创造了诸多奇迹也制造了不少麻烦，有过许多辉煌也有过数不尽的苦涩。可是神农溪是伟大的，始终没有退却过，而是义无反顾一路向东，最终，汇入了万里长江；它又是最无私公正的，对于一路的所见所闻，伟大与渺小、光明与黑暗、善与恶、美与丑等等，都一一见证；它是一部最可信赖的历史，详尽周全，惩恶扬善，没有虚妄；它见证着历史，历史也见证着它。所有神农溪一带的悠悠万事，只有神农溪才是最具权威的述说者。

后　记

本散文集名为《神农溪溪话》，“话”什么，简单说，就是“话”神农溪美丽的生态环境、沧海桑田的历史变迁、可歌可泣的英雄壮举。神农溪虽然算不得大江大河，但它历史悠久，这里的生态曾经有过让人叹为观止的美妙与奇迹，山上有奇珍异兽，洞中有桃园仙境，河里有罕见的鱼鳖，更有可歌可泣的英雄事迹，让人闻之神往，见之倾心，别之不舍。但是，自从人们深入到这里以后，一切都在改变，有的变得美丽，有的变得破败，只有神农溪对这里的一切心知肚明，它才有绝对的话语权来评说发生的一切。最初设想的书名有多个，“神农溪生态报告”“神农溪见证”“神农溪述说”等等，但这些名称都有可能让人误以为此书的性质是神农溪生态调查报告而非文学著作，误把贾宝玉等同于曹雪芹。最后，经王继平老师提议，朋友们集体斟酌才定为《神农溪溪话》，我们认为这个名称文学意味更浓，可以减少一些不必要的误会。

人们现在并没有紧迫地感觉到神农溪地区的生态环境已经遭到了严重破坏：水被污染，植被光光，野生动物被剿灭，鸟儿飞走了，空气变质了。这里正用得上著名诗人济慈的两句诗：“湖中的蓑衣草已经枯萎，这儿已没了鸟儿的歌声”。也正用得上著名哲学家E·B·怀特一段话：“因为人类太精明于自己的利益了，因此我对人类是悲观的。我们对待自然的办法是打击它，使它屈服。如果我们不是这样的多疑和专横，如果我们能够调整好与这颗行星的关系，并深怀感激之心对待它，我们才可有更好的机会存活下去。”看起来人类为了自己的利益确实很“精明”，总是想不付出任何代价去向自然获取尽量多的利益，哪怕是很微小的付出也不愿意，然而这种作为到头来只会两败俱伤，既毁灭了自然，也毁灭了自己。但是，这种两败俱伤的结果很不容易被我们感知，在一些人的眼里只有利益，似乎没有任何责任感与担忧。大自然对人类的反伤害其实现在已经产生，却并不为人所知，致使人类仍然继续向自然掠夺，丝毫没有危机感。现在，我们已经感觉到了生态环境的重要，在大声疾呼，要保护我们赖以生存的地球。

由于篇幅所限，书中只是将神农溪一带自然风貌、生态环境以及在这里所发生的历史事件选取了一些点滴记述，以期后人窥管见豹。其中所涉及的人和事，虽然绝大部分都是我们亲耳所闻、亲眼所见、亲身经历，但是散文不是历史著作，不是考证文献，只能以文学话语表达。有许多地方也使用了真名（包括人名、地名与事件），也有许多地方为了避免不必要的口舌而采用文学话语，似乎显得真真假假，但这都是散文、报告文学文种性质所允许的，我们只想以此书为神农溪生态保护提供理论与舆论上的帮助，为生态保护尽微薄之力，高举生态保护之鲜明旗帜，让全民都参与到生态保护的行列之中，使我们的生命之河——神农溪永葆青春活力。

本书得以付梓，应感谢恩师王继平先生在80余岁高龄与百忙之中审阅全部书稿，提出了一系列修正意见，并为本书赐名；感谢王新勇、宋文魁、张自年、宋文陶、陈凯、沈寿福、王成林、周宗国先生无偿提供大量材料；感谢谭文猛、宋秀明、王洪亮、许祖雄先生为田野调查提供车辆、导向服务和生活上的大力帮助与照顾。如果没有以上师友提供帮助和支持，仅凭我个人的力量，即使是现在看起来微不足道的这本小小散文集，要想最后出版也不可能。实际上，上述师友都是本书作者，有许多篇章都是他们口述，我只是做了文字记录而已，虽然我本身就是神农溪之人，但因阅历所限，对神农溪过去与现在的情况都知之有限。

由于水平所限，错误与不妥在所难免，诚望指教。

2018 年 3 月 15 日